情荡红尘

李门 著

作家出版社

图书在版编目（CIP）数据

情荡红尘 / 李门著 .-- 北京：作家出版社，2019.6
ISBN 978-7-5212-0458-2

Ⅰ.①情… Ⅱ.①李… Ⅲ.①长篇小说—中国—当代
Ⅳ.① I247.5

中国版本图书馆 CIP 数据核字（2019）第 056244 号

情荡红尘

作　　者：李　门
责任编辑：钱　英　杨新月
封面插图、内文插图：陈曦光
装帧设计：意匠文化·丁奔亮
出版发行：作家出版社有限公司
社　　址：北京农展馆南里 10 号　　　邮　　编：100125
电话传真：86-10-65067186（发行中心及邮购部）
　　　　　86-10-65004079（总编室）
E-mail:zuojia @ zuojia.net.cn
http://www.zuojiachubanshe.com
印　　刷：北京明月印务有限责任公司
成品尺寸：152×230
字　　数：367 千
印　　张：23.5
版　　次：2019 年 6 月第 1 版
印　　次：2019 年 6 月第 1 次印刷
ISBN 978-7-5212-0458-2
定　　价：45.00 元

李 门 本名李龙门。原籍重庆丰都，八十年代末迁居海口。中国作家协会会员，中国民间文艺家协会会员。教育、文化、党政与文学期刊等部门和单位，曾是他人生旅途中的多个驿站。《有情无情》《幽都志异》《大潮初起冲浪者》《光的辐射与生命绿色》《椰林下的足迹》等多部文学著作分别由作家出版社、光明日报出版社、中国青年出版社等出版，尚有大量已发表的散文、诗歌及其他作品正待结集成书。长篇小说《情荡红尘》，是作者在小说领域厚积薄发的一部力作。

的光明使者。这条建于改革开放初期、横贯整个市区的水泥街道，路面宽绰笔直，人行道边植下的成排法国梧桐，而今枝繁叶茂、绿树成荫。但两旁建筑物甚少，来往车辆有限，路灯虽已设置却一直没有通电。人们仍然习惯于去那些杂乱肮脏的老城区摆摊设点。除国内少数几家投资者进驻外，外商几乎没有到来，当年市政官员以修路改善环境、吸引外资的设想，也成为了泡影。然而，这里却是老人们、少男少女们谈情说爱的极好去处。每当夏夜来临，或月光铺地，或星月微照，高原的凉风在宽大叶片间飒飒作响，道旁的昆虫们在沾满露珠的草丛中浅唱低吟。线形的山岫围裹着城区，七座乳头形的高山一字儿排开矗立在城区一侧，像七位巨人不卑不亢地守卫着。偶尔，一辆汽

作者手稿

目 录

情爱与奋斗交融的浪漫书写

贺绍俊

　　李门的《情荡红尘》显然是一部富有传奇色彩的小说，爱恨情仇，阴谋追杀，腐败堕落，漂泊闯荡，这些最刺激性的故事元素在这部小说中几乎都有。小说一开始就将读者带到了一桩令人惊恐的情爱争斗之中。主人公曾凯力热恋着鲁凤，只身来到鲁凤所在的小城与她结婚了。他万万想不到他的美丽而纯洁的妻子与韩鹏程部长早已有了见不得人的暧昧关系。韩部长凭借权力将农村少女鲁凤变身为城市医院的护士长，同时也凭借权力强行占有了鲁凤的身体，他当然不能容忍鲁凤与曾凯力的婚姻，于是精心策划，把曾凯力当成精神病患者关进了精神病医院。但曾凯力智慧而果断地从医院里逃了出来。——这已经够有吸引力了吧，读到这里的时候，谁都迫切想知道逃出去的曾凯力将怎么与他的情敌韩部长拼个你死我活。但是，作者真正的意图不是要写一个情爱争斗的小说，他更感兴趣的是中国改革开放的社会现实。于是我们跟随着逃亡的主人公来到了正处在火热建设中的海南岛。这才是这部小说的重点。小说通过曾凯力在海南岛的传奇式的闯荡，再现了海南在二十世纪八九十年代之交设立海南省后掀起的开发建设热潮。

　　一九八八年，海南建省并创办中国最大的经济特区，海南岛迅速成为全国的热点，大量人才拥向海南岛。我还记得当年报纸新闻上报道的盛景：每天成百上千的人乘船登上海口，招待所里住满了来求职的年轻人，有诗人赋诗道："八方风雨汇琼州，十万人才过海峡。"人们因为从海南岛中看到了希望和未来，才会如此狂热地拥过来。据说不少人都是抱着破釜沉舟、背水一战的决心奔赴海南岛的，有的年轻夫妇干脆辞去工作，变卖了家产，义无反顾地下海南，有的则在人才登记表上写下"生做海南人，死为海南鬼"的誓言。

转眼三十余年了，当年闯海南的人才有不少成为了海南发展壮大的功臣，也留下了不少奋斗创业的故事。据作者自己介绍，他就是当年十万人才下海南大潮中的一员。他在海南岛扎下根来，在这里创业，也经历了坎坷，他亲眼见证海南岛是如何一步步发展起来的，有太多的故事，有太多的感慨，因而一直怀有一个愿望，要把这些故事和感慨写进一本书里，这部长篇小说《情荡红尘》可以说是他这一愿望的结晶。了解到作者的经历和心愿，也就理解了小说为什么后来转而重点书写曾凯力在海南艰苦创业的故事了。曾凯力在逃避抓捕的过程中，认识了养蜂人谷开富，与他一起发展养蜂事业。曾凯力的知识与谷开富的养蜂经验完美地结合为一体，使他们的养蜂事业越做越大，在朋友们的共同努力下，一个气势恢弘、占地四千多亩的"瀛寰蜜蜂世界共享城"初具规模。通过曾凯力的创业故事，我们仿佛也感受到了当年建设海南经济特区的炽热温度。

《情荡红尘》的特别之处就在于，它将以上两条故事线索交织在一起，从而达到了从更广的视角观察海南经济特区建设的叙述效果。曾凯力最初去海南并不是奔着创业去的，他不过是觉得越往南走越容易摆脱危险。他看上去是无意中获得了创业的机会，但"无意"却意味着有别样的意义。因为正是曾凯力的无意，让我们看到了海南在成为经济特区之后发展突破的无限可能性。更因为曾凯力的无意，揭示了中国改革开放的根本宗旨就是要让人民的精神得到彻底的解放，让人民的智慧得到充分的发挥。因此，曾凯力尽管一直处在逃避追捕的状态之中，但他总能遇到热情帮助他的好人。如派出所的林副所长，就因为发现曾凯力是一名有真才实学的知识分子，便从关押流窜人员的收容所里单独将他叫出来，要为他安排一份工作。又如申屠扬帆，一位退休的老作家，就因为曾凯力酷似自己恩人的孩子，便一直暗暗保护着他，给他提供最及时的帮助。又如谷开富，一位普通的养蜂人，只是因为觉得曾凯力不像一个坏人，便将他藏匿在自己的棚子里，让他躲过了被抓捕的劫难。对于曾凯力来说，海南岛就是他的福地，他在这里不断地遇到贵人，他的聪明才智也在这里逐渐得到了淋漓尽致的发挥。

值得注意的是，帮助曾凯力的这些贵人不仅有海南岛的本地人，也有来海南岛寻求希望和梦想的闯岛人。而这些外来的闯岛人又各自具有特殊的身份。如申屠扬帆是一九五七年的右派分子，谷开富是在二十世纪七十年代被打成的"新生的资产阶级分子"。这两个人物的身份可以说代表了以阶级斗争为纲的时代特征，在他们身上深深打着那个时代的印记。像申屠扬帆年轻时就热爱文学，却因为写了两首歌颂自由的小诗被打成右派分子，在农村劳动改造了十余年，后来虽然摘掉了右派的帽子，却仍然总感到人们在用歧视的眼光看他，于是便提早办了退休手续。谷开富本来是一名勤劳的农民，却因为不甘于贫困饥饿而偷偷养了一群蜜蜂，就被工作队当成"新生的资产阶级分子"严加批斗，最终弄得他妻离子散。但无论是摘帽右派申屠扬帆还是"新生的资产阶级分子"谷开富，他们都从海南岛的经济特区建设中看到了希望，因此要不辞辛苦地奔赴海岛。作者这样的构思是很有社会意义的，它揭示出中国改革开放的本质就是人的解放。海南岛的经济特区是中国改革开放在向纵深发展的时刻设立的，它具有更大的规模，在思想认知和制度设计上更为坚定，因此在人的解放层面上也提供了更为充分的条件。《情荡红尘》非常真实地反映了这一点。那些曾被当成"阶级敌人"的人，来到这块土地上，他们内心的善良便会得到尽情的释放，身上的才智便能得到充分的发挥。从情爱故事引入创业故事，小说的文学格局就变得更为宏大开阔。作者李门的思想境界也由此体现出来。

《情荡红尘》又是一部具有浓郁浪漫主义色彩的作品。尽管作者李门将主要笔墨放在写海南岛的创业上，但他并不想将小说写成一部纯粹客观反映社会现实的作品，他加入了另一条情爱争斗的故事线索，这条线索不仅加强了故事的跌宕起伏，而且也赋予小说浪漫主义风格。带着浪漫之风，作者的思绪变得更为轻盈跳跃，他不再拘泥于写实的严谨，而是让情节在浪漫的氛围中飞翔起来。浪漫之风来自作者内心的激情。李门作为当年闯荡海南的一位亲历者，似乎更看重在这段经历中的情感体验。他也找到了一种强化情感体验的叙述方法，这就是将写实性的创业故事与浪漫的情爱争斗故事交织在一起的叙述方法。我不敢说李门的这一叙述方法非常成功，因为我觉得叙述中有时会显得不甚圆融，稍缺情理的充分铺垫；但是，你必须承认，李门正是通过这种叙述才能够把更多的笔墨放在对人性的审视上，也才能够让一个沉重的故事在浪漫的背景下舒展开来，吟唱出一首呼唤理想主义书写、道德复归的凄美之歌。

○一 初探

当得知真爱的妻子在外偷情时，一般说来，丈夫的痛苦是无以名状的，他的第一个反应往往是暗中侦察或跟踪捉奸。这时，即使最怯懦的男人，也会因丧失理智而变得相当勇敢。七岭市乌蒙中学语文教师曾凯力，他现在的状况正是这样的。

那天放学回家走在大街上，一位陌生青年迎面挡住去路，含笑说："曾老师，听说你调邮电局了？"他用那细长而有神的眼睛诧异地瞧了对方一眼，回答道："没有呀，这事从何说起？""不，你调去很久了。"他还想争辩说："难道我调到哪里连自己都不知道吗？"可是，那青年已转身走了，很快消失在人丛中。对于这件奇事，他百思不得其解。回家问妻子鲁凤，她娇艳欲滴的面庞，唰地变得煞白，啐道："这种人喜欢传播马路新闻，别理他！"说罢，再也不肯多说什么，让他仍然处于糊涂状态。后来，还是同在乌蒙中学任教的一位老教师悄声为他解答了谜底："搞邮电工作的人，一身绿衣绿帽，关键是那顶绿帽。"他这才恍然大悟：这"绿帽"一词就相当于他故乡重庆域内所说的方言"尖脑壳"。表面看去，绿帽与尖脑壳之间似乎毫无联系，但细想起来，将一顶绿帽戴在你头上，头显得长长的，这不成了尖脑袋吗？所以，无论"尖脑壳"还是"绿帽子"，其实含义都是一样的。当完全想明白这个问题时，他真是痛苦极了。

回想结婚一年来的日子，妻子鲁凤总是那么忙碌。白天忙，晚上忙，星期天还在忙，不是在医院加班加点，就是另有外出护理任务，和他待在一起的时间少得可怜。往往是，她在见面时说一声"没办法，谁叫我是护士长呢"，就把失望与孤独一齐抛给了他。即使在两人相聚的有限时间里，性生活方面也十分被动，对她来说，似乎可有可无。她那光洁白皙、富于弹性的胴体，无论他怎么抚弄挑逗，甚至讲些从小说上看来的男女风流韵事，也激发不出她多少热烈与欲望……"这个人像英雄一样去寻找真理，结果却为自己找到了一个被装饰的谎言。他叫它婚姻。"曾凯力念大学时爱读尼采，现在他蓦地记起这段话。

他开始注意鲁凤的行为。

为了弄清楚真实情况——否定或者证明那个传闻，而且还要避免伤害夫妻感情——他时而暗地跟踪，时而突然出现，每当她发现他时，他说的理由都很充分。这些早已准备好的说辞，都是无懈可击的。

就在他得知关于"绿帽"传闻这个周末的晚上，深夜了，妻子还没回来。要是以往，对一门心思扑在工作上的鲁凤，他还可以忍受；可今晚，却产生了警觉。他看了看白色墙壁上的圆形挂钟，时针正指着十二点，挂钟顶端的饰物猫头鹰，比往日更来劲地眨着两只神秘的凸眼，嘀嗒嘀嗒的钟摆一声声催促着他，挑动着他。他从沙发上一跃而起，迈开大步，直奔市医院护理部办公室。

到了那里，鲁凤不在。他便一间一间地去病房寻找，连急诊部的那些临时病床也不放过，最后乘电梯到达住院部第十二层，在走廊尽头处的一间单人病房门外停步。这间病房，门扇虚掩着，也没有门号，不像其他病房那样门扇总是敞开着，一律编有统一的序号。它只悬挂了一块写有"病房，勿入"字样的黑底白字小牌。他迟疑片刻，轻轻地推开房门，一眼便见鲁凤白衣白帽，侧身坐于一张病床床沿，正俯身弯腰与一名男性病员低语着，显得亲昵投入。在白色与柔光映衬下，她的大眼、长睫、笑靥、白里带红的鹅卵形脸庞，无不楚楚动人。见丈夫突兀推门而入，鲁凤先是一愣，而后立即镇定，绽出微笑，起身向仰卧在病床上的男子："韩部长，这是我的爱人曾凯力。"接着，又向曾凯力介绍说："这是市里的韩鹏程韩部长，他刚打完点滴。院里安排我今夜值班。"

曾凯力很吃惊，想不到会碰上这么个分管着文卫教育系统的人物，既是自己也是鲁凤的顶头上司。自己也曾聆听过他在台上作报告，他的大名亦早已熟悉，只是还没有这么近距离见过面。他暗自思忖：说不定这家伙就是自己的情敌呢。但又很快否定了自己的这个猜想。护士长巡视病房，与病员亲切交谈，亦属正常工作范畴，何况他还是自己的上司

他迟疑片刻，轻轻地推开房门，一眼便见鲁凤白衣白帽，侧身坐于一张病床床沿，正俯身弯腰与一名男性病员低语着，显得亲昵投入。在白色与柔光映衬下，她的大眼、长睫、笑靥、白里带红的鹅卵形脸庞，无不楚楚动人。见丈夫突兀推门而入，鲁凤先是一愣，而后立即镇定，绽出微笑。

呢。因此，曾凯力心态平静，没有露出丝毫惊讶，而是让自己一米七三的个子微微弯曲，浅黎方正的脸膛和一双细长的眼睛带上谦卑的微笑，说："哦，韩部长，失敬失敬。住院了，病不轻啊。"刚才还是笑容可掬的韩部长，立刻变得一脸严肃，微胖的身子动了动，剃光胡楂、脑门发亮的大脑袋，朝他礼貌性地微颔，薄而长的嘴唇翕动了两下，似乎想说什么却没有说出来。还是鲁凤赶紧打破尴尬说："韩部长心律失常，早搏。幸好是功能性的，不是器质性的，不会有什么危险。"曾凯力说："这样便好。不过，还是不要太过劳碌，以免留下后患。"他把"后患"二字说得稍重。接着，话锋一转，向着鲁凤说道："现在已是深夜，担心你独自回家不甚安全，因此亲自来接。"鲁凤说："凯力，今夜我又要值通班，你先回家休息吧，不然明天上课没精神。临近暑期了，学生要高考，你也很忙的。"曾凯力朝韩鹏程点了点头说："那好，我就先走了。"说罢，就要转身离去。可韩鹏程却开口了，满面的郑重与关切："你的表现和其他情况，我从鲁医生这里已经了解。年轻人，好好地干吧，前途无量啊。"曾凯力感到，从对方那双圆而微凸的眼眸里，闪透出一丝微寒。可那微寒与他的长眼对峙了那么一瞬，就借故避开而移到了鲁凤身上，注视着她从床头柜上取来量压器，打开，准备为他测量血压。他立即配合，将仰卧改变为侧卧，挽起袖子，伸出手来，平放在床沿，一眨不眨地瞧着她的一双移动着的纤纤细手……曾凯力不便久留，彬彬有礼地、脚步轻缓地退了出去。按照常理，他应当顺手将房门拉上，可是他没有这么做，而是特意将房门敞开着。

　　走出市医院大门，走下一坡长长的台阶，穿过住院部大楼外那片占地约七八亩的大花园，然后踏上了园内通往市区大街的小径。他的脚步顿然缓慢了下来，迟疑着、蹀躞着，步履特别沉甸，最后不得不完全止步。"今夜，多好的机会呀，为什么要马上回去呢？"他诘问着自己，"我应当在附近躲藏起来，等到凌晨时分再出现在那间特殊病房门口，不是一切都清楚了吗？"浮想间，他已返回花园并进入一片花木与藤蔓杂生的绿荫，在一条长形石凳上坐下。石凳的凉意立刻从臀部传遍全身。高原的夏夜，大地已经转凉，露气弥漫了整个市区。他下意识抬头仰视天空，月亮很圆很明，苍穹很低很暗，看不清星星。远方那座高耸着的乳头形山顶上，似有一两粒如豆的微光闪烁，但却极难分清它们究竟是灯光还是星光。乳头山下，新旧交错的建筑鳞次栉比，影影绰绰，一望无涯。白日嘈杂的市声大都隐去，偶尔，从郊外传来火车由远而近又由近而远的哐当声，接着一声汽笛长鸣，悠远而朦胧。

时间，不知过了多久。他想看看手表，抬起手腕才发觉出门时忘了戴上。看了看偏西的冷月，估计从出医院大门到现在，大约又过去了两个多钟头。他站起身，长长地打了个哈欠，伸了下懒腰，由原路上台阶、进大门、乘电梯，拐过几处弯道与回廊，重又来到那间病房门外。他曾一路猜测，待他离开之后，这门便会很快关闭，那时敲开房门，即使她不承认，仍可说明问题的严重性。可此时，门并未关紧，还是那么虚掩着，门框与门扇间仍留着一丝儿缝隙。他将一只眼睛对准那缝隙，想通过它察看一下房内的情形。可是门缝太小，又不能过分靠拢而将门扇挤碰，因此什么也看不见。他侧耳细听了一会儿，房内毫无动静，也没有男女间调情时那类特殊的声音。他想，该发生的也许在他离开的这段时间内已经发生了，即使现在再次推门而入，也是马后炮。让鲁凤责问起来，自己反而显得被动。她问一句："你怎么又回来了？"他该怎么回答呢？无以自圆其说。何况，此时鲁凤不一定在房内，而只有韩鹏程独自一人。那时，他真要无地自容了。这真叫弄巧反拙呢。唉，还是等待时机吧。千万不要在没有把握的情况下贸然行事。倘若那个传闻是真的而情敌又真是韩鹏程，当场抓住的机会是有的，那时让他跪下认错并写下一张认错的字条，逼他退出挖人墙脚的角色。他已是部长、市委常委，威望极高，上级重视，还有一门在省委组织部工作的亲戚时时督促，为了那顶不断增大的红帽，相信他会这么做的。到时鲁凤也会改变主意，使他成为她爱的唯一占有者。为了鲁凤，也为了自己，这一切都必须悄无声息地进行，让同事、邻居和社会全然不知，静悄悄地让他和美丽妻子组成的这个家庭发生质的变化……他这么绘声绘色地一边遐想着，一边脚步轻轻地乘电梯下到楼底，快步走出了医院大门。

此后的一些日子里，曾凯力总是记着那扇虚掩的房门，痛苦而无奈地等待着机会，等待着时间。

机会终于来临。

这天，下午六点，他上毕课程回来，见鲁凤写有一张字条压在桌上："凯力，今夜又值通班，不能回家了。"看罢，心内填满了难言的苦涩，自语道："没关系，你忙吧。"

凌晨一点，他开始行动。先到护理办公室，然后去了那间无门号的特殊病房。可鲁凤都不在。特殊病房的门紧锁着，那块写着"病房，勿入"的小牌也已取走。他不便再去护理办公室询问，便直接去了杜鹃花住宅小区。他早已打听到韩鹏程的家就住在那里。

他小跑着朝西郊赶去。到这座高原小城的时间仅仅一年，他还没去过那里，只知道它的大体位置。听说那是市里主要官员的聚居地。这时，改革开放的大潮尚未到来，只听到了一点潮声。该市已经出现摩的，却无的士，但摩的早已歇息，他只能徒步急行。当他到达小区时，已是大汗淋漓。小区铁栅门已经关闭，值班室亮着灯光，一名身着草绿色保安服的老者，斜靠木椅打盹。他想立刻叫醒他，却一张嘴就被自己压住了嗓子：此时此刻，更深夜半，又彼此陌生，要向他打听某些特别情况，谈何容易！不过，他还是决定试它一试。好不容易从窗口把老者从齁齁的鼾声中唤醒，并告诉他：他的妻子鲁医生今夜到韩鹏程韩部长家，为部长夫人送药打针，现在已经处理完毕，她打电话让他来接。

开始，老者极乐意地听着，当说到为部长夫人打针送药时，那双深陷在皱褶里的眼眸，蓦地露出疑惑与警觉，盯着他看了半晌才问：

"你是说为韩部长的妻子打针么？"

"是的，一点没错。"

"不对吧？她今天一早，才从这里去了乡下的老家。"他一口浓厚的当地口音，把"去"说成"克"。

"前辈，"他礼貌有加地回答，"我想，一定是您老人家弄错了，刚才妻子还和我通电话说这件事呢。"

"嗨，我怎么会弄错？"老者昂首道，"早上，我亲眼看见韩部长送她上吉普车。因为刚从乡下迁来城里不习惯，还说让她在老家多待些日子哩。"

"那么，也许是给韩部长家里的其他人看病吧？"

"这也不可能。我今天并没看到有医生到他家里去呀。"

"谢谢。打扰您老人家了。"

在庆幸与失望交集的情绪中，他转身离开了杜鹃花小区，大步朝家中走去。他想：也许这一切只是绯闻，她与韩鹏程或别的什么人，这方面的关系一点都没有。当他过会儿到达家里时，鲁凤已经在家了。虽回家晚了些，但毕竟在忙完后赶快回家与他相聚。倘如此，他的疑虑将立即减半……可是，他走近家门时，门，依旧紧闭着，也没有灯光透出。

心，冰凉了：他又要独自度过一个孤寂的周末之夜了。

翌日中午放学后，曾凯力像往常一样顺路买了土豆、白菜、瘦肉回家，准备自己做饭烧菜。可一进家门便惊呆了：一桌热气腾腾、香味喷溢的丰盛午餐，已摆在那间小饭厅里！有鱼、鸡、韭黄、金针菇和蒜香猪排，都是他特别喜欢的食物。听到他的脚步声，鲁凤从厨房出来，一边解下腰间的浅紫色围布，一边喜笑颜开地说："今天喜事临门，我要慰劳慰劳你。"曾凯力更是诧异莫名："喜事？喜事从何而来？"她说："快把手里的东西放下，我们边吃边谈。"当他去厨房把东西放下出来时，她已把两碗米饭盛好摆到了桌上。

"凯力，猜猜看，今天我要告诉你什么好消息？"待他坐下举筷不久，就听到了她甜美的声音。每次听她叫"凯力呀"时，他便感到一片温柔。

"嗯，让我想想。"他瞧着她靓丽的面容，想了许久才说，"你涨工资了？"

她摇了摇头。

"要不，一定是你升职了。"他肯定地说，"没错，一定是晋级了。"

她还是摇摇头。他也摇了摇头，一脸茫然，那眼里有一丝不祥的光泽。

"凯力，你为什么不想想自己呢？"她只好无可奈何地揭穿谜底，"不是我晋级，是你快要晋级了。"

"你看我像个当官儿的样子吗？"

"难道当官会有什么特别的样子？就说样子吧，你也不差嘛。个子适中，脸膛微黑端正，眉长眼亮，气宇轩昂，人们都说你像个转业军官哩。"

"书归正传吧，究竟怎么回事？"

"如果乐意的话，可能不久调你去杉寨中学担任校长一职。"

因为土生土长的缘故，她和当地人一样，一直把"去"字说成"克"。他曾纠正多次，也没能纠正过来。现在，他无意去纠正这个根深蒂固的方言，而是想马上问清情况。

"你是说距市区十五公里的那个杉寨吗？"

"对，那可是一所完全中学啊。有初中、高中，教职员工两三百名。"

"……"他没有回答。端着碗，拿着筷，一动不动地愣在那里，眼里布满疑云。

"凯力，吃饭吧，别这么不高兴。"她夹起一块红烧排骨放进他碗里，"难道这是一个坏消息吗？"

"鲁凤呀，"他很快回过神来，因事情唐突而显得些许激动，"真不明白，你为什么为了一个'校长'的职务这么兴致勃勃呢？我从长江之滨的重庆调来云贵高原的七岭，难道就为了我们已聚又分开吗？难道我们的爱情、婚姻还不值那个小小的职务吗？难道……"

她让他这么倾吐着、发泄着，耐心无怨地静听着，脸上仍保持着常有的微笑与温柔，那双浅浅的酒靥里盛满蜜意。于是，一场即将爆发的舌战烟消云散了。末了，他以带有乞求的语音说："亲爱的，让我们在一起吧，永远别分离！"

她没有回答，也没有点头或者摇头，那笑眼里似含些许怜悯与难言。一顿午餐，在极不协调中过去，热乎喷香的饭菜，逐渐变得冰冷。

这以后，鲁凤在家的时间突然多起来。早、中、晚三餐都是她亲手操厨做好等曾凯力回来，她的温柔、贤惠，给处于警惕状态的丈夫带来不少慰藉。但她仍不时提起关于"升职"的事情，试探着再次劝说一番。不过，当看到他面上露出厌恶时，便立刻刹住不再多说。也许，因不断谈论一件事情反而会使这件事情变得平淡，也许，经历一番精神苦斗之后有了足够的承受能力，当她后来再次谈起这件事情时，他已不再激动，既不插话，也不反驳，只是默默无语地倾听着。久了，鲁凤也似无兴趣再谈有关"升职"的事情，脸上虽仍带笑容，却是默默地上班，默默地回家，默默地尽着家庭主妇的职责。

她和他，都等待着一场暴风雨的到来。

○二　温柔心战

暑假伊始的那个傍晚，曾凯力第一次被鲁凤邀约去逛马路。他强忍着内心复杂的感情，故作愉悦地答应了。

他们手挽着手，来到毗邻铁道的那条宽阔静宁的水泥马路——时代大街，一边低声交谈，一边依偎着在法国梧桐排列成行的人行道上缓步前行。两张开朗的笑脸，两双轻松的脚步，男音女音交汇，倾吐着柔情蜜意。看上去，他们不是已婚年余的伉俪，也未曾经历过任何不愉快的往事，而是一对相识不久、坠入情网的恋人。她谈医院各科室的承包制度、领导的变更和药房采购中的回扣贪污行为；他则谈某些学校教职工的评职评级竞争、分房暗斗以及社会上出现的赌博、电子游戏对青少年的影响……当他谈及某些学校领导因无力回天而感叹时，她立即自然而然地将话锋一转说：

"这恐怕主要还是校长的能力问题，所以需要将德才兼备的人充实到学校领导岗位。去吧，凯力，这毕竟是一次晋升和展现才干的机会呀。"她挽紧丈夫的手臂，甩过披肩秀发，仰起白皙娇艳的面庞，"想想看，一名重点大学毕业又有几年实践经验的知识分子，让自己永远当一名教师多么可惜呀！"

"是么？我可没这种感觉呢。"语气轻缓淡泊，在低头深邃地打量妻子一眼的同时，那双略小的眼眸内，闪过一丝狡黠的笑意。

"凯力，无论你感没感觉到，但事实摆在那里。"

"……"他虽无回应，却似是而非地以颔首作答。她那忽而灿烂的笑靥表示，她已注意到了这个不易察觉的颔首。

"有的想去担任这个职务，却去不了；你不想去，上级却希望你去。因为，需要的是你而不是别人。"似受到颔首的鼓舞，两片霜叶样红润的唇间，流淌出轻声曼语，"再说，凯力，这所中学距市区并不远，就那么十多公里路程，而且，是让你去担任一把手的职务呀。"

"……"仍无回答。似有迟疑的颔首或偶尔从喉间发出的"嗯"音。她难以分辨，这种颔首和模糊的"嗯"音，究竟是肯定还是否定。他和她一同移动着脚步，像在用心聆听，又像思绪已经飞扬。

"凯力，你在听我说话吗？"

"怎么会没听呢，你不是在说去杉寨中学的事吗？"

"我说这些你不会反感吧？"

"怎么会呢？夫妻间无话不谈嘛。你想说什么就尽管说吧。"

"回想起第一次提这件事时你生气的样子，我真有些后怕哩。"

"因为实在太突然了。"

"那你现在的想法如何呢？"

"……"

对话顿止。但两双脚步依然缓缓地并排向前移动着。

夜色已浓，墨黑晴朗的天幕缀满了星星。没有路灯，没有塔灯，星光成为时代大街唯一的光明使者。这条建于改革开放初期、横贯整个市区的水泥街道，路面宽绰笔直，人行道边植下的成排法国梧桐，而今枝繁叶茂，绿树成荫。但两旁建筑物甚少，来往车辆有限，路灯虽已设置却一直没有通电。人们仍然习惯于在那些杂乱肮脏的老城区摆摊设店。除国内少数几家投资者进驻外，外商几乎没有到来，当年市政官员以修路改善环境、吸引外资的设想，也成为了泡影。然而，这里却是恋人们、少男少女们谈情说爱的极好去处。每当夏夜来临，或月光铺地，或星月微照，高原的凉风在宽大叶片间飒飒作响，道旁的昆虫们在沾满露珠的草丛中浅唱低吟。浪形的山岫围裹着城区，七座乳头样的高山一字儿排开矗立在城区一侧，像七位巨人不即不离地守卫着。偶尔，一辆汽车驶过，两束刺眼的强光猛然扫射而来，照亮了那些或行或坐或立的男女，但他们毫无畏色，照样拥抱、亲吻或继续做出一些猖狂的动作……在这样的氛围下，在鲁凤一连串饱和着温情脉脉的"克"音和"凯力呃"的声韵中，即使铁石心肠也会被软化。要不是目睹过特殊病房和深夜"护理"的场面，也许，曾凯力会在她温柔的劝说与追问下改变主意，放弃他在被相约逛马路时突然产生的一个想法：利用逛马路互无心理防备的情况下，向对方作一次深刻的心理探测。但是，他没有，只犹豫了那么短暂的一刻，便从迟疑、怯懦与退却中解脱出来，恢复了原状与生机。他搂紧了她，搂得特重、特有力，感到手指触到了她坚挺、富于弹性的乳房。

"怎么啦？凯力。"她全身一颤，不知所措地站住了。

"亲爱的，我已经想通了。"

"你是说，愿意去杉寨？"

"当然，当然。那里又不是俄罗斯旧时的西伯利亚，也不是中国古代的流放地天涯海角，而只是郊区，有什么不可以去的呢？"

短短一语，如一声霹雳，震颤夹着惊喜：是啊，争执了数月，期盼了数月，终于迎刃而解，冰消雪融，从丈夫口里吐出了这么一句话！但是，面颊上的喜色还未消失，她很快听到接下来的另一句话："为了我，为了我们的爱情，你也跟我一起去那里吧。那所中学的附近也有一所医院哩，虽然规模小很多。"

挽住丈夫的那只手，松开了。这建议，实在太突然、太尖锐，也合情合理，让她难以应对。要是她还没有投入那个男人的怀抱，完全属于自己，她可立即答应他（当然，也没有必要这么煞费苦心地劝说）；但是，六年前的她，一位十七岁的美丽村女，就把自己交给了一个比她大二十五岁的已婚男人。而今，他是自己和丈夫的顶头上司，官运亨通，前程无量。更重要的是，他一直深爱着她，爱得痴迷难舍。应当说，她也是爱他的。不过，这种爱并非一开始就有，而是逐渐形成的。但是，为了那顶不断增大的官帽，他无法和那个从乡下迁入城里，与他年龄相当、面目显丑的老婆离婚——这样做，不要说不断升迁，恐怕连现职也难保，被扣上一顶"资产阶级思想、蜕化变质分子、喜新厌旧、腐化堕落"的帽子，他是无法解脱的。她和曾凯力的结合，亦属偶然与无奈。在火车上的一见钟情和此后的执着追求，不能不教她深受感动。他个子瘦高，面色微黑，眼小而窄长，谈不上英俊，但从那眼眸里透出的儒雅气质和那八十八封书信中的不凡谈吐与真情，却是一种不可抗拒的引力。况且，她也不能永远没有一个合法的丈夫呀。因此，命运注定她只能这么尴尬地生活在两个男人之间，不得不把感情和时间分为两半，虽然厚此薄彼，很不公平——在这种情况下，真要做到公平，谈何容易！

即使如此，那个捷足先登的男人却相当不习惯、不满意。在他的精心设计下，一个"晋级"的方案出台了，她成了这个方案的实施者、督促者，想来有些滑稽可悲啊……要是她不爱他，或者他也同意这么做，她完全可以答应丈夫的要求——一同调去市郊，趁此摆脱羁绊，摆脱长期的心理压力。可是，他不可能取消自己策划出笼的方案。当然，她也难以办到，她的心灵与肉体会拒绝她这么做（是的，一年来，她的心灵状态尚未发生太大突变）。于是，她强迫自己立即平静下来，重新挽紧他、贴紧他，稍带责备意味却不失温馨地说出了这样一段话：

"凯力，怎么可以提出这样的要求呢？想想吧，领导关心你，提升你，可又节外生枝，去提出另外的要求，让领导为难。这合适么？好意思讲出口么？"

"我想，这没有什么讲不出口的。"他语气克制，但很固执，像早已准备好这样一番话似的，"你为领导服务不少嘛，总是随叫随到，经常更深夜半出诊，量个血压打个点滴，老是找到你。"

"凯力，你讲的领导是谁啊？"她明知故问。

"韩鹏程韩部长呀。他不是统管着文卫教育系统吗？"他一针见血地说出了那个久藏于心、久卡在喉的名字。

"这……"她并不感到意外，可还是有一丝儿轻颤。挽住他的那只手，再次松开了。

在她愣神、语塞的瞬间，调邮电局的传闻、特殊病房和深夜"护理"的一系列镜头，蒙太奇般地闪过他眼前，一丝悲凉、酸楚从胸中愤懑地涌了出来。他想一把抓紧她腰间的肌肉大吼一声："韩鹏程，我×你八辈祖宗！"可是，他尽力忍住了。无论她在星光下能否看见他这一刹那的表情，他还是面带笑容地等待着她的回答。

"凯力，你这是说的什么话呀。"实际上，她也只慌乱了那么一瞬，在恢复温柔甜蜜嗓音的同时，一长串理直气壮的话语已从唇间顺流而出，"救死扶伤，看病护理，这是医护人员的天职。韩部长作为一名病员，我有什么理由拒绝呢？虽然我市目前还没有开展上门服务的项目，但市里已有明确规定，对处级以上领导干部是有特殊照顾的嘛。这些本属分内事，但他们还是对我格外关照，这次对你的提升就是例子。再说，对你的调动也是经教委领导集体研究的，并不是某一位领导说一句话就成了。现在，如果再提出更多的要求，那就太过分了。"

说毕，她又挽住了他的右臂，顺势用头在他的肩头、胸部撒娇似的摩搓着、揉拭着，同时，从喉间发出一种介于"嗯""唉"之间近似做爱时产生的那种特殊的声音。瞬间，一股电流传遍全身，他的血液奔涌，情绪亢奋，躯体、意念即将在她的声音和动作里融化了。

　　但是，这感觉只是须臾间，他又恢复了原状。他清醒地意识到，这第一次"侦探"的结果虽十分清楚却已失败：她拒绝了和他一同调去杉寨的建议——如果她答应这个建议，他也许会否定关于"调邮电局"的传闻，甚至也会否定深夜护理所带来的心理障碍。但是，这一切都没有发生。他还必须将自己所设计的无形探针继续向前移动。

　　"嗨，亲爱的，你真是伶牙俐齿。原来，我觉得你只是一位美人加淑女，现在发现不仅如此，你还是一位能言善辩、具有领导者风度的女性哩。"他很想接着说，"你这些带有政治气味的语言，是从哪儿学来的呢？一定是那个韩鹏程教的吧。"但他把这些特别想说的话咽了回去，叹了口气，说出来的却是："唉，看来，跟你相比，我这个中文系毕业的中学语文教师也望尘莫及了。现在，我想和你商量商量，争取一起调回重庆家乡县城，怎么样？噢，你别急，听我说完。那儿山清水秀，风光旖旎，能随时看到轮船、渔船，听到轮船的汽笛声和嘹亮的川江号子。而且，我的家人与亲友都在那里，可以互相照应。他们会把你当至亲至爱迎进家门。"

　　"凯力，"虽稍觉惊诧，但已不再像让她一同去杉寨那么抵触了，只是在娇声里隐含些许怨艾——她总是这样，在任何情况下，即使生气，那嗓音也是温柔的，"婚前我已多次说明，只能你来七岭，因为你母亲的身边有弟妹，而我唯一的母亲却只有唯一的我。她习惯于住在七岭老家，哪儿也不愿去。一提到那个冬寒夏暑的火炉，态度更是坚决。凯力，你不是山盟海誓地答应过我么？为什么现在还提这样的问题呢？真不明白，真不明白啊。"

　　"……"他没有回答，也无以回答。应当说，这结果并不是他所希望，但却是意料中的。他提出一同去杉寨或者一同回重庆，以及与她故做争执状，只是一种最后的试探，一种心灵的测试。诚然，这试探中也隐含某些微茫的期许，希望她在最后一刻放弃要他去杉寨的要求，或者在这试探中她霍然省悟、忏悔，将他曾苦苦追求的情爱召唤回来。倘若她应允了两个建议中的一个，也许，他会马上对那些传闻的真实性产生质疑，甚至把深夜护理也当作自己疑心过重所致。这时，他反而会考虑去杉寨中学，同时取消那个在心中酝酿已久、非比寻常的"行动计划"……可现在，经过这一夜的争执与测试，他彻底地失望了。

"亲爱的，"他将她那双冰凉的小手紧握在自己的大手里，并让自己和她一起停住前行的步伐，一语双意地朗声说，"看来，我是别无选择了。"

"是啊，亲爱的凯力。"这是喜出望外的声音，她把她比较吝啬的"亲爱的"三个字说得特别含情，"去吧，去吧，你真是乖小伙。"

"我想，是不是还应该加上一个小小的条件？"

"条件？什么条件？"

"我到杉寨上任后，每个星期日和星期六晚上，你必须在家陪着我，哪儿也不许去。"

"噢，"她舒了口气，如释重负，"那自然，我会在你不在家的六天里加紧工作，把周六晚上和周日一整天的时间挤出来。"

"这太好了，真是两全其美。"

"别急，好事还有哩。"她合拢双唇，神秘地瞧着他。夜色下，他虽没法看清她的神态，却能感觉出来。

"那就是三全其美了。"他惊喜地催促道，"快说吧，我有点迫不及待了。"

"为了祝贺你的升职，我决定拿出五千元积蓄，让你在这个暑假去游览全国的风景名胜。"

"你能跟我一块儿去吗？"

"凯力，要是能跟你一起去旅游，那真是太好了。可是，你知道医院的工作，一个钉子一个铆，我走了谁去顶替？你就安心地去玩个痛快吧。"

"哦……"心，一阵下沉；头，也有些眩晕。他觉得刚才说自己"迫不及待"，用来形容她和韩鹏程是最恰当不过了。他想大声呵斥，却竟然奋力压住了愤懑，做出快乐的样子说："不错不错，这真是个好主意。"

"那好，我们回家吧，已经很晚了。"

"好的，早些休息，明天出发去旅游。"

天上，云薄星淡。一忽儿，从东边乳头山垭处爬上一弯下弦月，如一把残损的镰刀，随着风儿匆忙奔突，想割去那些挥之不去、如丝如缕的残云，却始终未能如愿。

地上，咯咯喞喞，虫蛙竞鸣，伴和着稀落的脚步声。她紧贴着他瘦高健实的身子，他也竭力搂紧她细长的腰肢，反身往回走去。因为他托了她的部分重量，走得特别沉缓，虽感吃力，但还是这么一步步地朝前挪动着，忖度着：若是对她并无真爱，那实在太简单：各走东西，另觅佳偶得了，何必来这些假假真真的玩意儿呢？但是，他实在太爱她了。爱她文静秀雅的东方淑女型气质，爱她的玲珑、丰满与小巧型美丽，爱她将一些并不雅致的方言也糅合得无比温柔甜蜜。据说，她曾几次被省电视台和一位著名导演相中，准备调离，但不知怎么后来又没有了消息……是啊，他有什么理由不去夺回和保卫本属于自己的爱呢！理智与感情都不允许他放弃。即使路途艰险，布满荆榛，他也应当勇往直前，义无反顾……

一进家门，他便精疲力竭、大汗涔涔地倒在了客厅的沙发上。

"凯力，"她一只手在额脑为他拭了把汗粒，爱怜地说，"快去洗个澡吧，一定要用热水，谨防感冒。"

歇息片刻，他脱尽全身衣裤，走进浴室，关了浴门，开了热水器，让温暖的水丝尽情滑落、抚摸在自己的肌肤上。

水声沙沙响起时，鲁凤拿起座机话筒（当时，拥有家庭电话者，为凤毛麟角，为鲁凤安装电话，亦属特事特办），拨了六个号码。很快从对方传来粗犷的男音：

"喂。"

"你好。"她不必自报姓名。

"嗯，你好。"他也没有必要问她是谁。

"他已同意去那里任职。"

"现在服从组织安排，还是个好同志。"

"明天他一早就出发去旅游，估计要去北京、西安、杭州、成都等城市，时间一个月左右。"

"你应当亲自到火车站送行，为他购票并送上火车，然后目送火车开出。"

"哼，"她嗔怪而微含悻然地说，"太过分了吧！别忘了他是我的什么人。你若把他当对手，那是绝对——"

"放心吧，"话未说完，便被那边的声音打断了，"我不是正在擢升他么。”

“这个擢升，你心里最清楚。”

“好了，别争吧。明天我去省城开会，会期两天。你去吗？”

“去与不去，需要问我？”

“那就去吧。我们分头出发，还是住老地方。”

“知道了。”

“告诉一个好消息，有一幢临山别墅正在装修，估计开会回来即可入住。”

“嗯。”

“明晚贵阳见。”

搁下话筒，曾凯力还没出来。她斜靠在沙发上，自感乏力与怅然，自嘲地发出一声冷笑。一种充满矛盾、紊乱的歉疚感，如浪潮般涌上心头。从十七岁当赤脚医生、韩鹏程任县卫生局长那会儿算起，她和他的姘居关系至今已达六年，虽无夫妻名分，却情深意笃。他的步步擢升，除了他自己的精明能干与八面玲珑之外，因得到她而激发出的无穷上进心与勇气，不能不是其中的因素之一。然而，自她与曾凯力结婚以来，他便耿耿于怀，对提心吊胆的游击式幽会心烦意乱。明日此时，她和他可以在省城那个闹市外的地方安全相聚了，就让他随心所欲地发泄这一年间的委屈吧。但是，另一位与她有着合法关系的男人，却让她千方百计、软硬兼施地哄走了。他对她的爱是那么一往情深、坚定不渝，而她却把本该属于他的爱一分为二……

一阵哗哗的流淌声，打断了她炽痛繁杂的思绪。当塑料浴门打开时，那水声已骤然消失。整个屋子静了下来，静得很可怕。恍惚间，一种令人心颤的声波在心中隐约升腾而起，很迅猛，很磅礴，她感到万般惊骇。她想：为了防备万一，明天我应该送他到火车站。

○三　追踪有获

曾凯力刚坐上自己的座位，绿色列车就徐徐地启动了。

在由慢渐快、哐唧哐唧的车轮声中，他一直守望在窗口，守望着站台上人丛中的鲁凤。她穿一身浅红色衣裙，身姿绰约地站在那儿，不住地挥动着右手。他伸出窗外的那只手，也一直没有收回，与渐次变小的那片浅红色呼应着。

整个站台，沉浸在依依惜别的气氛里。他被男女们各式各样的送别情景所感染，也觉得自己真要远行似的，心里笼罩了离情别绪。直到火车奔驰起来，眼前的一切被石岗、土坡、林木取代时，才记起今天的真实目的：他必须在前方一个叫六枝的火车站下车，然后乘另一趟列车在当天天黑前返回七岭。本来，他并没打算这么做，连买车票也没有必要，只是来七岭火车站逛上一圈儿就立即隐蔽起来，等天黑之后再按计划行事。可是，鲁凤一定要送行，为他提包、买票并送至列车座位。他别无选择，只好随机应变，以真掩假，直往前行。幸好，当火车到达六枝时，时间尚早，等了三个小时，才从相反方向开来另一列火车。靠站后，他搭上这趟列车，在夜幕降临时分顺利返回七岭。

他来到一片小树林边，在一处枝叶疏落之处站下，长长地吁了口粗气。然后，用一只手掌擦拭额上颈上的汗粒。从七岭火车站到这里，他坐了一会儿摩的，又走了很长一段路，而且是绕道急行，累得他一身是汗、气喘吁吁。喘息未定，便将目光聚焦在前方他居住的那栋公寓楼上。凭着良好的视力和熟悉的环境，他能够在夜色下瞧见第三层上那孔小小的方形窗口，看清它是否有灯光，又依据灯光的变化来分析、判断室内发生的事情。

公寓楼距他所在的位置有二百来米。此时，亮度、色彩各异的灯光，已陆续在各个窗口闪现，可是，三楼上那个方形窗孔，却始终是黑洞洞的。他的心，随着那黑色暗淡了下来：难道她去了杜鹃花小区，或者去了那间特殊的病房？不，似乎不太可能。比起这间丈夫已经"远离"的卧室，它们毕竟不甚安全，被家人或医护人员撞见的情形随时可能发生。要不，她已看穿他今夜的预谋行动而另找了个幽会的地方？但在她为自己安排旅游的整个过程中，他言行举止非常谨慎，应是没有任何破绽。或者，那传闻原本并不属实，只不过是无中生有的谣传罢了。韩鹏程的口碑如此良好，特别是将"糟糠之妻"从农村迁来七岭后，人们更是心悦诚服，他的仕途愈加广阔，按理他不会做出有损前途的事情……可是，特殊病房和婚后的种种情形，给他留下了那么多难以磨灭的疑点，无论用什么理由去解释，都是难以消除的。它们如一团绿色的阴影跟随着他、压迫着他，使他难以自拔。头，总是沉甸甸的，使劲也抬不起来。在课堂没精打采，不时讲错一些仅属常识性、本不该错的问题。是的，这迈出第一步的路，必须走下去，不应有丝毫迟疑。"曾凯力呀曾凯力，拿出一个男子汉的勇气吧！"他对自己这样说道："怕什么权势？凡给你戴上绿帽者，无论他是韩鹏程、王鹏程，或者别的什么妖魔鬼怪，就要让他原形毕露！"

他在自己的心语中昂起了头，摸了摸旅行包中的傻瓜相机，勇气重又加入了血液的涌流。他下决心，要在今晚出其不意地出现在自己卧室的门口，将妻子和那个已过"不惑"之年、很有权势的男人或者别的什么男人双双抓获，用随身携带的这部佳能牌傻瓜相机，把他们做爱的镜头拍摄下来，然后迫使这个家伙知难而退，退出挖人墙脚的不光彩角色。

想到这里，他又注目看了那个窗口一眼。可它仍是一方墨黑。抬腕看看手表，时针秒针都很模糊，无法知道准确时间。仰视苍穹，万物影影绰绰，无垠的夜空，唯星光点点。远方，群山莽莽苍苍、层峦叠嶂，它们虽已沉睡，那僵直的"躯体"却将天边那一道熹微的亮光阻绝。倚山蜿蜒的建筑群落，呈现出参差的轮廓，满坡满岭的灯光闪烁不定，像星星，又像幽灵，给人置身无底深壑的感觉。

露气上来了，他的眉毛、头发很快巴满了小水珠儿，虽穿着衬衫、西服，他仍觉得有些寒意。盛夏的云贵高原，一会儿热，一会儿凉，白日黑夜两个世界。置身夏夜，却并无夏日的感觉。

"为了安全起见，也许他们要再晚些才去那间屋子。等吧，等吧，我要等到黎明前的最后一刻。"曾凯力一次又一次在心里对自己这样说。为了减轻疲劳，一会儿站，一会儿蹲，他这么轮番替换着不同的体态。

就这样，一直等到破晓时分。那窗口的灯光从未闪烁，也没有任何特殊的情形出现。他疲惫已极，全身倦软，凉意下竟睡意蒙眬。他打起精神，往回走去，打开房门，没有开灯，便和衣躺在了床上。却毫无睡意，心，在黑暗中沉浮起伏……

一次偶然的机会，他在一列由重庆开往昆明的列车上，与鲁凤邂逅。她的非凡美丽与清纯气质深深地吸引着他。坐在她的对面，有一种光彩照人、蓬荜生辉的感觉，让他联想起莫泊桑笔下的某些女性和《红楼梦》中的几位奇女。"也许，这就是缘分吧。"他这么思索道，"缘分将一位令人特别动心的姑娘送到面前，这种机会在人的一生中是有限的。机不可失，失不再来，若不抓住必将后悔莫及。"于是，他巧妙地与她搭讪，不经意地问清她的婚姻现状与通信地址，并默记于心。回去的次日便开始给她写信。可是，一封封热情洋溢的求爱信，换回的只是杳如黄鹤。他想，信既未退回，说明她已经收到并阅读，只是犹疑中不肯回信罢了。这期间，他放弃了几位主动"出击"的追求者，其中一位是毕业后留校担任助教的同班同学。时间过去了两年，他的信也写到八十八封。奇迹出现了：他终于收到鲁凤的回信，而且首次来信就满足了他梦寐以求的凤愿——婚事。但在信中却反复强调，他这么爱她，也许是一个错误，说不准今后要后悔的。又说，爸爸离世很早，她是妈妈唯一的孩子，如果他能离开重庆调来七岭，她可以和他马上结婚。这事，让他兴奋不已，又深感诧异。但兴奋压住了诧异，没作别的猜测，觉得只是女性惯用的谦词而已。此时，她已二十一岁，他也已二十八岁。新婚之夜，只有书本知识、完全没有性生活经验的他，显得笨拙无能，还未进入她的身体便疲懈了。当第二次爬上她身体时，他感觉她似乎在帮助他，她的臀部顺着他慌乱的动作而左右移动，使他轻易地进入了。蜜月期间，他明显地感到新婚生活远不如期待的那么美好，甚至还不如婚前的书来信往、沉湎于梦幻之中有意思。面对妻子不可思议的"忙碌"和"性冷淡"，他度过许多无奈而心碎的日子。直到"调邮电局"

的传闻、特殊病房一系列事情发生后，他才把它们联系了起来，并在深思熟虑后采取了这次行动……想着想着，过度的睡意与困乏，战胜了心内的痛苦，使他昏沉迷蒙地入睡了。

翌日醒来，已是下午六时。他感到肚子空响不适，明白这是饿极的缘故，便去街边小店吃了两碗羊肉粉丝。吃得很匆忙，有些狼吞虎咽。吃罢，返回卧室，将相机装进挂包，背上肩头，迈步出门。此时，夜色渐浓，街灯陆续明亮。他避开大街，只走小巷，在街树和建筑物的影子间穿行，脚步不停地踏进变幻莫测的阴影里。不觉中，他来到市医院护理办公室窗外。一位护士告诉他："护士长到省城学习去了。"他问："哦，学习什么？去了几人？"她回答："学现代护理技术，只有一个名额。"他又问："学习多长时间？"她摇摇头："这个我不太清楚。"

曾凯力闷闷地往回走，心内忐忑：她已两次去省城学习护理，难道每次机会都给她这位护士长么？再说，如今是改革开放年代，能随意多次用公帑让一名护士长去学习么……疑窦丛生，脑子一团糊涂。来到公寓楼下，打开邮政报箱，取出当日市报。上楼开门入室，拉亮电灯，斜躺椅上，快快不快地随意浏览着头版标题。看着看着，他的目光倏地定格在一个醒目标题："省委召开文卫系统会议，我市分管领导出席——韩鹏程部长在讨论会上阐述改革与发展辩证关系"。喔，原来如此：一个参加会议，一个学习护理，这般巧合？他决定立即出发，乘晚班火车去省城。也许，这次才真是出其不意呢。在出发前的半小时内，他将家中一切带有绿色和浅绿色的东西全都搜索出来，包括鲁凤喜爱的绿裙、绿袜、绿巾和自己的那只黄色挂包（他觉得有些接近浅绿），统统装进那只绿色塑料桶，提到附近一个公用垃圾箱处，奋力而愤然地抛了进去。他感到一阵轻松与快意。回家匆匆将相机的电池、闪光、快门检查一遍，装进那只赭色挂包，就直奔火车站。他坐在摩的上，听着耳畔呼呼的风声想道：昨天佯装去省城开始旅游，却回家住了一夜。今天准备在家里住上一宿，却无意间真的去了省城。人世间的事情就是这样，真是不可思议。

他哪里知道，他所执意采取的这个行动，对于他的人生，将带来怎样的苦难与厄运。而即将发生的一切，又会怎样如死结般地缠绕着他，令他久久无以解脱，挣扎、困惑与苦斗成为他生命中的主旋律……当然，这只是后话。

火车到达省城时，天刚黎明。

他找了家一宿仅收三元钱、名为"金汇"的小旅馆住下。为了寻访会议住址，和衣躺下歇息片刻便出门去了。他很快探明参加会议人员食宿在一家叫"山茶花"的大酒店内，便买了副墨镜戴上，随即乘公交车赶到那里，在距它约五十米的一条街口站住了。远远望去，酒店被深蓝色玻璃幕墙围裹着，大门两侧摆放着一对汉白玉石狮和许多盆正在盛开的山茶花。他所站立的街口处，开设有多家修理店铺和风味小吃店，熙来攘往，市声嘈杂，他的出现和停留不会引起注意，而且人们出入酒店的情形可尽收眼底。每天，从早上六点至晚上十二点，他都守候在这里，除了如厕或去附近一家大排档就餐的短暂时间外，像一位猎人监视猎物一样，锐眼直视前方。一天过去，仍一无所获。翌日上午，他远距离看到了韩鹏程。他和其他几位同样在胸前戴着出席证的代表，一起走过立交桥，最后走进一栋气派非凡、悬挂着红色横幅、有着罗马金柱的会议大楼。他暂时放弃在这里守候，分别去了几家设备和医护力量较强的医院，打听的结果与他此前的预料大同小异：最近两三年内，他们从未接受过培训护士的任务，更无一名叫鲁凤的女子在那些医院待过。他想，也许韩鹏程只是名义上住在"山茶花"，谨小慎微的他，自然也不会安排鲁凤住这里；为了万无一失，他一定让她住在另一处隐秘稳妥的地方，每天会议结束后，便步行或乘车去那里与她幽会。于是，曾凯力又返回会议大楼附近。等到上午十二点，参加会议的人们才从罗马柱间的拱形大门涌流出来。因距"山茶花"较近，大都徒步走过人行天桥回到那里就餐和午休。

韩鹏程随最后一批人流步出大厅。但他没有沿着通往"山茶花"的马路走去，而是朝着另一条街道徒步前行，穿过两条摊位密集的小巷，拐进一处停泊着各式新旧自行车的水泥土坝。他跨上一辆黑色旧车（那时，贵阳尚无的士，只有摩的，但他放弃了这两种交通工具），缓缓地滑出小巷，然后一溜烟跑开了。曾凯力尾随于后，小跑起来。几分钟后，来到一个三岔路口，一辆卡车将他拦截在后边。当他绕过卡车再往前看时，那辆黑色自行车已不知去向。"现在，即使再去会议大楼、'山茶花'大酒店或自行车停泊处等候，恐也无济于事，还是晚餐时去那处水泥场地等着吧。再一次跟踪，也许有收获。"他这样思考着，早早便到了那里，可是一直等到七点仍未见韩鹏程踪影。还是回七岭吧，毕竟那里环境熟悉、范围狭小，成功的希望大得多。而且，他得知会议今天已经结束，开会的人们即将离开，有的甚至当夜即返。再待在这里似已毫无意义。

于是，曾凯力随即乘火车又风风火火地回到了七岭。

连日奔波劳碌，他困乏不堪，一放下挂包，便躺倒在席梦思上，打算稍事休息，再去洗澡、吃饭。谁知一躺下便立即进入了梦乡。醒来时，时间已过去了一天一夜。他换下汗津津的衬衣，洗了个热水澡，背起挂包，去小店一口气咽下三碗肠旺面，然后沿公寓一侧那条微斜的街道溜达。此时，这座高原小城（它的辖区面积却是全省最大）的又一个夜幕降落了。他低着头，踏着被路灯拉长、被夜风吹动而摇曳不定的树影蹀躞前行，没多久，踏上了宽阔的时代大街。在快要被一幢建筑物遮挡时，他回头望了望自家的那个窗口，一种告别的感觉骤然涌上心头。他自己也感到非常奇怪。此刻，它在众多灯光映衬下显得特别墨黑、孤寂。鲁凤还会回到那间卧室吗？放弃一名具有大学文化又真爱自己的年轻丈夫，去甘当一名虽有权势却比她长二十多岁男人的情妇，真是不可思议。然而，这不可思议的事情就发生在自己家里。令他奇怪的是，她似乎并未放弃自己，好些个夜晚，他曾那么故意折磨她、发泄着，她不仅没有丝毫反抗，反而百般俯就……倘若他默认了目前的状况，那自然是大家相安无事。可是，恰恰相反，他既真爱她（这种爱，可说是唯一而不可取代的），又绝不会容忍目前的状况继续存在下去。他该怎么办？向韩鹏程的上级组织或上司反映？以法律形式解决？可证据在哪儿？弄得不好，一个诬陷领导的罪名还将落在自己头上。是啊，唯一的选择仍然是——

走着想着，炽痛纷乱的心绪似已理顺一些。一辆辆货车或小车，偶尔从身旁的马路驶过，划出一道刺目的亮光，但随即便消失了。哐当哐当的火车疾驰声，从远方响起又在远方消逝，一次又一次打破了夜的静穆。不经意中，他发现那辆眼熟的老旧吉普车，从身旁朝前飞驰而去，在他视线可及的一个地方停下了（他只看清那司机是身材魁梧、现在公安机关上班、似为韩鹏程贴身保镖段彪）。他立即拔腿一阵猛跑。可当他到了那里时，吉普车已无影无踪。他借助人行道旁的一丛树荫隐蔽起来，目光在马路两侧的建筑物间来回巡视，仍未发现蛛丝马迹。他打算移步到前面一些被夜色遮掩的地方看看，猛见那辆吉普从一处深巷中缓慢驶出，驶进时代大街后，便加大油门呼啸而去。

他心内亢奋，趋步向前，沿着吉普车出来的那条深巷逆向走去。

光线微弱，环境陌生，幸好全是水泥路面，使他很容易便走到了深巷的尽头。一片依山矗立的别墅群落，在远方建筑物折射过来的微光中，依稀显出崭新亮丽的朦胧姿容。每栋别墅自成体系，四周均有高墙围绕，墙顶埋有玻璃钉、铁棘，两扇可供汽车出入的不锈钢防盗大门，将红砖围墙紧锁。每栋别墅的每扇玻璃窗亦已关闭，也没有灯光闪亮。他想，这些尚未出售或暂时无人居住的建筑物，定是某位精明的房产开发商为可能到来的外商们预备的，无论私人或国营单位，七岭市内目前还没有这样的买主……思忖间，一栋紧依山体的别墅，那顶层的一孔窗口出现了灯光。这灯光，如一块强力磁铁，牵引着、诱惑着让他继续朝前走去。

由于多次失误的教训，此刻的行动特别小心。他来到这栋别墅围墙外站下，让墙体挡住自己的身体，只微微偏过头去，再通过大门方钢之间的缝隙，朝里察看：围墙内，有一块可供两辆小车停放的庭院。要进入别墅，必须从大钢门进入庭院，穿过庭院到达别墅底层入口处，再通过一扇统管整栋别墅的防盗门。也就是说，想走进别墅，必须通过一道大钢门和一道防盗门。再看每层楼房的窗户，每孔都安装了密密的钢条防盗网。别墅顶层（第四层）正对大钢门的窗口洞开着，明晃的灯光下，似有男女移动的身影，仿佛他们刚好迁入，正忙着布置室内家什物件，偶尔传来一言半语难以辨清的对白。他觉得他们极像鲁凤和韩鹏程。

心，一阵怦怦狂跳！他马上用左手按压住胸脯，严厉地警告自己：千万不要因为过分激动而自我暴露。

他决定即刻离开这里。

在步行回家的路上，他已完全平静，对自己能够自我控制很满意，对"踏破铁鞋无觅处，得来全不费功夫"的结果，有一种神奇感、欣慰感。"你能遇见的最危险的敌人永远是你自己；在洞穴里、树林里总有暗伏的你自己。"那位哲人的话，又在他耳边响起，像在告诫他，又像在阻止他。一连两个白天，他把自己关在附近的一家小旅店里，也不会见任何人。不是蒙头睡觉，便是看看从路边小摊买来的杂志或报纸。每晚十点，他准时来到深巷尽头，爬上一棵碗口粗细、树叶细密、可以藏身的杂木枝间。从这里望去，每栋别墅及其庭院、围墙、大钢门、防盗门，都一览无余。唯一有灯光的那栋别墅，每夜的情形大都如此：一辆吉普开来，停在大门一侧。段彪从驾驶座位下车，打开大门一侧的小门门锁，拉开门扇，让他和她进入庭院后，再将小门反锁。吉普车掉头驶出深巷。两人并肩穿过庭院，由他打开防盗门，入内反锁。一束手电亮光出现，橐、橐、橐登楼的脚步声响起。声音消失片刻，明灿的灯光从窗口喷洒出来，照亮窗外一小片夜空……他将这一切情形查勘明白，记于心上。

○四　自坠罗网

第三日天刚擦黑，曾凯力去附近小店吃罢一蒸格小笼包子，又喝下一碗大米粥。再去僻巷一家五金杂货店买下麻绳一卷、丈余竹梯一架、坚韧铁钩一个、小钉锤一把，付款后一律暂存店内，并告诉店主：这些东西是为一家经营房屋补漏业务的亲戚购买的，今晚十二点他会亲自准时来取。

黄夜十二点，曾凯力着一身蓝色中山装衣裤，穿一双平底布鞋，戴一顶褪色旧草帽，肩背内装相机、手电等物的挎包，独自去五金杂货店将麻绳、竹梯、铁钩、钉锤一并取走。

他到达那条深巷时，一片漆黑，虫鸟无声，四周出奇的静寂。远处高耸的建筑物们，灯光早已熄灭。天宇下的薄霭间，几颗疏星闪烁。别墅们的轮廓亦愈加模糊。每夜都有亮光的那扇窗户，玻璃窗已经关闭，透出的光线朦胧浅弱。他没有揿亮手电，只是摸索着将竹梯轻缓地靠上墙头，系好铁钩的麻绳紧扎于腰间，双手扶住竹梯往上攀援。到达墙顶后，取出钉锤将墙脊上的玻璃钉撬掉，将铁棘压弯压平，清扫出一小块可容纳双脚的地方，然后站了上去。接着，双手横提竹梯，举过头顶，绕过墙头，使竹梯徐徐降落墙内，让它靠在内墙壁上。他反身将双脚踏上竹梯，一步步倒退着下到了庭院内。这一连串的动作，他完成得极快速、极轻捷，毫无破绽，毫无声息。现在，那双让平底布鞋裹紧的双脚，已稳稳地站立在围墙内的庭院里。

他深深地吸了口气，瞭望一下四周，轻悄地来到别墅楼底的钢质防盗门外，用手摸了摸这不锈钢做成的门体。它锁、闩并用，厚实坚固，想从这里进入别墅和想通过钢质大门进入围墙内的庭院一样，都是异想天开。因此，只能照原计划行事。他将竹梯搬过庭院，让它靠在别墅二楼窗外的防盗网上。

抬头仰视，他感到头顶那片亮光特别高耸，而周遭的黑色也在向他包抄过来，悄然地将他团团围裹。他下意识地微感战栗，但只那么一瞬便过去了。一种突发的潜动力促使他捏紧拳头并让手指发出吱咔吱咔的脆响。他开始扶着竹梯往上攀援，小心翼翼地、一级一级地提动着双脚。攀至竹梯顶端，便将系在腰间麻绳上的铁钩举起钩住上方的防盗网眼。然后双手抓牢网眼，朝上攀登一大步。如此反复操作，进展顺利，安全无虞。即使万一踩空坠落，由于铁钩、麻绳的作用，也不致发生生命危险。这样，攀登仅花了约一个小时，便到达了三楼窗外。他站下喘了口气，想象着登上四楼那一刹那的惊愕情形：他和她经过一场"性厮杀"，现在正毫无戒备地裸身相拥而眠。紧握钉锤的他，咔嚓两下击破玻璃窗。他和她在响声中虽下意识翻身一跃而起，却仍是睡眼惺忪、全身裸露。当他们完全清醒时，他早已用傻瓜相机拍下多张艳照了……

遐想间，他感到头顶的那扇玻璃窗打开了，一双眼睛贴近防盗网眼朝下窥视。他立即仰头，可那玻璃窗已迅即闭合，开得忒轻，关时亦轻，此后便毫无动静。因身子紧贴着防盗网，夜色又如此浓烈，想从头顶的防盗网内发现下层网外的他，估计相当困难。于是，他继续朝上攀登，将铁钩钩住了四楼防盗网网眼……在钩住网眼的这一瞬间，他听到吉普车由远而近、疾驰而至的响声，随之出现的车灯强光划破夜色、冲进小巷，一声吱嘎，停在了围墙外的铁门一侧。与此同时，别墅内，杂沓的脚步声和开门、关门的金属碰鸣声中，一男一女的身影匆匆移过庭院，移出钢质大门，仓猝地跨入了吉普。段彪咔嚓将大门锁上后，坐进驾驶室。吉普掉头，冲出深巷，一阵左弯右拐，消失在远方的暮色中。

在两三分钟内发生的这一幕，对曾凯力来说不亚于当头一棒。须臾间，他蒙了，晕眩了。要不是铁钩扣住和双手紧抓网眼，他已经坠落下去。他什么都没想，一片嗡嗡声占满了脑子。或者说，他什么都想了，想得太多太乱，因而无从弄清楚究竟想了些什么。他觉得自己跌入了无底深渊，一片墨黑，茫然无路，无以自拔。"曾凯力呀，曾凯力，乖乖地离开吧。恋什么美人，捉什么奸，你是权势者的对手吗？"他这样愤懑地在心里对自己说，充满了悲哀与沮丧。他开始往下撤退，退得极快极猛。上去时曾有过的危险感，已经消失了。他一点也不惧怕这高空与几丈以下坚实的地板了。也许，只要坠落下去，人生的一切悲苦、欲念，包括对女人的爱恋、对情敌的仇恨，就立即灰飞烟灭了！

自叹自怜自暴自弃间，一阵隆隆声震响着由远而近。两辆摩托，灯光开路，撕开夜色，疾驰而来，急风骤雨般卷进深巷，在围墙外停住。四名壮汉跳下摩托，打开门锁，哗啦啦拉开了大门。摩托鱼贯而入，开进庭院。四道手电亮光，齐刷刷射向别墅顶部，又齐刷刷地搜索而下，罩住了已退至竹竿上端，头戴草帽、肩背挎包、受惊停步的曾凯力。

"下来，下来，愣着干什么！"

"老实点，别想跑！"

"胆大包天的贼！"

"……"

此落彼起的呵斥声中，曾凯力手足无措地退到地上，神色惊恐地瞧着来者。

"你们是——"他看看对方，试探着问话。可话未说完，啪、啪、啪几个巴掌飞来，重重地落在面颊上。草帽被扫落在地，挎包被一把拉下，钉锤、相机、电筒抖落出来，在地上发出叮当的响声。

"大胆的贼！派出所民警，你敢怀疑！"

吼叫者将电光在自己头上、身上晃了一遍，示意曾凯力看看他的警帽、警服。然后将头一歪："上铐！"

"别误会，我不是贼，我是中学教师——"

"少废话！"一副手铐铐住了曾凯力的双手，"只要是贼，就是中学校长也要抓！"

"我不是偷东西，我是来——"

"人和作案工具俱在，现场抓获，还敢狡辩！"啪、啪，又是两记耳光。

"真的，我是来现场捉——"

"带走，别听他胡说八道！"

曾凯力被带上一辆附有拖斗的摩托车，在民警和另一辆摩托的押送下被带走了。只用了十来分钟时间，便来到一个叫冲沟派出所的低矮建筑物前，被推进一间三面墙壁一面铁栅、灯光微暗的房内锁了起来。

直到此时，他才发现那卷带有铁钩的麻绳仍捆扎在自己腰间。他低头看看自己这身行头，想起刚才翻墙过院、爬梯走壁的情景，自己还能说什么呢？这不明明白白一个在现场被抓获的贼么？应当怎样申辩？如何解救自己？在七岭几乎没有亲人的他，似已进入一条死胡同。即使在重庆，在这种情况下，生活在乡村的母亲与弟妹们又能如何呢？也许，曾思索过的那个请求警察出面抓现场的方法是正确的。但是，能当场抓获吗？那两道坚实的铁门怎么打开？当警察在围墙外将二人叫醒时，或许她和他已很快进入了另一套卧室。这时，你能说这分别居住在两套卧室内的男女正在通奸吗？再说，警察会不会接受报案并根据他的设想去行动呢？即使会，也必将满城风雨，美妻、名誉一扫而光，绿帽尚未抹掉，而一项诬陷罪名又加在了他的头上。是的，他不止一次这么设想过、冲动过，可心里一出现请求民警出面的想法，便立即自我否定了……铁栅内的曾凯力，一动不动地坐在那条长木凳上，思前想后，痛苦万分，心肌绞动，热血奔涌，无以自拔。直到黎明时分，才蒙眬睡去。恍惚间，他来到一片火海样的世界，熊熊烈焰追赶着他、绞缠着他。他跑啊跑啊拼力地跑啊，但那烈焰如一条巨蟒尾随而来，紧追不舍。他虽未被烧死，也这么一直朝前奔跑着，可已是气喘吁吁、体力难支……当他在惊恐万状中艰难地睁开眼睑时，几个陌生人正站在自己面前。

他极力分辨着眼前的情况：强烈的日光火辣辣倾洒在派出所的小院内，倾洒在铁门已经敞开的铁栅上，也倾洒在他自己的身上。铁栅外边站着五个陌生人，全是白衣白帽，面带微笑，神态从容。有的手提出诊箱，有的颈佩听诊器。一辆涂有红十字标记的白色面包车停候一旁。他知道这是五名医护人员和一辆救护车，但并不明白他们为什么会来到这里，是否与自己有关。他正在急遽思考这个问题时，却听到一位三角脸形的中年大夫用责备口吻对一名身着黄色衣装的民警说："快把手铐拿掉。能这么对待一位病员吗？"那民警一言未回，顺从地走进铁门，默默地为曾凯力取下手铐，解开昨夜他自己捆扎在腰间的绳索，然后默默地退出。中年大夫立即跨进铁门，对曾凯力和蔼地说："曾老师，你生病了，需要到医院治疗一段时间。走吧。"两名年轻大夫迅即靠近曾凯力，从左右两侧伸出双手，做搀扶状。

"我没病，不需要住医院。"曾凯力两眼平视，一动不动，显得漫不经心的样子。

"有的病自己是不知道的。"中年大夫说，"如果真的知道了，那就没病了。"

"我真的没病。我不会去的。让我回学校吧。"

一阵沉默。沉默中，中年大夫面颊上的笑纹蓦地消失了，眼里闪过一丝不易察觉的凶光。他低头靠近他耳边低声说："还是明智些吧，曾老师。不去医院，你就会去另一个比医院更难待的地方。"

"什么意思？"

"比如拘留所、监狱之类。"

"你——"曾凯力睁大眼睑，惊愤地注视着对方。他这才看清，这是个三角脸形、白净面色、鼻小眼小口小、表情瞬息即变的人物。

"你应当明白，让你去治疗，这是领导对你的特殊关爱哟。"

好一阵沉默。许久，他终于开口问道："要我去什么医院？是市医院吗？"

"走吧，别问了。你很快会知道的。"

"请赶快通知鲁凤，把换洗衣服送来。"

"你是说你的妻子吗？她一大早就把你的衣物、洗漱用具交给了我们，已经放在车上了。"

曾凯力愣怔了，愣了足足一分钟。他能说什么呢？他明白中年大夫话中的含义。按照法律，一个翻墙入室作案的盗贼是要被刑拘和判刑坐牢的。也许，让他去医院是比较客气的做法，是韩鹏程深思熟虑之后的一个对策。不敢把他当盗贼处理，是害怕事情闹大丑闻传开影响官场前程。因此，在这种情况下，他只能将计就计，另寻时机逃出陷阱。想到此，曾凯力从凳上站了起来，矜持无语地朝救护车缓步走去。

三角脸形中年大夫脸上绽出狡狯而宽慰的笑容。他和派出所民警点头作别后，与四名医护人员一道紧随曾凯力进入救护车内。他坐到副驾座位，两名年轻大夫在曾凯力左右两侧坐下，另两名则坐于车门附近。像预先安排好似的，这一切行动只花了几秒钟，救护车便急匆匆地开走了。

车，沿着时代大街往东疾驰。只用了二十分钟，它便驶出了市区，来到一个多岔路口。车轮急转，再朝北方飞奔而去。车，颠簸起来，使人前俯后仰，左偏右倒，难以安稳。曾凯力透过车窗外望，呈现在他眼前的是一条迂曲不平、坡度较大、路面狭仄的泥石马路。四周全是怪石嶙峋、层峦叠嶂的峰岭。车行其间，犹如在犬牙交错的乱石山岗间穿行。这是一些他从未去过、从未见过的地方，他感到恐惧与不祥正在向他袭来。他问坐在两侧的大夫究竟要送他去哪里，不仅没有得到回答，连看都没看他一眼。他霍地从座位上站立起来，大声吼道："我要下车！"使得坐在身边和坐于车门一侧的四名医护人员一跃而起，抓紧他的两只肩臂说："别动！别动！危险！危险！"边说边强行将他压下坐回原位，然后围了一圈儿，紧绕其身旁坐下。

几秒钟的紧张过去了，车内重归平静，不停晃动与颠簸中，四只车轮在悬崖绝壁间小心翼翼地滚动。"他们是医生或护士吗？为何神态、动作极像警察？究竟要把我带到什么地方？将作怎样的处置？从现在的情形看，似乎不是送我去什么医院，而且，在这样的环境中会有医院么……"随着身子的摇晃，曾凯力心急如焚地思忖着、猜测着，越想越觉得蹊跷，越想越觉得凶多吉少。但是，他又能怎么样呢？如此严密监控，他能打开车门跳下去么？即使能够，一跳出车门，便会即刻坠下悬崖……他无可奈何地闭上双目，准备打一会儿盹，让绷紧的神经松弛松弛，可是，车，吱嘎一声停住了。

"曾老师，下车吧，医院到了。"三角脸形中年大夫扭过头来，微笑着对他说。

他睁开眼睑，车门已经打开。两名大夫扶着他的双臂，另两名站立一侧。三角脸形大夫径自朝一处洞开着的铁板大门走去。

在四只手掌的搀扶下，曾凯力蹒跚着步出车门。他感到两腿麻木酸痛，因而没有理睬搀扶者的催促，在原地站立了一会儿。首先进入他眼底的，是两扇刚才打开的白色铁板大门，门的两侧竖立着两根四楞石柱，门柱顶端横悬着"乌冲安宁医院"六个蓝色铁皮大字。铁门内，远近高低的建筑物隐约可辨。这是一片极其广大、矗立于绝壁之上的场所。它的背面是一片重峦怪异的乱石山岗，稀落的松树与杂木丛生其间，密扎卷曲的根须裸露并布满于石头之上，极像老人脸上的皱褶与筋络。大铁门内，均属医院的"疆域"。门外，一块不太宽敞的地面上，一条狭窄车道通往七岭市区与外界，临时搭建的各类店铺、地摊、小食店、烟酒杂货店、修理店，等等，门类齐全，应有尽有，组成一条小小的街市。再往外十余米处，便是令人生畏的悬崖峭壁了。

瞧着这样一个奇险巉峻的所在，曾凯力自感触目惊心，连呼吸都停滞了。他极力使自己冷静泰然，让头脑保持清醒。他知道，安宁医院就是精神病医院，对手把他当作一名疯子送到这里，用心极其卑劣，若想离开并非易事。但也只能暂住下来，以观察动静和寻找脱身的机会。

"走吧，一进大门就到。看风景今后有的是时间。"两只手掌在他肩上轻缓地推了一把，他的两脚便不由自主地开始朝里移动。

"医生，你看我像个疯子吗？"他一边走着，一边扭过头来问道。没有怒意，唯带着一丝自嘲。

"没有人说你是疯子。"

"那为何把我送到这里呢？"

"不一定非要疯子才来这里治疗，凡有情绪情感疾病者，也可以来嘛。"

"如真是这样，这里可要人满为患了。"

"……"

再无回答。他们在嚓嚓的脚步声中，穿过一道铁门、二道铁门、三道铁门，进入一处只有灯光没有阳光、用砖木和不锈钢等材料隔出若干小屋的穿形大厅，再让他进入其中一间小屋。他刚将目光投向白墙、木床、木椅以及那孔不锈钢窗棂，五六名身着白衣白帽的男人，冷不防从门外一拥而进，不由分说地将他按倒在床上，用一条长长的布绳将身子、四肢连同木床一同绑扎，无论他怎么大声地斥责，也无论他怎么奋力地抵抗，最终还是没有改变被绑的命运。他额冒冷汗，满面通红，气喘难平，可仍在大声喊叫："你们要干什么？我不是疯子！我没有精神病……"

三角脸形大夫出现了。他在病房门口往里瞧了瞧，对一位四方脸、人中上有一粒黑痣的大夫说："陆医生，请你出来一下。"他压低嗓音对出来的陆医生说："准备注射。氟哌啶醇、海俄辛，适当加量。"注射毕，他走进病室，对喊声已停的曾凯力说："曾老师，送你到这里，是对教师的关爱。住一级病房，又是特别护理，你就安心地住下来吧。"

他没有看他，双目紧闭着。他知道自己当下的处境极其险恶，无法抗拒医生们采取的任何措施。有什么办法能阻止这一切呢……曾凯力这么炽痛而无奈地思索着，感到通过针管注入臀部的液体，已经流遍全身，脑海一片空白，身子飘然而起，悬浮于高高的云海间，无法自控，也不知飘向何处。

在四只手掌的搀扶下，曾凯力蹒跚着步出车门。他感到两腿麻木酸痛，因而没有理睬搀扶者的催促，在原地站立了一会儿。首先进入他眼底的，是两扇刚才打开的白色铁板大门，门的两侧竖立着两根四楞石柱，门柱顶端横悬着"乌冲安宁医院"六个蓝色铁皮大字。

○五　部长的不眠之夜

这是一个繁忙难静的夜晚，至少对韩鹏程是如此。但他成竹在胸，有条不紊，显得极平静。

是夜，他在市郊一间空置已久的白墙青瓦房内会见了多人。这间七十年代大办赤脚医生时用作医疗点的小屋，面积仅八九十平方米，坐落在两座大山间的一处山垭下，葳蕤繁茂的松柏翠竹环绕着它，幽寂、静谧。透过枝叶间网眼般的缝隙，隐现出白色、斑驳的墙体。八十年代末期医疗点停办时，韩鹏程特意将它保留。此后，虽无赤脚医生值班，但仍保留着原貌，电话、桌椅、床位等设施俱在，也不时派人前往打扫。说是留下这个地方，让后人了解一下当年赤脚医疗点是怎么回事，亦属好事一桩。不过，他心内究竟怎么想，谁也不清楚。那时他是该市卫生局局长，鲁凤是这个医疗点唯一的赤脚医生。他以此为样板，在全市建起几十处医疗点，培训出数十名赤脚医生，因而名声大振，成为全省文卫系统参观学习的样板，韩鹏程也多次在省、市一些会议上传经送宝，介绍有关方面的情况与经验。不久，在刚出台的一项规定和相关领导的催促下，他妻子的户籍由农村迁移到市里。那时的"农转非"（从农业户口变为非农业的城市户口）极其严格，没有特殊情况是严禁的。对此，"以权谋私"成为人们议论的话题。面对这些訾议，他陪伴着这位初入城市、只念过小学且面目奇丑（鼻塌、眼小、唇厚）的乡下女人逛了几次大街。奇迹出现了：訾议戛然而止。反对的人们一反常态，对他不弃"糟糠之妻"的美德赞不绝口。他行事低调，时时面带微笑，早上班，迟下班，以步当车，常用一辆老旧单车当坐骑。他的仕途一片灿烂阳光，几年内两次升迁，由局长升到了市委常委、宣传部长的位置。接着，他又干了一件大事，在他的精心设计与主持下，经省里相关部门批准，在七岭境内创办了乌冲安宁医院。这是全省唯一一家优质精神病院，设计、选址、建筑、医疗技术等方面，都属首屈一指。曾接收过很多来自全省各市、县的病员，其中少数病员则是某些领导叮嘱要特别"关照"的。三名在省府门前静坐求见领导、两名上京告状的"钉子户"便在"关照"之列。当他们住进乌冲安宁医院后，果然销声匿迹、社会安宁了。对他的这一非凡贡献，省里一位分管组织的副书记特欣赏，在一次会议上谈到有关社会稳定的重要性时，特意提到他的名字。人们猜测：韩鹏程前途广阔，擢升的空间很大，或许很快成为七岭市委或市府的主要领导。

对于这些猜测和议论，韩鹏程也略有所闻。但在他心中掀起的微波一瞬间便消失了。对曾凯力的蛮缠与跟踪，他本已警觉，与鲁凤的约会亦多加防备，但万万没有料到问题会出在这幢刚刚入住的别墅内。事发后，他时刻告诫自己，万事小心在意。在处理曾凯力的过程中，每个细节都亲自把关。他知道，弄得不好，二三十年的奋斗与仕途将全盘输光。今晚，将几名亲信召来这个僻静隐秘处所，便是为了万无一失。

时令刚至十月，但高原之夜已显寒意。韩鹏程身着黄色棉大衣，坐在一把旧木椅上，准备逐一单独会见即将到来的应召者，

此时，手机尚未出现，而称为"大哥大"、形似手机的信息物体（大约一公斤重吧），也还未普及到这座高原山区小市。机关、单位和个人，大都使用座机和BP机。韩鹏程用医疗点的电话通过BP机将他们依次叫到这里。

第一位被召见的是市公安局刑侦科警员段彪。此人身材魁梧，鼻直眼亮，举止得体，沉着而文雅。曾当兵两年，复员后又去云南一家武术学校学习，因写的几首歌词在地区报上发表而被市公安局招聘。不幸的是，市公安局局长个子矮小，与段彪形成鲜明对比。段彪到局里上班不久，便发生了几次不愉快事件：当他俩坐在一起或走在一起时，不认识他们的人总是把段彪当成了公安局长。段彪虽立即作了纠正，但这种因形体对比强烈而出现的喧宾夺主情形，仍使场面显得十分尴尬。因此，局长多次想在试用期间将其辞退。一次偶然相遇中，韩鹏程见他闷闷不乐、神情异样，问其缘故，得知是工作不保问题。于是，承诺为其

说情。段彪千恩万谢。辞退的问题很快解决，直到工作转正都未发生任何障碍。段彪提着礼物亲自登门致谢，表示今后若有需要，赴汤蹈火亦不辞。临走时，韩鹏程将礼物送还说："有你这句话就够了，送礼没有必要。"此后，韩鹏程将一些不想为他人知道的私密事情交给段彪去办，总是办得扎实稳妥，不留尾巴。这次中学教师曾凯力纠缠闹事事件，就是让段彪亲自出面处理。

"此事虽小，任务不轻，辛苦你了。"待段彪汇报完押送曾凯力到乌冲安宁医院的经过等情况后，他对他说，"为了一位教师的名誉，不把他当盗贼处罚，而是送他去医院，这样处理是明智的。但我不明白，为啥将他关押了一个夜晚？"

"此人火气太旺，如直接送乌冲，沿途安全太成问题。"段彪将坐凳朝前移动一下，让自己更靠近韩鹏程，"即使这样，第二天他还坚持不去，声称自己没病。韩院长上前严厉警告后，才勉强服从了。而且，当时并未说去乌冲安宁医院，否则，事情相当难办。"

"你的任务是协助医院搞好安全事宜，杜绝不测事故发生。"他强调说，"但不必经常去那里，只是偶尔去巡查一下那里的大门、床位、围墙和铁丝网等状况，一旦发现问题，必须立即补救。无论何时去那里，都应着便装进入，到病房需换上白大褂。"

送走段彪后，第二位很快到达。此人姓吴名秋，《七岭日报》记者。三十来岁年纪，个高瘦削，背微弓，眼忒小，戴近视眼镜，多斜视，很少正面看人。神态严肃，沉思寡言，唯只言片语间，可透露一股正气，特别是对男女偷情之类事情更显愤慨不平，言谈中冀望法律倍加严惩。根据其意愿，组织部决定晋升他担任市文联副主席一职。也许是吴秋命运不佳，也许只是巧合，调令就要发出的前三天，一封奇怪的举报信，将这个调令搁置了下来。举报信称：吴秋的一位密友到外地学习，临行时托付吴秋，妻子一人在家，望多加关照。吴秋说，你放心去吧，有老兄在此，你还担心什么。密友走后，已婚三年且有一子的吴秋，按自己的承诺，无微不至地关心着密友的妻子，除经常去家里问寒问暖外，还不时送去水果、糕点之类，甚至带她逛商场选购衣物。久而久之，便将密友之妻"关心"到了床上，使她的肚子渐渐大了起来。密友学满回家，见状大惊，追问缘由，妻子只得以实相告并同意离婚，目前正在办理离婚手续并分割家产。

这是一封令人难以置信的举报信。吴秋这样一位党员记者且对此类事情嫉恶如仇的人，与密友妻发生如此下作之事，不可理喻，是否因做记者笔下直言而遭恶意报复亦未可知。但是，既有言之凿凿的举报，理应查处，弄个水落石出，还被举报者一个清白。为此，组织部派了两名党员干部前往调查。结果令人大失所望：举报完全属实。经研究后，只得将调令取消。

这件事对吴秋打击很大，让他深陷迷茫与痛苦。一天，他被叫到了韩鹏程的办公室。

"这次所犯错误，你明白它的要害是什么吗？"他开门见山地问道。

"知道。是，男女关系。"他迟疑着回答。

"不对。如果仅仅是男女关系方面的错误，那并不可怕，只是个生活作风问题嘛，改了就行；可是，违背了传统道德，就错上加错，无论如何解释，也难以服众。"

"……"他疑惑地斜视了韩鹏程一眼，欲言又止。

"俗话说，朋友妻，不可欺。这就是一个传统道德问题，对你来说，是致命的。调市文联任职一事，只能暂缓。目前舆论温度太高，让它冷却一下再说吧。"

"……"他低垂着头，显得很沉重很难受。那双眼睑遮住了眼球，只剩下两道朝下弯曲的小缝。

"但你绝不可气馁。人生的路还很长，机会很多，望振作精神，一如既往地干好本职工作。"他停了停，若有所思地说，"我想，只要我韩某在，不久的将来，你的愿望是可达成的。"

"感谢部长的批评教育与关怀。"他终于抬起头来，扶了扶眼镜。说过这句话，便再无多言了。

就这样，吴秋从内心感恩于韩鹏程，将此前的一般关系提升为亲信。他把希望寄托在这位爱惜人才、患难见真情的部长身上。

近几日发生的事，消息灵通的吴秋早已得知，正准备前往汇报。一接到韩鹏程的电话，马上明白其召见的缘由。见面后，未等韩鹏程说话，便主动汇报了近期七岭市舆论方面的各种动向，其中有人暗中诽谤乌冲安宁医院，说它是政界打击迫害对手的场所。但曾凯力被送去那里的事情似乎尚无人知晓。

一颗悬浮着的心，戛然落下。

韩鹏程说:"叫你来,没有特别的事。作为媒体,要搞好舆论导向,绝不能让一些谣言占领市场。凡不能在报上辟谣的,可在同事、熟人好友间用巧妙方法加以纠正,使正面舆论自然而然地去压倒错误舆论。关于乌冲安宁医院,你可专程采访一次,写一篇市委、市府如何关爱精神病员,使一大批患有此病的人痊愈出院,过上正常人生活,甚至走上工作岗位的报道。"

吴秋一边记录,一边点头说:"您的指示很重要,我立即去办。"说罢,告辞而去。

吴秋走后,一位眼大、鼻尖、唇薄、三角脸形的中年人到达。此人姓韩名文达,是韩鹏程远房侄辈,但年龄只比韩鹏程小两三岁。由于同村同族,经常见面,交往频繁,实际上比至亲叔侄还亲密。事发次日早上,从派出所押送曾凯力去乌冲时,他是押送者之一。作为工农兵学员,他们均毕业于省医学专科学校,只是韩鹏程毕业不久便当上市卫生局副局长,韩文达毕业后亦顺利进入市医院。乌冲安宁医院创办时,已官至市委常委、宣传部长的韩鹏程,让他升任乌冲安宁医院院长一职。

"文达,情况怎么样?"刚坐下,韩鹏程的第一句话便进入正题。

"初到时,吵闹厉害,经过一月精心治疗,现已安静,几乎整天昏睡。"

"注意药物用量,不可发生重大医疗事故。"

"叔,每天注射,是我亲自动手,重大事故是不会有的。不过,长此下去,他那脑袋就没用了。"

"药物对神经系统刺激较大,但对身体影响很小。只要活着,即使今后不能从事教育工作,工资仍可照常领取。"

"让他在那里待多久?"

"能待多久就待多久,时间越长越好。"

"伙食、床位怎么安排?"

"生活上多加关照,安全上多加小心。严防逃跑和自杀。住单人病房,位置应紧靠大山。还应特别注意的是,不要让任何人与他见面。记住,我说的是任何人。"

"知道了。"韩文达点了点头。他已听懂"任何人"三字的含义,明白这是特指鲁凤。因此,不需多问。

叔侄俩还谈了许久,谈得极细致、极深入,直到想不起再谈什么,才一道离开医疗点。韩文达用来时开的医用小车，将韩鹏程送至无名别墅大门外，然后再回乌冲安宁医院。

此时，已是深夜。高原夜风挟裹着凉意，吹遍小城，街间几无行人。无名别墅四楼，那孔隔着磨砂玻璃的窗口，透出一片亮光。鲁凤早已到达，在这儿等候多时了。

室内还算暖和。韩鹏程推开房门，一袭寒流顺势而入，强行涌进室内，使人微感战栗。但她并未抬头，双眼微红，泪珠顺着两颊缓缓往下滑落。她没有像往日那样，满面笑容地开门迎接，伸出双手，从他身上剥下大衣，将它挂到那个柏木落地式衣架上。她那么一动不动地坐着，低垂着头，流淌着眼泪。见此情景，他也没有吱声，只是颓丧无言地在沙发上坐了下去。

墙壁上的圆形石英挂钟，时针指着"12"，秒针沿着圆形轨道无声地不急不缓地移动着。七十年代中期，刚当上市卫生局长的他，带领着文卫系统的十多名人员，在一个叫杨梅的村子搞基本路线教育运动，主要工作是"抓革命，促生产"。"抓革命"的核心是抓阶级斗争。在宣传上强调阶级斗争必须天天讲、月月讲、年年讲；在行动上紧跟，或召开忆苦思甜大会，或批斗地、富、反、坏、右分子。但老的"分子"们大多死去，只好在他们的子女中选择"一小撮"将批斗进行下去。"促生产"的主要内容则是农业学大寨，组织农民仿照山西大寨大队那样修筑梯土梯田。他在这个村子里住了半年，对千篇一律的运动模式与枯燥单调的农村生活，产生了厌倦情绪，希望运动尽快结束，早日返城。岂料当运动即将收尾时，他却有了重大发现：一位天仙般的美貌妙龄少女出现在眼前！她的出现，像一道闪光扫荡了他心中的阴霾。向村民打听，她叫鲁凤，十五六岁，家境贫寒，在一所乡村中学念完初中就辍学了。他叫住她，问她想不想当一名赤脚医生。她说，想归想，这个大队早已有了。他说，没关系，先让你去省里学习，学习结束再另行安排。那个年代，当一名赤脚医生极不容易，要经过几道关卡，层层推荐、审核。现在喜从天降，令她无法想象，她惊喜得连"谢谢"都忘了说。在去省卫生学校学习的两年中，每次往返她都要途经七岭市区，每次也由韩鹏程亲自安排食宿。在一个平静的晚上，他得到了她。这一夜，他没有睡觉，她也难以入眠。灯光下，她仰卧床上，闭上眼睑，让他一遍又一遍地欣赏自己白皙美艳的胴体，也让他一次又一次地进入自己的身体。从此，他离不开她，她也不想离开他。在卫生学校毕业后，她被安排在市郊那间白墙青瓦的屋子里，当一名郊区村（当时叫大队）的赤脚医生。她以医疗点名义去省里学习，学满毕业返回理应当一名赤脚医生。否则，名不正言不顺，定会引起社会公愤。不过，上述安排只是一个掩人耳目的过渡手法。一年内，她两次升迁。首先，从赤脚医生岗位正式调入市医院护士班担任护士，户籍亦同时由农村迁至七岭城区；接着，一步到位——升任该院护士长，管理数十名护士和护理员成为她的主要任务。此后，她时时独自浮想，某一天韩鹏程突然对她说："原有婚姻已解除。亲爱的，我们正式结婚吧。"可是，一天天地过去了，然后，又一年年地过去了，这美好的一天一直没有到来。这种地下恋情关系，使她内心深处充塞着压抑与迷惘。时而冀望占上风，时而失落成为主角。偶尔，她试探着对他说："让我们正式……吧？"她有意省略了"结婚"二字。他总是久久不能回答。看了他为难委屈的样子，想补充说："算了吧，别为难。"还未说出口，他却开口了："亲爱的，这事我比你还急，有时甚至难以入眠，想得我心痛心碎。但倘若真要那么做，情况会怎样呢？也许，我们俩都会被遣返回到农村，从此就永远在山沟里那片土地上摸爬打滚，一切又回到三十年前的状况……"她知道，他说的都是实在话。他老婆的伯父在省委组织部组织处任职，全省干部的擢升考核与任免都要经他之手。当年作为工农兵学员去大学学习，毕业后调市卫生局工作以及几次升迁，都与这位妻伯有着千丝万缕的联系。即使给韩鹏程十个胆，他也不敢跟老婆提离婚的事。于是，她与他就这样年复一年地过着，直到和曾凯力结婚，走到今天的地步。

不知过了多久，她方抬起头来，泪眼婆娑、似含恨意与怒光地注视着他，单刀直入问道："你为啥把他送到那样的地方？"

他，当然指的是曾凯力。

在韩鹏程记忆里，她的言语、心灵与肉体，永远是温柔的，从未有过今夜的情形。

"很简单，这是为了你，为了他。"

"他是我的丈夫。为了我，为了他，你能送他去那个鬼地方！"

"执勤民警要把他当盗贼刑事拘留，是我及时作了纠正。再说，他已失去自我控制，只有送到那里，才能让他尽快安静。否则，不知道还会闹出什么事情呢。"

"现在，你让我怎么办？对同事、亲友怎么讲？对他重庆的家人又怎么讲？"

"就说生病住院。"

"什么病？住什么院？"

"头痛、头晕，待查。或抑郁症之类亦可。"

"如果家人前来探望怎么办？"

"尽量谢绝。"

"我去探望总可以吧？"

"你也暂时别去。他正在气头上，见到后也许会拿你出气，若当众争吵起来，局面无法收拾。他被送到派出所后，我没让你直接把衣物交给他，原因就在这里。等他情绪好转后，我会吩咐医院让他回家，也回学校上课。你就安心地等等吧，我会处理好的。"

"不要把他当作真正的精神病患者，也不要注射那类药物。否则，他的脑子出了问题，我只能找你。"

"这方面我已严肃交代过。放心吧，他一定会毫发无损地回来。"

她再没提出什么问题，只那么狐疑而茫然若失地注视了他一会儿，欲言又止。

厅内骤然沉寂，沉寂得令人不知所措。对立的气氛虽已减缓，但并未完全消失。韩鹏程显得极困倦，他长长地吁了口气，便走进了卧室。从客厅可以听见他倒床的碎咚声。没有多久，齁齁的鼾声传了出来。

鲁凤拉灭厅灯，走进卧室，打开了台灯。他和衣斜卧在席梦思床上，看样子的确睡着了。她为他脱下鞋和外衣，盖好棉被，然后在床头不远处坐下，一点睡意也没有。从室外松林间传来阵阵涛声，时强时弱，时远时近，与室内的鼾声交汇，在她本不平静的胸中掀起层层涟漪。她一遍又一遍地思索着韩鹏程刚才说过的那番话，觉得似对非对、似解非解：以往，再难的事，到了他的手中，必会迎刃而解；可这件事，难道再无更好办法而非要将他送去那个地方不可吗？是啊，调离、升职、劝告，她已亲自试探，结果无济于事。剩下的办法只有两个：她和他一起调离七岭，从此远走高飞。但韩鹏程坚决反对，她的母亲也不同意。另一个办法是，她和他解除婚姻关系，分道扬镳，各自东西。但这么做更不可能。她并不想放弃他。她已二十三岁了，总不可以一辈子做韩鹏程的地下情妇吧。没有正式婚姻，没有自己的孩子，一生一世的日子怎么过？曾凯力对她的爱，已到刻骨铭心、无以复加的地步。为了她，他远离家人、亲友，从他乡异域前来投奔。他的人品、文化、素质与体格，亦无可挑剔。他不图名利，不畏权贵，不受迁升诱惑，只是一心想把第三者赶跑。作为一个正常男人，这是情理中事，无可指责⋯⋯是啊，她该怎么办？眼前的出路又在何方？而使她深感忧虑和恐惧的是，身在安宁医院的他，情况究竟如何？是否过着正常人的生活？韩鹏程的承诺，可否得到真正执行？如果⋯⋯想着、想着，她感到害怕了。急步走出卧室，轻悄地打开了一扇窗扉。一袭晨风吹拂而至，凉透了。她伫立窗口，远眺着乌冲的方向，直到东方呈现出一抹浅淡的晨光。

○六　生死时刻

·

　　早上八点，一名女护士来到曾凯力病房门前，咔嚓一声将门锁打开。身着白大褂、手持听诊器械的院长韩文达迈步而入，来到床边，开始了难得一次的特别查房。院长亲自深入病房，必属特殊病员。他有好些天没来这里了。

　　"曾凯力！"

　　没有回应。他又连喊两声，仍毫无动静。

　　全身裹在棉被里的曾凯力，正侧卧着蒙头憨睡。若是往日，一听到呼唤，他会一骨碌翻身坐起，配合医生的一连串程序：量体温、查血压、打针和吃药，等等，一切照办，服帖顺从。可今天，他纹丝未动，定格在那儿，像个没有生命迹象的物体。

　　"怎么回事？发生了重大医疗事故？因注射过量导致死亡？看来，大祸临头……院长职位不保，还可能摊个牢狱之灾……"他的心，一紧缩，狂跳不止，脸孔突变惨白，听诊器差点从手中滑落下去。

　　愣怔片刻，他将手中器械交给身边的护士，一把掀开了曾凯力身上的棉被。接着，手伸至他鼻翼下方，做探测状。三秒钟后，韩文达转身面向护士会意一笑。不用开口已告知：他没有死，呼吸正常。

　　"曾凯力！"韩文达提高嗓门喊道。

　　他终于动了动身子，"嗯"地应了一声。

　　他没强迫他坐起来，让他仍那么侧卧着，开始为他量体温、测血压。听诊器在胸部来回地移动，反复地谛听。良久，韩文达面部再次浮上了喜色，但这喜色一瞬间便消失了。他在心中对自己说："事故虽未发生，却给我敲响了警钟。这种整日蒙头昏睡、神志迷糊的情形，绝非正常现象。长此下去，后果难料。待我再次考察后，如有必要，可暂停药物注射，并为他改善食宿条件，让过度受损的身体稍加康复。否则，事故一旦发生，责任在我，那时后悔莫及。"

当日，曾凯力一直"沉睡"至下午六点，神志仍未完全清醒。在韩文达授意下，两名护士守在床前，问了他如下几个简单的问题："你叫什么名字？现住在哪里？乌冲是人名还是地名？"他均木讷未答，只自顾自地卷被而眠，好像永远睡不醒似的。

一连数日，医护人员特意与其交谈，结果仍是无答或答非所问。在严密监视下，搀扶着他去院外一片草坪上溜达。他神志懵然，目不旁视，叫他向左，他便左走，叫他朝右，他便右走，任由摆布。给他一份《七岭日报》，头版刊有吴秋写的长篇通讯（连载）——《关爱阳光暖遍乌冲》。他只斜睨着瞧了瞧，便扔到一边。鲁凤托人送来棉裤、棉帽、棉鞋和一件咖啡色纯棉大衣，他亦神色木然，无动于衷。

韩文达作出一项不请示上级而自作主张的决定：对曾凯力暂停药物注射并将他转移至一间豪华型特殊病房。它紧靠巍峨石山而建，傍依峭壁巉岩而立，远离院外小摊小店们的噪声与喧豗，显得尤为幽寂，唯山风与松林汇成的隐约涛声，点缀出些许生机。而室内设备亦基本齐全：置有简易小餐桌一张，单人棕垫木床一架，老式旋转开关收音机一部，可供热水澡堂兼厕所一角。一孔倾斜封闭的玻璃窗，镶嵌在屋顶，可仰视窗外一小片晦晴天空。曾凯力特别看重这孔斜窗，觉得它也许是一个可以逃生的希望之孔。

长时间的"嗜睡"与"昏迷"状态，曾凯力终于为自己赢得了改住特殊病房和暂停药物注射的优待。

……初来乌冲的那些日夜，令他愤慨难忘。他被捆扎在床上，医护人员轮班监视着。一次次反抗与呐喊，没人理睬，没谁同情，更无人过问。每天按时注射，那让人头晕脑涨的药液，仍不断地在他全身涌流作祟，使他时而迷糊，时而半醒，生命在昏睡与惺忪中交替轮回。恍惚中，他自感体力、精力正在逐渐消退。不知怎么，有一刻他倏地记起了"鲁凤"这个名字，脑子顿然清醒：啊，我已进入一座魔窟并被恶魔控制，他想让我变成一个真正的疯子，然后长期隐秘地占有她。我该怎么办？怎样才能保存自己、改变现状、冲出牢笼？也许，唯一的办法是让自己彻底变"痴"变"傻",变得顺从服帖,以此麻痹对手,放松管控,或因害怕弄出特大事故而停止注射。此外,他还应当趁人们熟睡时,暗中进行体能锻炼,增强体质,减缓药物伤害,然后再寻找机会出逃。

次日上午,当医护人员来到病房后,他开始实施自己定下的计划。起初,对他的突然顺从与驯服,人们甚感诧异。不过,很快便习惯了,觉得这是药物产生的最佳效果。认为再昼夜绑扎已无必要,因此,很快给予解除。但药物注射仍照常进行。

当更深人静时,他的大脑仍处于半懵半醒状态。他强迫着自己翻身下床,轻悄地穿上棉衣、棉裤,在伸手不见五指的黑暗中(当然,灯光是绝对不能打开的),启动了自己一天的活动日程,开始了他独出心裁的"夜练"。

首先,他站在床前仅可容身的一块地板上,重复地做着蹲下、起立、起立、蹲下的同一动作,连续做完一百次后,又改换姿势做上肢伸展运动,也是连续、重复地做一百次。接着,双手伸入蓬乱的头发间,让十个指甲紧贴头皮用力地梳刮,从脑门一直梳刮至后脑勺,来回往复地梳刮一百次。动作极其简单,但很有分量。这一系列动作完成后,热汗便布满了全身。整日嗜睡(其实,一半时间系佯装)带来的关节与肌肉疼痛减轻了,药物过量注射导致的头晕与木讷缓解了,浑噩不清的大脑亦爽适多了。

但是,他要走的路还很长很长。"嗜睡"与"迷糊"必须继续进行,"佯装"的计划不可有丝毫懈怠。因此,从早到晚,他总是"憨睡"不醒,懵懂呆痴,即使就餐时间,双目亦无法睁开,半睁半闭,囫囵吞枣式地咽下一碗饭菜后,倒头又睡。注射者、送餐者,大都带着怜悯的眼神摇头而去……就这样,他终于迎来了院长的亲临"视察",也赢得了特殊病房与停止注射的优待。体质虽未完全康复,但身体状况已持续好转,大脑的思维也正在变得清晰起来。于是,他开始谋划下一步计划——

他必须逃走,逃出这座魔窟!这是唯一的出路。而且,只能依靠自己。但要实现这个目标谈何容易!他曾在那孔斜窗上动过脑筋,也曾不止一次站上餐桌用手敲击试探,这块坚厚的玻璃窗与水泥顶盖牢固地黏合着,不用钢钻、铁锤是无法将它击碎或分解的。别说他不能找到这些工具,即使能够找到,动静太大,亦绝无成功希望。

那么，还有另外的办法吗？似已艰困重重，甚至穷途末路。这里是悬崖绝壁的世界，是大山巨石的海洋，一条狭窄的沙石公路，是通向山外的唯一出口。现在的病房条件虽比过去优越，但距这个出口却越来越远，要到达那里，除了通过三道铁板大门之外，还须穿过几条迂曲的廊道，更何况病房小门时刻处于关锁状态！再说，即使你有能力打开门锁、穿越廊道和所有铁门并进入公路，但在这条一边悬崖一边峭壁的狭窄公路上，任何路段都可以轻松地将其拦截抓捕。除非有一位可为你启开门锁、打开三道大门并备有一辆摩托与司机的相助者出面鼎力搭救，否则一切办法都是痴人说梦。

思路如此清晰，而达成目标却这般艰难。路在何方？谁来相助？一切无从谈起。唉，命途多舛，悲哉！哀哉！

每日里，当完成白天"昏睡"与晚上的"夜练"之后，他便这么漫无边际地思索着，既痛苦、愤怨而又无奈。想累了、困了，仍找不出自救的办法，直至拂晓，才蒙眬入眠。他觉得自己正在徐徐坠落，足下是山岚涌动的深渊，而这似有浮力的山岚让他漂浮于半空，故而下沉得极缓极缓。良久，他终于站立于一片波涛之上，他时而沉没，时而上浮，湍流激荡，骇浪惊涛，间不容发时刻，一只巨手将他托起，让他站到了岸上……

一梦醒来，他仍在惊恐与惊喜交集中。用力睁开惺忪的双眼，仰视上方偏斜的玻璃窗，曙色初现，天已大明。四肢，依然瘫软。胸脯，仍在狂跳。梦中情境，历历在目。这梦，昭示着什么？有何特殊的隐义？又是否与当下的窘境有关？他曾拜读过《梦的解析》，弗氏认为"梦是愿望的满足"，是一种"原本思考法则"，"人在睡眠时由于超我监督松弛，被压抑的冲动乘机混进意识，就成为梦……所包含的、暗藏其中的意义就是梦的隐义或隐义内容……通过精神分析才能揭开外衣，露出隐义的真情……"今夜的梦，有着何种隐义与真情呢？他百思不得其解。

他又想到，西方研究梦的大师们另外一些各不相同的说法。哈夫纳说：梦是清醒生活的延续。格鲁佩说：梦分为两类，第一类梦被认为只受到当前（或过去）因素的影响，对未来并不重要；第二类梦则决定着未来，可以从梦中接受直接预言，或对未来事件的预言……

此时此刻，生死存亡之际，他应该相信谁呢？弗洛伊德？哈夫纳或者格鲁佩？也许，他应该相信格鲁佩关于梦是对"未来事件的预言"的说法吧。那么，梦中那沉浮起落与巨手拯救的种种情形，又预示着什么呢？难道他的人生将如梦境所示：波涛汹涌、磨难重重？而那救助者是谁呢？世间有这样一位恩重如山者吗？他苦思冥想，无以自拔。

他仰视斜窗，阳光已照，新的一天来临了。

当他看见阳光的一瞬间，头顶一粒蚕豆般大小的光点粲然进入他的眼底！他本能地惊呆了，张开双唇，险些失声叫喊。他眨了眨眼皮，重睁双目，没错，的的确确是一个穿透的小洞！他猛地翻身下床，仔细观察那小洞，洞边还悬吊着几颗沙粒哩。顺着小洞直往下瞧，一些零散的沙子也出现在床头或枕边。啊，这不是一个正在脱落、扩大的洞口吗！如果将它扩大到可容一人钻出时，逃生的机会就有了。无论迎接他的是密林、峭壁或悬崖，那毕竟是一条逃生的路，生存、自由的希望就不会泯灭。

天赐！天赐！绝妙而诡异。谁能想到，在他无助、绝望的时刻，它竟然神鬼莫测地出现在面前！他用双手按捺住起伏的胸脯，好让剧烈跳动的心脏弛缓下来。想到送餐和查房的医护们会陆续到来，尽快将小洞隐蔽是首要任务。否则，一旦被发现，这唯一的转机必将得而复失。首先，他去厕所撕下几片卫生用纸，浸湿，揉作一团，站上床头，将那小洞塞住并压平，使纸团与白色房顶基本一致。然后，将坠落于床上、地上的沙子，一点一点地扫除、清理干净，倒进厕所用水冲走，不留下丝毫让人产生疑惑的痕迹。

两件事做完后，他立即钻入被窝，开始了又一天周而复始的蒙头"憋睡"。

"曾凯力，吃早餐啦！"

果然，他很快听到喊声。一骨碌翻身坐起，睡眼惺忪，昏晕欲倒。勉强坐稳，伸出双手，接过馒头、稀粥，呼呼喝下几口后，将碗、筷撂在桌上，拿着馒头，倒床又睡。

瞧着这情景，医护们相视一笑，无语鱼贯而出。

每天总是这样，一次查房，三次送餐。上一餐的碗筷，要在下一次送餐时才能拿走。因此，晚餐的碗筷，在第二天早上方可清理出门。

是夜，万籁俱寂。斜窗上，墨黑如漆。也许，因浓雾薄霭，一夜全无月色星光。

未到夜半，曾凯力已开始行动。应当说，这是他二十八岁生命历程中最不平常的一个夜晚。他严肃地警告自己：不要激动，不要紧张，更不要兴奋，不能弄出太大声响，也不能跌倒受伤。若稍有不慎，这唯一的逃生机会将永远丧失，接下来便是做一名一生一世的疯者。

他穿好棉鞋，扎紧皮带，套上布袜，穿上那双虽旧却完好的球鞋，又特意把鞋带扎了又扎，将长出的部分塞入鞋内。为了行动方便，他暂时没有穿鲁凤送来的那件纯棉咖啡色大衣，只穿了衬衫和毛线上衣。为了增加卡路里，他吃光小桌上土碗中已凉透的剩饭。再将土碗置于地板，用力一踩，让它破成几片锋利的锐物。然后俯身摸索着拿起其中的一块碗片，抬腿站上床头，抽掉塞在小孔的纸团，开始平静、耐心地挖凿，让松散的沙石一点点地脱落，使小孔一丝丝地逐渐扩大。他甚觉诧异：这本是钢筋、沙石与水泥的混合物，理应异常坚固，可是，在凿戳时却这么松散，有时只需轻轻一顶，便沙沙沙地坠下一片。那钢筋亦已锈腐，经不住碗片的顽强碰撞而纷纷断落。他想：这项工程的当权者，可能拿走了太多回扣，致使建筑商或承包工头偷工减料而留下了这处瑕疵。此时，他真不知应是谴责还是庆幸，或者从内心深处感激这些在特殊时期的特殊人群……他一边凿戳，一边想着，不觉间，已将小孔扩展至面盆般大而圆、仅容一人上下的"天窗"，接着四周出现了十分坚硬的结构，再想扩大已不可能。啊！谢天谢地！数年前，便特意为他安排下这个逃生之地！这是神佛的庇佑，还是巧合？他不知所措，也无法回答。

他将餐桌从地面移至床上，置于"天窗"之下，再抱起咖啡色纯棉大衣，站上餐桌，将头伸出"窗"外。四野一片漆黑，夜色吞噬了万物，唯寒风扑面，松涛声咽。他试探着把大衣顺出"天窗"，并缓缓地推移至房顶一侧。它既未滚下，也未滑落，稳稳地搁在了那里。于是，他开始有把握地继续将棉裤、棉被、床单、毛巾、枕头以及那块碗片，依次一一从"天窗"送出。接着，他抓牢"天窗"较为坚实的边沿，用攀登双杠式的动作，将身子往上提升，让腹部抵住"窗口"，匍匐着朝窗外一寸一寸地移动。

他终于站在了屋顶之上。一身大汗，气喘吁吁，山风挟着寒气袭来，一忽儿睫毛上便沾满水珠，禁不住打了个冷颤。他赶紧穿上毛裤、棉衣和纯棉大衣，将自己严严实实地武装起来。

此时，眼前的一切，正在魔幻般地变化着。重重浓雾与山岚之中，初露出一抹难以察觉的晨曦，隐现层峦叠嶂的暗影与峻崖绝壁下的深渊。随着天宇下亮度的扩散、蔓延，真切的情景正在呈现出来：他的左、右、背后，全是怪石穿空、榛莽密布的山岭，唯前方脚下是一面陡峭壁立、无以驻足的长坡，坡间杂草、荆棘与乱石共生。或因山雨长期冲刷的缘故，有一溜不宽但光秃的坡面从坡顶直达坡底。从灌树隙间，可隐约俯视山麓情形，似有梯田、坡土与农家炊烟。

看来，这一溜光秃的坡面，便是他唯一的逃生之路。

他记起《三国演义》中的一段描述：魏将邓艾率大军到达阴平，遇摩天岭峻壁巅崖挡住去路。若返回另择路线进军，势必功败垂成。他当机立断，命令全体军士裹毡翻滚而下，因而轻易夺取蜀国屏障江油，出其不意直抵成都，灭掉了蜀汉……现在，他可以仿效邓艾的做法，将全身包裹，沿着那片光秃的坡面滚下，或许尚可生还。当然，也可用布条结成长绳，牢扎于树干之上，双手紧握长绳一步步退下山去。此法虽较稳妥，但并不可行。首先是没有那么多布条来结成足够到达山底的长绳，即使有这样一根长绳，他下山之后，却无法拆除它，追捕的人们仍可沿着这根长绳滑下，在很短的时间内将他抓获……值此生死时刻，唯一可行的做法，便是冒险拼死一搏，沿着这光秃逼陡的山坡翻滚下去，说不准还可绝地逃生。为此，他必须抓紧时间，做好下山的一切准备。

他首先从棉被上拆下被单，连同床单一起，在那块锐利碗片的帮助下，让它们成为数十根布条。然后，棉絮裹身，枕芯枕巾包头，用布条从足底至头顶一道一道地将自己扎紧箍牢，把一个人体变成一具索绑绳捆的"粗桶"。此刻，除了可以从"桶"内伸缩活动的双手和两只眨动的眼眸外，很难断定这还是一个有着生命力的活物。

刚将形体改变，天已大明。太阳还没从东方升起，但曙光已见。估计已是早上七点。再过一个钟头，查房的医护们就会发现他已经逃走。是的，他应当赶快行动。

面对深不见底的陡峭山坡，他用双脚引带着沉笨的身体，朝着光秃坡面之顶一寸一寸地移动。在犹豫与惶惧交集的瞬间，他耳畔响起那位哲人粗犷的嗓音："向前进是危险的，停在中途是危险的，向后张望也是危险的，战栗和停留都是危险的。"啊，一切都是危险的。他决然思忖道，既然如此，那我就选择前进吧！于是，他闭上双眼，放倒身体，向山下翻滚而去——

通过身上的包裹物与滚动的摩擦声，他能感知翻滚的速度和所遇障碍物阻力的大小。翻滚在加速、加速，越来越快。他知道，这是物体坠落中产生的加速度。不过，并非一直这样加速下去，翻滚中总会不时被低灌、草丛或者小石阻隔，使速度稍加减缓。不久，终于被重重地撞了一下便停住了。睁眼扫视，原是一棵粗长的树桩挡住了去路。透过疏松缝隙，可清楚俯视山下的房舍、水田与山岫。他伸出双手，抓住树桩，想奋力站起，再一步一步地后退着往下攀爬。可是，这里坡面更陡，还没踩稳，厚而滑的松针便让他碎咚倒下，在疏林空隙间继续朝下翻滚起来。耳边响起风声、摩擦声、碰物声，来不及思考，来不及观察，只能闭上双眼，听凭命运安排，让身体这样一直高速翻滚、翻滚……他感到自己突兀腾空而起，风驰电掣般朝下飞去，重重地撞击在一间草棚房顶之上，在竹干断裂声中，坠落在一堆高高的草木灰内，连身带头被深深地淹没了。

他挣扎着爬出灰堆时，已成一个地道的"灰桶"。他首先抹掉脸上的灰粉，露出双眼，然后伸出双手，将布绳一一解开，一层层剥下身上的棉絮、大衣和其他包裹物，反复抖动，抖掉上面的草灰。身上只留下毛衣、毛裤和那件蓝色中山装，其余物品均捆扎进棉絮内，做成一件可背着赶路的又圆又大的包裹物。

他站下，重重地喘了口气。伸手摸了摸头、面及眼、鼻、口、耳等部位，一律完好无损。又仔细瞧了瞧双手双脚，除一只手背有点皮伤外，亦全无大碍。

现在，他抬头放眼巡视四方，才明白自己是坠落在一间三四十平方米的简易竹棚内。这里一边堆放着炊后留下的草木灰，一边是煮饭、就餐的场地，摆放着木桌、木凳、木椅等物。用竹片、竹条编成的橱柜，固定在竹柱、竹梁之上，碗、筷、盆、钵之类，规则地摆放其内。泥土灶上，一顶竹盖扣住铁锅，热气沿锅边升腾上冒。透过竹窗外望，一座石墙、青瓦古屋毗邻一侧，铜饰木门，雕花窗棂，飞檐斗拱，十分考究。木门洞开，石狮守卫，一道石阶直通门前。

曾凯力背起行李，正要出门，一位老妪双手合十，口念佛号，从门外颤巍巍走了进来。她银发皓首，皱褶如根须般纵横交错爬满面孔，唯夹于根须间的两眼炯炯有神。她含笑说："今天你平安到达这里，必是个有福之人。几年前，从山上滚下一人，当场魂断气绝。可今天，大不一样。快走吧，孩子，往南走。"

他没有马上离开。指着窗外那栋古旧房宇问道："老人家，请告诉我，那是什么地方？"

"它是一座古寺，供奉着佛祖。我是庙里的尼姑。那年冬天，一伙戴着红袖章的青年人冲进庙内，将佛祖和其他佛像砸烂运走，只留下一座空庙。佛祖的形体没了，可是，他的灵还在。我守在这儿，一直守着佛祖的灵。你看，今天他真的显灵了。"

"有香和烛吗？我想拜一下佛祖。"

"时间紧迫，今天就免了。孩子，赶快离开这儿吧。"

曾凯力放下行李包，转身面朝古寺跪下，伏地三拜。然后，重背行李包，对老妪说了声"再见"，便迈步离去。可是，刚出竹屋，老妪叫住他，将一根热气腾腾的红薯和一把零钱交到他手中说："这个红薯，你边走边吃吧。这些散钱不多，放在身边总有好处。都拿着吧。记住，往南走，一直走啊。"

他用双手分别接过红薯和钱，站直身子，向她深深地鞠了一躬。然后转过身来，朝着南面的一个山垭走去。走了几步，当他回首再看时，老妪已经回屋了。

刚出竹屋，老妪叫住他，将一根热气腾腾的红薯和一把零钱交到他手中说：“这个红薯，你边走边吃吧。这些散钱不多，放在身边总有好处。都拿着吧。记住，往南走，一直走啊。”

○七　明道暗径双轨行

早上，乌冲安宁医院一片沸腾。

送早餐给曾凯力的那名护士和去食堂就餐的病员们，同时发现了那个透亮的"天窗"。须臾间，急促的脚步声，压低嗓门的问询声，围观者们的议论声，交混回响，此落彼起，紧张气氛在每个角落涌流着、传播着。

一场暴风雨不期而至。

韩文达领着几名医生、护士，步履仓促地赶到现场。各种嚷声戛然而止，数十双惊诧的目光齐刷刷聚焦在他身上。一架竹梯从"天窗"伸出，一名医生、一名护士敏捷地登梯攀窗而出。韩文达亦随之钻出"天窗"，站在了"窗"外的屋顶之上。他面色铁青，一言不发地查看着从陡坡一直朝下翻滚、渐渐消失的碾压痕迹，想象着曾凯力如何挖洞，如何登上房顶，又如何朝下翻滚等情节，恐惧、不安与惶惑占满心头。是啊，谁能想到，一只煮熟的鸭子会飞走？在这么一间绝对安全、万无一失的病房内，一个整日嗜睡、神志萎靡、体质不佳的"病人"，竟然诡秘而神奇地逃跑了。逃跑得如此悄无声息，如此令人心惊肉跳……几年前，曾有一名"病员"在医院大门外跳岩逃跑致死，他险些遭到撤职查办，经堂叔韩鹏程多方游说与疏通，方得以免责。可而今，今非昔比，这是一个重点看护、与堂叔直接相关、文化程度较高的"病员"，如成功脱逃，他被送到这里的真实内幕与乌冲的各种密情，必将暴露无遗，后果简直不堪设想……

"追，必须抓住他！"韩文达咬牙切齿地对身边的医生、护士说。

通过"天窗"，他们很快返回地面。来不及召开会议，来不及详商补救措施，他匆匆走回办公室，拨通了韩鹏程的电话，向他简明扼要地汇报了曾凯力逃跑的经过以及自己准备驱车前往山下寻找、抓捕的打算。出乎意料，对方显得很平静，没有发火，更没大声训斥，只是偶尔"嗯嗯"两声，似乎正一边听着汇报，一边思考着对策。当请求派公安局警员段彪前往协助时，他也只说了一个"好"字。为了防备窗外偷听，在整个对话过程中，韩文达没有提到通话对方的姓名、职务或暴露出叔侄关系。

搁下话筒，他马不停蹄领着两名熟悉路径的医生、护士，迅速登上一辆救护车，沿着通往七岭市区的盘山公路，加大马力疾驰而去。

当救护车到达山下的一个岔路时，段彪的公安执勤车早已等在那儿。

两辆汽车沿着山麓的一条沙石公路，颠簸着行驶不到半个钟头便停下了。前方的路段，因年久失修而坑坑洼洼、凹凸不平，一行人只好将车就地暂泊，然后徒步前行。走了不到十分钟，连公路的毛坯也消失了。他们只能沿着一道壑谷缓步朝前移动。几年前，那个"病员"跳崖死亡时，韩文达并未亲自去过山下现场，因而只好由那次到场的医生、护士带路。他们时而走在野草丛生的小径，时而走在早雾泅湿的泥路，好不容易来到古寺面前。

大家站下，抬眼四处巡望。古寺矗立于山麓下。庙门洞开，阴森静寂。门楣横石之上，镌刻着"松鹤寺"三个大字。哺哺的木鱼声伴和着诵经声从寺内传出。再抬头仰视，透过流动于松林间的白色山岚，可隐约望见陡峭山巅之上的石栏、铁网以及医院的部分屋脊。很清楚，这座古寺正巧坐落于医院下方，中间只隔着一面高耸壁立、怪石突显的陡坡。当地民语说：山这边，山那边，过去过来要三天。看来，此话一点不假。

韩文达领着众人来至寺门，伫立于门外，见寺内香烟缭绕，一老妇跪于蒲团之上，右手持棒敲击木鱼，左手持经书目不旁视，专心诵读，对于门外众人的到来，似毫无察觉。

韩文达不想贸然入内，用眼神示意大家暂离。一行人来到竹棚，逐一查勘了刚被压断的竹梁、灰堆上的小坑、地板上留下的灰痕等情形。又用竹竿伸进灰堆，反复绞探。再去棚外茅厕、山麓林边及寺庙四周等处绕行搜索，结果一无所获。

他们返回寺庙大门，准备询问诵经老太。等了大约半个时辰，唧唧木鱼声、诵经声仍未止歇，于是进入寺内，走近老太，在她四周环围站下。

老太停止敲击与诵经，迟缓地站起身来，双手合十，口念："阿弥陀佛。"韩文达轻声问道："刚才有人从山上滚下，你见到没有？"老太"啊"了一声，嗓音悲悯地叹道："可怜！可怜！我一直在这里念经，不晓得这事。要不，我一定要搭救他。"说罢，重又跪下，敲击木鱼，虔诚诵经。大家等候一旁，还想问些什么，但老太再没理会。

"封建迷信，装神弄鬼！"韩文达忍耐不住，低声斥罢，方领着众人愤怨而去。

出了庙门，他们再次返回竹棚，在四处仔细查看了一番。然后，沿着通往对面山垭下的那条羊肠小道，一边迤逦前行，一边低头弯腰查勘着路上的足印新痕。因露气涸湿了泥面，虽有印痕，却无法判明新旧，更无法判定哪行足印是曾凯力的。行走约四十分钟，人人气喘吁吁，汗流浃背，却什么线索都没找到，只好一道原路返回。

来到停车处，花了不少时间，才将两辆汽车掉转头来。车到岔路口，韩文达吩咐段彪将两名医生、护士送回乌冲，自己则驱车前往市里，准备当面向韩鹏程汇报今天去松鹤寺搜寻的情况，同时接受下一步行动的指示。可是，他没有立即见到他。

此时，作为市委常委、宣传部长的韩鹏程，正站在市政会议大厅的讲台上，向市、县、镇三级干部们作关于"改革开放，外引内联，招商引资，促进七岭市经济大飞跃"的动员报告。他的嗓门时而高亢激昂，时而低沉矜持，那双微凸的大眼始终保持着微笑，脑门亦闪闪发光。坐在大厅内的数百名男女干部，一动不动，鸦雀无声，倾听着他从麦克风内发出的抑扬顿挫的嗓音。他说，七岭市这样一个高原小城，"天无三日晴，地无三尺平，洋芋当主粮，大米无处寻"的穷地方，仅依靠自身力量来改变贫穷落后面貌，十分困难。因此，必须大胆改革开放，外引内联，招商引资。口号是"让别人赚钱，求自己发展"。这是一种投资方与引资方双赢的方法。其核心内容，说通俗一点就是"借鸡下蛋"。没有人来投资开发，"鸡"借不来，就没有蛋，也无从发展。"借鸡下蛋"不能杀鸡取卵，只能让它生蛋，鸡始终是别人的，蛋也不能独占，必须共同合理分配。为了"借鸡下蛋"，必须给别人一些优惠条件，也必须首先搞好某些基础设施建设，比如修通必要的公路和通水、通电。而市里的时代大街，就是为了引资修建的。为了改革开放事业，时不我待，必须动员一切力量，设置奖励奖金……

一个多钟头的演讲，并未引起厌烦情绪。整个会场，鸦雀无声，众耳聆听，自始至终保持着热烈的宁静。只是在关于"借鸡下蛋"的讲述中，引发短暂笑声和议论。一个调皮年轻的乡镇干部，对身旁的同伴耳语道："快回家叫你老婆多多生蛋吧！奖励大大的有！"从而引发相互动作和戏谑声。但几秒钟后，会场便恢复了平静。

韩鹏程走出会场时，韩文达早已等在外面。

"找到人了吗？"他把他叫到一边轻声问道。

"没有。估计朝南方跑了。"

"今天我特别忙。你回去稳定医院，晚上在办公室等我的电话。记住：别急，别忙，忙中会出错。"

人跑了，又没抓到，韩文达原以为无论如何也会受到一番训斥。可是，他又一次猜错了。韩鹏程只是问了一下情况，不仅没有斥责，反而安之若素，如此心平气和、成竹在胸。分手后，走了几步，当他反身回望时，韩鹏程已行色匆匆地走远了。

当韩文达驾车驶上通往乌冲的沙石公路时，韩鹏程已经回到杜鹃花小区。双脚刚迈进自家大门，妻子彭桂芳便笑盈盈地迎了上来。

"大伯来过家，刚走。"

"为何不留他吃午饭？"

"他说这次不能和你见面。"

"为什么？公务有那么忙吗？"

"他说这次来市里与你有关。是好事，叫啥子'考核'哟。"

他和妻子一样，脸上绽出了笑容。他知道妻伯等省委组织部一行三人，已经到达市里，但并不清楚因何事而来。现在他明白，自己晋升的机会又到了。虽不知升到什么位置，但至低应是副市长级别吧。他心知肚明，这一切都与妻子有关，或者说，有她的一份功劳，因而心存感动。他看着妻子像往常一样，从自己手中接过公文包，走进卧室，放妥后便走进了厨房。看着她走路扭动的身姿和那副总是温顺体贴的模样，突然觉得她今天并不那么丑陋，甚至有几分可爱了。他决定今晚一定要回家过夜，夫妻生活已久违，要扎扎实实地慰劳她一次。

吃罢午餐，韩鹏程没有午休，便出门跨上了一辆途经时代大街的公交车。经几站后，下了公交，徒步径直来到无名别墅。

他开锁进入院内。几天前，这里还重重叠叠堆放着装满土石垃圾的编织袋，可现在已全部清理完毕，从一楼一直走上四楼，亦已打扫得干净清爽，似已用拖帚反复拖擦过。他进入客厅，走近紧邻大山的那面墙壁，并用指尖碰了下那处微凸的壁面，一个深入山内的长形隧洞，在幽暗灯光下立即进入他的眼底。门里门外，与大山石岩形状、颜色酷似。他步入洞内，连续拨动了几个按钮，各色灯光一齐闪亮，全洞大放光明，洞内一切刹那显露出来：石桌、石椅、石凳、石台、石橱，全部采用原石雕琢而成。桌、椅、凳、台之上，均铺设一层厚实的杂木木板，并镶嵌、固定于石面。五个通风口，通过暗管与窗台相连，掩蔽在窗台之下，且可关可启，来风大小自如可控。墙壁上，悬挂着数幅山水油画和中国画。长廊形洞内，制作精致、崭新封牢的竹柜、木箱与皮匣、皮袋等，规则地摆放其内。它们的分量，唯有韩鹏程自己心中有数。倘若将它们全部打开，金色灿烂的光芒与蓝色耀眼的币面，便会一齐绽放而出，汇聚成惊心动魄的火花……这些东西，是他驾驶一辆农夫旧车，亲自运载并搬进洞内的。它们原藏于那间空置的赤脚医疗点内，他与那位急需土地的开发商和另几位急于获得煤矿、铅锌矿开发执照的老板，很多时候都在那儿交谈、聚会。为预防突发事件，山洞修建刚刚完毕，他便将它们逐一转移到这里。应当说，这是一个万无一失的绝佳藏宝洞穴。他高价聘请的设计者和六名施工者，按照口头协议，一月前已付清工资、奖金和保密费等项薪酬，让他们心满意足地回到了川东老家。更何况，他们仅知道这是一处为了享受冬暖夏凉而修建的山洞，不会引出特别的猜疑。

想到此，韩鹏程十分满意，随手拉灭灯光，信步走出洞口，反身将门扇掩上。这门，十分考究，闭合时，悄无声息。掩上后，与山石形色自成一体。不会有人疑心这是一扇洞门，只要重按那片微凸"石面"上的一个小点，门就会立即打开而敞露出一个神秘隧洞……

想着想着，他已回到客厅。为避免外界目光，他只打开了一处弱光电灯。在厅内站了一会儿，又去卧室里待了片刻，想起往日在这儿与鲁凤相聚的甜蜜，不觉心内一阵酸楚。这些天里，他曾多次电话找她，但她无意与他相见。他没有和她分手的想法——哪怕一闪念，更没有就此了断的打算，十年深情与绝世美貌，让他止步恐怕比登天还难。近日，市文化局一名叫詹诗云的年轻美妇，正向他频频招手。可是，他毫不在意，无动于衷。这位美女眼长、眉淡、唇红，一粒额间红痣，点缀出妖艳之美；而鲁凤的容貌、身姿与嗓音等所表露出来的，却是截然不同的另一种美：淑女之美。他更喜欢后者。他要尽快挽回正在发生的情变，清除为此产生的种种隔阂。因此，要有理有节地处理好这件事情，让愤懑情绪在她心中渐渐平息、消弭，并且不得不平静、理智地接受如下现实——对于那个男人，活，活得其所；死，死得合理。都是命运必然，绝非人为所致。

他没有再往下想，便拨通了韩文达的办公室电话。

"现在，你那里的情况怎样？"

"一切都已恢复正常。"

"立即成立一个'关爱小组'，下设两个分组，由你、段彪、吴秋三人组成。你任组长，全面负责寻找失踪病员事宜。"

"院里的工作怎么安排？"

"由陆医生代行院长职务。这里，必须告诉你一个情况，此处电话，使用到今晚为止。我暂时借住的这栋别墅，开发商已经出售，今后我就不会再来这儿了。"

"噢……"

"'关爱小组'的全名是：七岭市人民政府关爱小组。我已通过段彪、吴秋的单位领导，分别通知了他们两人。必须抓紧行动，连夜印制'寻人启事'，用车辆尽快送至沿途各公安派出所，以便四处张贴。你们三人也应在三日内出发。可兵分两路，一路向北，去他老家重庆；一路朝南，沿铁路直达海南岛。每组可配组员三至五人。无论发生何种情况，也无论需要去到何地，即使去到天涯海角，也一定要找到他。有什么情况，可及时汇报。总之，活要见人，死……"

韩鹏程虽已听到对方在"嗯嗯"地回应着，但也从这"嗯嗯"的声音里感觉到韩文达紧张的情绪，因此，他没将"死要见尸"几个字说出。虽未说出，韩文达一定能懂。他知道自己的话给对方的压力够大，也就很快结束了通话，然后离开无名别墅，去附近公交车站搭乘公交汽车去市委宣传部办公室。

无论在公交车上，还是在步行途中，他都在紧迫思索着如下问题：

"关爱小组"虽已成立，而市委书记、市长并不知道，他必须现在就去向他们分别汇报，这实际上是先斩后奏。当然，作为宣传部长，当时还管着文化、教育、卫生、体育四个部门，而作为市委常委，他则在市委市府下属各部门领导干部的任免事宜中都有发言权。所以，他相信无论是"关爱小组"的成立或暂借段彪、吴秋、韩文达等都是不成问题的。段、吴、韩三人，虽属亲信，亦一贯唯唯诺诺，言听计从，但自古至今，亲信叛变者不乏其人，故必须随时提防。诸如无名别墅之事应当终止，而"关爱小组"的事也应有一个冠冕堂皇的说法，值此擢升关键时刻，不能出现丝毫闪失。

来到自己的办公室，他给市委书记、市长分别拨通了电话，汇报了乌冲安宁医院有一名精神病病员因出门如厕走失，需要由公安、医院、报社各派一人组成"关爱小组"出外搜寻，及时送回医院治疗……等等。不出所料，他们一致同意了他的意见。

刚搁下电话，一位市委组织部参与考核的干部神秘地走了进来，对着他耳边悄声说："考核情况极佳。"简洁地告诉他考核评语部分内容：党性原则强，不以权谋私；政绩突出，独创乌冲安宁医院等；作风正派，克己爱民，如不谋新居，不弃糟糠，不乘轿车，还用微薄工资长期赡养孤寡老人……

听到这里，韩鹏程吃了一惊，以手势制止他不要再往下讲。于是，这位想以泄密来讨好未来市长或者副市长的干部，便知趣地退了出去。韩鹏程吃惊的原因是：他用工资长期赡养那个名叫向廷发的孤寡老人的事情，只有他妻子彭桂芳一人知道，他曾多次叮嘱她不要对任何人讲这件事，可这次还是向她伯父讲了。当然，也并无大碍，如无人深入探究，也不会有任何问题。

此时，天色已经完全暗下来，市委、市府的人们，早已下班归去。他习惯地打开办公桌上的台灯，一边思索近日身边发生的事情，一边随手翻阅摆在桌上的几份文件。十余分钟后，他记起今晚必须回家，"慰劳"妻子的事亦必须按计划履行。于是，他放下手中文件，特意不关台灯，只关了办公室大门，走下一坡石梯，大步流星地走出市委、市府大院，径直踏上了通往杜鹃花小区的那条小路。

市委宣传部长办公室的台灯，仍在熠熠闪光，一直闪烁至第二天早上韩鹏程到达。这种时候，他总是来得比别人早。即使偶尔来晚，看到的人也会以为韩部长晚上办公忘了关灯而已（这样的情况人人都有可能发生），从大楼外路过的人们亦十分感叹：像韩部长这样通宵达旦工作的勤政领导，实在难得啊。

韩鹏程迈进家门，妻子仍是那么笑盈盈地迎上前来，接过公文包，走进卧室，然后返回进入厨房，将热气腾腾的饭菜一一端出，放在那张圆形小餐桌上。

吃罢晚餐，待妻子收拾碗筷完毕，问道："我们供养向廷发老人的事，你告诉伯父啦？"彭桂芳显得很紧张，"哦、哦、哦"，张嘴一时无语。韩鹏程笑着说："别害怕，告诉伯父没关系，今后可再也不能告诉任何人了。"接着，拿出一式两份打满文字的白色纸页，说："明天一早回老家将本月赡养费七十五元亲手交给他，同时让他在这两份材料的末尾签字、按手印。他虽不识字，但可以歪歪斜斜写自己的名字。这件事，千万不要让任何人看到和知道。"

妻子接过两份材料，打算展开看看。可丈夫低声对她说："别看了，看了你也不懂。这是两份遗嘱。有一栋别墅的产权需要办在向廷发名下，而他去世后的继承人是我们的儿子……"她听得云里雾里，还想细问，但他说："不要再问了，你去照我说的办就是了。不能让第三人看到听到知道。向廷发也不会知道是怎么回事，也许他只知道领赡养费需要写收条签字吧。早去早回，不要失落，回来后立刻交给我。"

这一夜，韩鹏程的确兑现了自己心中的承诺。早早地上了床，早早地熄了灯（他和她做这件事时，必须首先熄灯，他不想看到她的面部），和妻子抱在了一起。如新婚蜜月或久别重逢，颠鸾倒凤，几番风雨，时而狂飙大作，时而细雨绵柔，惹得彭桂芳不时尖声轻叫。已经进入兴奋状态的脑细胞们，将鲁凤与彭桂芳二人融合在一起，朦朦胧胧，重重叠叠，在他眼底闪现、幻化……

○八　遁逃路上

遵照守庙尼姑的叮嘱，曾凯力一直向南走去。在那些弯曲坎坷、湿滑难行的小路上，一口气埋头急行了两个多小时。

来到一处山塆岔道口，忽从远方隐约传来"哐啷哐啷哐啷……"连续不断、由远及近的响声。他停步抬头望去，一条首尾无边的黑色铁轨横亘在不远的前方，一列长龙式火车从后方呼啸而来，又呼啸着向前飞驰而去。汽笛纵声长啸，山鸣谷应。列车渐远，而笛声仍在层峦叠嶂的山谷间悠远地回荡。

他判定，这应是一列从七岭市开往省城贵阳的火车，自己已经来到铁路沿线。此刻，摆在他面前的问题是，向北走还是向南行。如果向北走，回老家重庆，这定会给居住在长江岸边那个小镇上的家人和亲友们带去极大压力与困惑。追踪而至的人们也会在第一时间赶到那里，而且会在"关爱""治疗"的幌子下名正言顺地将他带走。如果向南走，怎么走？去何处安身？他心中完全无数。南中国如此广阔，能去的地方比比皆是，但要落实到具体的安身之地，这可就太难了。

伫立良久，左思右想仍不得要领。守庙尼姑"向南走"的话，仍在耳畔反复回响，叮嘱时那坚定的语气和表情，亦印象深刻难忘。这使他蓦然记起，海南岛就在中国的最南端，两年前已经正式建省，成为中国最大的经济特区。当时曾轰动全国，追求自由和寻觅机遇的人们，心向往之，蜂拥而至，高潮时曾达十多万人。他也曾为此而激动，但因爱妻鲁凤的缘故，并没有前往一试身手的念头。他忆起史书记载，那里曾是古代蛮荒流放地，苏轼、李德裕等一批被贬官员在那里度过许多蹉跎岁月。作为他这样一名逃亡者，也许那里便是最适宜去的地方。"倘若命运注定我必去那儿，那儿定是我唯一的生路。"他思忖道："走吧，向南走。先到一个什么站，乘火车到贵阳，一直南下，直达雷州半岛，再渡过琼州海峡……"他坚信，一个前行者，只要方向对了，不停下脚步，他就一定能够到达目的地。

坚定了方向和目的地，他那扁而长的双眼放出了光彩，微竖而浓长的眉毛，亦动了动，嘴角两边因噆力而出现了两条八字形深纹。

他重又迈开了双腿。

此时，日光从云缝间漏出，呈网状洒在他前行的山间小道上，顿时充溢着暖意，此前的紧张情绪开始舒缓下来。他曾多次扭头巡望，并未发现身后有追赶者或形迹可疑的尾随者，因此，现在他可以一边思索一边缓步前行了。

路，相当难行。铁轨较直，弯度不大，但也只能将它作为方向的标识，并不能紧沿铁轨径直前行。大多时候，铁道两侧并没有人行道，因此，只能绕道而行，或沿陡坡上下，或穿越一道壑谷，或翻越一匹乱石山岗。但是，为了不迷失方向，他必须远远望见那条时隐时现的黑色标记。不仅如此，他背上的包袱很累赘，一床棉絮，一件棉大衣，还有其他一些零碎物品，背在背上虽不甚重，但行走起来十分不便。路上，寒风砭骨，直扑脸面，不时钻入颈部，但他却汗流浃背，并无一丝寒冷的感觉。此时，他觉得自己很像一只身小却扛着一大粒粪团的推屎虫，顶着寒风、托着大背包在千变万化的山径中逶迤而行。

路，一程又一程，感到双脚有些不听使唤，只好在一片灌木杂草丛生和一磴灰白色巨石之间的路旁，卸下背包坐了下来，打算休憩一会儿再走。现在，他觉得应当盘点一下"家当"，看看所带的一点钱能否到达目的地。一路走走停停，也需要坐火车、汽车、吃饭、住宿，用费不会太少。他取出守庙尼姑送给的零钱，清点了一下，一共三十六元六角——一个很吉祥的数字，加上鲁凤托送咖啡色纯棉大衣时塞在包里的一百元钱，一共一百三十六元六角，相当于当时一般工作人员两月工资，虽不充裕，却仍是一根不可忽视的经济支柱。但是，前面的路还很长，到达目的地后情况如何，能否在短期内找到谋生路径亦不容乐观，因此，必须尽力节省用费。

想到这里，他感到肚子饿了，正在发出咕咕的声响。他这才想起，自己出逃奔走了这么长的时间，除了尼姑送给的那根红薯，他已两餐未吃任何东西，看看偏西的日头，估计此时已是下午三四点钟。举目四望，既无村落、农家，也没有什么野物可食。他起身背起背包继续往前走去。翻过一个乱石山岗，发现乱石山坡之间，有一小块绿地。他放下背包，走近它，看清楚这是一片红薯地。叶片、藤蔓纵横，遮盖了黄色泥土。他找来一片薄石，当作锄头刨了一窝，得到两个大红薯、一个小红薯，将多数泥土刮落，并在石上磨去带泥外皮。生红薯比较坚硬，他一口一口咬下咀嚼着，发出普喳普喳的声响。为了填塞饥饿的肚子，他吃掉了它们，然后背起背包继续赶路。

走着走着，天色渐次昏暗下来，云层里模糊的日影似已消失在西陲山下，雾气、露气正在慢慢地升腾合围。偶尔，火车从不远处飞驰而过，哐啷声或笛鸣清晰可辨，使他知道自己现在的位置距铁轨不远，因而行走的方向并无差错。此刻，迫在眉睫的问题是必须很快找到一个临时栖身地。可他四处寻找，附近却没有一个村寨或一户人家。足下悬浮着浓浓雾气的沟壑对面山腰之上，林木之旁，有炊烟袅袅，亦隐有犬吠之声。但要到达那里，得花上一整天工夫。何况，即使到了那里，别人是否让一个陌生路人投宿，还是一个未知数。怎么办？他急遽思索着，却想不出具体可行的办法。正在不知如何是好时，却猛然发现，几十米外那片疏密相间的树林中，有一壁倾斜着的大石岩，遮挡出一小片空间。于是，他赶紧迈开大步，穿过一段乱石和荆棘丛，朝那里赶去。他知道，这里山区阴霾天气极多，夜幕降临极快，特别是秋冬季节，仿佛一瞬间，黑色便汹涌而至，淹没一切，使人猝不及防。

"啥子人？"刚走近石岩，一声厉声呵斥，使他吃惊不小。猛抬头，石岩之下站立着四五个模糊人影，他们手中都紧攥着石头之类的打击物。

"别怕，老乡。我是过路人，为了搭火车，走错了路。"

"坐火车，克（去）火车站，为啥子跑到这里来了？"

"不熟路，绕来绕去，天就黑了。"

"……"

盘查暂止。曾凯力站立原地未动，静默了十多秒钟。石岩下，一堆柴草燃烧起来，发出熊熊火光，让对峙着的双方基本看清对方面目。对面站定五人：一个瘦高长发长须中年男子和一个身矮体健、怀抱幼儿的中年妇女。中年男子两侧，站着三个十岁至十二三岁的女孩。人人双目圆睁，火辣辣地扫视在曾凯力身上。过了一会儿，中年男子朝曾凯力走去，走近后将他仔细打量了许久。

"你在啥子部门干事？"

"我没有单位。过去有，现在没有了。"

"你没在计生办干过吗？"

"没有，没有。我是老师，仇人把我当疯子抓到精神病院关了起来，今天我刚从那里逃走。"

"你没疯？！"

"没有。你看，我这么平静、安定、清醒，像个疯子吗？"

"唉，看来你我都是遭难的人啊……"

石岩下站立着的几个人，似已减轻了敌意和对峙状态，让曾凯力进入岩下，并将他引领至石岩下靠边沿一角，指着一处堆满柴草、仅可容身坐卧的地方说："对不住，我这里只有这个地方给你过夜了。"借着火光，曾凯力看清了这个四周遮挡严实、像大鸟窝一样的宿地，高兴得连声道谢。此处可挡风避寒，正合心意。他打开背包，穿上棉衣、棉裤，将棉絮展开，裹住身子，斜卧在窝里。

虽已安置完毕，但中年男子并未完全放心，站在那里继续与曾凯力东拉西扯地交谈着。重庆与贵州方言只有细微差异，如"龟儿子"与"私儿"，"去"和"克"……一听就知道它们字义完全相同。通过几番对话，中年男子知道曾凯力的姓名、职业、老家何处以及最近的一系列遭遇等情形，因此，不仅完全相信眼前的这个逃亡者对自己并无危害，也未隐藏着有损于自己的秘密，而且十分同情这个从重庆来到异域他乡，任高中教师、处境如此恶劣且不熟悉贵州山区地形的年轻人。他告诉曾凯力，他姓罗名贵生，土生土长的贵州山区农民，初中毕业至今已二十多年，一直以务农为生，祖辈住在那个名叫寨沟的三间瓦房里。为了生一个传宗接代的儿子（他说，他也知道生男生女都一样，但没有儿子总觉得心里空落落的），妻子连续生下三个女儿，直到第四胎儿子才终于出世。从第二胎起的十余年里，他和他的妻子、孩子过着漫长的"超生游击队"生活。东躲西藏，居无定所，一遇风吹草动，全家便立即奔逃。因拒绝堕胎和无钱缴纳一万多元罚款，仅有的三间祖传瓦房被强行拆除贱卖，一头猪、三只羊、几只鸡也被抓走，床、柜、桌、椅、凳等物件皆被运走，连房屋四周的一些松、柏、果树也被悉数砍倒运离。最危险的时刻，是儿子出生后的一个小时。姓刘的乡长带领着计划生育工作队包围了山林边临时搭建的茅草棚，在万分危急时刻，罗贵生保护着紧搂儿子的妻子，从后门冲入林中，再冲进一个深邃无光黑魆魆的溶洞里。因为传说这个溶洞中有一条巨蟒，追来的人们没有一人胆敢入内，直到夜幕即将落下且下起了毛毛细雨，他们才不得不离去。此后，这个刘乡长又带人围抓另一对夫妇，在激烈争夺与抓扯中，男婴坠地当场殒亡，引起众怒公愤，亡婴之父持刀砍死刘乡长，而后逃入深山，至今仍未被缉获。刘乡长被定为烈士，厚葬于当地烈士陵园……此后，计生队稍有收敛，但仍未放松对罗贵生一家的追踪追讨。为了躲避和寻找栖身之地，一年前，他们来到这个远离村庄的地方，建起了尚可遮风挡雨的"石岩之家"。在满目乱石、荆棘遍野的荒山坡上，开垦出一小畦一小畦土地，用草木灰和人畜粪便做肥料，种上玉米、红薯、土豆。辛劳耕耘，春种秋收，将六个生命维持至今。

谈着谈着，两人心理距离越来越近。虽事各有异，而受害本质却完全相同。罗贵生倏地想起什么，起身离去。只片刻，便返回柴屋，将一碗开水和一些在柴火中烧熟的土豆、红薯交给曾凯力，说："没有啥子招待你，只有这个东西，吃了赶快睡觉。"

主人走后，曾凯力狼吞虎咽地吃了起来。他确实饿极了、渴极了。此刻，他觉得这土豆、红薯又香又甜又沙，美味极了，比海味山珍还可口。吃罢，饥渴全解，不一会儿就睡着了。当他醒来时，天已大亮。他立即脱下棉衣、棉裤，与棉絮一起打成背包，准备与罗贵生一家告别起程。收拾完毕，罗贵生一手端水、一手端红薯走了过来，说："吃吧，趁热吃，吃了好赶路。"

罗贵生走出后，曾凯力很快吃毕。他背起背包正要离开柴屋时，罗贵生来到面前问道："曾老师，你打算去哪里？是搭火车呢还是走路？"曾凯力一脸茫然，想了想才回答："我要往东边方向走，最好是在什么地方乘火车先到贵阳，再乘车往南到湛江市。但又担心有人在车站拦截。如果被抓，不但前功尽弃，而且就再也无法逃走了。"

罗贵生没有说什么，反身过去与站在不远处的妻子轻声说了一会儿什么，便回来对曾凯力说："往前走两个多钟头，有个地点叫烂坝，那里有个火车站，可以坐火车克贵阳。这条路我很熟，我送你去那里，顺便为你打探打探。"

曾凯力喜出望外，说了一连串感谢的话，便挥手与罗贵生妻子、孩子告别，两人一前一后踏上了去烂坝的山路。

他们顺利到达目的地。

曾凯力在距火车站约五十米的小路边等候，让罗贵生独自前往站内小店为自己购买十盒火柴、十只打火机、十包方便面。

这是个小站，只有慢车才在这儿停靠。罗贵生来到那儿，火车尚未到达。他警觉地向四周来回扫视，小站上候车旅客仅有一二十人，停车场内也只有汽车数辆。他很快看到那辆印有"乌冲安宁医院"字样的面包车，立刻警觉起来，注目细望，车上坐着两人，面目不清。车下一人沿车身来回走动，并抬头四处张望。见此情形，罗贵生急忙反身，去一家百货小店买了火柴、打火机、方便面等物，便急匆匆朝曾凯力等候的地方走去。没走多远，他听到身后仿佛有急促而来的脚步声。扭头一看，果然有三人朝曾凯力的方向急跑追去。罗贵生大吼一声："狗来了！"听到喊声，曾凯力立即转身奔逃，进入一座乱石山岗与密林之中。

此时，天色骤然暗下来。上空乌云滚动，地上寒风飕飕，雨，淅淅沥沥如网状洒落下来。通往乱石山岗的羊肠小径，一下变得似涂油样溜滑，走在上面，像走在冰雪中，一步三滑，很容易滑入山谷。追来的三人，此时已变成三只落汤鸡，只追了不到十米便停步转身，返回车站，钻入了面包车。

待三人走后，罗贵生冒雨进入乱石山岗，通过喊话找到曾凯力。他躲在一片密林间的一座巨石旁，巨石上方稍有倾斜，虽不能完全挡住风雨，但可以遮住大半个身子，只淋湿了身体及背包一小部分。罗贵生与他挤靠一处，告诉他刚才追者模样：一人三角脸形，身穿白大褂；一人戴墨镜，穿警服，身材魁梧；另一人中等身材，穿普通服装，可能是面包车司机。曾凯力明白：这是韩文达、段彪一伙，行动已够迅猛了。看来，自己不能在此久留，也不能再去烂坝或其他车站搭乘火车，只能凭着两腿走过这南行的漫长旅程了。他想起了著名老作家艾芜的小说集《南行记》中的故事，虽时代、方向各不相同，其艰险程度或许并无太大差异。因前路不明，后有追者，可能更加凶险莫测。但他决不停步。走吧，走吧，路是走出来的，只有不断前行，才有出路。想着想着，雨，慢慢停息了。因害怕韩文达一伙到山中搜索，曾凯力打算马上起程继续赶路。罗贵生要再送一程，但被曾凯力劝阻了。他说："无论你送多远，我们都要分手，这里到海南岛千余里路程，你不可能一直送我到达目的地。你的妻子孩子现在正等着你。快回去吧，回去迟了，他们会非常焦急。如果我们有缘，今后一定会再次相见……"

听到这里，罗贵生那一直没有笑容的面部，绽出了一丝微笑。

两人同时起程，一东一西，分道而别。

此后，曾凯力仍沿着铁道附近的山路、公路向东前行。有时翻山越岭，有时平路步行。偶尔也会遇到一位好心善良的货车司机，让他搭乘一段公路。晴日里，行走比较轻松，但细雨霏霏的日子较多，在溜滑的山路上，他只能艰难地一步步往前挪动。他昼行夜住，多数时候住在农家的屋檐下、阶沿边，有时也不得不住在树林里、石岩下。一路上，他几乎没花钱购买食物。一般来说，人们施舍几个红薯、土豆都比较慷慨。当然，间或也会遇上正在操办红、白喜事或生日酒席的人家，主人会非常大方，送给他的食物（菜、饭、肉）一餐吃不完，他会用塑料袋盛好留作下一餐。从烂坝出发，主要沿铁道附近的公路前进，经过蟠龙、猴场、中寨等乡场到达六枝火车站，他发现站口墙壁上贴着"关爱小组"的救援启事，上面有他的照片和"请伸出援手关爱精神病患者，一经发现务必立即告知并将其强行收留……"等文字。他不敢久留，在站上的一个小店买下一只电子手表和附有火车时刻表的火车线路图，便很快离开了六枝站。随后经化处、马官、安顺、七眼桥、天龙、平坝、马场、湖潮，来到花溪，走了整整十三天。估计贵阳火车站仍有追捕者，因此，他没有去那里露面，打算去距贵阳较远的火车南站看看，在绝对安全的情况下他才上车。他查看了一下火车南下的路线图，估计去都匀上火车较为安全。但花溪至都匀的铁道间，有一段数十公里的直角大弯道。若沿轨道步行去那里，绕道太多，故决定经龙里县城走小路直线前行。这条直线相当于一个三角形的底边，可少走近百里路程。但多为迂折难行山道，是一次艰苦的行程。不过，他还是决定走这条路线。三日后，他终于来到都匀。这里距七岭已较遥远，离贵阳亦不甚近，但他还是没有立刻去火车站，在郊区等候到深夜，才去售票窗口花八元钱买下一张火车票，踏上了去湛江的列车。

翌日中午，列车抵湛江，一路平安无事。

他随同去海口打工或寻找机遇的人群，乘坐一辆超载拥挤的公共客车，经过四小时的颠簸来到滨海小镇——海安。一路南下，气温逐时上升，他到达海安时，身上只留下单衣单裤。将毛衣毛裤等统统塞进了背包，使它愈加粗重庞大。

海安与海口，名字只是一字之差，分别坐落于琼州海峡两岸。它们原同属于广东管辖。海南建省后，海口成为海南省会，海安仍留广东。但它却迅速成为大陆通往海南岛的陆路必经之地。从这里穿越十余公里海域，便可到达海峡对岸的海口。当这个海岛被赋予中国最大经济特区的使命之后，海安这个蕞尔小镇已今非昔比，这里与附近的海岸海滩上，车流如织，人众如蚁，车水马龙，繁忙无比。当曾凯力乘坐的汽车到达时，天色已晚，星月皆隐，大海一片墨黑。极目远眺，唯现靠港航轮灯光。听同车的人们说，即使白昼，也无法看到海峡对岸的海口。他和一些面孔陌生、语音各异的人，走进一家灯光暗淡、氛围诡异的旅店。他心中紧缩发怵，很想退出另寻住处，可是刚来的人们说，小镇上的大小旅馆均已爆满，这是唯一一家还在留宿的旅店。

他只得留了下来。

○九　海岸海峡奇遇

尾随在十多个男女后面，通过一条窄长晦暗甬道，进入一间小小客厅。由两张木桌搭成的丁字形柜台后面，矮胖老板娘站立着，笑眯眯地用徐闻普通话一遍又一遍地大声宣示着。曾凯力能勉强听懂她的大意：单间、双间均已住满，请各位谅解。为了方便旅客，现开设一间临时大铺，可容纳二三十人住宿，入内自行选择位置……出门在外，给人方便，自己方便，不必挑剔。每位两元，交费即住……

老板娘的双唇，像一只小小喇叭，不停地张合着，重复尖声喊话。她的动作，如一尊机器人，一边按人头依次收费，将钱币塞进扎于腰间的布袋；一边将已经收费的男女放入一扇洞开的房门。她语音尖而甜，身手灵巧麻利。交费后进入房内，蓦地惊呆了：这分明一个临时大工棚，哪来旅店、客栈的样子——乱石加水泥堆砌而成的粗糙围墙，围住一大片稍加夯筑平整的地面。参差不齐的竹竿、木条、纸壳、塑料之类组合而成的棚盖。横七竖八的木桩、木凳与若干木板拼镶出一张大"床"。床上没有被褥、枕头、布毯等睡眠用品，却让破洞层出、颜色发乌的一张张草席连接着铺满整"床"。二三十根碗口般大小、只去掉外皮、未经打磨的原木，支撑着宽大的棚盖，无规则地散立于各个角落，将"大床"随意切割、拦隔成三角、长方、菱形等各式互通互视"小床"。一盏忽明忽灭的电灯孤悬于棚顶，众多木柱的阴影与不停移动着的人影，以及频率各异的男女咒骂声、抱怨声和甩砸行李的乒乓声，交织出一个混杂无序、阴森可怖的世界。

"各位旅客赶快睡好，马上就要熄灯了。"

大棚门口，老板娘的"小喇叭"重又响起。之后不久，棚顶那盏放射着一支蜡烛样弱光的电灯一下熄灭了。

棚内终于安静下来。

曾凯力在一个靠墙角的地方斜躺着。背包没有打开，他的头和上半身斜卧其上，紧闭双目养神。自登上列车后，从都匀一路南下，气温一路逐时上升，他也沿路一次次减少身上的衣裤，到达海安时，身上只剩下单衣单裤。时序已进入公元一九九〇年十一月初，因背着背包，一路不停运动，他满头满脸满身是汗。现在，已经平静下来，却无丝毫寒意。他想：老板娘未提供被、毯之类，亦情有可宥，因为确实不需要它们。其实，最急需的是来几支蚊香，将时时来袭的蚊虫们驱赶开去。此刻，这个男女混住的大棚内，为了对付正在冲锋陷阵、忙于吸血的小虫们，啪啪的拍击声不绝于耳。

远行的人们，经不住困乏与睡虫的袭击，一会儿过去，啪啪的拍击声便渐次疏落，为彼伏此起、忽强忽弱、不同音量组成的鼾声大演奏所取代。

曾凯力没有睡着，他庆幸自己终于摆脱追踪抓捕，顺利来到海南对岸。听大家说，明天一早就要去岸边等候，从海口那边过来的渡海轮船一到达海安，便可直接上船买票。海安是广东省雷州半岛入海处的一个小镇，与新建的海南省会海口市隔海相望。人们一来到海安，心理上总觉得海口已近在咫尺了。海南，这是曾凯力一月多来拼命奔逃的目的地，明天，距现在还有十多小时即可到达。那是一个怎样的地方呢？到达后又会如何？等待他的将是一种什么情形？追捕者们是否已经到达海南？海口的大街、车站与码头，已经贴上"请求援助"的"关爱"广告了吗？这一切都无从知晓，亦难以预测。也许，磨难已过，好运即将来临；也许，劫数伊始，更加险恶的遭遇还在后头……想到这里，刚到海安时的庆幸心理蓦然消失了。不过，他依然冀望，命运之神赐给他一片落脚之地，让他在这片土地上生存、发展，最终与鲁凤团聚……

他正在这么闭目苦思冥想时，忽从身旁传来两个压低嗓门的女音，柔雅而年轻，似乎正争论着什么。

他睁开了双眼。一丝微光从顶棚某处漏下，如星月即将没落时的余暑。但从时序看，今夜无月，更无月光。也许，这是远处街灯无意间抛洒的一点恩赐，让漆黑的棚内隐现些许微光。

"……"

"你说'床前明月光'后面是啥子呢？"

"嗨，这个你都不晓得呀？后面一句是'李白睡得香'嘛！"

"错错错，你说呀，李白离开家乡，在外乡住宿，怎么会睡得香呢？我记得是'李白泪汪汪'呢。"

"不不不，想想看，李白跟我们一样，经常在外面走，已经习惯了，怎么会泪汪汪呢？现在，我们睡在这儿，会哭得泪汪汪吗？"

"……"

他不曾想到会有这样的无知者。曾凯力心内惨然一笑，苦思的烦恼，一扫而光。为此，他感谢这两个天真稚气的女子。从声音判断，她们来自四川或贵州，从争论内容看，两女文化程度偏低，但经常外出，可能不止一次经海安去海口。这是怎样的两位女子呢？也许……他不敢为她们的争执解套，因相距甚近，一旦搭话，男女深夜同住一室，后果难以想象。

他重又合上双眼，但很快又睁开了。两女互不相让的争论亦戛然而止。从大棚一端传来放肆、淫荡的调情戏谑放浪声，雷鸣电闪般敲击着宿客们的耳膜。不过，它须臾间便消失了，棚内重归平静，静得出奇且令人不安。平静不久，另一角落又冒出"哎哟，哎哟"的轻声哼叫与急促的喘息，虽已极低极轻，但大家都可清晰听见，亦能分辨出这是一种什么奇音，并想象发出这声音的男女俩正在干着什么勾当……已经入睡的人们全都惊醒了，但没谁敢于大声讲话或问询，只能被迫着洗耳倾听。漫长的几分钟过去了，奇音戛然止息，消逝得无影无踪。稀落的鼾声渐起，成为棚内夜声的主旋律。

曾凯力困乏极了，却仍然无法入睡。除大棚内各色怪异情状不断出现外，还有蚊们的猖狂来袭，一次次将睡意从眼皮赶跑。不过，睡虫是顽固的，没有什么力量可以阻止它对肉体的控制。午夜后，他终于合上两眼沉入梦乡。醒来时，天刚微明。说话声、细碎脚步声震动棚顶，强迫他拉开了惺忪的眼帘：大棚内已经变成了一锅粥———部分人正在捆扎背包、清点行装，另一部分人已经整理完毕，正在朝着敞开的棚门走去。人影幢幢，话声四起，南腔北调，行色匆猝。看来，人们都有熟人或伴侣同行，而且很少是第一次去海南。只有曾凯力是孤军作战，身份、情况特殊，心理状态亦与众不同。他既是一名闯海者，也是一名逃亡者，必须时刻小心在意，稍有不慎或疏忽大意，就会落入追捕者的手掌。因此，他很少与路人搭腔，更未与同行者太多交谈，而是听得多，说得少，从旁人的谈话中了解有关情况。

现在，他开始整理自己的行装。他知道，人们正在赶往海岸边，准备搭乘从对岸过来的轮船去海口，只要尾随在他们后面就不会有错，到什么码头等候、买哪一艘轮船船票等过海事宜，都不用自己操心。于是，他加快了捆扎行李的速度。虽然气温上升至只穿单衣单裤即可，但他并未将毛衣、毛裤等御寒衣物抛扔，而卷入了棉絮之中。这些东西与他一路同行，一路跨过千山万水，一路奔逃历险，真要扔掉它们或者扔掉其中一件，的确于心不舍不忍。何况，各种情况并不明朗，海南气温如何，刮风下雨时又会怎样，说不定什么时候还需要它们哩。背包虽然硕大，行走起来十分不便，而且人们总是以异样的眼光注视它，可曾凯力却一点也没有嫌弃它的想法。

此时，天已大亮。他跟随同住大棚的人们走出旅馆，走上狭长的街道，再拐过一个小巷，朝着海岸疾行。现在，东方一片红色，太阳快要升起。他方看清海安真实面目：原来，它就是一个乡场的格局，一条长而窄的街道横躺在斜坡之上，两旁大都是三四层的低矮楼房，没有汽车、三轮之类，一切行动全靠步行。从这儿去海边的距离不远，十多分钟便到了。来到码头，人们已经排起长队等在那里，他也赶快在这列长队的后面占了一个位置。此刻，时间才允许他从容地抬起头来，扫视了一下海岸与码头：这是一个十分繁忙的场所，沙滩上，人头如蚁，熙攘攒动，卖糖葫芦、熟鸡蛋以及各种小吃的小贩们高声叫喊着，五六个男女乞丐穿梭于熙来攘往的人群之中，伸出一只手或一只碗向人们讨要钱物。等候上船的排队者增加到三列，这三列队伍不断往后延伸，一直延伸到海滩通往海安的尽头处，也许排到那条狭窄的街面上了。而队列并不安稳，时时发生骚动，为站位而争吵、推搡甚至抓扯扭打。

曾凯力站在靠前的位置，他的前面只有几十人。透过队列间的缝隙朝前眺望，前方是无边无际、浩瀚迷茫的大海，视力到达的最远处，是海天相接的一道弧形的边界，一部分海面已被刚刚升起的朝阳染红，而另一部分海面则因天空的颜色而显得灰暗。海风不住地吹拂，海浪不停地拍击着海岸沙滩，发出嘭嘭的拍击声。一条水泥公路斜斜地伸向海岸，在海水与海岸毗邻处，一座悬架于海面的钢板浮桥与公路尽头吻接，迎候着对岸轮船的到来。在浪涛的不停撞击下，钢板浮桥轻微地晃动着，发出吱嘎吱嘎的低吟……曾凯力从小生活在长江边上，一直与江水、渔舟、轮船亲密接触，习惯于用赞赏的目光去注视长江那恢弘的江面与滚滚东去的江流。可今天，他有生以来第一次见到大海时，却禁不住万分惊叹：比起这浩瀚无垠的大海，长江也许只是一条小溪。

当曾凯力因感慨而注目于大海时，有人高呼："来啦！来啦！"长长的队列，立刻躁动起来。一些人踮起足尖伸长脖颈朝大海探望，一些人乘机往前挤压，使排在最前头的十多人脚跟难稳不得不踏到了钢板浮桥上，因而引来七八名身着救生衣、水手模样的人跑步前来阻止，用海南普通话高声喊着："退回原位！退回原位！船还有一个钟头才到！"队列很快停止了推挤，站上钢板浮桥的十余人亦退至岸上。曾凯力极目眺望，被高呼"来啦"的那艘轮船还只是一个黑点，在遥远的海面一动不动。不过，当他注目凝视时，发觉它还是在缓缓地移动着，并且慢慢地变大、变粗……一个多钟头过去，这艘名叫"海鸥"的人车同载的白色大型渡海轮船，终于抵达并靠拢钢板浮桥，几名船员身手敏捷地将船上的一扎钢丝绳固定在桥头的桩柱上。接着，浩浩荡荡的人流通过浮桥朝岸边快速涌来……人尽，大小车辆、各式轿车、货车亦从"海鸥"底层缓缓地流出，流向浮桥、流向公路、流向海安街头……

等候在岸上的人群及各种车辆，依次回流进入"海鸥"。人在上层，车在下层，各就其位。汽笛声中，它掉过船头，朝着海口的方向乘风破浪而去。

曾凯力坐在"海鸥"上层紧靠船沿栏杆的一个座位上。在这里，他既可以眺望整个大海，也可以有一个空地将自己硕大的背包搁下。很多人都以奇怪的眼神瞅一眼这个大背包，因为这些从大陆内地来到这里的人，随身行李都很少，使曾凯力的大背包成为一个奇观。但他没有理会这些，两眼注目于眼前的大海，呼吸着清新、夹带着鱼腥味的空气。"海鸥"不断撕破海浪，奋力奔突。浪涛，看上去并不太大，可船却摇晃颠簸得厉害。有几个人已经呕吐了。曾凯力虽惯于乘船在江上航行，但此刻仍感不适，似欲呕吐的感觉。不过，他并没有呕吐出来，好几次都忍住了。实际上，对于这些他并未太在意，知道这种不适感很快就会过去。此刻，他心中仍猜测着自己到达这座从未谋面的海口之后会是一种怎样的情形，等待着他的是凶是吉，会不会在上岸之后就被抓住并遣返七岭……针对这些可能出现的情况，似应未雨绸缪。但又怎样才能防患于未然呢？他却没有想出什么主意。正在不知如何是好时，他的耳畔响起了熟悉的争执声。回过头去，是两个年轻漂亮女子的声音，再仔细倾听，争论的问题还是"床前明月光"之后究竟是"李白睡得香"还是"李白泪汪汪"。

曾凯力十分惊诧：原来昨夜一直睡在自己身旁的，就是这两位女子！竟是如此年轻、美貌、时尚而高雅：一米六以上个子，长发披肩，高鼻梁，薄嘴唇，鹅蛋形脸庞，眼大而明亮。两人均着短裙、长袜，光彩照人。即使争论得如此激烈，仍保持着微笑与彬彬有礼。面对一个这么简单的问题，他既觉得滑稽可笑，又觉得自己应该为她俩解释解释。这只是举手之劳，又何乐而不为呢？于是，他对她们说："这个问题，你俩昨晚就在争论，到现在仍无结果。让我来当一下裁判好吗？"

两位女子看了看他，又看了看那个大背包，似信非信地点了点头。

"实际上，你们两位都错了。'床前明月光'之后应该是'疑是地上霜'。"

"哦，对对对，我怎么没想起来呢。"两个女子齐声回答，"您，应该是一位教师吧？"

"你说对了，我是一位中学语文教师。唐诗我能够背诵很多。李白的这首诗已经大众化了，几乎人人都能背诵，不知二位为什么会记错。"

两位女子莞尔一笑，但没回答。

对话未毕，人们突兀躁动起来。很多人从座位上站起又蹲下，一些人用双手蒙住头脸，一些人拿着报纸或其他物件挥动，似紧张地驱赶什么东西。曾凯力想弄明白发生了什么事情，几只蜜蜂嘤嘤地从面前俯冲而过，险些击中面部。他本能地低头弯腰蹲下，又有多只蜜蜂扑来，躲闪不及，额头被螫了一下。接着，则有更多蜜蜂飞来，在空中和人群之间狂飞乱舞，人们的尖叫声、哭嚷声、脚步移动声，交织出一片躁动混乱场面。一名船员高声喊着："镇静！镇静！坐在原位，不要乱动！"但效果不佳，嘈杂惊悚情状仍在继续着，蔓延着……

"大家不要惊慌，不要害怕，我来了！"

呐喊声中，一位毫无惧色的矮胖中年男子出现在人们面前。他不戴任何防护器具，裸露出全部上身、头脸，手持一顶竹帽，站立于船沿风口处，正面迎着一网一网、嘤嘤嘤尖叫着飞扑而来的蜂群，熟练如魔术般将那顶竹帽高高地举起，岿然不动地定格在空中。仅几秒钟工夫，刚才还在疯狂肆虐的蜜蜂们，便渐渐地平复，并绕着这赤身男子与空中的竹帽缓缓地旋飞、汇聚，陆续将竹帽、头颈、肩胸全部占领，男子的整个上身被披上一件厚重的黑褐色"铠甲"。要不是那双眨动闪光的眼眸，人们还会以为这是一棵爬满蜜蜂的枯树呢。在人们惊诧的目光下，中年男子将竹帽下移，移至紧挨头部，然后轻缓扭动上身。奇迹出现了：散集于头、面、胸、肩等部位的蜜蜂们，乖巧而有序地向着竹帽上移，让竹帽下的那团黑褐色在十多分钟内逐渐变粗、变大、变长，最后成为一团硕大的黑褐色物体。

中年男子用一只手提着这团"物体"，从"海鸥"上舱向下舱缓步走去。

曾凯力一直注视这个似有绝技的男子，以赞赏的目光追逐着他的一举一动。当那男子提着满满当当一竹帽蜜蜂，稳步从"海鸥"上舱走向下舱时，他紧随其后。瞧着他径直去到一辆载满蜂箱的大型货车前面，伸手紧抓汽车一角，攀援而上，将已飞空的那只蜂箱箱盖揭起，再让竹帽下的蜂团靠拢箱内巢框，然后，以口吹风，轻缓地驱赶，只短暂时间，帽下的万余只蜜蜂便全部进入了箱内。于是，他将箱盖严实地盖了上去。

一次意外的事故，平安地结束了。中年男子伸了伸腰，准备登上驾驶室。

不知出于什么心理驱使，也不知为何对养蜂人和他的蜜蜂们突发兴致，也许是命运的注定吧，不知不觉中，曾凯力朝养蜂人走去，谦恭有礼地问道：

"请问师傅贵姓？"

"免贵姓谷。"

"真是好手艺，一人指挥千军万马。"

"惭愧，惭愧。以养蜂为业，四方游荡，只为了'衣食'二字。"

"若能丰衣足食，很不简单。"

"天灾人祸，都有可能发生。今天就是一个例子。如果不能及时抢救，把一些人叮成重伤，我就会倾家荡产了。"

"是的，是的。任何事物，有利有弊嘛。"

"……"

两人交谈许久，十分投机，大有相见恨晚与一见如故的感觉。互相不仅问清了姓名，也通报了自己的家庭地址。原来，这男子姓谷名开富，家住云南东部一个叫金坡的村子，他四方游走，常年以养蜂为业。这次初来海南，是听了一个打工者的推荐，说海南四季绿树鲜花，最适合养蜂，于是租车运蜂前来一试。

　　谈着，谈着，两声汽笛长鸣，打断了他们的对话。抬眼望去，"海鸥"已经靠岸，停靠在新港码头。码头栏外，繁忙无比，人头攒动，熙来攘往。接客的，送货的，渡海的，叫卖贝壳、珍珠、砗磲之类小商品的，汇聚形成的硕大声浪，压倒了一切声音。他俩只好握手匆匆告别。

　　谷开富迅即转身登车，坐进那辆载满蜂箱的汽车驾驶室，准备开车离船上岸。

　　曾凯力亦立即回到上舱原座，赶紧将行李包扛上肩头，加入到等候下船的长长队列。但他万万没有料到，在新港刚设立的一个检查站入口处，被拦截了下来，因为没有任何证件，执勤者将他推进一辆改装的大货车内，沿着两侧椰树簇拥的滨海大道，朝秀英方向疾驰而去。

两人交谈许久，十分投机，大有相见恨晚与一见如故的感觉。互相不仅问清了姓名，也通报了自己的家庭地址。原来，这男子姓谷名开富，家住云南东部一个叫金坡的村子，他四方游走，常年以养蜂为业。

一〇　开创性非常行动

杜鹃花小区通往七岭市市政大楼的人行道上，一辆半旧半新的自行车不紧不慢地奔跑着。骑车人穿着简朴，面带微笑，一边轻松随意地踩着踏板，一边不厌其烦地回应着人们的问候。

"韩书记你好！"

"你好你好！"

"韩市长你好！"

"噢，你好你好！"

"韩部长你好！"

"嗨，你好你好！"

"……"

无论认识与否，也无论称他什么官衔，他都一律应答，语气亲切、热忱、平易近人，没有任何官架痕迹。这些和他打招呼的人，一部分是杜鹃花小区内的住户，一部分是市委市府及下属各单位的工作人员，因为在同一栋大楼上班，面孔都比较熟悉，只是叫不出名字，或者，不知道在什么部门工作。一个月前，当他还是宣传部长的时候，似乎没有多少人注意他，更没有这么多人向他问好。但任职书下达并由省委组织部一位副部长在全市三级干部会上宣布之后，情况便发生了翻天覆地的改变：上下班打招呼的人多了，上门求他帮忙的人多了，在电话上与他套近乎的人多了，千方百计向他妻子彭桂芳送东西的人多了……这些如洪水般涌来的"多"，使他猝不及防，也不知所措。不过，他很快镇定，坦然面对，针对不同情况采取不同措施。对于套近乎的人，他还是老办法——以热情对热情，以亲近对亲近，即使不认识的人，他也要热情、亲近以对。对于那些向妻子送东西的人，他已向妻子暗授机宜：凡送来钱财或贵重物品，一律当面拒绝并好言相劝。倘送来水果、糕点和茶叶之类平常礼品，一定要笑纳（他叮嘱妻子，应当面将礼物打开查看，如这些"平凡"物中夹带了钱、金等昂贵物品，应取出退还，只收下平凡礼品），并以"礼尚往来"为由，会送一份价值大约相等的物品给对方；对于那些求他帮忙的人，只要没有用金钱为诱饵，也不沾亲带故，又不违反重大原则，他便尽力为之，比如找个临时工，搞点小包工，换一下工作岗位（特殊单位除外），孩子从乡下到城市就学，等等，他都会亲自或委托人办理……就这样，一个多月下来，他以一如既往的轻松姿态，平息、安抚了追"星"的洪流，既赢得一个"平民书记、布衣市长"的美名，又保住了作为一名共产党领导干部的原则性与正派气度。

其实，在他心目中，这些只是不值一提的区区小事，只需举手之劳便可处理妥当。而令他忐忑不安的却是那件不为人知的风流韵事以及擢升之后怎样拿出不平凡的政绩。现在，上上下下有若干只眼睛在盯着他，看他在市委书记和市长的舞台上如何表演，演出什么与众不同的故事或奏出何等美妙的乐曲。"关爱小组"的事情亦非同小可，稍有不慎，也会全军覆没。今天，他坐在自行车上，不停地与人们打着招呼，满面春风，而内心却在翻江倒海，因为有几件大事正等待着他。

首先，他要接见即将出发去广东、上海、福建等先进省市招商引资的七岭市招商引资宣讲团。一放下自行车，他便直奔市政会议大厅，由一名副市长带队的十多名宣讲团成员已经等在那里。

他进入大厅时，像卷入了一股春风，使大家兴高采烈。

"明天一早，同志们就要肩负全市人民的期望与重托，奔赴先进省市和发达地区招商引资了。这个任务光荣而艰巨。"他向带队的副市长点头打过招呼之后，便开门见山地大声说道，"七岭市不缺山、不缺水，更不缺土地，只缺资金。大家既是宣传员又是吸金器，要把七岭市的优势和优惠政策宣传出去，讲透讲形象，再用吸金器把大批资金吸引进来。我们缺少资金，但有土地，可以用土地换取资金。比如，送一亩土地，让企业为我们修一公里公路。还可以用土地入股，与企业合办公司求得双赢……说一千道一万，谁引进资金谁厉害，谁招来企业谁高明，我们打算按引进资金的多少对有功人员进行奖励……"

韩鹏程的讲话很快结束。他与大家挥手道别、祝一路平安满载而归之后，便出门迈开大步而去。他很快来到同一栋大楼的另一个房间，它的门侧挂着一方新的牌子，牌子上端正地刻印着"七岭市人才招聘办公室"十个楷字。他在门前站立了两三秒钟，看着这块牌子既感慨又自豪。他正式任职市委书记和市长之后仅三天，便提出了"为适应改革开放形势，促进七岭市大发展奔小康，在全国范围内招聘人才"的计划，并从组织部、人事局及相关单位抽调二十多名干部，组成"七岭市人才招聘办公室"，讨论、研究并制定出招聘人才的条件、办法和优惠待遇。而此刻，争论十分激烈，两种意见互不相让。韩鹏程尚未进门，便闻其声。当突然进门时，此起彼落的争执声戛然而止。

"讨论得怎么样？同志们。有关事项都有眉目了吗？"他面向大家问道。没有回答，只是面面相觑。他又将目光转向组织部副部长、人事局副局长这两位担任人才招聘办公室一正一副主任的中年人，示意他们先谈一谈。于是，组织部副部长立即开口介绍了刚才争论的一些问题。比如，应聘条件是定在大学本科呢还是专科，医生是定在主任医师呢还是副主任医师或医师，教师是定在正副教授呢还是讲师，作家是定在省级作家协会会员呢还是中国作家协会会员，工程师是定在工程师呢还是助理工程师；又比如，招聘进来的人才是提一级工资呢还是连提两级工资，是住集体宿舍呢还是分配一套住房；再者，对方单位坚持不放人怎么办，户籍、家属、粮油关系、党组织关系怎么办，如此等等。

这位副部长表情严肃、语气为难、不偏不倚地介绍着情况。韩鹏程一直微笑着，似乎对大家的争执很感兴趣且胸有成竹。然而，他的眼前却浮现出一月前在大会上宣布他担任市委书记、市长的轰动情景，一张张面孔是那么惊异，那么热烈，那么情绪激奋，而他自己却更是如此。这次人事安排，可说是破天荒之举，且史无前例。一个市委常委、宣传部长，因考查被纳入"德才兼备、政绩突出、堪当重任"型干部而一跃成为市委、市府的最高领导，自己都感到莫名惊诧。在宣读任职通知书时，他的头脑嗡嗡直响，有些不知所措。不过，一会儿就过去了，他强迫自己立刻冷静下来。他明白，这一切并不重要，最重要的是在短期内拿出非凡政绩来……一个多月过去了，而此时，正是攸关时刻。船载千斤，掌舵一人，不能让纷争、吵嚷延续下去。应快刀斩乱麻，有主见，有主张，一锤定音。

"大家的争执和意见，我知道了。"一直坐着的他，现在站了起来，还是那么微笑着，那么冷静，那么有涵养，那么成竹在胸，"这些问题，只要有改革开放意识，有改变七岭市面貌的决心，就不是问题，就会迎刃而解。对于有志者来说，没有办不到的，只有想不到的。只要想到的事情，就要去努力达成。对于应聘者条件，我认为可以尽量放宽，大专、副主任医师及医师、讲师等就足够了，我们这个经济落后的山区，只要愿意来就可以了。待遇问题，也应当尽其所能，使之具有吸引力，工资连提两级也只是增加了十多二十元，我市虽不富裕，但这些钱是可以拿出来的。况且，这批人来到我市，相信会创造出比这些钱多若干倍的价值。至于对方不放人的难题，更是容易解决：只要应聘者出示工作证、党费证便可以上户籍、党籍、粮油关系并将农业户口的家属一律转为我市户籍，该解决工作的解决工作，每家安排住房一套，暂时无法安排的可在近期解决……"

讲到这里，韩鹏程停了停，扫视了一下人们的面部表情之后，话锋一转继续说："当然，这些只是我个人的建议，大家可以再讨论、研究，但应当快，不要久拖不决。必须尽快形成文件发下去，并立即行动。形势不等人，改革开放要求我们必须快马加鞭……"

话音刚落，一片掌声即起。掌声中夹杂着众多表态——"书记讲得很好，我举双手赞成。""书记既然这么说了，我放弃个人意见。""讨论这么久了，还讨论什么？"……

在一边倒的热烈支持声中，韩鹏程离开了市人才招聘办公室。他脚步轻快，心境极佳，仍沉浸在自己的演说与人们的赞美声中。他迈过一段走廊，又爬完一坡楼梯，忽觉肚内不适，有些空的感觉，抬腕看看手表，原来时间已过下午一点。于是，他往下走，拐过几处楼道，来到机关食堂。就餐的人们早已离开。他在窗口打了饭菜，很快吃罢后，朝市长办公室走去。自担任市委书记和市长以后，他总是轮流在市委书记办公室和市长办公室上班，经常穿梭于这两个办公室之间，分别处理各种事务。今天，他打算稍加休息后，要着重过问一下"关爱小组"的事情。这些日子，忙于新官上任之后纷繁复杂的种种政务，不得不将它暂搁一边。但这并非小事，它的重要性甚至超过政绩。政绩少一点、不突出，只不过不被重用罢了，而此事一旦暴露，他的某些重大隐秘，也许就如多米诺骨牌般显现在阳光之下，他的人生大厦便会随之在顷刻间訇然崩塌，那时，再了不起的政绩亦迅即化为乌有。因此，他必须用一半的精力关注它、指挥它，直至圆满了结。

走进办公室后，他默默地坐在那儿，背靠着藤椅，闭目养神了半个小时。此时，正是市长办公室的清静时刻，无人来找他汇报工作或传阅、审批文件什么的。于是，他拨了韩文达的 BP 机，然后耐心等待。他知道，他收到他的信号后，必须去附近邮局或单位找到一部座机，通过这部座机与他通话。为了找到一部座机，花上一两个小时也说不准。那时，中国还没有现代意义上的手机，据说沿海经济发达城市已开始使用称为"大哥大"的、近似于手机类的通信工具，不仅"大哥大"之间可以对话，它还可以直接与座机通话。但信号并不灵敏，而且有一二斤重，显得十分笨重。即使如此，价格却不菲，几万元一只，唯少数权势者与富豪能用上。

就这样，他心神难宁地等着，没有时间表，没有倒计时。他想真正地入睡一会儿，却一直没能如愿。

电话铃声终于响了起来。像惊雷声，像闪电，使他的心和身，同时颤动了几下。他拿起话筒，"喂"了一声之后，便听到对方说："叔，我是韩文达。"

"你们现在哪里？"

"我们在贵阳附近几个火车站守候了一段时间，没有发现任何踪影，只得继续南下，现在已到达湛江，打算在这儿守候几天。如果他去海南，这是必经之路。"

"重庆方向有消息吗？"

"三人小组已去过他老家珍溪，他的家人、亲友都说最近从未回过老家。"

"今后怎么行动？"

"重庆、贵阳方面的人员均已撤离。现在主力集中南线，已聘请两名当地居民，作为向导与翻译。"

"有什么困难吗？"

"别的倒没什么，只是与您的联系极为不便，无法及时得到您的指示。当然，这也是没有办法的事情。"

"不，"通话中断了几秒钟后，韩鹏程继续说道，"有办法。听说沿海一带开始使用'大哥大'，你可以设法买一部试试。至于费用，回来后特事特办。"

"叔，还有什么指示吗？"

"一定切记：无论何时何地何人，必须以'关爱小组'的名义出现。不要透露我们之间的家族关系，更不能以此相要挟或威胁。谨言慎行，夹着尾巴做人。否则，别怪我六亲不认。总之，任务一定要完成，活要见人……枪一定要用起来，要用得巧妙，用得是时候……"

"嗯……嗯……"除了这"嗯"声之外，对方再没说什么。他等了十多秒钟，仍无动静，连"嗯"声都消失了，便轻轻放下了话筒。

每次通话都是这样，当他强调"活要见人"之后，对方便语无伦次或沉默不语。也许，他听懂了他并未讲出的"死要见尸"这四个字，比"活要见人"更重要，因而内心被恐惧突兀笼罩。

"丁零零……丁零零……"

电话铃声又响了起来。开始，他以为是韩文达有什么事忘了讲，重又打来电话。可是，当他将话筒放在耳边时，却从对方传来一个温柔的女音。

"书记呀，现在有空吗？"

他听出这是那个美女詹诗云的声音。她总是在快下晚班时来电话，令他狐疑不安。于是答道："詹诗云同志，有什么事请讲。"

"首先感谢书记还能记住我的名字。有些问题，我一直想向你请教。"

"现在快下班了，如果事情不是太急，最好明天上午谈。"

"书记呀，你身上似乎还存在着重男轻女现象。男同志找你很容易；女同志，不，特别是我，多次找你，你总是推诿。"

"请别误会，你所说的情况并不存在。"

"书记呀，看来我见到你时，首先要探讨一下在我市如何做到男女平等的问题了。"

"……"

就这样，詹诗云胡搅蛮缠了许久，自觉再无什么可说了才停了下来。韩鹏程搁下话筒后，久久不能平静。这位芳龄二十七八至今尚未婚配的美女，几年前他去文化局视察时便认识了。第一次见到她时，他感到眼前一道亮光闪过，双目难以睁开，大有一位仙女突降人寰的感觉。但他还是显得十分镇定，没有丝毫慌乱，矜持地和人们一一握手、问讯。座谈时，他也没有特意注视她。视察毕，和大家握手告别。他感到这位有着妖艳之美的女子握手忒重，似乎有什么特别暗示。因此，他不可掉以轻心。一直以来，对于那些拥有老二、老三多个女人的男人，无论其权势多重，地位多高，他认为既不明智，亦无必要。一个男人能管控那么多女人吗？天长日久，顾此失彼，总会闹出点什么事情来。倘若自己有一位美而贤的妻子，就不会染指婚外而出现目前的窘境。那个至今还逃逸在外的男人，让他心中一直暗流涌动。现在，他究竟在哪里，谁也不知道。不找到他，危机便永远存在，时感芒刺在背，永无宁日，什么情况随时都可能发生……

想了很多，想了很久，直到楼外街灯一下闪亮起来，斜斜地投射进屋子，他才猛然惊觉，拉亮了办公室的电灯，一如既往地开始了夜间的加班日程。

一一　登岛：梦幻一瞬间

　　装得满满当当的载人货车从新港出发，驶过一段闹市之后，再驶过龙昆北路一座架设于小溪入海处的水泥护栏拱桥，驶上了滨海大道，沿海岸线蜿蜒前行，颠簸着，摇晃着，穿行在排列成行、夹道密布的椰林之间。

　　在这辆稍加改装的货车上，三四十名因突然宣布封岛和证件不齐而被当作流窜者的男人，全都站立着、挤压着，随路况瞬息变化而不停地东倒西歪，压力一忽儿偏左，一忽儿偏右，每个人必须匆忙应付。他们多数是身强力壮的中、青年人。从面貌、举止和偶尔的只言片语，可揣测这些人中有刚毕业便前来寻职的大学生，有打算丢弃"铁饭碗"下海另谋出路的公务员，有急于离开土地外出打工挣钱的农村青年。他们或背着厚重的行李卷，或肩扛鼓囊囊大挎包，或手提塞满生活用品的塑料袋，有的甚至挑了一挑锅碗瓢盆之类，准备在这个中国最大经济特区长期"抗战"，扎根奋斗。可是，谁能料到，渡海时还处在亢奋状态的人们，一下船即被扣留，并如牲口般装进了这辆用铁管焊接围住的大货车内。这些彼此陌生的面孔，神情慌乱、惊恐、无助，一路上他们全力对付着货车的腾跳和因拐弯而引发的东倒西歪。偶尔，也相互注目瞬间，想从对方的眼神中获得某些答案或信息。可是，此时众皆沉默无语，因为谁也不知道究竟是怎么回事，只能这么忍耐着、等待着。

　　曾凯力站在货车尾部，一只手紧紧抓牢门边的一根铁管，双肩上仍背着那个已随身千里的大背包。当货车颠簸腾起时，他可以依托这个背包与身体前后左右的机动扭转，来调节并抵挡因惯性产生的冲击力，以保持身体平衡不受伤害。

站在这里，他能够倒退着浏览沿海部分市区的景色，也可以从茂密的椰树间注目湛蓝的天空、天空上的薄云以及波光粼粼的大海。在这儿，有着孔雀羽毛样叶片的椰树无处不在，成排成林，随海风而摇曳。街间、路边、海岸，处处都有椰树的身影，称为"椰城"真是名副其实。在大陆，树叶、花朵此时大都凋零，而这里却依然郁郁苍苍，鲜花遍地，生机勃勃，一派盎然景致。大海，如此浩瀚无涯，如此漫无边际。海风，带着鱼腥味儿扑面而来。鸥鸟，随风起舞，这儿一群，那儿一双，紧贴着灰蓝色海面轻缓地飞翔。身处其间，恍如来到了另一个国度。

第一次见到大海、椰林以及由它们点缀出来的海岸景色，曾攻读文学且酷爱哲学与写作的他，本该心情愉悦而万分陶醉。此时此刻，他却无心欣赏这些与内地截然不同的风光海景。由于此前的种种奇特经历，与其他被查扣者相比，他显得特别镇定，看不出一丝儿惊慌，更没有一小点恐惧，但内心却在急遽地思索着：七岭市的追捕者们已经到达海口了吗？新港检查站是否有人认出了我？假如上述情形都不存在，已被扣留的自己，是否会很快被人认出或者被人揭发？他从贵阳经过龙里步行去都匀的途中，曾见过"关爱小组"的"救援"广告已增添了新的内容："凡将此人强行收留并送交公安机关或收容所的单位与个人，可获得五千元奖励。"这笔钱那时相当于一名公务员一年的工资。此广告在海口一经张贴，定会吸引不少贪婪者或助人为乐者，若因此而被抓获，那真叫千里迢迢寻庇护，终到天涯自投网……

想着想着，货车离开了椰林。一个左转弯，向南驶上了一条更窄的沙石马路。行驶大约二十分钟，货车拐进一条仅容一车通过的狭长巷道，拐了几个弯道后，便从一处洞开着的铁栅大门缓驶而入。

载人货车在一片宽敞的院坝上停下。当汽车滑进大门的那一刹那，曾凯力看清了大门一侧的牌子：海门市收容所。这时，他方明白，自己被作为流窜人员收容了。

"下来！下来！拿好自己的东西下车！"

车刚停稳，咔嚓嚓一声响后，一把铁锁紧锁着的车门打开了。随后，响起了大喇叭样的呵斥声。人们陆续从车上跳下。曾凯力站的位置靠近车门，便成为最先离开货车的几人之一。

一张石桌上，摆放着本子、笔。一名瘦高个儿警察端坐一旁，他让人们依次排成一行长长的队列，开始逐一问询并登记造册。登记内容包括姓名、性别、籍贯、年龄、文化程度以及为何来海口，等等。曾凯力排在第五名。前面四人很快登记完毕，在一名警察的押送下，被送进一处大铁门内。

为曾凯力登记时，瘦高个儿警察盘问得出奇的详尽。特别是在问及文化程度这一问题时，当回答"大学本科"后，还问了"在什么大学毕业"，"学的什么专业"，"现在从事什么职业"，等等。曾凯力都一一如实回答。只是在"姓名"一栏内，他没有告诉真实姓名，只说自己叫"石运来"。瘦高个儿警察听后破例一笑，说："文化虽高，名字俗气。"曾凯力回答："小时父母所取，没法改掉。"瘦高个儿警察理解地点头微笑，吩咐等候一旁的另一名警察将他和另外十多名已经问话登记的人员带走了。

沿途经过三道大铁门。每通过一道铁门，总是随开随关，开和关都会发出訇然巨响。警察手持警棍，腰别手枪，走在队列一侧押送着大家来到一间上有明亮天窗的大房内，一一指定每个人的睡位后，便哐啷一声关了房门，又咔嚓一声上了把大铁锁。

被关进这间大房内的人，都在忙着打开自己的行李，整理水泥地上的"床铺"，将破烂草席下的稻草铺匀。一边整理，一边议论和发牢骚——"为什么收容我们？""为什么把我们当犯人一样关起来？""我们犯了什么罪？""海南建了特区还是不是中国的土地？"……一直惶恐沉默的人们，恍然省悟，当一两人开始大声质疑后，便一窝蜂地叫嚷了起来。

曾凯力没有加入到吵嚷的行列。在哄乱的嚷声中，他没有打开背包，更没急于"铺床"，只是静静地站在那儿，仔细地观察着这间大房内外的情况，看看是否有逃走的可能。房顶那个又圆又大的天窗，是房内几十人透气的唯一窗孔，距地面约九米高，是正常高度的三倍，而且天窗四周似有持枪武警巡逻的身影。从这儿打主意定是徒劳。若想从来时的原路逃走，如何打开这间房门的铁锁？又用什么方法通过那片戒备森严的院坝？这一切可说是困难重重，无路可逃，除非出现像乌冲安宁医院那样意想不到的奇迹……

想到这里，他暗自摇了摇头。不过，他还是在心中庆幸道："还好，

'关爱'广告的影响，尚未波及这里。"

大房内，炸锅般的吵闹声，已冲出门外。一声咔嚓，房门大开，瘦高个儿警察大步走入。

"大家听着：为了严防捣乱闹事分子们从北京逃窜来海南生事，破坏经济大特区的安宁与发展，我们采取了封岛的坚定措施，希望大家配合，这是每个公民应尽的义务……"瘦高个儿警察讲了一通危言耸听的大道理后，提高音量继续说，"你们在海口有什么亲朋好友，就把他们的姓名、住址或联系电话告诉我们。我们会通知他们前来担保，将你们领走。如果没有的话，你们就必须赶快写信回家，让家人带着乡政府证明前来领人。记住，来时必须带足费用，结清这段时间伙食与住宿等方面的开销。信写好后，交警察代为邮寄。"

讲毕，瘦高个儿警察并未马上离开，目光向大家扫视了一遍后，便定格在曾凯力身上。曾凯力吃了一惊，心，怦怦急跳，但却未露半点惊慌，只那么默默地等待着。

"石运来，请把行李背好，跟我走。"

瘦高个儿警察终于发话，还特别带了个"请"字，脸上也微带笑容。这情形让曾凯力不明就里，只能背上那个大背包跟他往外走去。他一路想着：也许，他们已收到那张"救援广告"，名字虽有不同，但广告上的照片与我相似，因而叫我出去核实。任何时候、任何情况下，我都必须坚持自己叫"石运来"，不可说出真相，即使对我刑讯逼供，也要坚持到底。

跟在瘦高个儿警察身后，他边走边想，边想边走，穿过来时停车的水泥院坝，上完两段水泥阶梯，来到一处挂有"副所长办公室"小牌的门外。瘦高个儿警察推开虚掩的房门，迈步而入，又反身叫道："请进来。"

曾凯力泰然自若地走了进去。对于这位态度生硬、板着面孔、极少笑意的警察，现在又从他口内出来一个"请"字，觉得有些异样。

"请把行李放在地上，坐在那里。"

按照他（也许就是副所长吧）的吩咐，曾凯力放下大背包，坐在他对面不远处的一把竹椅上。

"石运来先生，我想再找你落实几个事情，请如实回答。好吗？"

"好，请问吧。"

"你是大学本科中文系毕业吗？"

"是。登记时我已说过了。"

"你是高中语文教师吗？"

"对，一点没错。"

"我想，如果让你为孩子讲解诵读一些唐诗没问题吧？"

"的确如此。"

"顺便给孩子讲解安徒生、格林童话故事，也是可以的吧？"

"应该是这样。"曾凯力回答后接着问道，"我应当怎么称呼您？"

"我姓林，是这里的副所长。"

"虽无任何资料证明你的身份和学历，但我还是相信你是一位具有真才实学的知识分子。我希望你能够早获自由，不要在这里待得太久。因此，想给你安排一份工作，不知是否乐意？"

"非常感谢。我来海南，便是为了体现自我，寻求发展，实现一个年轻人的梦想。对于工作，我十分渴望。请林所长告诉我，是一份什么样的工作？"

林副所长告诉他，一位上司为培养三岁男孩，需要找一位高学历教师，提早进行潜移默化的学前教育。当然，如果可能，也顺便为他正在念初中的孩子补习功课。工资暂定一百五十元，包食宿。若成绩显著，还可增至三百元。

曾凯力喜出望外，未加思索，便爽快地答应了。那时，内地月工资一般只有几十元至一百元，比较起来，这份薪酬不菲了。况且，他目前的处境如此恶劣，有这样一个栖身之地很不错了。

谈妥后，他跟着林副所长来到院坝，先将行李包塞进一辆黑色小车的后备厢，然后进入车内，在后排坐下。林副所长坐进驾驶室，很快将小车开走了。穿过几处椰林，又驶过几条小巷，颠颠簸簸跑完一段长长的泥泞逼仄马路，来到一处村庄式院落，便吱嘎一声停下了。下车后，林副所长在前，曾凯力在后，二人一前一后走近一栋三层小楼大门外。

此时，天色已晚，夜幕正在降落。这栋小楼房的灯光已经闪烁，照亮了洞开着的大门内外。一只白色哈巴小狗汪汪汪吼叫着追了出来。

"白雪公主，别叫别叫，快回来。"一位女人的声音和身影，同时出现在大门口。

"大嫂，大哥为孩子请的特级教师已经请到，就是这位石老师。"林副所长大步上前，指着曾凯力介绍道。

"啊，石老师，快进屋坐。"

"大嫂，这位石老师还没吃晚饭，你为他做点什么吃的吧。"一进门，林副所长便对她说，"我这就走了，所里还有不少事情等着我呢。"

话一说完，林副所长便快步出门而去。女人也立即转身走进了厨房。

这女人看去不过二十三四岁年纪，身材高挑，面部白皙娟秀，一头披肩长发。曾凯力初步判断，她应是一位湖北女子。他的大学同学中，有两位湖北人，这女子的口音与他们相仿。她是一个怎样的人呢？这么年轻，那林副所长便称她"大嫂"，又称他的上司为"大哥"，他们之间可能有着一种特别的关系吧。

女子为他煮了一大碗西红柿鸡蛋面。这是曾凯力多日来的第一顿美餐，只几分钟工夫就将它吞咽了下去。吃毕，女子安排他住进客厅左侧的一间小房，又安排他去浴室洗澡。她特意叮嘱他，不要打开自己的大背包，房内床、被、桌、椅以及一切生活用品，已一应俱全。

当晚，曾凯力和衣躺在床上，疲惫至极，却未敢熟睡，因为，孩子的父亲、林副所长的"大哥"上司要与他见面交谈。可是，这一夜不仅话未谈成、觉没睡好，竟发生了一件离奇古怪的事情，使他局促不安、心惊肉跳。

一位五十余岁、身体显胖的男子（曾凯力估计就是那位上司）走进大厅，关了大门，走上楼梯，进入年轻女子房间。不久，一位与那上司年纪相当、身材粗短的中年妇女气急败坏地赶来了。站在门外，一边跺脚，一边手指楼上，用海南普通话破口大骂："你这个骚货！强占我老公，竟敢偷生私娃，还不赶快滚回湖北去，我要让你不得好死！你这个骚屄……"

骂声，暴风骤雨般喷涌而出。睡意蒙眬的曾凯力，猛然清醒，一时不知所措，只能闭门静观其变。

俄顷，楼梯上蓦地响起了急促的脚步声。这脚步声，如多米诺骨牌倒塌般快速下到大厅，快速来到门口，哗啦一声，打开大门。接着传来那年轻女子的骂声："你这个黄脸婆，你这个老娼妇，你胆敢跑到老娘这儿来耍横！你没有本事，生不出儿子，老公不要你，活该！今晚，我要让你知道老娘的厉害……"这声音尖厉无比，似从牙缝间喷压出来一般。看这阵仗，这一老一少两个女人，今夜非要拼个你死我活不可。曾凯力想，只有自己立即出面，凭着体力方可阻止悲剧的发生。本不想初来乍到就抛头露面的他，只能赶快出手了，要不然，他的主人——那个年轻单薄的女子会吃大亏！说时迟，那时快，几个大步，他便跨出了大门，用尽全力将两个厮打在一起的女人分开，并用身子挡在她们的中间。曾凯力突然出现时，中年妇人以为是年轻女子的兄弟在场，吃惊不小。当她迟疑的那一瞬间，年轻女子乘机奋力踢了她两脚，中年妇女抱着小肚哼叫着退到了一旁。

这时，中年上司穿一身睡衣，抱着啼哭不止、喊着妈妈的小男孩，急匆匆来到大门外，双目怒视着那中年妇人，用海南话狠狠训斥着她。不一会儿，她便耷拉着蓬乱的脑袋静悄悄离开了，消失在不远处的夜色中。

上司将男孩交到年轻女子手中，随手关了大门。二人苦笑着朝曾凯力点点头，一前一后往楼上走去。

翌日早餐毕，年轻女子在桌边对曾凯力说："因为检查组要下来，孩子他爸一早就出门了。哎，昨晚他下楼动作稍慢，要不是你及时出手，还不知结果如何呢。兄弟，我叫兰彩云。四年前，高中毕业没考上大学，听说海南即将建省成立经济大特区，就贸然来这里寻找工作。工作很快找到了，但不久怀孕——对于一个独闯世界的女人来说，这实在是没有办法的事情——于是，形成了现在的局面。孩子他爸中年得子，心满意足，决心将他培养成栋梁之才，高工资聘请一名大陆优秀教师，从学前抓起……谁料那黄面婆不知从谁口中得知我母子住在这里，还竟然打上门来，让孩子他爸心灰意冷，突然决定暂不聘请教师了。"

说到这里，兰彩云停了片刻，显得有些尴尬，从手边的小包内取出二百元钱，继续说道："石老师，真是不好意思，这点钱是给你的半月食宿费，可住下来在海口慢慢找工作，一定能够找到一个好位置的。"

说着，便将钱递了过去。曾凯力没有接，急忙说："无功不受禄。我没有工作，不能收下这笔钱。"

兰彩云强行将钱塞进他手中，曾凯力推辞再三，最后只好收下。

事情既已至此，曾凯力不敢久留，说了声再见后，背起背包出门而去。兰彩云追出门来说："四川、湖北，半个老乡。兄弟，今后若有特别为难事，请来找孩子他爸。"

"我与他只是初次见面，怎好意思前来打扰。"

说时迟，那时快，几个大步，他便跨出了大门，用尽全力将两个厮打在一起的女人分开，并用身子挡在她们的中间。曾凯力突然出现时，中年妇人以为是年轻女子的兄弟在场，吃惊不小。

"你也可以去找林副所长。他和他虽不是同胞，却亲如兄弟。"

"谢谢，谢谢！后会有期。"

从兰彩云家中出来，他有一种梦幻般的感觉。这二十四小时，一昼一夜间，恍如行走在梦里，此时方醒来，还是睡眼惺忪。他极力睁开眼睑，自己正前行于一条乡村小道上，前方有村落，村落之间有椰林，椰林之间有迂曲小径，还有荒芜的、正待建房或留作他用的大片土地。他边走边问，好不容易走出这片谜一样的地方。直到此时，他才知道自己这一昼一夜所待的地方叫秀英，却不知道，这梦幻般的经历只是刚刚开始。

一二　惊魂九昼夜（上）

　　站在秀英一处平缓的红土坡上，曾凯力可以瞭望到海口的部分城区。顺着弯曲多变的海岸线朝东方远眺，一大片低矮密集的建筑物在晨光下闪亮。听路人说，那便是海口市主城区。想找工作，必须沿着西海岸一直往东走，到那个主城区去。西海岸边，是茂密葳蕤的椰子树、木麻黄组成的护堤林木带。公路随着海岸逶迤向前，在林木间时隐时现。唯浅色海岸线，无休无止地延伸着，时而迂折，时而笔直，时而随意弯拐，分别向东、西方向延伸至迢遥的云端。这是造物主为琼州海峡与海南岛之间划定的一条天然美丽的边界。

　　站立片刻，辨别了方向，便重开脚步，沿着红土坡那条倾斜而下的乡村马路朝北走。大约半小时后，他来到西海岸边的一棵大榕树下，他站下来，用力喘了口气，又用双手松了松套在双肩上的背包带子，然后转身朝东，在西海岸边的公路上迈步疾行起来。

　　他恍然省悟：昨天，那辆从新港码头开往收容所的载人大货车，走的就是这条沿西海岸弯曲向前的林荫公路，只不过他今天走的是相反方向而已。

　　时令已至十一月中旬，但海口晴日仍缺少凉意，气温仍在三十度以上。他背着背包，疾步行走，虽有海风劲吹，树荫蔽日，但仍然汗流浃背，单衣已经湿透，全身股股热气往外直冒。他不停地用手掌刮洗这额脑上不住喷流的汗粒，阻止它们滑进眼窝。这样走了很长一段路，一辆三轮小货车从身后碴隆隆地开来，在他身旁吱嘎一声停下。面色黧黑、体形瘦赢的司机，穿着一双拖鞋，他一边抠脚一边从敞着的驾驶座位上偏过头来问道："坐车吗？"曾凯力点了点头，一步跨了上去。

那时海口还没有出租车，也没有市内公交车，连斑马线、护栏、红绿灯、交警岗亭之类亦属空白。但交通仍然畅通无阻。被人们称为"抱母鸡"、仅坐三人的小菲亚特汽车，由摩托车改装而成、可坐二人的三轮敞篷车，用柴油小货车稍加改造、容载十人的"小货客"，它们随意奔驰于海口的大街小巷，也任性出入于各种场所。它们均为个人所有和私人运营。曾凯力坐的是这种小货车改装的"小货客"，后门洞开，顶上有篷，两条木凳摆放车内，可坐十一二人。每人收费一元，直达市内各条街道，随上随下，不受站台限制。因背包过大，占了较多空间，曾凯力被要求付了两元钱。

一路上，小货客硁隆硁隆地吼叫着，颠颠簸簸奔跑在西海岸边的林木间。它时快时慢，时稳时跳。当路面平坦时，它便稳步前行；当遇上坑洼时，它便颠腾不止，吼声忒大，似野兽粗喘一般。因车前车后都敞开着，透气良好，视线开阔，坐在车上比昨天去时更易看清两旁景色。左侧，透过疏林树干间的缝隙，可以巡视朝阳下的大海：几只出海打鱼归来的小型机动渔船，在浅蓝色海面上悠悠地移动着，它们的尾部拖曳着一条极浅的浪沟；红树林间的浅滩上，一群挖螺的人撩衣扎袖、光着大腿、背着竹篓、手持铁钩，低头躬身寻觅，一步步移动着身子。右侧，满目低矮稀落的建筑物，是一些城乡接壤处市民、农民混居的区域。在一片旧房已被拆迁的土地上，三五部挖掘机正在挖掘造楼基脚，翻出的一堆堆红土，在晨光下格外耀眼。几处忙碌的建筑工地，一派热气腾腾，几台橘红色大吊车在即将封顶的楼房上空来回摆动，彰显着居高临下的威风……距城区越近，路况越好，小货客车速增快，眼前的景致——各式桥梁、街道、高高低低的建筑物以及熙来攘往的人流，便如电视镜头般一晃而过，在眼底留下模糊摇动的影像。车，亦时停时跑，不断上客下客。客人南腔北调，杂混难辨。幸好大家乐于用普通话交流，基本能够彼此听懂。曾凯力知道，这些流动的人群中，一部分是一九八八年至一九八九年建省前后来到这里的闯海者，至今他们仍滞留在这片相对自由的土地上，继续着寻梦的生活。他还从这些人口中，得知主城区东湖边上有一家名为"湖光"的旅店，因每人每天只收一元低廉住宿费，成为闯海者们心中的圣地。

"这正是一处适合于我去的地方啊。"曾凯力这样想道，"不知为什么，海口，一座南方小城，这么多闯海人来了就不愿离开。也许，这片神秘的土地有着一种特殊的诱惑力吧？也许，对于故土，每一名闯海者都有一本难念的经，种种原因使他们不愿再回到那个曾经久居深爱的地方……"

曾凯力这么思索着、浮想着。车，一声吱嘎，停下了。黑瘦司机开始伸手抠脚并大声喊叫："钟楼到了，要下车的赶快下车！"

曾凯力扭头探望，一座六层楼房高的英式古老钟楼矗立在一片椰林之中，镶嵌在楼顶外墙上的一面大圆钟，秒针正在快速滑动，时针已到"12"，当当当如钢琴般清脆悦耳的敲击声响了起来，一直响了十二下。当他回头时，车内又换了几位新乘客，他们正在朝外张望着。顺着视线看去，车外一侧是一栋接一栋的骑楼小街，清一色南洋风貌。使他猛然惊觉的是，在一面白色墙壁之前，一些人正在围观，众多视线均注目在一张印有头像的启事上。虽然那张启事与小货客尚有一段距离，可是那个头像他太熟悉了——因为，这就是他身份证上的那张照片，只是放大了两三倍罢了。他悻然自语道："杂种，来得真快哟！"此时，他多么追望车子马上离开。果然，十分顺意，只停了那么一两分钟，它便硿隆硿隆着开走了。为避免大家将目光聚焦在他的面部，他便略微将头颅扭向一侧。幸好，大家并未注视他，也没谈论那张启事的事情。他一路思忖着：救援启事既已张贴，追捕者们也许亦已抵达。看来，海口也并非安全之地，今后的一切行动必须小心在意。

想着想着，小货客来到了解放西路。司机说，车就开到这里了，请各位乘客下车。曾凯力问他去湖光旅店怎么走。他耐心地告诉他：解放东、西路之间，有一条新华路。往南走，穿过新华南路，东湖就到了，再找湖光旅店就简单了。

按照这位热心司机的指引，他顺利到达湖光旅店。它的价格果然是每人每天一元钱，但铺位已经住满，只剩地下一层还有几个床铺。此时，兰彩云给他的二百元加上原有的几十元，相当于大陆当时一般工作人员两个多月工资，可以暂时不必为生活而惊慌失措。但是，他不打算去住那些八元、十元一夜的旅馆，而是毫不迟疑地走进了双层床铺、拥挤不堪的地下室。来到这里，人在其中走动，只能侧身收腹。一张草席，一条破枕，一床旧毯，便是它的全套设施。即使如此，他还是在心中说了几声"谢天谢地"。

这里顺便说几句。二三十年后，传说着好几位知名企业家和某几位名流——如阿里总裁马云以及一些当今富豪，当年来海口寻职时，或因其貌不扬，或因口出狂言，而无一单位接纳，只好龟缩在这家湖光旅店。倘若那时，人们能通过时光隧道窥视到未来，也许，他们的处境就不会如此狼狈，而又是另一番截然不同的情形。当然，这只是调侃后话。

住进湖光旅店将背包放下后，重负顿减，曾凯力立觉一身轻松。他走出店门，来到三角池附近一家路边小吃店，一连吞下两碗抱罗腌粉，其味鲜美醇厚，感觉舒心极了。

从此，他开始了漫长而多舛的海口寻职之旅。

当日下午两点半，他来到设置在海府路一栋三层楼房内的人才交流中心。此时，这儿人来人往，进进出出，应聘者众多，大家都很繁忙。应聘者忙于填写各种表格，接待者忙于应对五花八门的询问和解释与招聘相关的政策。不肯轻易离去的应聘者们，三三两两，这儿一堆，那儿一群，交流着各种信息或马路新闻。他等了许久，终于等到向一位刚闲下来的年轻工作人员打听招聘相关事宜。这个年轻人伸了伸懒腰，打了个哈欠，似乎很累了。他只是简洁地告诉他：大学本科文凭、工作证、身份证、原单位同意其来海南工作的证明书，等等，都是必备的基本材料。如果海南某单位初步决定录用你，这个单位还要作进一步考核。这些证件和资料，对于他来说显然一无所有。即使全部揣在身边，对于一个正在遭受追捕的人来说，又能有何用途？于是，他说了声"谢谢，我只是问问"，便头也不回地走了。

回到湖光旅店地下室，住宿的人们尚未回来，只有几人在那儿小声闲聊。他们谈论的主要话题是：最近海口汇集了一批来自各地的精英——专家、学者、教授、作家以及小偷、骗子、假证制造者、以致富为目标的乞讨者……他们都是自己领域的佼佼者。比如小偷，只要他从你身边走过，荷包里的钱便会不翼而飞；若遇骗子，你兜里的人民币，一不留神就是他的了；要是撞上一个假乞讨者，即使你是一只鸡脚，他也会想方设法刮下一滴油来……更有甚者，是那些来自不同地域的美女，她们神通广大……听到这里，曾凯力突感心神不宁，胸脯咚咚狂跳，于是脚步轻悄地重又走出店门，来到东湖岸边溜达，接着又去了西湖湖畔。他踽踽独行，没有目的地蹀躞在通往海口公园的小街上。所谓东湖、西湖，其实并非如杭州西湖一般水域辽阔，只不过是两泓几百亩的大水库而已。但水域虽小，四周却有凤凰树、三角梅、风景紫檀等各种林木围饰，又有小桥、山石、凉亭点缀，水中鱼儿来回游荡，漾起层层涟漪，且毗邻海口公园，红男绿女，三三两两，漫步其间，亦别有一番情趣。

面对此情此景，曾凯力烦乱的心绪稍觉缓解。此时天色已晚，夜幕降临，两湖四周的路灯、街灯渐次闪亮，也点亮了湖中点点星光。但随之而至的是，此前还是那么宁静的街道，却突兀间响声大作，频率各异的隆隆机声响彻大街小巷，震动着、敲击着曾凯力的耳膜。他不知道发生了什么事情，立即向一位行人打听。得到的回答是：因海南电力不足，各店铺必须自备小型发电机，凡夜间营业者只能自行发电照明……他无心去海口公园，也不想久待湖畔，转身朝湖光旅店的方向快步走去。

走着走着，忽然眼前一亮，抬头望去，街道拐角处人行道旁，高高的街灯之下，多人围定一人。被围定的那人正在眉飞色舞地讲着什么。曾凯力大步上前，站到了人群外围。只见一位面目和善、眼亮唇薄、体格微胖、肩挂提包的中年男子，正为求职者们讲解着求职方略。他站着的地上，摆有一张小桌、一条小凳，小桌上立着一块小牌，小牌上写着"及时雨信息角"字样。

"海口是一座开放的城市，是经济大特区省府。"他昂首挺胸地讲道，嘴角上似有些许白沫，"近三年来，公司、单位和机构如雨后春笋般诞生。他们求贤若渴，急需各类人才。你要理直气壮地走进去，你要大胆地而不必客气地讲述自己的能力、才干。如果这家公司、工厂或单位即将倒闭，你要大声说：我能够拯救它，让它起死回生；若它已经走出困境，急欲腾飞，你要信心百倍地告诉他：万事俱备，只欠人才，如让我加盟，你的公司将会利润翻番，短期内成为省内或国内知名企业，产品亦将成为知名产品……凡持我信息角介绍信去的这些公司、单位或工厂，一律不看学历、来历，只看能力，至少有百分之八十至九十的把握。一封介绍信，仅收十元工本费。走过路过，不要错过……"

演讲终于暂停。演讲者从挎包内取出一沓纸条，神秘地说："这就是介绍信，每封介绍信只推荐一个单位，上面有被介绍单位名称、地址、法人代表和现状，明天八点你可按信中地址前往。这里多嘴一句，务必保密。其中缘由不说自明。明天上午一切即见分晓。"说罢，抽出一张复写字条，举在半空："谁要？这可是一家好单位哟！"

多人跃跃欲试，却又犹豫不决。全场鸦雀无声。过了片刻，终有一人低声说："我要。"拿走了第一张介绍信。接着又有二人各用十元换走了介绍信。就这样，一连多人果断交钱领信。整个场面逐渐活跃热烈起来。站在曾凯力身旁的一名女子高喊道："我要一张！"用力挤入了人丛。

站在人群外围的曾凯力，看得两眼发蒙、思绪茫然。他想：此人的做法与人才交流中心简直是两个极端。自己初来乍到，孰真孰伪，难以辨别。虽他称十元为工本费，却相当于内地工资的十分之一。但既来海口，又有躲避追捕、开拓发展、迎接鲁凤等多重目标，他是否也应遵循"宁可信其有，不可信其无"的民谚前往一试……他一边这么想着，一边伸手摸了摸衬衣左上方的小包，因为这里装着他出门时带上的十二元钱。可是，怎么也没摸着。他又将手伸进小包，里面什么也没有，十二元钱已经无影无踪！

他无心思考是否购买寻职信息，立即转身回走，几乎是小跑着回到湖光旅店的。这时，房内仍然只有少数几人在这里或坐或躺或低声闲聊，大部分住店的人仍未回来。据说，海口的夜生活要持续到午夜三点，很多人都是在这夜色掩饰下进行各种交易。曾凯力此刻感到，自己最迫切的任务有两个，一是保护好已有的二百多元现款，二是尽快寻得一份工作。他打开大背包，在昏暗的灯光下，避开那几人的视线，佯装着取出换洗衣服，顺手从咖啡色大衣内拿出十多块钱，重又装入衬衣小包。然后将大背包捆扎并恢复原状，再次出门。路过一家杂货小店时，他买了针、线、锁针和一顶草帽，用一枚锁针将衬衣小包扎锁。

他决定去"及时雨信息角"冒昧一试。

他一路思忖着：那个跟随他一路来到海口的大背包，又脏又破又大，小偷们暂时没有看上它，没有打它的主意，但并不等于永远看不上，一旦猜想它或许内藏宝贝时，要得到它实在是太容易了。今后当他出门四处奔走时，小偷们有的是机会。那点钱，是他生存的唯一保障，倘若失去，后果不堪设想。因此，必须全力保护。可是，他一时不知如何是好，也想不出万全之策。

当他到达"及时雨信息角"时，众人已经离去，但主人还在。他坐在小凳上，手中的信息条已销售一空，不知为何双目仍在四处巡猎，见曾凯力走来，便立即站起相迎，说："嗨，来得早不如来得巧呀，我现在给你的信息可比谁都好哟。"说着，他从挎包内取出一张。曾凯力解开衬衣小包锁针，摸出十元钱，递了过去，接过那张信息纸条，一句话也没讲，便默默地走开了。

再次返回湖光旅店时，室内空空荡荡，唯有几人，已经熟睡，正不停地播送着鼾鼾鼾声。他尚无睡意，却想妥一个保全现金的绝妙主意并立即行动起来：从捆扎大背包的布带上撕下一小截，放置床上用手掌碾平，使它成为如香皂盒般大小的一块布片，然后穿针引线，就着昏暗灯光，将它缝扎在内裤前方靠近小腹部位上。就这样，不易离身的内裤上，便有了一个隐秘的可以藏匿现金的小包。接着，他再次打开背包，从纯棉大衣内取出二百元，塞入小包，并用锁针扎好口子。所剩四十多元，全都装进衬衣小包，同样用锁针扎好，以确保万无一失。

这一切做毕后，他方穿上衬衣、内裤和长裤，合身靠在了背包之上。一日的奔走与各种折腾，加上小偷的光顾，使他疲惫不堪，一躺下便沉入了梦乡。当他醒来时，天已大明。起身抬头张望，室内空无一人。忽然惊觉，想起睡前藏钱之事，急忙摸了一把衬衣小包，小包空空如也，信息条亦不知去向；又摸了摸内裤靠小腹处，幸好，所藏现金尚在，不过，长裤裤腰已被褪至大腿部位，差点被小偷洗劫一空。

曾凯力惊魂未定，汗毛直竖，一时不知所措。他想象着自己入睡后那惊险的一幕。也许，他自己偶然翻了个身，或者有人打火吸烟，或者听到谁梦中呓语……使窃者住手，才避免了那二百元一同遭窃的命运。更让他庆幸的是，那张已经消失的信息条，昨晚他已详细阅读，清楚地记得招聘单位的名称和地址是：海口市长堤路琼州大厦十一楼《××经济报》亚太企业参谋总部。

一三　惊魂九昼夜（下）

他决定立即去亚太企业参谋总部。

出发前，他从二百元中抽出二十元放进衬衣小包。又去昨晚那个杂货小店买了锁针，把衬衣小包锁住。然后走进了一家简易理发店。

站在镜前，他看见了自己，吓了一跳：要不是那方脸、阔嘴、浓眉、长眼及高鼻梁、长肥耳，只看那长长的头发，他已经变成一位女人了。理发毕，他将自己审视了一遍——虽已改观，仍稍嫌面颊略为黑了一点，鼻斗稍大了一点，耳坠稍肥厚了一点，眼与嘴亦稍长了一点，微抿双唇时，即在唇之两侧组合出一个"八"字痕纹，这些都有别于想象中的自己……他看看墙上挂钟，已至九点半。便付了理发费，立即踏上通往长堤路的一条小街。

此时，亚太企业参谋总部已忙得不亦乐乎。它属下的"亚太企业同盟""中国乡镇企业同盟"及"秘书室""办公室""业务咨询室"等部门正在忙于招聘工作人员，让众多应聘者交费、填表，然后接受面试，十日后公布录用名单。非本城人士，一旦录用，将发信函通知上班。曾凯力到达后，很快问清情况，这里的招聘果然没有严格要求出示各种证件，但必须先交五十元报名费。他犹豫了许久，终究没有交费领表。要让他拿出现金的四分之一去做一件八字没有一撇的事情，确实难以下手。而且，这些单位名称如此夸张、超大，亦令他深感飘忽不实。

他走出亚太企业参谋总部。刚到楼下，一群人怒气冲冲赶来，似要与他人一论高下或与人争斗情状。

"上面有人吗？"其中一人问曾凯力。

"你是说亚太企业参谋总部？"他答道。

"对，就是这杂种！"

"怎么回事？"

"他们是一群骗子，招聘了两三个月，骗取报名费几十万元，可是并没录取一人。"

"啊……"

"走，找这些骗子算账去！"

一声呼喊，人群便一哄而上，往楼上冲去，留下一片杂乱的脚步声。曾凯力没有马上离开，站在原地，倾听着这些急迫惊心的脚步声由近而远、由下而上，直至完全消失。

他在大街小巷漫无目标地走着。从长堤路到解放西路再到大同路，走走停停，边走边看。他在心中庆幸自己又躲过一劫，迟疑良久之后终于没交出那五十元钱，倘若一旦交出，就再也收不回来了。如此下去，说不定很快连每餐一碗海南粉也吃不上了。想到此，他感到有些后怕。肚子也咕咕地响了起来，饥饿感向他一阵阵猛袭，如万千虫子在肚中涌动一般。他这才记起，快到中午自己尚未吃早餐。他正在思索和寻觅去何处就餐，一阵嗞嗞声伴和着香油味扑来，扭头一看，一个煎饼小摊就在身后不远处。于是，他上前花两毛钱买了两个煎饼，大口大口地咀嚼起来。

边吃边走，吃毕时，已来到大英村附近一条小巷。抬眼巡望，小巷比大街更繁忙。人流如织，小摊遍布，喧闹声此伏彼起。烧烤摊、水果摊、清朴凉摊、煎饼店，让人眼花缭乱。引起曾凯力注意的是两个相距不远的特殊小摊——"刘伯温职业介绍廊"和"一炮打响寻职信息网"。当他一边朝前走去一边朝两个小摊张望时，那两个小摊的摊主正在同时向他热情招手。他倾向于"一炮打响"，因为觉得那摊主似曾相识。走拢一看，竟是昨晚"及时雨信息角"那位摊主。

"还认识我吗？"曾凯力绷脸气壮问道。

"认识，认识，您不是我昨晚最后一位客人吗？今天去了吗？情况怎样？"摊主保持着微笑。

"他们以招聘之名，行骗钱之实。收了数十万元报名费，却并未录取一人。你看这是个什么单位？"

"先生，信息信息，只是一个消息。应聘能否成功，多半取决于自己。"他收敛了笑容，压低声音说，"这样吧，我免费给你三条信息，你再去试试，或许能成功其中一桩。"

说罢，从挎包内摸出三张信息条，递了过来。曾凯力迟疑片刻，勉强接过，不再与他论争，将三张信息条随意塞进一个裤包，便转身走了。

回到湖光旅店，已感困倦，很想休息一会儿。他用那床破毯裹住身子（主要是为了保护现金），躺了下去，一会儿就睡着了。谁料这一睡就睡到了第二天中午时分。醒来后，记起那三张信息条的事，于是从裤包里掏出来看了看它们的地址，分别去了海秀中路、白龙北路、龙华二横路三个路段的三家"单位"，仍无一家靠谱，不是以收取报名费为目的，便是动员应聘者投资合作，或者提供海外亲友名址，以便引进外资。应当说，曾凯力对这类信息已完全丧失信心。但是，他没有放弃寻找工作，决定按照自己的思路进行下去。他一想起七岭、乌冲、韩鹏程、鲁凤以及逃离苦难的那些日日夜夜，就对今天的自由万分珍惜，对生活与未来充满着希望。且不说牛虻（亚瑟）、爱德蒙·邓蒂斯（基督山伯爵）、保尔·柯察金这些书中的人物在生死关头如何抗争奋搏，即凭父母辈六十年代饥馑岁月吃糠咽土，哀鸿遍野亦能夹缝求生渡过磨难的当代故事，对于他来说，应是特殊榜样，让他无法气馁而必须坚持到底。

他又奔走了几条街道，进入七八家公司或单位，主动说明来意，试图谋求一份工作。但任何一家正规公司或单位，对于一位连身份证都没有的人，即使非常看重也不敢拍板录用。因此，他仍然一无所获。

此时，红日早已西沉，夜幕正在徐徐降落。店铺们的发电机声，陆续硿隆硿隆地鸣响起来，街灯亦开始闪亮。行色匆匆的路人、穿梭而过的各种车辆以及远远近近的物体、建筑，也渐渐模糊、朦胧。

曾凯力极想入厕小解，沿路四处搜寻厕所，走了许久都毫无踪影。于是站下，向一位本地模样的男人打探哪里有公共厕所。那人怪异地朝他抿嘴一笑，然后指着一条小巷说："往里走，一见红灯就到了。"

沿着他指的方向快步走去，果然不一会儿就见小巷深处有多盏红灯闪烁。他小跑着奔至灯下，四处巡视，并无一处写有"厕所"字样。正要反身回走，几名浓妆艳抹的女子从房内拥出将他拦住："大哥别走，既然来了，何必又急着走呢？我们几个你可以任挑一个！"一边用力往屋内拖拽，一边说着"打炮""拨鸡"之类流话。

惊恐万状的曾凯力，一时不知所措。他用尽全力抗拒，拼力朝相反方向挪动。双方僵持在门口，嚷声一片。

正当危急时，从另一间屋里匆忙走出两名女子，大声叫道："姐妹们，放了他！放了他！这是我的老师，他身体不好，也没有玩女人的兴致。"待众女子听到喊声松手后，又对曾凯力说："老师，你怎么闯到这儿来了？快走，快走！今后可千万别走错路。"

突遇救星解围，曾凯力在惊异中快步离开。边走边想，终于记起这是渡海时邂逅的那两位美女。他从内心深处感激她们，也为她们进入此种行业而惋惜。

路上，他尿急难忍，于是专走小道，时刻寻觅机会。在一处两楼之间种满凤尾竹的小巷内，他解决了自己的难言之急。

回到湖光旅店，他全身完全瘫软，没有洗漱便和衣躺下了。他以为自己只是疲乏过度，睡一觉就恢复了。实际上，他已经生病，患了重感冒。这一睡竟然睡了五天五夜。除了偶尔在恍惚中起来解手或喝几口水之外，一直处于昏迷状态。他觉得自己在一道峡谷中走着、走着，很累很累，奋力爬坡前行，步履仓促而艰难，一条小径在前方延伸，永远没有尽头……其间，一位同室的好心老者，让他分三次、每次四粒服下感冒清，可他一点也没有感觉。当第五日深夜清醒时，全身仍裹住那张破旧毯子。摸了摸衬衣小包和内裤小包，钱，完好无损。他口渴极了，去饮水桶处用纸杯连续喝下五杯凉开水后，重又躺下休息，但已毫无睡意。

此时，他听见嚓、嚓、嚓沉稳而缓慢的脚步声，正在朝他移近。他一骨碌坐起身来，微光下，一位长者已站在他床边。他也站起，注目近看，此人中等身材，六十开外年纪，大脑袋、八字胡、薄唇小眼、脑门忒宽忒高，光秃部分占据了脑袋中部的很大部分，浓眉与疏发间的少许银丝依稀可辨。

"年轻人，你受苦了。"

"谢谢关心。"

"知道吗？你已经昏睡五天五夜了。"

"啊……"

"你是重感冒，高烧、昏迷、沉睡。你看，这地下室的所有房客都走了，他们害怕传染。"

"您？……"曾凯力扫视一遍，果然全室空无一人。

"幸好你体质不错，意志力也强，只吃了三次感冒清就苏醒了。"

"是您给我吃的吗？"

"那还有谁呢？大家都走了，如果我也走了，你相当危险。你不仅面临重病，而且面临窃贼——他曾多次入室，向你走去，我来回走动，用咳嗽声驱赶……还有，旅店老板见你昏迷多日，想报警并将你移出，我坚决阻止还多交十天的房费才罢。"

"……"曾凯力听得发蒙，惊诧、感激与庆幸交织，不知说什么是好。他的眼里似有一粒泪光。

"你不必惊奇，也不必感恩于我。"长者注视着他继续说道，"可能你会问我为何如此。其实，是你自己帮了自己——你那不屈的目光和坚韧的嘴唇，还有那张使我不能不帮的面孔……"

"这，我无法理解。"

"年轻人，来日方长，这些以后再聊吧。最迫切的是现实问题。在我看来，你经历不凡，磨难在身，目前正在突围。"

"是的，先生。"他眼前一亮，久久注视着长者，"但一言难尽，也不知从何说起。"

"既然难于启齿，就不必说它了。"

曾凯力从小包内取出十元零钱，要归还为他垫付的房费。但被长者阻止了。说这钱暂时存放在曾凯力那里，今后再说。

二人谈着谈着，天已大明。洗漱完毕，长者建议出去走走，呼吸一下新鲜空气，顺便吃早餐。

两人沿着东、西湖畔溜达，时而一前一后，时而并排前行。接着，又走过博爱南路，拐过文明西路来到新华南路，在靠近大西门的一家卖小笼包子、白米粥的小食店坐了下来。长者为每人点了一蒸格小笼包和一碗米粥之后对曾凯力说，今天他请客。曾凯力急忙说，今天的客自己必须请。长者正色道："不必争了。目前我的情况或许比你好，今后你再请吧。"于是，争执停息了。席间，曾凯力向长者讲述了自己的姓名、此前职业以及这月余来的种种遭遇和经历。在倾听讲述过程中，除偶尔一次短促的叹息外，长者并无太多惊奇，仿佛这一切都在他的预料之中。令曾凯力疑惑不解的是，他向长者几乎讲了自己的一切，可长者从不提及自己，甚至连姓甚名谁也没有告诉他。但是，他断定他必是一位智者和好人。

　　早餐毕，两人缓步朝海口公园走去，打算在园内寻一处绿荫坐下歇息。因为，几日的病魔折缠，曾凯力体力大不如前，面色亦清癯略黄，长者有意让他去那里呼吸一些清新空气，同时再交谈交谈。

　　来到三角池边，四名粗壮大汉和一名瘦小个子一齐拥来，将他团团围住，其中两名壮汉将他双手反剪推上一辆红色三轮摩托，另三名则另乘一辆，沿着海秀路往西疾驰而去。长者急欲上前阻止和问个明白，可是，车很快开走了。

　　曾凯力被两名壮汉挟持着坐在中间，一点也动弹不得。他很想问问，但挟持者满面凶神恶煞，而且提前警告"不准讲话，否则，死路一条"。车，一直在海秀路上奔驰着，后来拐了个弯，进入秀英大道。然后拐进一条小巷。四十多分钟后，两辆三轮同时到达海口市收容所大门前。途中，曾凯力担心自己遭遇绑架，性命难保。现在来到这里，他估计是这帮家伙看了七岭市的启事，又认出自己与启事上的照片相似，为了那五千元奖励而下此毒手。因为与林副所长有过接触并得到过他的帮助，心中的恐惧已减轻许多。

　　他们将他反剪着双手押至收容所二楼副所长办公室。上楼时，他曾多么希望林副所长此时正在上班，可一进门却是一名年轻警察坐在那里。心，一阵紧缩。

　　"你们为什么押着这人来收容所？如果是抓住逃犯，应当送到拘留所。"

　　"他不是逃犯，他是一名从精神病医院逃出来的疯子。"一名壮汉从包里取出那张启事，递到年轻警察面前，"我们送他到这里来，是按照启事所说，要领取五千元奖金。"

　　"曾凯力，我问你，"年轻警察看过启事后面向曾凯力，"你为什么要逃跑？在医院好好治病不是很好吗？"

　　"警察兄弟，我不是曾凯力，我叫石运来。请不要因相貌相似就把两人搞混了。再说，你看我像个精神病人吗？"

　　"不要信他鬼扯！他就是曾凯力！"几名壮汉狂叫着。

　　"安静！安静！让我仔细盘查。"年轻警察接着向曾凯力问话，"你说你不是曾凯力，请出示身份证，或者出示一下……"

　　正在真假难辨之际，林副所长一步跨进了办公室。一见曾凯力，吃惊不小。但很快就明白是怎么一回事了。此时，年轻警察起身让座，林副所长坐下继续盘问。他首先问清四名壮汉和一名瘦个儿的姓名、籍贯和职业。原来，四名壮汉系来自河南的游手好闲者，那名小瘦个儿系本省乐东无业者。之后，他也不偏不倚地问了曾凯力一些问题，曾凯力仍照原来的说法回答。

"这样吧，"林副所长面对大家说，"双方的说法似乎都有道理，我也一时难以判断。你们五位助人为乐者请先回去。我先将这位石运来先生留下，等七岭市来人辨认。如果他真是曾凯力其人，我会按你们留下的地址通知你们来此领取奖金。无论结果如何，我都代表启事方感谢你们的这种助人为乐精神。"

听罢，五名准备领奖者面面相觑，但欲言即止，有些失望地鱼贯而出。林副所长让年轻警察礼貌地将他们送出收容所大门。

"先生，无论你是谁，是石运来也好，是曾凯力也罢，总之，你不是一个疯子，而是一个很正常的知识分子。"人们走后，林副所长对曾凯力说道，"你一定是受了很大的委屈才逃跑，或者一定是在那里难以生存才不得不出来过这种颠沛流离的生活。我决定再次救你。希望有一天你能为我的孩子和大哥的孩子补课。我相信大陆教师的水平。"当年轻警察返回后，他又吩咐道，"你开吉普车将这位石运来先生送到湖光旅店，让他取了行李，然后送他离开海口，送到白莲镇后再回来。千万小心，不能让那几个社会上的混混烂仔再抓住他。"

从二楼下到院坝，曾凯力一下愣住了：他瞧见长者正站在那里。一见到他，便微笑着迎了上来。

"先生，你怎么到了这里？"

"你被挟持走后，我怕发生意外，拦下一辆摩托紧随于后，一直跟到这里。"

"走，先生，我们一起回湖光旅店，再找机会详谈。"他去征求了年轻警察的意见后，回来对长者说。

他和长者一起登上了由年轻警察驾驶的吉普车，时快时慢、颠颠簸簸地行驶在返回旅店的马路上。到达后，曾凯力取了大背包，长者只在肩头斜挂了一个布袋式的挎包，一起返回吉普车。

年轻警察按照林副所长的吩咐，驾车奔驰近一个钟头，将他们安全送到距海口三十多公里的白莲小镇，然后才返回收容所，并向林副所长禀告了沿途经过。

白莲镇，一条公路当小街。小店、铺面十余家，因产白莲鹅而出名。

小镇一隅，一丛椰林之下，一片草地之上，二人席地而坐。他们手中各拿着一瓶柠檬汽水（一种本地人自制的低廉饮料），一边小口呷吸，一边交谈，似是一场依依惜别情景。

"先生，在这临别的时刻，我还是想冒昧地说一句——我很想知道你的尊姓大名。"

"这没有什么，你不说，我已经准备告诉你了。"

"谢谢，谢谢。"

"我免贵姓申屠，名扬帆，一个名不见经传的无名作家。拿着微薄的退休工资，过着箪食瓢饮的生活，四处走走看看，看山看水看滚滚红尘……喜欢时，也写写散文、诗歌、小说之类。但是，这些东西，发表也罢，不发表也罢，我不屑于如别人那样，一见主编像见救星，顶礼膜拜，百般乞求。"

"您……？"

"可能你是想再问我一些问题，比如为什么要关照你，从何处来，有什么经历，等等。这里我可以告诉你，我不是慈善家，即便是慈善家，也不可能见人便救。我没有那么伟大。至于其他的问题，今后定有机会详述。"讲到这里，申屠扬帆长长地嘘了一口气，接着说，"目前，你尚未脱离危险，磨难亦未过去，还有一段时间的挣扎。时间如此紧迫，你应当沿海岛西线南行，这片土地人少地广，也许比较安全，但仍不可掉以轻心。要特别留心贴'启事'的地方。"

"申屠先生，您的帮助与指教，晚辈定当铭记一生。"

"目前的海口，鱼龙混杂，泥沙俱下，你又没有证件，不仅难以找到正式工作，还容易受骗上当。今后一段时间，你的第一要务，是保护好自己的生命，因为希望、未来与生命同在。"

说着，申屠扬帆从袋内取出一只傻瓜相机，为曾凯力拍了一张半身照后，又请一位路人为曾凯力和自己拍下一张合影，以作纪念。

二人站立作别。

"古人云：送君千里，终须一别。"申屠扬帆对曾凯力这么说，"我不打算再往前走了。小曾，去吧，祝你一路平安！"

"先生，希望我们能够再次见面。"

"一定会的。你要想着，也许我无时无刻不在你的身边。"

曾凯力面对申屠扬帆，站直身子，深深一躬。起身时，那眼里已有泪光闪动。

申屠扬帆站在原地，一脸蔼然微笑。他看着曾凯力大步流星朝前走去，又几次停步反身挥手。他亦频频扬手，直到那移动着的身影消失在远处一片茂密的林木之中。

一四 "虎口"之搏

海南岛仿如一枚椭圆形巨卵,斜卧于中国南侧浩茫无际的南海之滨。大陆那辽阔的土地,恰似一只展翅奋飞的大鹏,这个岛屿便是它腹下的一枚饱满亮丽的生命之蛋。

这片形如巨卵、四面环海的疆域,远古时代曾是刀耕火种、茹毛饮血的蛮荒之地。掠夺、争霸、部落火并,战争接连不断,惊心动魄。古代伏波将军及冼夫人等男女将领挥戈渡海登岛叱咤风云的故事,至今仍在流传。而那个关于椰树的故事,则更为传奇:古代一位本岛首领,率兵与入侵者厮杀,因寡不敌众而败亡,胜者将其头颅砍下挂于树上示众。次日清晨,人们赫然发现,昨天还是光秃的山坡,一夜之间便长满葳蕤茂密的椰子树,每棵树上都结满了绿澄澄的椰子。剖之食之,又白又甜的椰汁、椰肉,既解渴又充饥。当然,这只是一个凄美的民间传说,其真实性无以查考……在漫长而痛苦的嬗变过程中,这片土地的演化进程极其缓慢,比起母体大陆中原,它一直处于滞后状态。后来,几代帝王曾将被贬黜的大臣一批又一批地放逐到这里,又留下许多悲怆凄凉、令人毛骨悚然的传奇……到了现代,人们猛然发现,这竟是一片上好的、独具特色的土地,山脉、森林、草地、河流、峡谷,总是那么原始;海岸、沙滩、鸟雀、鱼虫、菌果,依旧如此天然。因此,在杭育声与隆隆机声中,开发建设、与落伍抗争的航轮,起锚扬帆了。从五十年代初至八十年代末这三四十年间,这个斜卧于大海之上的卵形岛屿,自北方省会海口至南端重镇三亚之间,逐渐建成纵向且基本平行的东、中、西三条公路,成为该岛经济、文化、交通的三大动脉。三条公路中，东线较为平坦，经过的地方多属海岛繁华富庶地区；中线须穿越本岛最高山脉——五指山群落，要途经很长一段迂折、崎岖险途；西线虽不如中线那么巉峻，但仍须跨越一些峡谷、奇岭与荒原，多为贫穷落后区域。山民们长年躬耕在瘠瘦的故土之上，民风较为纯朴。

此刻，冬日明丽的阳光下，曾凯力正行走在西线附近的一条小道上。他离开白莲镇，首先走了一段公路，之后很快拐入了一条乡间小路。他开始缓步前行，速度与平日的散步差不多。有时，他甚至停步抬头四处巡视，凡遇见建筑奇特、林木翁郁的村落或者澄澈纯净的山泉，他都要停下脚步，注目欣赏一番。他把自己这次西线旅行称为"韬光养晦之旅"。这一月多来，无论是从乌冲安宁医院逃出或之后的一段时间，他都处于相当紧张的状态。现在，要真正放松一下了。放松的方法是一路漫行，看山、看水、看树、听鸟音。总的来说，五指山以北多为平坦开阔地带，凡晴日，站在北部的大多数地方，都可以远远望见五指山模糊的山影。现在，他已经看到它了，但是怎么也看不出它是五个手指的形状。沿途他经过许多清澈见底的溪流，据说它们都要汇入海南岛最长的河流——南渡江，流经白沙、儋州、澄迈、定安等县市，在省会海口市东部注入大海。渴了，他在溪边或泉边用双手直接捧水饮用；饿了，去地里刨一窝红薯洗净，然后用路旁的柴火烧熟充饥；困了，选一株大树之下或桥梁底下睡上一觉；夜幕降临了，他便选定在小镇、墟集内的凉亭或村庄里的小庙外度过一夜。

在这个岛上，几乎每个村庄都有自己的家族庙堂，或大或小，或新或旧，但设计、修建都极其严肃考究，红墙绿瓦，飞檐斗拱，绿树环绕，另有一对石狮守卫。平日里，它们大门紧闭，唯阶廊及庙坝不设护栏护卫，任人出入其中。曾凯力常在这里过夜，将那床棉絮在阶廊上铺展开来、躺下去，再用衣物或那件咖啡色纯棉大衣盖在身上，以遮挡冬日的山风与凉气。这样，他可以安稳地睡上一觉。

入睡前，那是一段心境愉悦的时光。他可以自由地看星星，看月亮。海南的夜晚，经常万里晴空，月光特别清幽明朗。而无月的夜晚最惬意：那浩瀚无垠的墨色天幕上，是星的海洋、星的世界，每一颗星都在闪烁、跳跃，似诉说着什么，呐喊着什么。一颗流星带着满腔怒火，闪电般划过长空，在一片无名空宇间悄然陨落了……由此，他禁不住想起鲁凤，想起重庆的亲人，也想起自己这些日子里的非凡经历。不过，他对自己的所作所为并无任何悔意。他觉得，后悔，除了给自己带来烦恼之外，没有丝毫意义。此刻，他一动不动地仰视着天幕上那闪闪烁烁的星光，一字一句对自己慨然说道：想好的事，就必须去做，不做不是男人；做了的事，即使后果严重，也不要去后悔，后悔也不是男人；经常后悔的人，最好别在世上为人……这里，他想起以前的一个邻居，明知自己的妻子与一个当官的长期同居，为了升职提薪，却故意装聋作哑。每当想起此事，他便极感茫然而不可思议……

置身在这样一个荒山野岭、远离省会的环境中，他第一次觉得自己很安全，追捕他的人们是不可能到这儿来的。但他并没料到，磨难尚未过去，危险依然存在。他竟忘却了申屠扬帆临别时的那番叮嘱。他的行装、模样均很特别，追踪者只要沿途多加寻访，就可以搜索到他移动的痕迹。

令他深感欣慰和惊异的是，沿西线旅行这段时间，正是海南人密集举办"公期"的时候。海南的祖先大多在数百或千余年前从福建迁来，一个村庄或多个村庄都有一个共同的祖先，所谓"公期"就是为纪念这个共同祖先而举办的庆祝活动。大的村庄还制作了祖宗的塑像，在公期这一天，他们抬着一男一女祖宗塑像，在村里的院坝、小巷、大路、小径以及林木间穿行，锣鼓喧天，鞭炮齐鸣，唢呐声声。男女老幼，熙熙攘攘，簇拥着祖宗塑像一路同行，一路嘻哈打闹，随时寻找机会，将装载祖宗塑像的轿子抢过来，扛在自己肩头，拼死拼活抬入自家堂屋之上供奉起来。于是，抢供祖先的节目告一段落。其他希望供奉的家庭，只能等到次年公期到来。

在公期这天，实际上比春节还热闹，场面还要盛大。家家杀猪宰羊，尽其所能办好宴席，根据家境操办几桌或多桌，敞开大门迎接来自四面八方的客人。而客人们大多为村外其他村落、镇外或县外的熟人与陌生人，凡来此参与公期的人、看热闹的人均可参与，他们不必带任何礼物，却可以到任何一家入席聚餐，而且都会受到真诚欢迎。

曾凯力一路西行，十天内便遇见几次公期。他的穿着与行装，特别是那个简陋、沾满污渍的大背包，让人一看便知道这是个贫困潦倒的流浪者。但他的谈吐不凡，举止温文尔雅，上过小学和初中的年轻人，都能用海南式普通话与他交流。席间，问起他的姓名、职业和出生地，他都回答自己叫石运来，中学教师，家住重庆珍溪。人们都用疑惑的目光看了看他。一名曾在初中读过鲁迅作品的人，特意请他讲一讲鲁迅其人其事。他立即说：鲁迅，原名周树人，浙江绍兴人，著有杂文、小说等多集，是著名文学家和思想家。初中语文课本选有他的小说《故乡》，其中的主人公是闰土。他还朗诵了"俯首甘为孺子牛"那首诗。于是，人们对他身为中学教师的怀疑便冰消雪融了，而代之以尊敬的目光。临行时，一位年轻人送了他一个海蓝色帆布挎包，里面装满熟肉丸、鸡蛋、面饼、萝卜干、红薯干、葵花籽等食物。一帮人把他送出村外，叮嘱他返回大陆前，一定要来这里停留几天。

几日后，他来到一处重峦叠嶂、群山环抱的山坳地带。映入他眼帘的，是一大片随山形走势而连绵起伏的、一望无边的灰白色疏林，它们的叶片已经完全脱落，裸露的枝干们光秃交错、多姿多彩。透过它们，可以望见远方群峰的轮廓与山影。绵厚的落叶铺满了树下的土地，铺织出一张硕大无朋、波翻浪涌的暗褐色地毯。而这疏林的边沿与山坳间的无林地带，则到处开满了五颜六色的山花，蜜蜂们在芳菲的万花丛中飞舞忙碌，发出嗡嗡的欢呼声。曾凯力一动不动地站立着、观赏着，被这景色镇住了：那已经落尽树叶只剩下光秃枝干的疏林，多像一幅静穆忧伤、美丽高雅的冬日素描啊！而围绕着它们的，却是一张织满百花、生机盎然的春日锦绣。在同一个地方、同一个季节，呈现两种时空、两种截然不同的景象。啊，好一幅冬与春、静与动奇妙交融的天然画图！

此时，他并不知道，这美丽的疏林究竟属于什么林木，这些争奇斗艳的花卉花名为何。只是翌年仲春时节，当这片疏林披上绿装并开出繁茂花朵之际，他以另一种身份来到这里，才知道它们竟是我们国家的"栋梁之材"——橡胶树。而那些盛开着的山花，其中有四季花、太阳花、野山菊，等等，多年后，它们多数被园艺师们引入园圃，成了"正果"。

这妙不可言的景色，让曾凯力陶醉着、遐想着。这时，红日已经西斜，山岚正在渐次升起，眼前的一切——天空、树林、山坳以及各种花草，很快变得朦朦胧胧。几个神秘的人影，幽灵般朝曾凯力站立的方向轻悄地移动着、移动着。五百米，三百米，两百米，越来越近，越近越缓慢，越缓慢便一点声息都没有。直到距他大约一百米时，才蓦然发现几个熟悉的身影正在快速靠近他。这些身影中，高个儿段彪和三角脸韩文达是他最熟悉不过的了。他和他们之间虽有一段距离，但他仍能分辨出来。

在他发现他们那一瞬间的同时，他的大脑已经下达指令，命令他的双腿立即逃跑，并调动全身各系统、各部门的力量予以配合，沿着山坳间湿滑模糊的小径往前狂奔。足下的尖石、刺丛、藤蔓、蛛网等各种路障，都被他毫不留情地踩在脚下，或用身子冲撞而过。这时，他没有了畏葸与恐惧，也没有了将会发生何种后果的思考，而只有一个念头：快跑！快跑！快跑！摆脱追捕者！

山岚中的他和他们，两处影影绰绰的移动着的身影，距离正在逆转，正在慢慢地扩大着、扩大着，一百五十米，两百米，二百五十米，三百米……间隔越来越大，视线越来越迷蒙，唯有西陲天边云雾中那一缕熹微亮光，尚能照见这山坳间追捕者与逃亡者两组迅移着的活物。

"砰！砰砰！砰砰砰！"

山坳间，响起沉闷的枪声。这枪声，打破了山林的寂寥，冲断了雾漫的封锁，在连绵起伏的山岫间久久地回荡。

曾凯力与追捕者之间的距离，已经越来越远了。

枪声，使曾凯力明白，追捕者们开始对他下毒手了，要置他于死地。根据冲击力判断，似乎有两颗子弹击中了他，一颗被背上的棉絮挡住，另一颗从右边小腿皮肤上划过。此时，虽然仍可奔跑，但感到有微量血液渗出，并且略有痛感。

他一边继续奔跑着，一边在心底庆幸自己仍然活着。申屠扬帆临行时告诉过他：希望、未来与生命同在。求生的渴望支撑着他、鼓舞着他，让他下定决心一定要逃出这张开的、即将吞噬他的虎口。倏忽间，他的眼前，疏林深处，出现了一顶浅蓝色帐篷，那浅蓝色帐篷四周，鳞次栉比、排列有序地摆满了蜂箱。偶尔，似有蜜蜂从他头顶飞过，朝着那些蜂箱的方向飞去。

像遇见了救星一般，他奋力朝着帐篷奔去。紧迫沉重的跑步声，惊动了帐内人，一位矮胖中年男子，低头从帐篷内钻出，站在了曾凯力面前。

"救救我，师傅！"

"啊，曾老师！怎么是你呀？"

"谷师傅！渡海时一别多日，不想在这里再见。我这不是在梦中吧？"

"快进屋细说。"

"他们很快追来了。有枪，一伙几人。你看，我这右腿已经破皮了。"

"莫慌，莫怕。你先进帐篷，放下背包，用我地铺上的棉毯把全身裹住。要把头、手、脚和身子都捂进去。动作要快当。"

曾凯力立即低头弯腰进入帐篷。谷开富站立在篷外，注视着周围的各种动静。他的直觉告诉他，曾凯力是一个好人，迫害他的这群人必是坏蛋。他必须搭救他。

天，尚未黑尽。浓浓的雾气中，突然下起了蒙蒙细雨。

几个黑影出现在不远处的疏林中。他们正迅疾地朝着谷开富的帐篷移来，很快就来到五十米开外的地方。

"喂，老乡！你见到一个背大背包的人吗？"他们放慢了速度，边走边喊。

"……"谷开富没有回答，只是用右手指向前方的一片密林。

黑影们站住了。似在交头接耳，斟酌着谷开富回答的真伪。约半分钟后，黑影们又开始快速地朝前移动了，但他们并没按谷开富指定的方向追赶，而是朝着帐篷方向急遽移动而来。

谷开富将两桶蜂箱的顶盖揭开。

他知道，这两桶蜂箱中的蜜蜂有三万余只，蓄蜜极其丰富，战斗力很强。他希望它们今天发挥出自己的威力。

雨，越下越大。雨和山岚交织，疏林、山野、人影，一片朦胧。当这些人影移动到近处时，他抬起右脚朝已经揭盖的两桶蜂箱，嘭、嘭、嘭使劲踢去。哗……已经归巢或正在归巢的蜜蜂们，被这突如其来的强烈震动激怒了，负责保卫蜜蜂王国的万千只蜜蜂，迅猛而勇敢地一跃而起，冲出蜂巢，冲向蜂箱四周的天空、山野，用嗅觉、触角急速寻找来此挑衅的敌人。它们放过了饲养它们的主人，也放过了帐篷内那个用棉毯包裹起来的陌生人（因为它们无法攻击他），直接冲向初来乍到、气味异常的几个不速之客。它们紧紧地围住他们，毫不留情地用尾部的毒针螫刺他们，在他们的面部、颈部以及露出皮肤的任何部位，留下一根根毒刺，让毒液咕咕咕流淌进他们的血管里……

黑影们双手掩面转身奔逃，惨叫着、咒骂着，跌跌撞撞地朝着相反的方向狼狈逃窜。

雨，淅淅沥沥，没有丝毫减弱。四野墨色一片。天边还有一丝亮色，那是西陲海天相接处的一点回光。

半个钟头后，一切重归平静。谷开富身着雨衣、手持电筒，在帐篷附近、特别是在那几个追捕者站立过和走过的地面上照射一遍。他痛心地看到，密密麻麻的蜂尸躺了一地。在这场激烈战斗中，虽然赶跑了敌人，却损失惨重。在还原蜂箱顶盖时，他用电筒巡视了一下两箱中的蜜蜂们，估计死亡过半。

他回到帐篷内，将盖住曾凯力的棉毯拉开了。曾凯力一骨碌翻身坐了起来。谷开富脱下雨衣，一边查看曾凯力右腿上的伤口，一边用蜜汁涂抹在已经止血的伤口上（据研究者说，蜂蜜可以抑制大约六十种细菌，同时产生低浓度过氧化氢，这种自由基对有害细菌是致命毒药，对人类细胞却绝对安全，因而对伤口的愈合效果极佳），同时，商谈着如何躲避追捕的后续事宜。

"谷师傅，外面的情况怎么样？"

"追你的那伙人，已经被蜜蜂们赶走了，估计伤势不轻，说不定还要去医院住几天呢。"

"他们既已知道了我的行踪，肯定还会再来的。"

曾凯力向谷开富简明扼要地讲述了自己受迫害的经过。

"明白了，不必多讲。天亮之前，我们必须离开这里，将蜂场搬迁到另一个他们很难找到的地方。"

谷开富立即拿起手电，重新披上雨衣，冒雨摸黑赶往儋州县城——一个名为"那大"的小城，找到那个已经有过联系的运输户，租用了他的两辆大货车，待雨稍停后，连夜起程，将帐篷、生活用品以及所有蜂群——近百个蜂箱全部拉走。到达海南后，虽已入冬，但气候温暖，花草繁茂，蜂群有所发展，加之添置了一些如锅、碗、瓢、盆之类的生活用品，只租一辆汽车已无法运走。自离开家乡以来，他带着蜂群四处奔波，沿途租车运送蜂群，已记不清曾经向别人租赁过多少次车辆了。他本打算在这个冬季仍鲜花遍野、蜜源丰富的地方多待些时日，可是，由于事情的突变不得不提前离开。

沿途多为乡村公路，凹凸不平之处特多，加之雨后路滑难行，蜜蜂们也不宜在行驶中太大或太久地抖动和在封闭的木箱中待得太长，因此，他日住晚行，利用每晚蜜蜂归巢后装车移动一段路程。而每晚也只能行驶二十公里左右。天大明后，必须停止行驶，从车上卸下部分蜂箱置于适当地面，这样便可以打开全部巢门，让蜜蜂们出巢自由飞翔和去

它们放过了饲养它们的主人，也放过了帐篷内那个用棉毯包裹起来的陌生人（因为它们无法攻击他），直接冲向初来乍到、气味异常的几个不速之客。它们紧紧地围住他们，毫不留情地用尾部的毒针螯刺他们，在他们的面部、颈部以及露出皮肤的任何部位，留下一根根毒刺，让毒液咕咕咕流淌进他们的血管里……

山野采蜜。待天黑尽且全部蜜蜂归巢之后，才能再次将巢门关闭起来，装箱上车，趁夜色再行驶一程。倘若目的地较远，需要这么反复多次方可抵达。如果在白日将打开巢门的蜂箱运走，那便等于将大批尚在野外采撷粉蜜的蜜蜂（这是蜜蜂王国的主力军）抛弃，它们就永远找不到自己的家了。它们虽可在原地集结，但因失去了蜂王会很快灭绝。而被运走的那些蜂群虽有蜂王，由于失去了主力军会元气大伤，要恢复也极其困难。这个损失极其惨重，内行的养蜂人是绝不会这么做的。

一五 场定仙来岭

昼歇夜行，时停时跑，两辆运蜂车一边赶路一边寻找，希望能够找到一个理想的场地，然后，在这里建一个比较稳定、不需要随时搬迁的蜜蜂养殖园。在谷开富的设想中，这个地方应当距海南省会海口市既遥远且偏僻，是曾凯力的隐秘避难所。此外，还应草木丰茂，鲜花四季，依山傍水，气候适中，利于蜂群生活与繁殖，从而使发展蜂业与保护友人两不误。

雇来的那位本地司机驾驶着租车在前，既开车又当向导。谷开富怀着眷念难舍的心境，驾驶着自己那辆老旧汽车紧随于后，一道从儋州境内出发，离开了那片好不容易才寻找到的、冬季仍鲜花遍野、短期内蜂群发展得如此旺盛的山谷地带，朝着本岛东部方向进发。在二十多天的时间里，横穿兰洋、松涛、阳江、黎母、新林、乌石、大边等多个乡镇地区，终于来到海岛多山的中部地带——琼中黎族苗族自治县境内。

在穿过一大片茂密高耸的槟榔园时，谷开富高喊一声："停！"两辆运蜂车吱嘎一声，迅即刹车停下。谷开富打开左门，从驾驶室内一步跳下，挺直腰板站在公路边上。随之，曾凯力也打开右门，从副驾座位跳下汽车。

谷、曾二人并肩站立，急切、兴奋地抬头朝着四周瞭望：这是一个奇特地方。公路两旁的一块平地与一面斜坡之上，尽是高直挺拔、错落有致的槟榔疏林。每株高十米至十余米。树之顶部，叶片修长碧绿，如锦鸡羽毛般分散于四周。此时，虽无完整花穗，却有椭圆绿果与黄色残花混悬其上。树干光秃笔直，组成一片偌大的林园，整齐、直挺、高耸而壮观。从这片疏林树干们的缝隙间往外望去，可以看清远处重峦叠嶂的群山。几座大山之下，与槟榔园毗邻之处，有一座树石混生、山势峻奇的山岫，铁灰石砌成的房舍、细长缭绕的炊烟隐现其间，似有一道溪流顺壑谷走势时隐时现涌流而下。

"好地方！好地方！"曾凯力赞叹道。

"在这里养蜂，不发达才有鬼哩！"谷开富大声回应。

"您的意见是——"

"养蜂场就定在这里了。"谷开富抬手指向前方说，"槟榔树之间，有小块小块的空地。每棵树下，都很凉快，夏挡太阳冬遮风寒，蜜蜂们在这里生活，那真是安逸得很啰！"

正热烈谈论间，疏林中由远至近响起一串急促的脚步声。不一会儿，几个当地小伙出现在他俩面前。一看就知道是那类一见生人来村便立即围拢看闹热的人。谷开富正想找一个村民问问情况，他们的到来正合心意，因此，喜出望外，立即迎上前去，向他们打听有关槟榔园主人是谁、是否愿意将地面出租等问题。但他的云南普通话实在太差，几个小伙瞧着他翕动的嘴唇，露出一脸茫然。于是，曾凯力上前与之搭腔交谈，很快就弄清楚以下情况：这片槟榔园是一个名叫符永华的黎族农民的承包地，他家经营这块土地已经二十多年了，现在正值槟榔树结果的旺盛时期。他的家就住在与槟榔园毗邻的那座山岫的半山腰上。

"兄弟，你能去请他到这里来一趟吗？"曾凯力拿出十元钱，对其中一个普通话说得较好、名叫符勇的矮胖青年这样说。同时，把钱递了过去。

"可以，可以。小事一桩。"那青年拒绝收钱，边说边走，小跑般穿过槟榔林而去。

大约半个时辰，符永华便匆匆赶到。这是一位憨厚的老农，长脸庞、高鼻梁，头发花白，眼长眉粗，五十多岁年纪，额颈间的密纹，说明他经历过许多风霜雨雪。

谷、曾二人一同迎上，和他热情握手寒暄，并由曾凯力向他说明请他来此的目的。

符永华很快答应了他们的要求，租园事宜一下搞定。他乐于以二百五十元年租将园中树下这些零星、本无大用的空地出租给养蜂者。预交一百元后立即成交。他很高兴为他正在琼州大学念书的漂亮女儿符曼琴意外地筹集了一笔资金。当然，出租的只是树下的空地，林木仍归属于原主，毫不影响其对槟榔园的管理与经营。从某种角度讲，养蜂人反而帮了槟榔园的大忙，因为蜜蜂们在采撷粉蜜的过程中，顺便干了另外一桩好事——为槟榔树传花授粉，使槟榔能够获得更大丰收。

蜂场既定，谷开富、曾凯力和租车司机立即动手，将两辆运蜂车上的全部蜂箱、篷布、绳索、衣物、小桌、小凳以及炊事用品等，依次一一卸下。谷开富围着汽车爬上跳下，边指挥边干活，显得轻松自如。他手一挥，似有风声。两手端着装满蜜蜂的蜂箱走起路来，足底咔嚓有声。他鼻大、眼圆、唇厚、矮胖，力气十足。当干毕这些体力活时，三人已是大汗淋漓，头发、衣服都湿透了。

近百个蜂箱被分散摆放在槟榔树底下一处处空地上。每只蜂箱的巢门已被打开。蜜蜂们争先恐后从巢门小孔内钻出，绕着自己的"王国"旋飞，发出一片嗡嗡声。这样飞翔许久，确定已认准新家的方位之后，才毅然展翅飞去，飞向远方，如千军万马奔赴前线一般。

此时，红日当空，蓝天白云，万里晴朗。

谷开富站在那里，两手叉腰，满意地遥望着自己的"部队"一批又一批从箱内飞出，冲向征途，真是欣慰极了。

谷开富本想留租车司机吃过午饭再走，可是，司机婉拒，一定要立即出发，说外出多日，必须在今天赶回去，向租赁公司老板交差。因此，谷开富只得马上为其结账，将这二十多天的汽车租金和司机工资一并付与他。

租车司机走后，谷、曾二人继续干活。搭帐篷，打地铺，将锅、碗、盆、瓢等汇拢。然后，去林旁的小溪边上，简单地洗脸擦身之后，方稍事休憩。

曾凯力坐在一礅石头上面，若有所思，仿佛蓦地记起了什么似的。

"师傅，午饭的事，就辛苦您了，我去去就来。"曾凯力一骨碌起身，带上那个海南青年送给他的蓝色挎包，对谷开富这么说。

"你要去哪里？"

"运蜂车刚才从琼中县城路过时，我觉得一会儿就到了这里，估计相距不远，往返一趟不过一个小时左右吧。"

"啥子事情这样急？"

"暂时保密。"他边走边回头，诡谲一笑，"到时候您就知道了。"

"好，快去快回。一定要提防那伙杂种。"

"知道了。"

谷开富从小溪边打回一桶水，又从附近林中拾来一堆枯枝焦叶，再搬回三块石头，呈三角状摆放成灶，将一口铁锅架在上面，然后点火烧水，打水洗菜，淘米煮饭。一会儿，灶内火势已旺，锅边蒸气升腾，林中炊烟袅袅……这一切，显示着这片长年沉寂的僻壤，从此，有了一家特殊烟火，也注入了一缕来自远方的鲜活气息。

一个钟头后，半锅热气腾腾的焖饭做好了。可是，曾凯力还没回来。

透过槟榔树干间的缝隙，谷开富不时朝着公路方向张望。此时，那弯弯曲曲的公路上，空无一人。偶尔，一辆汽车疾驰而过，山谷间回响起悠远的笛声。时间，过去很久了，那轮当顶的日头亦已渐次西斜，可是，仍不见曾凯力的身影。

谷开富一动不动地站在那里，心急如焚地思忖着：也许，他在去琼中县城的路上，正巧碰上一伙烂仔（在儋州时，他曾遭遇过这类人，他们上门威胁敲诈，索要"保护费"，只因自己有一点武功，几经较量才总算平息），可是，曾凯力既无武功，也带钱极少，其结果当然很难预料；也许，一走进县城，他就与那伙追捕者不期而遇，迎面相撞，将他抓走或者当场打死，尸体还血淋淋躺在那里……

想到这里，谷开富打了个寒颤，全身肌肉一阵紧缩，额上也冒出粒粒汗珠。刚才还在咕噜噜作响的肚子，一瞬间便平静了，饥饿感也随之消失。初来乍到的他，不知如何是好。他多么后悔，自己没有坚决阻止他去县城。或者，自己能和他一同走一趟也行，说不定在危急时刻还能帮他一把。唉，世上难买后悔药啊。

正当谷开富思绪万千且极端痛苦的时候，远方公路的拐弯处，一个模糊的人影蓦地进入他的眼里。这人影越来越大，很快看清是曾凯力。

"曾凯力回来啦！"

兴奋至极的他，快步冲出林子，迎了上去。

两人同时站住了。如好友久别重逢一般，诧异地对视了许久。特别是谷开富，他满面狐疑，欲言又止，两眼在曾凯力全身上下反复查看：曾凯力一脸微笑，一身完好。谷开富弓弦似绷紧的心，终于松弛下来。

"师傅，怎么啦？"

"你看看太阳吧。为啥子这样晚才回来？"

"对不起，师傅。我去了好几个地方，又办了好几件事情。"

"没有碰到危险吧？"

"一路平安。"

"那为啥子现在才返回？"

"坐车的感觉和步行完全不同。坐在车上，觉得这段路距离很短；可是，一步行起来，却是七八公里、十多华里路程呢，何况为买东西还去了几个地方。"

二人边走边谈，很快来到帐篷处。此时，半锅焖饭已凉，谷开富只好重新点火热饭。

曾凯力搬来一张小木桌，摆放在帐篷正面一侧。又挖来两坨湿泥，在手中团了团，摆放在小桌上方。洗手后，再从帆布挎包内将这次采购回来的物品一一取出：一把香，一对烛，还有饼干、橘子、苹果，等等，摆满一桌。他打燃火机，将烛、香点燃，分别插上泥团。最后，他神情肃然，小心翼翼地从挎包内取出一张折叠整齐的红纸并展开，用刚买回的几颗别针将它悬挂于帐篷之上。于是，六个黑色大字，蓦然显现——天、地、君、亲、师、位！

谷开富一边热饭，一边注视着曾凯力这些莫名其妙的举动，既惊奇又费解，纳闷极了。思来想去，总算有了结论：哦，原来他要在蜂场开张时敬一次天地。

可是，曾凯力的动作还未停歇。

他，端来一张小木凳，端正地摆放在那张小木桌前面。接着，又去拉着谷开富的手来到桌前，将他按坐在那张小木凳上。

此时，烛光熠熠，香烟萦绕，气氛肃穆。

在谷开富面前，曾凯力双膝跪下，两眼平视前方，口中高声说道："师父在上，请受徒弟一拜。"两手扶地，磕下三个响头。谷开富尴尬中立即起身阻止，连说："要不得，要不得，你是知识分子，我怎好受这样大礼？"曾凯力也一下站起来，用力将他强行按坐在凳上。坐定后，曾凯力再次跪下，双手垂地，继续虔诚地说："我，曾凯力，今天首先感谢您的救命之恩，同时，正式拜您为师，向您学习养蜂技术，跟随您走南闯北，和您同甘共苦。希望不要嫌弃我这个逃难之人……"

曾凯力还想往下说什么，可是已被谷开富一把拉了起来，说道："不必这样客气，你就放心地留下，我会把你当作兄弟和朋友。"

说罢，开始吃午饭，实际上是午餐晚餐并作一餐吃。半锅焖饭，在二人的吞食中很快消失掉。

本来，他们还有许多事情要继续做：那辆老旧汽车停靠在马路边上，距帐篷二百多米，需要寻一个更安全的地面长停；帐篷的搭建只是临时的，它应当靠近一处花源丰沛、依山傍水的地方。蜂箱和它的蜂群们亦应随之搬迁，使蜂群、帐篷、汽车三位一体，便于管理与照应；再者，既是长住，就必须养蜂、避难两全其美。为此，还需及时去仙来岭上岭下走一遭，一面熟悉熟悉环境，一面了解了解当地风土人情，从而做到胸中有数，有事时才不致措手不及……但此时，夕阳已从西陲那片树杪间坠落。晚风，亦携着凉意从岭下的河谷边悠缓地移来。鸟儿们正在展翅归巢，发出吱吱喳喳的欢悦声。忙碌半天的蜜蜂们，一群又一群，划过林木之上的空域，穿行于槟榔树干间的空隙，呈网状降落在自己"王国"的门前……

谷开富对曾凯力说："天快黑了，忙了一天，休息吧，明天再说。"

因为汽车还在公路边上，也没找到可以长停的地方，需要一人睡在驾驶室内守护一夜。

"我去。"曾凯力自告奋勇。

"还是我去吧，你就睡在篷里。"谷开富思索片刻说道，"我会开车，又有武功，晚上出现点啥子情况，都能对付。"

当夜，平安无事。

翌日，二人早早起来，吃罢泡面早餐，便一同前往仙来岭。昨天刚到时，从公路边上眺望，因有众多大山作比，仙来岭不显高大。可此时，来到山麓，抬头仰视，方觉巍峨无比。满山遍岭的椰树间，偶有奇形巨石高耸矗立。沿迂折曲拐山路上行，随处可见路旁、树间山花野草自由滋生竞长，那巨石上仅带抔土凹洼处，亦有丛丛小花蓬勃怒放。房舍、村落隐现于树、石深处。若闻陌生人语足响声，则犬吠鹅鸣骤起，向来者发出猎猎哦哦警告。

爬至半山坡处，决定不再往上攀行，便折身朝西平直走去。行约数百米，蓦然出现一道气势磅礴、时陡时缓、椰树密茂、流水潺潺的沟壑地带。顺壑谷沙岸林中小径下行，路如羊肠，沙粒滚滑，举步维艰。或椰林深处，或陡壁之上，多处红砖黑瓦小庙端立。一条数米宽小溪于壑谷中央涌流而下，在峭崖处形成小瀑，带着吼声注入一泓水潭中。小溪缓行一段后，遇急坡陡壁，便再次形成一个小潭。于是，整个狭长壑地带便有多个小潭被小溪连接了起来。这些小潭无不波光粼粼、澄澈见底。水浅处，红、绿、蓝、白小石头清晰可辨，随水波而烁烁闪闪，显得神秘魔幻。此时，倘从高空鸟瞰，必赫然呈现出如下画面：一大片葳蕤、狭长的椰海之中，摆放着一串硕长无比、晶莹光洁的珍珠项链！

"仙来岭，名副其实，真是个神仙会聚的好地方啊！"曾凯力在心中暗自感叹道，"若追捕者们来到这里，我可以上山躲藏并与之周旋，应是游刃有余。人生中所遇见的每一个人每一个地方，都有其必然性，或给你带来灾难，或给你带来福音。而今，我来到这里，也许事有凑巧，也许，命运早已注定，我应当来到海南，应当来到仙来岭，来到这个神秘莫测的地方。路，虽千条万条，但对于我来说，却只有一条。无论这路中荆棘丛生、刀剑林立，我都必须一往无前地朝前走去……"

思前想后，他思潮翻涌，释然、感伤与励志交织，已忘却身在何时何处。直听到谷开富"下山了！"的一声呼唤，才猛地回过神来。

此后一连几天，谷、曾二人都处于忙碌之中。他们在仙来岭山麓下不远处找到一块地面，那里属于石谷土质，不能种植槟榔，但仍属于槟榔园范围。他们将帐篷、汽车运至那儿，蜂箱照常安置在槟榔林间的空隙地上。接着，加固了帐篷，将床铺扩宽，使自己安居下来。这样，帐篷、汽车、蜂群紧密相连，管理起来方便多了。

至此，蜂场选址定场的事情总算告一段落。师徒二人在这个名叫仙来岭的地方驻扎下来。曾凯力除了向谷开富学习养蜂技术之外，还担任了翻译、会计和公关人员。养蜂成为他人生旅途中的一项重要事业，也是他多舛命运中的一个转折点。但是，灾难尚未过去。鉴于这次因放松警觉几乎丧命的教训，他记起了尼采的话：当你凝视深渊时，深渊也在凝视你。

魔鬼们正朝他一步步走来。

一六　心灵突围与美女出走（上）

冬夜，七岭市，大雪飞扬。

无名别墅房顶青瓦之上，那层初始披上的薄雪银妆，在这个没有星月的夜晚，忽闪着幽暗的白光。从院坝抬头仰视，四楼——这间已为读者所熟悉的套房，虽然玻璃窗紧闭，明亮的灯光却一直闪亮着。倘若进入房内，这样的场景便会进入你的眼底：宽敞的客厅正中，一台电暖炉正在缓慢地转动着。暖炉中部，那团血红的热源，朝四周喷吐出融融暖气，将这房里房外分割成冷暖两个世界。

韩鹏程早已到达。他独自一人待在厅里，显得烦躁不安。他时而若有所思地来回踱步，时而将磨砂玻璃窗推开一隙，朝外急切地张望，似正在等待一个人的到来。

今天下午，他接到鲁凤电话，要在晚上与他见面，地点当然还是这个老地方。韩鹏程，这位七岭市呼风唤雨的人物，当听到她声音的那一刻，是何等激动啊！在漫长仕途中一直矜持稳重、难露声色的他，此刻显得有些异常，心与手都微颤起来。是的，两个多月过去了，鲁凤主动约会，这还是第一次。此前，他曾多次要求与她相见，但都被以"没有那份心情"为由拒绝了。他完全明白为何遭拒。可是，又无法满足她。在仕途上多年摸爬滚打的他，深知在某种特殊情形下，必须快刀斩乱麻甚至心狠手辣，否则，后患无穷。自发现曾凯力跟踪捉奸的那个时候开始，他就主意已定：要么，像他为自己或某个特殊上司送入的几名政治对手一样，让曾凯力在乌冲安宁医院一直待下去，使他成为真正的精神病患者为止；要么，采取非常措施，果断处理，让他在这个世界永远消失。他时时为自己同意鲁凤与曾凯力结婚而悔恨，更为对曾凯力的错误判断（以为他会像别的男人那样，在权贵面前逆来顺受）而懊恼。但事已至此，悔恨、懊恼并不能使他摆脱目前的困境。这些错综复杂的环节中，鲁凤是最难解决的一个环节。将曾凯力强行送入乌冲安宁医院时，她算是被基本说服。当去医院或去监狱两种后果摆在面前时，她选择了前者。当时，他唯心地答应她，在曾凯力神经康复后，就让他回到原来的岗位。这期间，她曾多次要求去乌冲看望并催促放人。为了抚慰她，他一次次对她说："耐心等等吧，我会尽最大努力让他尽早回来。"随着时间的推移，鲁凤终于忍无可忍，除一次又一次拒绝他的约会外，说话也相当不客气，仿佛从一位淑女变成了另一个人似的。可是，他仍然那么深情地爱着她，失去她会陷入怎样的痛苦难以设想。在相伴的岁月里，不仅弥补了丑妻的遗憾，也使他不再花心旁顾，甚至在男女问题上出轨犯科，而是心无旁骛地专注于仕途奔波。他能从一名普通的卫生局干事跃升为今天的市委书记兼市长，除上面有人外，也有她的一份看不见的功劳。但自捉奸事件之后，这多年构筑的爱巢却一直处于崩塌的边沿……谁知，这次曾凯力的逃亡，无意间为他的困境带来了转机，至少使他有了应对鲁凤急迫要求放人的口辞……

当韩鹏程这么心神不宁、思绪万千地想着心事时，门，悄无声息地打开了。一袭冷气扑面而入。随之，身披风衣、头戴呢帽的鲁凤，带风披雪地走了进来。

他满面堆笑地迎上去，顺手将门轻轻关合，然后伸手为她拍打身上的雪花。他想先入为主，向她报告曾凯力逃走的消息。可是，还未等他开口，鲁凤便抢先发话了。

"听说，他已离开乌冲了？"

"是的，他跑了。"他惋惜地说道，"本来，在我的说服与安排下，好不容易让公安和医院同意立即放人，可是，曾老师竟然自己跑了！"

"他怎么跑的？跑到啥地方去了？"鲁凤单刀直入，不想听他多作解释。

"他全身裹着棉絮，从乌冲背后的陡峭山坡顺势滚了下去。当大家赶到时，已经无影无踪。"

"有啥根据证明他是跑了还是死了？"

"山坡上有一道滚动的痕迹，落地时还压断了松鹤寺旁边的竹棚，掉进一堆草木灰中。"

"翻看过那堆草木灰吗？"

"都仔细查看过了。"

"那么，他究竟到哪里去了？"

"估计往南方走了。"

"有啥根据？"

"我们组织的'关爱小组'一直在寻找，前不久还在一处火车站见到他。"

"为啥不把他留下来？"

"天公不作美，一场大雨让他逃进了深山。后来，又在海口听到他的行踪。"

"见到人了吗？"

"没有。不过，'关爱小组'至今仍未放弃寻找。还到处张贴广告，请求各地公安和群众给予帮助。"

"……"听罢"公安"二字，鲁凤沉默了许久，又抬眼用狐疑的眼神，朝他深度地看了一眼，"你们会对他下毒手吗？！"

"嘻，话说到哪里去了？俗语说'爱屋及乌'，我既然爱你，你身边的人，我能不爱护吗？何况，他还是你的丈夫！"

"要记住，他是我的丈夫。如果有个三长两短，我不会轻易罢手！"

"放心吧，我会督促'关爱小组'尽力寻找，争取最后给你一个圆满的交代。"

"……"又是沉默，良久无语。最后她慎重地告诉他：她必须亲自去一趟松鹤寺，核对一下这些情况是否属实。

"去吧，去吧。我明天一早派车。"

"不用，我要独自一人步行去那里。"

这一夜，她没有离开无名别墅，但拒绝与他做爱。当他拥住她的时候，她对他说："想想看，我还有干那个事情的心思吗？别为难我。"

他无言地顺从了。

他胸有成竹，相信自己能够永远征服她。当曾凯力的骨灰被运回时，她胸腔中的愤怨便会随着希望的破灭而消散了。虽然会带给她一段时间的痛苦，但随之而来的则是使她重新振作，恢复原态，然后回到他的怀抱。更何况，他手里还握着一把谁都会为它而死心塌地、顶礼膜拜的万能钥匙哩——但不到万不得已时，他决不使用它。

次日清晨，她走得特别匆忙。

"鲁凤，亲爱的，现在我必须告诉你。"他语音沉缓，神情庄重，"今后，无论风云如何变幻，也无论发生何种情况，即使到了对我恨之入骨的地步，我唯有一个要求——在正式离开我之前，你必须独自到这间房里来一趟。当然我不必在场。"

她没有回答，听完这番叮嘱便开门自去。

韩鹏程没有立即关门，听着她的脚步声一直响到楼底。关上房门又赶快打开窗户，看着她在朦胧的晨曦中打开大门、关合大门，然后走进那条弯曲幽深的巷道。她美丽的身影虽已消失，但他的思绪却仍追随着她的行踪，想象着今天她要亲自去察看的各种情形。

实际上，她要去乌冲安宁医院山麓下那座松鹤寺，只能走韩文达们为追捕曾凯力所走过的那条小道。鲁凤把路径了解清楚后，就坐上一辆摩的，用四十多分钟跑完一段老旧公路，然后继续步行赶路。她出身农家并在山村长大，在走山路这个方面，比起一般的城镇妇女肯定强许多。但与精壮男人相比，那还是有很大差别的。更何况自农转非成为医院护士以来，已多年不在山间走动，因此，这次步行去松鹤寺，特别是在穿越那道壑谷和几处凹凸不平的小径时，显得比较吃力。幸亏她预有准备，穿了一双便于步行又可保护足肉足踝不受磨损的运动鞋，使她经过三个多小时的跋涉之后，终于来到那面陡峭山坡之下的松鹤寺。

她见到老尼姑，向她表明自己的身份和来意。这么一位都市丽人，为了寻找丈夫不顾艰辛与危险徒步来到一个荒野幽谷，令老尼姑十分感动。她请她喝下一碗凉开水后，便领着她去竹棚、草木灰堆等各处查看。竹棚"天窗"尚未修葺，灰堆凹坑仍在，山坡松林间一道滚痕也没消失，连那丛被滚拖脱地面的青草还悬吊于悬崖边上……接着，老尼姑指着对面那条向东方蜿蜒而去的山路，讲述了曾凯力从松鹤寺逃离的情形。

现在，对于曾凯力滚下山后是死是活的问题，已经很清楚了。至少可以证明，那时他仍然毫发无损地活着。至于此后近一个多月的情况究竟如何，是否真正到了海南，她就无从打听了。

在老尼姑的引导下，她走进寺内，双膝跪地，双手合十，默默地为曾凯力祈祷。然后，在佛龛上放下二百元捐款。这相当于她两个月的全数工资。

"放心吧，劫难会过去的。他走后的这些日子，我一直在求佛保佑哩。"

她可以稍觉心安地回去了。在老尼姑千叮万嘱的嗓音中，她踏上了归途。当那条老旧公路出现在面前时，也同时看到了那辆去时坐过的摩托与司机，他早已等候在公路一旁了。因为她答应付与摩的司机双倍工资并约定了大致时间，她返回走完一段艰苦的行程之后，现在可以乘坐这辆摩的轻松回家了。

到达公寓楼三楼家中时，已是傍晚时分。她没有吃晚餐的欲望，虽觉困倦却又一时无法入眠。不知怎么，她蓦然记起那一摞尘封许久的书信。于是，打开衣柜下方一个常年锁着的抽屉，从塞得满满的信件中，随意抽出一个颜色陈旧的信封，再从信封中抽出一张折叠着的信纸，展开，斜卧在垫高的枕上，就着床头台灯灯光，以一种久别重逢的心境，仔细地浏览起来。

　　鲁凤：

　　这是我写给你的第二十六封书信。

　　此刻，我已从教学楼回到寝室，批改完学生们的作文后，时间接近晚上十一点了，但却无法入睡。坐在临近江岸窗边，四围如此静宁。唯江风吹拂中，让我心驰神往，将我的心灵带到那座遥远的名为"七岭"的高原城市。是的，那里有一家医院，医院里有一位令我不能忘怀的姑娘。也许，至今她从未看过我寄去的书信，只是将它们搁置一旁。或者，随意看过几句便扔进了废纸堆。即使如此，我仍然是幸福的。因为寄去这么多书信，既没有退回，也没招来斥责，这便是我一直沉浸于幸福之中的缘由……

看到这里，她停了下来。下面的内容，大概亦能依稀记得。当时，只觉得这只不过是一个书呆子说的一些呆话罢了，并没引起自己的重视。可是，现在重读，竟然有了新的感觉，那字里行间，充满了深情，似也没有一句呆话，字字句句都是肺腑之言。

于是，犹如在神灵面前摇签占卜那样，她闭上双眼，再次从那个木屉内随手摸出一个信封，抽出信纸并展开，将视线倾注在那张字迹熟悉的纸页上——

鲁凤：

这是我写给你的第六十三封书信。

又一个仲夏之夜。我仍然坐在这个临江的窗口，凝目仰视那月朗星稀的夜空。我想，此时此刻，只有月亮能够同时看见你和我，只有它知道你现在的情形。我曾不止一次祈求它告诉我你的一切，可是它总是微笑无语。这样尝试多次后，似觉有了些许心灵感应，眼前浮现出这样的幻境：一位身着白衣的姑娘，正聚精会神地读着一封寄自长江边上的来信。她已被真情打动，心涌涟漪难平。她想给他回信，写些心里话。可是她犹豫不决，处于两难境地。因为，她有一些难言的苦衷，难言的经历……

这个生长于长江岸边的青年人想对她说：他不在乎那已经逝去了的一切，也不会去追寻逝去岁月中的某些环节。他特别喜欢宝石，无论是蓝宝石或红宝石，他都着迷于那晶莹剔透的光泽与柔润丽雅的石质，决不因曾有多人鉴赏与把玩而对它稍生轻忽，对它的迷恋与珍重也不会因岁月的推移而有所减弱。

时时刻刻，他唯一的期待是那封在信封上写有"七岭市"三个字的来信。

在默然阅读上面这些文字时，她惊奇于如此巧合，随手就拿到了这封对于她的命运来说曾具有转折意义的书信。

那时，她真的第一次被感动了，眼里噙满了泪水。让她猛省的是，写给她的这六十三封书信中，从未直接有过"我爱你""永远爱你"之类的表白，但那一字一句却情真意切，字里行间蕴含着深爱。在当今这个开放盛行的时代，相恋的男女们总是将"爱"字像家常便饭般挂在嘴上，众多电视连续剧亦用"爱"字填充着对白，可那些"相爱"的故事，往往转瞬即逝，浮于表皮的温度，被微风轻轻一吹，便烟消云散了。

她很想给他回信，但仍然迟疑难决。

于是，她回了一趟老家——七岭市郊外那个名为杨梅的小山村。三年前，重病不治的父亲辞世后，不习惯于城市生活的母亲一直住在这里。本来，她每月都要回去看望母亲的，但这次却兼顾着特别的事情需要禀告并征求意见。

她把自己与曾凯力在火车上的偶然相遇，即使从不回信对方仍狂追不舍，以及他的住址、职业、年龄、文化程度等各种情形全都告诉了她。听罢，母亲脸上阳光灿烂，一片喜色，没有丝毫犹豫便对她说："孩子，你应该结婚。既然有这么好的一个青年人，不要拒绝。这是百世修来的缘分。"她停了一会儿，思考片刻，继续道，"再说，你已经二十三岁了，不能这样莫名其妙地过下去。你应该生男育女，做一个称心如意的女人。"

母亲的这番话，既是爱抚、忠告，也犹如针刺一般扎在她身上。是啊，身为女人，不能没有丈夫、孩子，也不能这么糊糊涂涂地过一辈子啊。此前，对于她与韩鹏程的这种暧昧关系，母来曾旁敲侧击地劝告过，上面那番话也多次试图委婉说服。可是，她无法挣脱自己身上的桎梏——心灵的，现实的，她不能自我救赎。应当说，在心理上，她已经习惯于把韩鹏程当作了自己的丈夫。她曾坦诚要求：即使不能正式结婚，也一定要有一个共同的孩子。他不无遗憾地告诉她，由于特殊原因，他无法满足她的心愿。她失望了，沉默了。但他那深陷愧疚的表情和没法改变的处境，顷刻间软化了她的迫望与愿景。不过，这并不等于她完全放弃了一切。在内心深处，她依然希冀着如愿以偿的那一天终会到来，即使实现其中的一个心愿也行。当成双成对的男女们面带幸福笑容手挽着手从她面前走过时，她曾突发奇想：我要是他们中的一员，那该是多么美好啊。赶快找一个干净利落的对象吧，或者，有一个干净利落的年轻人主动找上门来也行。可叹的是，在七岭市这个地方，再隐秘的事情也难于绝对隐秘，许多绯闻往往暗中流传而本人并不知晓。在这种情况下，她能另选夫婿吗？即使美若天仙，谁敢冒犯一市之长而夺其爱妾？事实正是如此，这么多年过去了，竟无一人向她求婚，也没有收到过一封表示爱的信函。当然，平心而论，她依然爱着他，在心灵深处无法摆脱他，有时，几日不见便觉心内空虚。是的，苦恼、迷茫、矛盾、彷徨，在脑海中交织着。心灵深处，两个鲁凤决斗着。当曾凯力蓦然出现时，当求爱的信函一封接一封如流水般涌来时——这本是她所期望的啊——可是，她却犹豫了，犹豫了这么长的时间。要不是那第六十 三封书信终于启开她迷茫、彷徨的心扉，而母亲的决断又助了她跳出苦海的一臂之力，她能有勇气按照自己的设想走下去吗？现在，曾凯力的出现与追求，这是一个特殊的机会，她要和他正式结婚，建一个名正言顺的家庭，像妈妈说的那样，做一个称心如意的女人……不过，还有一道难题需要她去解决。

一七　心灵突围与美女出走（下）

　　为了解答那道难题，她一连两个通宵都待在无名别墅内。事情特别棘手，犹如一道壁垒，突破它需要勇气、智慧和时间。

　　一个枕头，一床棉被，一男一女相拥而眠。但开门见山几句对白之后，他们便一下分开了。接着，时而相向激辩，时而靠背沉默。整夜辗转难眠，哓哓不休。当黎明来临时，他们便匆匆起床分手。一人搭摩的，直奔市医院；一人跨上单车，猛踩踏板，让它飞驰起来。

　　是日，夜幕降临时，他们重又回到这里。从面部观察，两人的心态都已平静多了。经过一天紧迫的思索之后，似乎愿意达成合理的妥协，各退一步，又彼此照顾。

　　"鲁凤，亲爱的。想想看，我们能说分手就分手么？"

　　"那你总得给我一条路走呀，总不能让我这么过一辈子吧？再说，即使我愿意这样过下去，当风烛残年时，这孤老太谁来服侍？"

　　"我会教育我的两个儿子和未来的孙子们，把你当作亲人看待、对待，按照中国人传统，为你养老送终。"

　　"哼哼，"鲁凤不屑地苦笑着，在喉间轻哼着回道，"那时你自己恐怕都不知道怎么样呢。这话，还是去说给三岁孩子听吧。"

　　"……"韩鹏程亦苦笑着，一时语塞无答，许久，才无可奈何地叹息道："唉，只能这么办了。你和那小子正式结婚，然后将他调来七岭工作。但是——但是，我们俩必须继续保持着往常的关系。"

　　"这样，我会处于两难境地。"

　　"他那么爱你，相信他会听从你的安排。我希望把百分之六十的时间给我。"

"……"她没有回答，只是茫然无语地注视了他许久，然后，似用颔首作答。

接着所发生的一切故事，读者早已知晓。

使韩鹏程最难受的，是鲁凤与曾凯力举行婚礼、携手进入洞房的那个晚上，他在办公室内待了整整一夜，来回踱步，也毫无睡意。直到天亮时，才靠在办公桌上打了一会儿盹。后来的休假蜜月期间亦如此，他时刻想象着他们做爱的情形，分分秒秒如被尖针扎着一般。当这段无法改变的新婚法定时间过去之后，他立即要求鲁凤兑现那个"百分之六十"的承诺，让她借上"通班"之名，或在医院或在赤脚医疗点内一起连续度过九天的时光，以弥补新婚期间带给他的精神损失。在婚后一年的时间里，类似情形时有发生。鲁凤用尽心智，左遮右挡，仍力不从心，不能两全其美。她心绪迷茫紊乱，有时竟无法分清谁是自己真正的丈夫。在多数时间里，在心灵深处，她难以摆脱"丈夫韩鹏程"的影子，而曾凯力只是一个配角。为了处理好这个配角，她甚至与韩鹏程一唱一和……直到曾凯力被强行送入乌冲安宁医院很久，她才逐渐发觉情形不妙。韩鹏程似有推诿嫌疑，他完全有权力实践他"很快放人"的诺言，却久久拖延未动。她好不容易获得的、传统意义上的丈夫，似乎正在得而复失，正在离她远去。经多次请求放人未成后，她失望了，也失去了耐心，因躁烦、苦痛而使性格突变。当曾凯力冒险逃走的消息传来时，她悲哀至极而幡然醒悟：自己的命运来到一个十字路口，也许，将永远永远地失去丈夫了！

从松鹤寺回来的这个夜晚，虽已困倦却无法入睡。那些塞满整个抽屉的信件，过去她并不怎么在意，可此时，却觉得件件是宝。她像占卜似的从中随意抽出一封。看毕，再抽出一封。这样一封接着一封地阅读下去，渐渐地，她合上了眼睑。蒙眬中，一缕熹微之光，呈现在面前，展开着、扩散着。一条大道，通向遥远的天陲，似有低沉、空蒙的画外音对她说："去吧，去吧，沿着这路走去，或许能够找到他，找到那位对你情深不移的年轻人……"

她循着那声音仰视，想对向南走或向北走的问题问个明白，可是，那路和声音已经消失了。迷茫与困惑间，她从梦中醒来，但那路、那声音依然真切，清晰地烙印于脑中。她记起了松鹤寺和自己在那里的祈祷，于是她在心中对自己说：也许，这是神祇的指引吧。

此时，一个大胆的设想如闪电般从脑海中跳了出来：她要亲自出马，向南走，到海南岛这个陌生的地方去，去寻找曾凯力——她唯一的真正的丈夫！在南行的旅途中，在寻找的过程中，也许有无数的艰难险阻，但她必须去，没有什么可畏惧的。让她固守在七岭，伸长脖颈等候"关爱小组"的消息，听任流言四处传播，那会让她生不如死啊。

她作了充分的出行准备。首先，向医院领导请了一年长假（院方自然会层层上报，直达韩鹏程处，得到了他的允许。因为他自信他那最后一招，会让她留下来，故而未加阻拦）。接着，她回到母亲身边，告诉她自己的想法与将要采取的行动。对此，母亲虽迟疑半晌，但最后仍表示支持，语音沉重地对她说："孩子，去吧。如果能把他找回来，也就找回了幸福。对我们女人来说，一个真心相爱的丈夫，是多么重要啊。"

她在母亲身边待了九天。煮饭、洗衣、扫地、抹桌、清洁厕所……什么都做。她甚至还为她洗了两次头。在梳理那些黑白相间的发丝时，动作缓慢轻柔，眼中酸楚，视线模糊了。

出门前，她将自己所有的积蓄交给了母亲。接着，去医院财务科提前领了三个月工资，藏入贴身衣袋里。把早已收拾好的衣物、药物、洗漱用品等，一律装进那只咖啡色旅行包（为了避开曾凯力厌恶的绿色或近似于绿色，她跑了几条街道，才买到了这只合心的背包）。此外，她从盛满书信的抽屉内抽出一摞信封，连同一本红色封面的结婚证书，塞进包中的一个小袋，然后将抽屉上锁。

向晚时分，她身着暗红色羽绒服，背着咖啡色旅行包，肩挎蓝色绣花挎包，趁着蒙蒙细雨中的苍茫夜色，搭上一辆摩的，进入深巷后下车，独自来到无名别墅，经过两次开锁后，走进了三楼那间她与韩鹏程长期相聚的爱巢。在离开七岭市之前，她想兑现自己的承诺——和他分手前，必须到这里来一趟，在他不在场的情况下，作一次最后的告别。为什么要这样做，她不知道他用意为何。也许，是让她独自来到这里，必会心静地忆起往日那非比寻常的甜蜜而留下来；也许，是他要突然出现在房内，给她一个意外的惊喜而将她挽留；也许……还会发生什么，她便难以猜测了。

她打开客厅灯光，四处搜寻，等待猜想中的某个情形即将发生。可是等了许久，什么也没出现。当她的视线来到靠山那面房壁时，一个无规则的山洞，猛然闯入她的眼底——它黑魆魆的，里面什么也看不见。门扉敞开着，紧连与山石形态融为一体的房壁。实际上，这门扉就是房壁的组成部分，因为对接精妙，没人能看出其中奥秘。是进还是不进？她犹疑着、斗争着，下意识地、脚步轻缓地朝那门洞前行了两步。或许，这轻缓的脚步声也能唤醒那些开关吧，哗，洞中的灯光全亮了！一秒钟前还是漆黑一片，此刻已灯火通明：宽敞的山洞内，大大小小、形状各异的原石桌、椅、台、凳以及置于其上的种类繁多的木箱、竹柜、皮袋、塑桶，等等，一一显露出来！

强烈的神秘感驱使着，让她产生了想进去看个究竟的渴望。于是，她将肩上手上的所有东西搁置在地上，径直进入了山洞。犹豫片刻之后，她揭开了一只木箱，一片蓝光扑面而来，映花了她的两眼，低头细看，原来是一整箱百元钞人民币！万分惊异中，她又掀开了第二只木箱，相同的情景仍然展现于面前。接着，她走近放置着多只皮袋的地方，将其中一只提在手中，很重，且有金属碰撞声。她解开绳扣后，那金灿灿的金币、金条、纯金首饰，便向她的双眸放射出金色耀眼的光芒。三具与人同高的竹柜制作极其考究，全由竹块、竹茎、铜片、藤条编织镶嵌而成。打开两扇柜门，便显露出多排抽屉。拉出抽屉，可见各种木盒、纸盒、皮盒置于其中。揭开这些盒子后，那晶莹剔透、圆润水灵的各类玉器、珠宝——玉镯、玉佛、玉链、玉舟、玉戒以及红蓝宝石、金绿猫眼、钻戒钻坠，等等，便如传说中精灵的眼睛一般，闪射出诱人心动的光泽……

她两脚发软，微微哆嗦。心，也有一丝儿战栗。她尽力稳住自己，不要晕厥倒下去。但她仍然记得，自己是要出发去寻找那个已经远去的丈夫，而不是到这个令她心酸痛苦的地方来参观这些与她无关的珠宝玉器、金银首饰和成捆成箱的钱币。是的，她不需要它们。她最急切需要的、想马上得到的是那位可望而不可即的心上人。此刻，这些钱钞、金币、玉器、珠宝，她看着它们，仿如看着一群恶煞猛兽，它们张开血盆巨口，吼声如雷，正在向她猛扑而来！

她惊恐万状地奔出山洞，气喘吁吁地返回客厅，将旅行包甩上肩头，提起挎包，尽快离开了客厅，跟跟跄跄奔出了无名别墅。她依稀记得，在迈出客厅和别墅大门时，背后都发出了"砰"的关阖碰击声——

她惊恐万状地奔出山洞，气喘吁吁地返回客厅，将旅行包甩上肩头，提起挎包，尽快离开了客厅，踉踉跄跄奔出了无名别墅。她依稀记得，在迈出客厅和别墅大门时，背后都发出了"砰"的关阖碰击声——恍惚中，她本已忘记特意关门，因为此前曾多次重复这个随手的动作，现在也本能地将房门和大门都拉上了。

恍惚中，她本已忘记特意关门，因为此前曾多次重复这个随手的动作，现在也本能地将房门和大门都拉上了。

此时，已近深夜。飞雪与寒风中，行人稀少，市声阑珊。她走出深巷后，又走了一段街道，才搭上了一辆摩的，直奔七岭西站，购买到一张去贵阳的火车票，踏上了来自昆明的那趟晚间的列车。

她坐在邻近窗口的一个硬座上。两眼凝视着窗外，但实际上她什么都没看。从身后迅速退去的彩色送行人流与远处那七个乳形的黑色山影，也并未进入她的眼底。列车疾驰中的哐当声、车厢内频率高低的各种杂音，亦未能闯入她的耳膜。心，静了，静如无风的池水。身，轻了，轻似空间的飞鸟。往日紊乱无序的心态，全都烟消云散。现在，她可以只在乎一个男人了。为了这个男人，她没必要顾忌一切，也不会害怕一切。过去，因医务实习或同行交流，她曾去过许多城市和地方，就是没去过海南岛。这是中国大陆的最南方，听说需要几天时间并乘坐火车、汽车、海船才能到达。但是她一定要去。就算吃万种苦、遭万般难，走遍天涯海角，她也要去寻找他，直到找到他、与他重逢为止。那时，她愿意对他这么说："放心吧，现在，我只属于你。"

市政大楼书记办公室。灯光，一直闪烁着，彻夜未灭。透过明净的玻璃窗可以望见，一个不安的身影，一忽儿坐，一忽儿站，一忽儿又来回走动着。他，便是韩鹏程。

近段时间，他总是心猿意马，坐卧难安。对于处理"女人问题"特别自信的他，却突感心余力绌。曾凯力逃走后，鲁凤要去松鹤寺，他同意了；回来后，她要请一年长假，他依然同意。因为他相信"山洞绝招"，即是诸葛孔明摆下的八阵图，任何人都必将迷恋其间而不能自拔。鲁凤亦如此，只要进入，她便不会从那儿走出来……虽信心十足，但仍担心有个万一。是的，万一她不去那儿呢？即使去了，也看到了一切，却并不为此而感动仍要决心出走呢？甚至出现最可怕的情形——离开时，她故意敞开大门、房门，将山洞中的秘密暴露在光天之下呢？他坚信这最后一种情况不会发生。可是，前面两种情形就很难预料了。

本知道她今晚要离开七岭却不能采取任何行动，更不能去跟踪或尾随，那样只会使事态愈加严峻而无法挽回。他多么希望此时能够真切看到她的一举一动啊。"要是自己是个隐形人跟随在她身后多好呢！"他在心中这么遐想着。可是，那时——九十年代初期，中国还没普及这样的东西，连二斤重的"大哥大""大姐大"都还是稀有之物，售价三几万，一般民众哪里用得起？当然，更不要说这种远程监控器了。在这种情况下，只能顺其自然。说服不行，强留更不行，在当今社会，连金钱珠宝都不能挽留，还有什么东西能够阻止她的出走呢！既然如此，那就只有等待并静观事态发展……

冬日的凌晨，来得特别晚。到了七点，这座高原城市方露出一抹亮光，街道、建筑、林木逐渐呈现出朦胧的身影。在九点前必须赶往办公地点的"上班族"，此刻仍龟缩在温暖的被窝里。

韩鹏程骑着单车出门时，飞扬了一夜的雪花，已经停歇下来。但街道路面湿滑，部分地方形成冰凌，车辆、行人都会打滑。幸好他预有准备——在单车轮上绑扎了多圈稻草绳索，这样奔跑起来便安全多了。

天色大明时，他到达无名别墅。打开大门，院内静悄悄的，毫无异样情景。抬头仰视，别墅三楼大厅内，灯光十分明亮。"太好了，她没有走。一切都在我的掌控之中！"他在心里对自己这么说，欣喜与激动交集，使登梯、开锁一系列动作显得如此快捷。他一路想象着，当他走进客厅时，那位久违的窈窕淑女，就会立即迎上来，一边投入他的怀抱，一边温情脉脉地说："哪里我都不去了。不管发生什么情况，都会与你厮守在一起。结婚证吗？那不过是一张纸，有或无，我都不在乎。"

现在，他已站立在客厅的中央。希望出现的那个美妙情景并未出现。啪！啪！啪！他击掌三下，催促鲁凤快快出来。可是，房内、厅内一片静穆。那敞开着的山洞内，虽灯光明亮，亦无任何响动。讶异中，他开始在房内、洞内的各个角落搜寻。经过反复查看后，他失望了，刚才还是狂喜的心情，猛地跌落下来。他颓然地倒在沙发上，两片眼睑耷拉而下，随之惊涛骇浪扑面而来……溟蒙中，一位娇小女子正在那波浪之上奋力奔跑着。她的前方，是两扇可以关合的铁大门，门的两旁似有警察守卫。那不是鲁凤吗？她去那儿干什么？难道……他想大声呐喊，让她停止奔跑，可是怎么也喊不出来……

百般挣扎之后，他终于清醒。

他记起此前发生的一切情形。揉了揉太阳穴，掐了掐人中，让自己尽快镇定并振作起来。"她不会报案的。"他对自己说，"如果真要报，这里早已被查封了，不会等到现在。"想到这里，心中缓解了许多，继续想道："让她去找吧。'关爱小组'那么多人，还有各地公安协助，至今仍石沉大海。一个弱女有何能耐到一处陌生的地方去找到他？当她走遍天涯、吃尽苦头仍无法找到他时，或者，听到他已经离开人世的噩耗时，也就乖乖地回来了。是的，那时，她便真的安静了……"

想到此，他有些亢奋，对刚才的表现自责不已：韩鹏程呀韩鹏程，在仕途上你叱咤风云，在女人面前就那么无能吗？拜倒在美女的石榴裙下而无法自拔值得吗？是快刀斩乱麻的时候了……他感到自己的眼里有了一丝凶光，心的深处涌动起新的杀机。他将山洞、客厅按原样收拾停当后，很快回到市政大楼自己的办公室，用座机接通了韩文达的"大哥大"（最近专门为其配发的联系工具）。对话并不畅通，时断时续。但双方都大体明白其交谈内容。他告诉他：鲁凤已请了一年事假，可能不久就到达海南，主要是寻找曾凯力。你们要保护她的安全，不许对她有任何伤害。当然，特殊情况除外。当韩文达询问什么是"特殊情况"时，电话已经挂断了。

一八 "王国"秘事

"运来，快看，快看！蜂王来啦！"

裸露着上半身的谷开富，一手擒着一框聚满蜜蜂的巢脾，一手指着巢脾上正爬行着、涌动着的一簇蜂群喊道。拜师后，他开始叫他"运来"了。

刚戴好网状面罩和白布手套的曾凯力，小跑着奔了过来，蹲在谷开富身旁，顺着他手指的方向注目寻视。可是，他没有认出谁是蜂王。这层层叠叠、形体大致相同的蜂群，对于一个生手来说，要一眼就能认出它，的确有一定难度。

"在这里，在这里！"谷开富干脆将一个指头点到了那蜂王的尾部说，"你看，它的身子比其他蜜蜂都要长和壮些，颜色也深一些。不管它走到哪里，都有许多蜜蜂跟随着，为它引路、护卫和喂食。当它弯下尾部产卵时，还有蜜蜂为它按摩、抠痒呢。这一箱蜜蜂就是一个王国——蜜蜂王国。蜂王一生的任务就是产卵。它产呀产呀，产得越多，蜜蜂就繁殖得多，这个王国就越兴旺发达。"

"其他蜜蜂就不能产卵吗？"曾凯力问道。

"嗨，不能，不能。"谷开富赶紧补充道，"要是其他蜜蜂产卵了，这个王国就完蛋了——关于这方面的事情说来话长，以后你自己看看书就知道了——现在，我要给你讲一讲蜜蜂的种类。按工作来分，可分为三类：蜂王、工蜂、雄蜂；如按男女性别来分，就只有两类了：雌蜂和雄蜂，蜂王和工蜂都属于雌蜂。一群蜜蜂，也就是一个蜂箱，只能有一只蜂王，如果有两只，它们就会通过决斗厮杀来解决，最后只留下一只，这叫一山不容二虎。工蜂，也是雌蜂，是器官发育不全的雌蜂。在这个王国里，它们是主体，占整个成员的百分之九十九以上。它们分工精细，纪律严密，勤劳勇敢，担任着采蜜、采粉、酿制、造房、保卫、抚育幼虫、制造王浆等工作。雄蜂呢，数量很少，一群蜜蜂里只有几百只。它们一生的任务就是与蜂王交配，当然也只有其中最强健的一只或几只。它们什么本事都没有，敌人来了，连打个架都不会。一天只知道吃喝、游荡，被称为懒汉。但话又说回来，没有它们也不行，没有雄蜂与蜂王交配，这个王国没有人丁，最后必定灭亡……"

"师父，这个蜜蜂王国，很像一个国家哩。"曾凯力听得有些激动，不禁这么感叹着说。

"你说得很对，它就是一个国家。不过呢，它是一个女儿国。女人担负了国家的所有工作。当战争爆发时，她们冲锋陷阵，勇往直前。和平时期，就采花酿蜜，不辞辛劳。天刚亮就出征，日落才回屋，一天往返几十次，将采到的蜜或粉一次次送回。最辛苦的春夏季节，她们一般只能活到四十多天，但蜂王可以活到七八年……"

"啊，工蜂的寿命这么短！"

"你晓得它们寿命为啥子这样短吗？"谷开富看了一眼他的徒弟继续说道，"除了特别辛苦以外，它们的食物也很简单，主要吃蜂粮——一种用蜂蜜与花粉混制成的东西。王浆、蜂蜜都是它们酿造的，可是它们不能享受。当然，没有谁强迫它们这样做，都是自愿的。这里——"

"这可是无私奉献哪。"

"这里，我还要给你讲一讲工蜂酿蜜的事情。你以为它们把花蜜一采回来，就是我们吃的那种蜂蜜吗？不是。它们采回的只是一种甜汁。当从山野采集甜汁的工蜂们返回巢房时，它们立即将胃里的甜汁吐入蜂房，或者直接吐给在家酿蜜的工蜂，酿蜜的工蜂们用舌头将甜汁吐到另一只酿蜜工蜂嘴里。这样多次循环反复，经过一百到二百四十次交舌吞吐，经过每只酿蜜工蜂胃的作用，使甜汁变成了单糖，然后再吐入蜂房。另一部分工蜂，弹动起它们小巧的翅膀，不停地扇动起来，把水分较重的蜜逐渐风干，变成成熟的蜜，最后用蜂蜡将储蜜的蜂房一一封盖起来。到这时，酿蜜的工序才算结束。再说，另一些工蜂采回的花粉——"

谷开富还要继续往下讲，一阵嚎叫式的吼声打断了他的话音。七八名陌生小伙，挥舞着棍棒、长刀从槟榔园林外急步走来，面部表情古怪，狞笑着，叽叽哇哇，说着当地方言。

"烂仔们敲诈来了！"谷开富对曾凯力说，"别怕，我来对付。"

他走进帐篷，取出那件久藏不露的武器——九节鞭。它收缩时如一把未开小伞，打开后则立即变为一根丈余长的钢鞭。这是一件用钢铁混合铸制，由九节拇指粗细、半尺长短钢管连接而成的防身武器。他学习武艺时，就主学九节鞭。练成后，这鞭使用起来，伸缩自如，可长可短，呼啸生风。被击中者轻则皮伤，重则骨裂。当歹徒逼近有生命危险时，轻摁手柄按钮，前端那节钢管内，便有三根钢针弹跳而出，一鞭甩去，被击中者，不死也成重伤。在走南闯北的养蜂旅途中，谷开富一直将它带在身边，也曾用它吓跑、驯服过多伙敲诈者、勒索者、无理取闹者。看来，现在又必须用上它了。

此刻，烂仔们越来越近，只有十来米的距离了。咔嚓一声，谷开富将九节鞭甩了出去，似有一溜急风从林间划过。曾凯力早已取下面罩、手套，端站一旁，两眼紧盯着谷开富甩鞭的一招一式。他手一挥，九节鞭抛出数米，击中一磴石头，石头顶部碎石飞扬；他手一收，九节鞭刹那缩成一把，如伞般握在了掌中；他用力往高空连抛带卷，一丛槟榔树叶在噼啪声中纷纷坠落，那树干被击中处留下了一道深痕。

这是一位武功师父正在向徒弟传授武术的火热场面。

提刀握棍的小伙们早已到达。有一小伙，二十出头年纪，生得矮小干瘦、钩鼻吊眼，一副玩世不恭模样。他不拿刀棍，怀抱双手，乜斜着两眼看谷开富甩鞭。其余几人紧挨身旁环立，时刻等待着他的号令。原来，此人就是头儿，姓符名啸。喜聚众游荡，自幼好逸恶劳。凡遇外乡人来附近几个村里办事或创业建厂，他闻讯即往，率多人逼收保护费，不达目的便纠缠不休，闹他个鸡犬不宁。这次来时，原准备向两个外地养蜂人索要几百元人民币花用，不料正巧瞧见这个矮胖养蜂者竟有如此武功，估计用恐吓降服不了，动手也必然吃亏。但又于心不甘，仍想试他一试。迟疑片刻，一条妙计来到心头。

"哎呀，好功夫，好功夫！"他用当地土话低声说了句什么，便一边走来一边高声叫道，"师傅呀，我想拜你为师，学学手艺，行吗？"

"好哇！过来，过来，让我先教你一招。"谷开富欣然应允，将鞭收拢，抬手相招。

符啸大步上前，快速向谷开富靠近过来，突忽一个猛扑，对着那九节鞭扑了过去。见头儿已经动手，其余几人迅即举起刀、棍，呐喊着冲出，直奔谷开富。岂料谷开富因过去经验而早有提防，当符啸扑来时，伸出左脚用力一挡，伸出右手猛击一掌，那符啸便硁咚仰倒在地上。紧接着将九节鞭呼唰一声甩出，一鞭准确击中，刀、棍顿时乒乓坠地。这一连串动作，实际上只用了几秒钟时间。对手们痴呆半晌。当他们清醒时，那威风八面的九节鞭早已收回，握于谷开富手中。

"不要打！不要打！谁来我槟榔园闹事，我就送他去公安局！"

园主符永华大声喊叫着匆匆赶到。一看这场面，不禁哈哈大笑，对符啸几个小伙说："兄弟呀，保护费怎么收到我这儿来啦？可惜我这里不需要你们保护。快回去吧。回去吧，千万不要再来啰！"

符啸与符永华虽不同村，但都相互认识和了解。因多年兴办槟榔园，比很多村民有钱，再加上美丽女儿符曼琴两年前考上琼州大学，据说还有一位县政府青年公务员紧追不舍，因而符家远近闻名，谁也不敢欺侮和无理招惹。在这种情况下，符啸们只好说了声"对不起"，便拾起刀、棍，黯然神伤地走出了槟榔园。

"师父，真不知道你还有这般功夫。"众人走后，曾凯力对谷开富这么说。

"有点武功的人，不会轻易用它。一般只是吓唬吓唬。见对方起了狠心，老子才拿出真货让他见识见识。"

"是否也让我学习一下，以备不时之需？"

"你一个知识分子，不比我们老粗，学了这东西说不定反而不妥。还是先学养蜂吧。"

晚餐后，师徒二人并排着在林中溜达。

仙来岭东部壑谷的风，裹挟着晚间的凉意，顺着弯曲的谷道，无止歇地吹来。穿过椰树、槟榔的层层疏林，慢慢变得轻柔了。冬日海南中部山区的夜晚，已有些许寒意，他们都穿上了棉毛之类的衣物。走着走着，身上便暖和了。他们边走边谈，不觉来到林边山麓地带，在一磴多孔状火山石上坐了下来。也许是今天的事情有惊无险吧，谷开富的心情很好。曾凯力的情绪也不错。在儋州逃离时，他只是简要地对谷开富讲了一下自己为何被追杀的事情。现在，在师父的面前，他有机会和勇气来详述那件难言之事了。于是，他从容不迫地讲述了他大学毕业后如何邂逅鲁凤，如何苦追不舍终成眷属并调去七岭，又如何遭遇迫害被强送精神病院，然后如何冒险逃亡被八面围堵追杀至今的种种情形。

"这种女人，你还那样在乎？是我早就不要她啦！"曾凯力话音刚落，谷开富便冲口而出。

"这不是她的错。生活的无奈、权势的胁迫，让她无所适从。"

"既是这样，你就忍了吧，何必捉奸？"

"我本想抓住证据，逼他退出，还我爱妻。谁知反受其害？看来，人生在世，许多事情并非自己能够控制的。"

"你说得对。婚姻也是命中注定啊！"谷开富长叹一声，"我已经在外漂流十八年了。从没回过家，也不晓得那还是不是我的家。"

他嗓音忧伤、愤懑，沉缓地讲起了那件令他至今仍刻骨铭心的私密往事……

七十年代初期，是一个大讲阶级斗争、大割资本主义尾巴、大铲滋生资产阶级土壤的火红年代。村里村外，山坡墙壁，张贴着"阶级斗争一抓就灵"，"阶级斗争必须天天讲，月月讲，年年讲"的大幅标语。基本路线教育工作队进入每一个乡（那时叫公社）、每一个村（那时叫大队）和每一个生产小组。主要任务就是抓出一批"阶级敌人"进行批斗，从而教育群众，促进农业学大寨，名叫"抓革命，促生产"。那时，土改时被划为地主、富农分子的人大多离世，他们的子女亦已成为耄耋老者。因此，必须寻找新的资产阶级分子进行批斗，以使基本路线教育运动取得丰硕成果。

谷开富家所在的落水村，已进驻公社的工作队派来一名姓丁的县委干部。此人面瘦、牙突、鼻尖、中等个子，穿草鞋、戴草帽，一身补丁蓝色衣裤。平日里，他沉默寡言，表情严肃，一副道貌岸然派头。可是，一站上讲台面对千百群众时，他的话便如决堤流水般滔滔奔涌而出。特别是讲到如何铲除滋生资本主义土壤、防止资本主义复辟方面，那更是一套接着一套，引经据典，没完没了。村里的人都称他为"丁同志"。

这位丁同志为了抓新生资产阶级分子，每日走村串户，明察暗访，鼓动群众，检举揭发，深入到村里的每个角落。可是，让他很失望，奔走一月下来，竟一无所获。一日，他信步来到一户土墙瓦盖独居农家。抬眼环顾，这土屋虽旧，但四围藤蔓如蓬，瓜花盛开，叶茂果硕，大大小小长长短短等各色瓜类悬挂于长藤之上。土房两侧，有杏、李、桃、橘等果树成排成行，桃、杏果期已过，但李、橘仍青果累累，挂满那密密枝头。使他更为讶异的是，土墙上凿有洞孔数个，更有蜜蜂一网一网地飞进飞出，嗡嗡嘤嘤的蜂鸣不绝于耳……他略加思索，一拍脑门说道："有了！这不是一个货真价实的新生资产阶级分子吗，我们还要到哪里去找？"

他决定要把谷开富问题当作一个"抓阶级斗争、防资本主义复辟"的样板来抓。抓出成绩，抓出典型，然后将战果向上级书面汇报。

当晚，在村里一个露天土坝上召开批斗大会。皓月当空，蛙声四起。参会群众有的提着油灯，有的举着火把，黑压压一片。批斗台子用木板临时搭建，两侧各竖起竹竿一根，两根竹竿之间悬挂着"批斗大会"四个大字。在"揪出新生资产阶级分子谷开富！"，"打倒投机倒把分子谷开富！"的口号声中，谷开富被两名高个民兵快步押上了批斗台。四野咯咯咽咽的蛙鸣、震天动地的口号声，与脚步走动木台发出的"碰咔碰咔"声汇合在一起，会场弥漫着一片肃穆、恐怖气氛。

多人发言批斗后，谷开富被押送到大队部办公室，由几人连夜轮班审讯、逼供，强迫其交代私种瓜果、私养蜜蜂并私售产品、大搞投机倒把活动、破坏集体经济等罪行。

谷开富妻子吴桂花到大队部探视丈夫，除被审讯人员拒之门外，还遭到斥责，并要求与丈夫划清敌我界限。她哭泣着回到家里，慌乱加恐惧，不知如何是好。啜泣许久，忽然想起一个主意：向丁同志求情，也许能救丈夫。于是，她拭干眼泪，向那间知青住屋走去。这间知青屋是六十年代城市知识青年上山下乡高潮期中修建的一间土屋，周边有树林小溪山石，环境幽静且具备土屋冬暖夏凉特点。知青们返城后，每次农村开展社会主义基本路线教育运动，驻队干部一般都是吃在社员家、住在知青屋。因此，这位丁同志来后也按照惯例，被安排在这里住宿。

吴桂花来到知青屋外，见门扉敞开，门内油灯闪烁，丁同志斜卧于床头就着灯光看书。她站立良久，只是低声啜泣，不敢说话，也不敢进屋。

此时，月亮已经西斜。蛙声此伏彼起，时高时低。暗色即将吞噬西陲山边那最后一道亮光。

夜，实在太静了。丁同志似已在蛙声中分辨出门外有啜泣声。翻身出门，看到一位长辫女影就在不远处站立着。

"谁呀？"

"……"

"谁呀？是人是鬼，赶快说话！"

"丁同志呀……"吴桂花哇的一声大哭起来，几步走近，双膝跪了下去，"我丈夫是个好人，你一定要救他。如果你救了他，我给你当牛做马都要得。"

借着月色余光和屋内灯光，丁同志看清这是一位乡村丽人：眼大、眉长、鼻高、唇薄，两条粗辫垂过肩头。于是，转怒为喜，低头问道："你叫什么名字？丈夫是谁？"

"我叫吴桂花。"她边哭边说，"丈夫就是今晚被斗的谷开——"

还未等她说完，丁同志便转身回屋，似乎有些生气了。吴桂花跪着移至屋内，抓住他垂下的两手哭泣着继续求情。

"起来说吧。"他一把将她拉起，顺势紧紧搂抱在怀中。接着，关了屋门，吹熄油灯，两人一直搂抱着睡到天明。当晚，在干完那件事后，丁同志还问了吴桂花许多问题，比如吴桂花娘家的阶级成分是什么，有没有兄弟姐妹被划为右派分子或蜕化变质分子的，父辈、祖辈有没有当过民国时期保长、甲长和乡长的，有没有在土改时被枪毙或在历次政治运动中被劳改、劳教过的……当吴桂花一一回答之后，他便心满意足地熟睡了。

吴桂花临走时，丁同志对她说："放心吧，我会想尽办法救他的。但今、明两晚你还得来这里，许多问题还要调查。这件事切勿让第三人知道。否则，神仙也救不了谷开富。"

吴桂花一连陪睡三个晚上。第三天早上她回到家里时，谷开富已经坐在家中了。他告诉妻子：审讯人员一早对他说，你老婆是贫农成分，属于依靠对象；你自己虽然成分是上中农，但也在我们团结范围之内。因此，你虽有过错，经教育后知错能改。回去吧，要把那些资本主义尾巴割掉。

终于从灾难中解脱，夫妻二人很是高兴。更值得欣喜的是，没有人来强行捣毁蜂箱、砍倒果树和斩断瓜蔓。不久，妻子怀孕，更是喜上加喜。

半年后，运动按期结束，工作队成员分别返回自己的单位。

翌年，吴桂花生下一对男婴。他俩结婚一年没有怀孕，此次却一孕双胞，真是喜不自禁。可是没过多久，村里却流传着"这俩孩子太像丁同志"的绯闻。谷开富反复审视孩子，缠绵悱恻，痛苦极了。两个孩子那脸形、那鼻眼、那表情仪态，真像与丁同志一个模子铸出来的。在这种情况下，吴桂花只得一五一十向他讲述了她和丁同志通奸的情形。愤极之下，他独自去到县城，将丁同志骗出痛打了一顿。打得鼻青脸肿，一根肋骨折断，被送进医院住院治疗。谷开富当即被警察抓获。两月后被判刑三年。当他刑满回家时，已人去屋空，四处结满蛛网。吴桂花在他入狱前已带着两个孩子出走，至今没有任何人知道她的去向。幸好五桶蜜蜂尚在。于是，他带着它们开始了漫无目的的流浪生涯……

　　讲毕，谷开富仍久久沉湎在愤怒与伤痛之中。

　　"师父，危难中师母舍身相救，你应当原谅她。"曾凯力劝慰道。

　　"我并不希望她这样救我。再怎么糟，也不过是去坐个牢。最后我还不是坐了吗？"

　　"她的心是好的啊。"

　　"运来呀，我告诉你：美女像某些山花一样，是藏有毒汁的。她们在外乱搞，男人可悲到连个后代都是别人的了。"

　　"也许，您的话是对的，但我还是要……"

　　……

　　就这样，师徒俩一来一往谈到深夜。此时，山野寒气已重，虫鸣亦停。他们回到帐篷，仍久久不能入眠。现在，仍是危机四伏。明天，又会有什么事情等待着他们呢？

一九 突袭符家院

百万蜜蜂汇聚而成的宏伟大合唱，在东方露出第一缕曙光时，这舞台大幕便拉开了。人们在槟榔园外，都能听到那嗡嗡嘤嘤的美妙歌声。这歌声实在太美妙、太浩大，终于将师徒二人从沉睡中唤醒。

他们走出帐篷，出现在眼前的是一个斑驳跳跃的场景。和煦的阳光投进槟榔疏林间，泼洒出无数倾斜交叉的菱形图案和变化万千的光斑。蜜蜂，一网接着一网，唱着丰收的欢歌，在光菱、光斑间来回穿梭飞行，组合成一片浩茫闪烁的动感世界。

从槟榔园外走来一个农民模样的中年男子。他走近帐篷，高声问道：

"请问哪位是石运来？"

"……"突如其来的陌生面孔和他的当地普通话，使师徒二人甚感惊疑，一时不知如何回答是好。

"这里有一封信，是交给石运来的。"他将一个大信封高高举在手中。

曾凯力独自上前，从来人手中接过那封信。低头一看，信封上果然写着"石运来亲拆"几个大字。但没有注明寄、收地址，也没有写上寄信人姓名。

"谢谢。我就是石运来。"曾凯力对送信人说，"你能告诉我，这封信是谁交给你、在什么地方交给你的吗？"

"我家就在前面公路边上的什也村。"他乐于尽可能满足收信人要求，"今天一大早，一位像是大陆的老先生，他让我把这封信送到这里交给一个叫石运来的人。也没有说他自己叫什么名字。临走时，还送了我十块钱呢。"

送信人回答完，便头也没回地转身走了。

曾凯力立即拆开大信封，从内抽出一张字条、两张黑白身份证和一个密封的小信封。两张身份证上的照片都是曾凯力的，一个叫石运来，一个叫曾凯力。他惊诧莫名，赶紧将目光投射到那张书写规正的字条上："对手将至。请带上两张身份证和小信封，背上原来那套行装，尽快离开仙来岭。出门数分钟后即可拆开小信封。绝密。切记。先生。"

看到最后的落款，曾凯力真是激动万分。他一直怀念与敬重的申屠扬帆先生，终于再次现身了！这实在太神奇：先生是怎么知道我在这里的？用何种方法办来了两张身份证？又从什么地方弄到了我的照片？难道是几月前我与先生在白莲镇分手时他用傻瓜相机拍下的那些照片吗？这两张身份证又作何用途呢……疑点重重，他一时无从解答。但有一点是肯定的——他必须按照申屠扬帆先生的指引去做，首先要尽快离开此地。

他转身向谷开富走去。

在他看信的几分钟内，谷开富已经把早餐弄妥：每人一杯饮料加上一碗方便泡面。两勺花粉、一勺蜂蜜，掺入温开水后略为搅拌。这样，一份甜美无比、营养丰富、快速提神的上等饮品就制成了。它与其他食品稍加配合，使早餐既简单而又富于营养。

"师父，我要暂时离开这里一段时间了。"餐后，曾凯力对谷开富说，"而且，要尽快离开。因为那些家伙很快就要来了。"

"这个消息可靠吗？"

"是这封信告诉我的。"

"信是哪个写的？"

"就是我给您讲过的那位申屠扬帆先生。"

"喔，是这样。"他停顿片刻，想了想，说，"离开这里就能够避开那些杂种吗？"

"我想，至少可以保住我们的养蜂场。还会让他们失去追捕我的具体方向。"

"准备到哪里去？"

"暂时还不知道，我出去后等待先生安排。"

"啥子时候出发？"

"立即收拾行李，马上出发。"

谷开富取出二百元钱交到曾凯力手中，说："带着吧，可以暂时对付对付。"曾凯力十分感动，边接钱边说："谢谢师父了。我走后，养蜂场只好让您一人操劳了。"接着，他们还你一言我一句说了许多贴心话。之后，曾凯力将存放在篷内的那套行李取出，稍加包扎整理，便背上一个大背包，肩挂一只小布袋，仓猝出发了。

快要走出槟榔园时，他停下脚步，转过身来，向谷开富挥手告别，高声喊道："师父，我一定要回来的！"

谷开富站在原地，站了很久很久。他看着曾凯力的身影从槟榔疏林间穿过，走上公路，在一个弧形的拐弯处突然消失了。

仙来岭，五日后的一个早晨。

韩文达、段彪、吴秋和由重庆方向来此会合的彭医生等一行四人，在一名外号叫"惹不起"的当地青年的带领下，悄无声息地潜入仙来岭槟榔园。为了防备螫咬，他们每人头蒙塑料网状面罩，手戴白色布质手套，手持稻草、打火机等物，有备而来——倘遇蜜蜂袭人，便迅即点燃稻草以火燎烟熏抵御——快步穿过摆满一地的蜂箱与蜜蜂们正在空中密集穿行的疏林，径直来到帐篷前方。

"曾凯力，快出来！"

"快出来，快出来！这回你展翅难逃了！"

"现在出来，还可以宽大处理；再顽抗下去，可别怪我们不客气了；你让我们吃尽苦头，我们也要让你苦头吃尽！"

"……"

呐喊、骂声不绝于耳。十多分钟过去了，仍不见曾凯力身影。许久，方见到一名矮个儿中年男子睡眼惺忪地从篷内走了出来，昂首漠然问道：

"你们在喊些啥子哟？"

"别装蒜了，快把人交出来吧！"

"我不明白你们在说些啥子。"

"惹不起"脑一歪、眼一斜，便领着大家弓腰屈背进入帐篷，但很快又退了出来。此时，谷开富认出这个向导就是蜂场初迁时，到此寻衅勒索那几个人中的一员，于是更加警觉。

"你不是从儋州那边过来的吗？"韩文达开始以一种诱导的语气进行盘问。在儋州山野追捕曾凯力的那个傍晚，山雨加暮色，万物影影绰绰，他并未看清养蜂人模样。也没听他说过一句话，亦无法从口音判断此人就是那个驱蜂作祟的人。

"我不晓得啥子儋州。我从东线那边过来，路过琼海、万宁、保亭这些地方。"

"放蜂出来蜇咬我们，我们鼻青脸肿，还住了十多天医院。这不是你是谁呀？"

"嘿嘿，你是越说越玄啦。我的蜂从来不咬人。你们来了这样久，它们在你们头顶上飞来飞去，你看，它们会咬你们一下吗？"

"这里不是有一个叫曾凯力的人吗？他现在到哪里去了？"

"那是我的徒弟。他叫'石运来'，也不叫你们说的啥子'郑开力'哟。他丈母娘病重，十天前就回云南去了。"

盘问毫无收获，回答亦不着边际。

韩文达斜睨了"惹不起"一眼，面露一丝责备与不悦神色。"惹不起"已看懂这脸色，急忙凑近韩文达耳畔，叽叽咕咕低语了半晌。只见韩文达精神一振，点头同意。"惹不起"趋步上前带路，领着一众人马沿通往仙来岭的山路大步走去，一路风风火火、趾高气扬，在之字形小径上躬身奋力地爬行。

"他们为啥这样急于去仙来岭呢？难道曾凯力躲到岭上去了？"满腹疑团的谷开富，再也无心打扫和查看蜂房，这么一边紧张地揣测着，一边让自己的视线追踪着他们逐渐远去的脚步，"那天，他临走时，我是看着他一直朝公路走去的，怎么会去了仙来岭呢？难道他从另一个方向去了岭上？要是这样的话，今天就很麻烦啰。当然，岭上地形复杂、河谷林木茂密、道路崎岖多岔，或逃走或躲藏或来回周旋，都是游刃有余的……"

他愣怔怔地站在那里，忧心忡忡地设想着事态的发展与结果。这时，韩文达们已经来到半山腰，气喘吁吁地站在槟榔园主符永华家大院门前不远的地方。

狗，汪汪汪地吠叫起来。

符永华从楼内出来，隐身在院坝内。他身后是一正一厢三层红砖楼房，两道多孔状铁灰石围墙将院坝成丁字形紧紧围住，使楼房、院坝、围墙三者连成一体。院坝的背面及左、右三方，被荔枝、杨桃、菠萝蜜、木瓜、人心果和椰子树等林木密密组成的一大片翠绿所围裹与荫蔽。

此落彼起的犬吠声中，符永华通过院墙石门，早已看到了双手叉腰、两眼紧盯石门方向的韩文达，也看清了正在用手比比划划向韩文达说着什么的青年人——这不是上次跟随符啸来槟榔园闹事的那个烂仔吗！看来他们并未善罢甘休，又打起了我家的主意哩。哼，收拾他们的时候到了——符永华这样想着，一腔怒火骤然升起。他吩咐家人一律不得出门露面，只派一人从后门绕道下山，去公路边借用小卖店内的座机电话向县城公安报案，说一伙烂仔白日围院抢劫……接着，他将院外那两只一白一黑、一雌一雄，早就汪汪叫着的壮犬唤到跟前，轻声说了句什么，又拍了拍犬背，它们便呼的一声冲了出去，冲出石门，冲到距来人仅十余米远的地方，昂首狂吠，一步步朝他们进逼而去。

见两只威风凛凛的壮犬来势凶猛，韩文达一行本能地迅即后退了数米，与两犬保持着一定的距离。见此情形，韩文达不仅不怒不躁，那面部反而浮上一片喜色。他想："如此强烈抗拒，证明那院内有鬼，曾凯力必定藏躲其中。看来，一举抓获应有较大把握。这两只狗看似凶猛，其实并不可怕。它们多是欺软怕硬，人退它进，人进它必退。"他让段彪在前开路，率领着大家朝前缓缓移动，步步紧逼。两犬果然节节后退，最后竟撤至石门院内。韩文达们亦已靠近石门。两犬又从院内冲了过来，昂首朝天，狂吠不止，一次次猛扑，再也不肯退让。

韩文达从裤兜内摸出有如对讲机般大小的那只"大哥大"，试着同七岭市方面取得联系，拨弄许久，仍断断续续，无法听清对方说什么。"大哥大""大姐大"是九十年代中国改革开放初期唯一可以称为手机的东西（那时还没有出现华为、苹果、三星这些现代意义上的手机），它型大、体重（两三市斤吧）且昂贵——每只两三万人民币（公务员那时的月工资仅百元左右），只有少数人可以享用。为了经常指导和联系，韩鹏程为"关爱小组"特批购买一只。这样，两地之间的联系虽比过去好了许多，但远距离通话效果不佳，仍不尽如人意。

此时，两只壮犬与韩文达们一直对峙着、僵持着。二十分钟过去了，仍无一方退让。四十分钟过去了，敌对情绪依旧，形势仍然紧迫。韩文达与段彪耳语良久，段彪随即从腰间抽出一把手枪，瞄准前方扣动了扳机。砰！一声枪响后，黑犬迅即倒地。白犬悄然退入院内，叫声亦随之止息。

段彪率领众人，脚步轻轻地小心翼翼地朝着石门走去。

砰！砰！段彪一脚迈进石门的那一瞬间，身后响起了枪声。众人猛地回头，只见三名身着警服的年轻人，提着手枪跑步来到面前。

"你们是什么人？为何强闯民宅！"

"我们……"韩文达迈步上前，准备解释。

"请出示身份证和有关证件！"

韩文达将自己的工作证和"关爱小组"启事一并送上。一位民警接到手中看后说："既是寻找精神病患者，为何持枪动武，强行进入民宅？我看不出有一点'关爱'的味道呀？"

未等回答，符永华从屋内大步走出，高声喊道："他们是白天持枪抢劫！"他指着卧尸门外的黑犬说："为了强行闯进屋来，他们用枪打死了我家黑狗。"说罢，他走到"惹不起"面前："哟，这不是那个符老大符啸的手下吗？一月前你们到我槟榔园养蜂人那里敲诈保护费没搞成，今天你们又敲诈到我家里来了？说吧，当着公安的面，你们要多少钱？"

一番话说得大家目瞪口呆。

半晌，还是"惹不起"硬着头皮说："他们要找的那个人，我在槟榔园见过，现在就躲藏在他家里。"

"嘿嘿，真是好笑，我藏一个疯子干什么？除非我也是个疯子！"他冷笑两声，理直气壮说道，"好好好，你既然说那个人在我家里，现在就请大家马上进去看看，看有没有你们要找的人。"

符永华一手抓住"惹不起"，一手拉着一位民警，径直往自家屋内走去。其余人等随之鱼贯而入。

进屋后，他引着大家一间房一间房地逐一查看，将一正两厢、三层楼房的每个角落，都仔仔细细地巡视了一遍。结果，没有发现除符家家人之外的任何陌生人。

"你们看，这件事如何处理？"一位民警面向韩文达、段彪等人严肃地问道。

韩文达示意段彪立即出示民警工作证。

段彪取出工作证，交到问话的民警手中。那民警看后，有些哭笑不得，说："你是民警不假，但没有搜查民宅的合法手续，这是严重涉嫌违法行为，何况你是外地人，到这里执行刑事任务，也必须与当地公安联系。"

这位民警还说了些什么，韩文达两耳听觉已经模糊了。他在急遽地思考着眼下这件尴尬而又棘手的事件，究竟应当怎么收场才妥。采取文过饰非或者蒙混过关等手段，恐怕都是行不通的。看来还是舍财免灾为妙吧。于是，他走到符永华面前，深深地鞠了一躬，用特别诚恳的语气说："这位大哥，今天实在对不起，我们太莽撞了。我代表我们的人向你和你的家人道歉！说声对不起！为了弥补今天给你造成的损失，我愿意赔偿人民币一千元。"说毕，他转身面向三名民警："三位兄弟，由于我们法制观念淡薄，今天犯了一个不该犯的错误，除惊扰了符家外，还让你们辛苦奔波，实在对不起！造成这种情况的主要原因是这位向导兄弟，想领我们的五千元奖金，没弄清楚情况，就把我们带到养蜂场，又将我们带到这里，一口咬定有百分之百的把握，因而导致今天的错误。更没想到带路人竟是黑社会人员，一直向老百姓勒索保护费……"

"那家伙跑了！"未等韩文达说完，符永华高喊一声，打断了他的陈述。

众人转身左右巡顾，"惹不起"果然不见了。

三位民警立即追出。韩文达等一行将赔付金交给符永华后，也乘机离开了这个是非之地，尾随三位民警追踪而去。但"惹不起"早已逃之夭夭。民警本想继续寻踪将其擒拿，因仙来岭地形复杂，岔道多，树林密，恐一时难以办到，只得留待今后再说。

当晚，韩文达等人在琼中县城"如归酒店"订下一间包厢，宴请并慰劳到仙来岭处理纠纷的三位民警。宴毕，又请三位民警和自己一行四人共七人去"乐中乐娱乐城"玩至凌晨三点才分手归去。

这天虽一无所获，但三位民警满口答应全力支持他们的"关爱"工作。第二天，在其中一位民警的带领下，韩文达等人再次去了一趟仙来岭，到椰林间、巨石旁、大小寺庙内以及壑谷沿岸彻底地、地毯式地搜索了一遍。此外，还在符永华家附近一处密林中守候了几个小时，用望远镜远远监视着石门和周围的各种动静以及进出人员。但是，仍未发现任何可疑痕迹。因此，便返回琼中县城，暂时驻扎下来。

"曾凯力究竟到什么地去了呢？"在稀里哗啦的麻将牌响声中，他们也偶然提起这件事。但一直没有出击行动，也没有派人外出打探。

"关爱小组"寻人启事在各处贴满且饱和之后，他们一直沉醉在麻将桌上或歌厅与小姐之中。

二〇　"大陆先生"的诡异行动

遵照申屠扬帆先生叮嘱，五日前，曾凯力离开槟榔园八分钟后，他拆开了那个密封的小信封。几行如顺口溜样的文字闪电般跳到了他的眼前——

> 乌石之西，有一独屋。
>
> 石墙青瓦，紧邻公路。
>
> 旁立古榕，榕下饲猪。
>
> 房主吴伯，提供食宿。
>
> 往后联络，凭字无误。
>
> 静候音讯，切勿外出。

他知道，这是申屠扬帆安排他去乌石附近一家农户躲藏或暂避，让他在那里等候下一步指示。乌石在何处？他心中略有印象。一月前，养蜂场从儋州搬到仙来岭时，曾经路过乌石这个地方。它既是一家小型农场，也是一个小镇，居住着千余居民。曾凯力还记得它的位置，就在琼中县城往东去不远处。于是，他沿着海榆公路一直朝东边走去。但步行下来，这段路程却没有印象中那么近。晌午时分，走了几个钟头，才到达乌石。又经过一个多小时的寻找，终于找到这户吴姓人家。

曾凯力没有立即进屋，只是站在不远处反复观察。这里的确如申屠先生所描述的那样，这户农家为石墙瓦盖独屋（石墙系当地人通常所采用的那种多孔状铁灰石），屋旁那株百年大榕树下，一大一小两只黑毛肉猪，被绳索拴于榕树根部，正在呼呼大睡。独屋距海榆中线公路百余米，为一乱石山岗半遮半隐，将独屋与公路隔绝。山岗上、乱石间，长满木麻黄、小叶桉、苦楝树、乌贯木、秋枫树、野菠萝之类，一片蓊郁，石墙独屋掩映其中。

"你是石运来吗？快进去吧。"

他甚觉惊诧——一个呼唤自己的声音，竟从身后传来。迅即转身，见一满头白发伛偻瘦削老者，正在向自己走来。似乎，他是突然从地底下冒出来的。

"知道你这时候会到，我一直在那树林边等候呢。"老者一边朝曾凯力走来，一边高兴地对他这么说。

"您是吴伯吧？"待老人点头后，又问道，"我们素不相识，您怎么知道是我呢？"

"背大包、挂布袋、青年人。与我联系的那个大陆先生已有详细交代。你站在这里左看右看，一定是害怕走错地方。我再不出面，恐怕你要回头走了。"

"不会不会，我正要进屋哩。"

吴伯在前引路，曾凯力紧随其后，边说边走，经过一片土坝，很快进入屋内。

首先映入曾凯力眼帘的，是屋内左侧那张由木方、木块拼接而成的自制小床，一被一枕还有旧衣旧裤等随意堆放其上。其余地面，则摆放着铁锄、铁铲、镰刀、斧头以及各种绳索之类——一些农耕、劈柴、养猪工具。木凳、竹椅等各有两张，但残足跛腿，坐时须特别小心。

"你不必担心住处，"见曾凯力注目四处张望，吴伯赶紧对他说，"已经给你准备好了，快跟我进去吧。"说着，他推开一扇虚掩木门，自己一步跨了进去，曾凯力也随之跟进。

"你就住这里。应该是不错吧，床板比我那张还好。这里冬暖夏凉哩。"

"是的，是的，谢谢吴伯。"

"大陆先生说了，你不要打开你的行李。你这行李还有重用。这床上原有的被子、枕头，你可随便使用。"

"行行行，这已经很好了。"

曾凯力一边回答，一边抬眼看了看自己的这个避难处所。这是由独屋往后延伸出去的一个低矮偏厦，将独屋与山岗连接，屋顶是稻草、牛毛毡和塑料膜之类的组合物。

“那位大陆先生，”吴伯还在讲述，他一直称申屠为“大陆先生”，“在这里住了不少日子，直到昨天上午才离开。”

“噢，昨天才离开？”

“对，昨天才离开。他说他还有许多事情要做，很忙很忙。前些日子，都是早出晚归，有时候连吃饭都顾不上。他总是对我说，救你的机会转瞬即逝，失不再来。风险很大。”

“哦，吴伯，”说到吃饭，曾凯力一下想起什么，“吃住每月需要多少费用，我会如数交付的。”

“不用了，大陆先生为你交过了。他说，你是一个好人，只是受人迫害，处于危难当中，需要躲避一段时间。他选中了我这个穷家独户，也看中了我这个最喜欢帮助落难人的老头儿。”

“今后一切依靠你了，吴伯。”

“放心吧。我家贫寒，很少与人交往，基本上没有人到这里来。再说，来了也不怕，只要往周围林子里一钻，谁也找不到，我一个孤人……”

吴伯还在继续说着。曾凯力思忖道：“为了了解吴伯的为人和当地环境，申屠先生未雨绸缪，考虑得如此周全，竟然在这儿住了一个多月，才放心让我过来住下。”为此，他心中再次涌过一缕敬意与感激之情。

“大家好！”

头戴浅灰色遮阳帽、肩背着浅紫色帆布旅行包的申屠扬帆，将自行车停放在一个角落后，径直走进如归宾馆，穿过大厅，然后推开那间名为“乐中乐”的娱乐室。在此起彼落、清脆悦耳的麻将声中，随和而热情地与麻友们打招呼。

听见这干涩、沙哑的嗓音，乒乒乓乓的麻将抛掷声戛然而止。韩文达、段彪、吴秋、罗医生等四人，从麻将桌边霍地站了起来，像遇见老朋友似的一一与他握手、寒暄。

“先生，情况怎么样？”韩文达迫不及待地问道。

“暂无消息。但我相信，他不会走得太远。”申屠扬帆乐观地回答，眼眸里闪烁着亮光。

"有什么根据呢？"

"他没有一双会飞的翅膀。"

"但他有两条会跑的腿。说不定他又返回海口了。"

"我觉得，这绝对不可能。"申屠扬帆暗里一惊之后，急速思索道：必须将他们稳住在这里，"消化"在这里，否则，我的计划便会落空。

"这又有什么根据呢？"

"一个神经不正常的人，一般来说，是走到哪里算哪里，哪里黑就在哪里歇。当然，也许他有偶尔清醒的时候，但这时他更不想返回海口了。因为，在人口密集的城市，更容易暴露目标。"

"你说得很有道理。那么，我们就在这里待一段时间吧。"

"是的，就应当这样。"

"现在，就辛苦你继续寻找了。补助照常发给。一旦成功，我们一定会按照'关爱启事'所承诺的那样，一分不少地给予重奖。"

"还是那句老话，我乐于帮助弱者。奖励并不是我追求的目的。一个精神病患者，四处流浪，生命时刻处于险境，值得同情。若能找到他，并将他交到你们手中，我就放心了。"

"可嘉，可嘉。这种关爱精神，十分难得。"

"……"

他没有再回答他们什么，但心中却充满愉悦。看来，他的真实意图并未受到任何质疑。也许，这是因为没有什么破绽被发现；也许，只是由于整日沉迷于麻将与娱乐之中，而无暇思考有关问题的他们，只能依赖申屠扬帆这样乐于助人且热心肠的人了。

当麻将桌上那清脆的乒乓声重新响起时，申屠扬帆已经离开了如归宾馆。他的双脚一阵紧踩，自行车便飞也似地在公路上奔驰起来。

那次在白莲镇送走曾凯力后，申屠扬帆在"不入虎穴，焉得虎子"这句中国古老格言的启示下，立即返回了海口，并很快找到韩文达他们。他拿出身份证件和那张搜集的"关爱启事"，说自己是一位退休中学教师和业余作家，湖北宜昌人，多年来以旅行为乐，和名山大川为伴。很乐意帮助弱者，曾多次完成过寻人任务。前些天在海口街头似乎曾见过此人：一米七五左右的个头，脸膛微黑，鼻高眼长，背着一个大背包，走起路来像个退伍军人。四方浪迹的自己，说不准在什么地方会再见到这个精神病患者，从而使这位可怜的病人获得救助，也使这项为时数月的关爱大行动圆满收官……

　　遇见这样一位文质彬彬、准确掌握曾凯力特征的热忱可信的老者，韩文达们真是喜出望外。几个月来的跨省追捕，因为以"关爱"的名义（而非通缉）进行，他们虽踏遍千山万水、吃尽苦头、身心极度疲惫，却没有可观的收获。其间，曾有数起报告，但多为烂仔，游手好闲、企图轻易获财之辈，每次只是空喜一场。现在，突兀间从天上掉下这样一位稳重的助人为乐者，岂不是一件天大的好事吗？因此，他们与他交谈了约半个小时，向他询问了许多问题和有关打算，又打长途电话向韩鹏程请示同意后，决定按照大陆当时的工资水平，每月发给他一百五十元生活、交通补贴，还为他选购了一辆飞鸽牌自行车，让其在岛内自由活动，四处寻找。一旦发现相关线索或蛛丝马迹，立即通报他们采取行功。

　　此后，他开始了另一种生活，开始进行一种真正的、冒险的、绝密的关爱行动。当然，他的这种关爱与他们的那种"关爱"，虽表面一致，而实质上却是南辕北辙。但他与他们的行动总是紧密相连的。有时他走在他们的前面，有时他走在他们后面，多数时候他是跟随在他们后面的。他的自行车总是跑不过他们的四轮小车。在儋州境内的那次事件中，他没有料到曾凯力会到那样僻静的山野去，也没有料到韩文达们会准确地尾随于后。他去医院"看望"他们时，见到的是四张青肿的脸庞。从他们口中得知：曾凯力在一位养蜂人放蜂袭击下被救走，第二天便消失得无影无踪，更无从得知去向。因雨中暮色下无法辨认养蜂人面容，也给追踪行动造成一定困难，只好等毒伤痊愈后调查其行踪与去向……在琼中，申屠扬帆早已得知曾凯力在一家养蜂场落脚。不久，他又得知有人举报。于是，他立即通知曾凯力转移至可靠地方，并为他定下一个永久的脱身之计……

　　今天，他去如归酒店巡视一番之后，悬吊着的那颗心，稍觉落下。

　　他开始在海榆中线琼中县城至乌石段公路上来回奔跑。就像一位战争片导演，要在这里——方圆二三十公里的地方，导演出一场惊心动魄的戏剧，在这场险象环生的戏剧中，他要完成他报恩的夙愿。曾凯力亦应得以解脱。当然，导演不好，也会使自己深陷其中，成为共谋的牺牲品。

　　骑着那辆飞鸽牌自行车，他时而奔跑，时而缓行。有时也会停住，坐在某株大榕树下或椰子树下,抬眼向公路凝目张望,观察着公路上来往的行人和车辆,注目于周围的山水林木,仰视蓝天白云与飞鸟。看似十分忙碌,又好像闲暇无事。除了跑公路之外,他也乐于去乡村游逛,在水池边、悬崖处和溪涧沿岸,来回踱步,流连忘返。特别是乌石附近的一些村庄,岭脚、榕木、新仔、竹朗、于塘坡、石头堀、排营坡等村里的山山水水,由于反复来往其中,如同自己的家乡一般熟悉了。

对申屠扬帆来说,这期间有两件事情他特别感兴趣:收集"关爱启事"和观看非正常死亡事故。凡张贴有"关爱启事"的地方,他都乐于奔往,趁无人或别人不注意时,将其撕下,放入旅行袋中。在半月时间里,便将乌石方圆二三十公里内的"关爱启事"搜集罄尽,并点火焚之。与此同时,对于那些非正常死亡现场,更是乐此不疲。无论是溺亡、坠岩、车祸还是自缢、斗殴而死者,他都会闻风而动,立即赶往现场,挤进围观的人群中反复察看,倾听人们的议论,并耐性等待报案后警察们的到来。

一日,天刚破晓,骑车缓行的申屠扬帆耳闻不远处一片嘈杂之声。他立即刹车停下,注目寻望,原来自己来到鸭坡村境内。一条溪水自远方纵横交错的山谷间喷淌出来,在村外数丈高的峭壁处奔涌而下,冲击形成一泓圆阔的水池,池水清且涟漪,成为孩子们夏日沐浴游泳的一个好去处。每到夏季,这里的击水声、嬉戏声交混回响,热闹非常。而此时正值深冬,应是清冷季节,为何出现此种情形?他将车停靠一旁,挤进议论纷纷的人群。原来,刚从池内打捞起来一具尸体,此刻正躺在沙滩上,三名警员在一旁拍照、记录。死者是一名三十岁左右的年轻人,身背旅行包,足穿运动鞋,模样属大陆人类型,观望者中并无一人认识他,也不知为何溺死在池内……申屠观望良久,又思索了良久,然后便惋惜地离开了,一边蹬车一边自言自语:"差一点,差一点……"

像这种非正常死亡现场,申屠扬帆在一个多月的时间里曾去过好几处。在不同的地方,死者的年龄、性别、相貌、死亡原因与死亡方式等,各不相同。很难看到两个完全相同或者相似的现场。他很像一位研究非正常死亡的学者,那么热情、认真、从不放过。又像一个无所事事的老顽童,这儿游游,那儿玩玩,哪里热闹去哪里,锣鼓响处他都在。但是,这个"大陆先生"很快引起了人们的注意,他的这些古怪行为成为了村民告密的资料。

一天，他被两名警察带走，带到了一家派出所。一名警察坐着，另一名站立一旁。让申屠扬帆与坐着的警察相对而坐。

"请告诉我，你的姓名、年龄、职业、家庭住址。"坐着的警察开始询问，一手执笔，面前放着本子，准备记录。

"……"被问者一脸严肃，没有回答。

于是，坐着的警察重复了一遍自己的问话。

"警察先生，"他终于开口了，"现在，在这里，好像应当是我来问你，而不是你问我。"

"难道你对我的警察身份有怀疑？"

"没有。"

"那为什么？"

"作为中华人民共和国的一名公民，我有权在国境内工作、生活、旅游和做任何法律允许的事情。请问你为什么把我带到这里？又为什么由警察向我问话？我触犯了哪条法律？"

"我们并没肯定你违犯了法律，只是你的行为令人可疑。"

"有什么可疑之处，请告诉。"

"村民反映，你对死人特别感兴趣。这里走走，那里看看，不知道想搞什么。"

"对于死人，特别是对于那些非正常死亡者，不仅我感兴趣，村民、路人更感兴趣，每当这种事情发生时，都是人山人海，为什么你不将他们带到这里问话，而只是我一人？"

"他们是当地人，互相了解。"

"在中华人民共和国的土地上，难道还有区分当地人和外地人的规定？外地人来到这里，就会失去这里走走、那里看看的权利？"

"我是警察，我有这个权力盘查任何一个可疑的人。现在，请出示你的身份证或别的什么能证明你身份的证件！"

"我认为，现在还不是出示证件的时候。"

"你必须出示。"

"这样做，就是侵犯人权！"

"哟，帽子扣得还挺大嘛。"

"……"

正在争持不下、难解难分的时候，韩文达带着一名警察走了进来，笑着说道:"别误会,别误会,这位先生叫申屠扬帆,是一位作家,也是我们'关爱小组'的成员。现在,他正在按照'关爱小组'的部署努力工作。"

听后,问话的警察满面惊愕,但一刹那就过去了,很快向申屠扬帆伸出了双手。

但是,实际上申屠扬帆所导演的这场危险、神秘的戏剧才刚刚开始,那惊心动魄的情节还在后面哩。

二一 涅槃隐身（上）

从独屋和大榕树一旁通过的这段十公里范围内的公路，弯拐不多也不急，路面虽一直往下倾斜，但不算太陡。可就是诡异，这里一直是交通事故多发地带。路边有多块广告牌时时提醒司机和路人："事故频发路段，注意安全驾驶"，"为了合家幸福，严防酒驾与疲劳驾驶"，"十次事故九次快，转弯鸣笛多留神"……

今天，申屠扬帆又来到这里。在最近两月多的时间里，他记不清自己曾途经这里多少次了。每次到达，他总是推车步行，将脚步放缓，在这段公路间来回踱步。有时，远远望见吴伯牵着一大一小两头黑毛猪在与公路相邻的山间放牧，它们一边寻食，一边咕噜咕噜地嚷吵着。为了避免引起人们注意，他没有一次走近与其打招呼，更没与其交谈。但他总能见到大榕树一根丫枝上悬吊着的绳索。只要这根绳索悬空吊挂，就表示躲藏在独屋内的曾凯力平安无恙。

此刻，那根绳索仍高悬在大榕树枝头。

他在距公路较远的一磴石头上坐下。忽觉口干舌燥，取出随身携带的那只塑料水杯，但水已喝完，杯内空空如也。幸好，离他坐处不远的地方，直立着三五株木瓜树，红绿相间的木瓜挂满枝头，肥大而密集——这是人或鸟类随意撒播在山野的种籽生长而成的木瓜树，往往无人采摘，任其熟透堕地——他起身走去摘下一个已经发红熟透的木瓜，用一棵树枝剖开并拨掉瓜内黑籽，举到嘴边啃食起来。瓜，又甜又香，水多解渴且能充饥。在当地并不值钱、村民们并不看重的木瓜，对申屠扬帆来说，却是绝佳的美味食品。很多时候，他就是以瓜代餐，节省了许多开支。而对身体却极有补益，至少他没感冒过——因为木瓜具有预防伤风感冒的功能。

在这里，还可以寻找到一些不用花钱的食物，红薯和鱼就是其中之一。村落之间，有不少无人管理的池塘与河湾，他可以用自制的鱼竿——将一枚缝纫钢针在火上烧红扭弯成钩，从针孔穿入一根长线后，再将这根长线扎牢于一根细竹顶端，然后用寸余干木小棍作浮物，这样，一支钓鱼工具便制成了——去河湾或池塘垂钓，往往一小时内可钓上几条小鱼来。另外，红薯（当地称"地瓜"）这东西，对村民来说也是贱物，可以随意送你几个。有小鱼，有红薯，加上他随身携带着的打火机和一小瓶食盐，再捡些干枝枯叶，一顿可口的美餐便可以"烹调"出来了。

此时，太阳已经西斜，阳光的亮度、温度都已减弱。深冬的海南，特别是在五指山区，气温可以下降至摄氏十度左右。琼中地处五指山麓，但寒气甚浓，人们必须穿上毛衣、毛裤之类方可御寒。申屠扬帆早已穿上这类衣物了。

通过一天奔忙，他的收获不小，除了木瓜，还有三个红薯和五条手掌大小的鲫鱼。也许，他乐于野炊；也许，傍晚的寒气促使，不知怎么，他特别渴望来一次野外烧烤。于是，他来到那株他所熟悉，曾多次坐在那儿休憩的大榕树下，将钓竿、鱼、红薯、木瓜等放下，去找来许多干枝和枯叶，点燃一堆篝火，让它熊熊地燃烧起来。火光，立刻照亮了榕树底下的一片夜空。

暮色笼罩了山野，篝火驱散了暮色和寒意。

他将几只红薯扔进火堆。再将一条鲫鱼叉上木棍，用手举起来放在火焰上徐徐炙烤。为了防止烤糊，他将鱼举得较高，好让它慢慢地熟，慢慢地散发出诱人的香味。烤熟了，用手撕开，抛掉鱼腹中的肠杂，撒上少许食盐，然后品食。一条鲫鱼下肚，便剖开一只木瓜佐之。就这样，他一会儿吃鱼，一会儿吃木瓜，一会儿又吃红薯，这顿野餐他花了两三个钟头，使他度过了一段快乐舒心的时光。

其间，他也不时抬头，仰望星空，遐想着天上人间的许多事情。他想：天幕上那密布的繁星中，哪一颗会居住着智慧生物呢？倘若有，当有一天人类与他们谋面时，又会是一种什么情形呢？是和睦相处，还是兵戎相见呢？应该是生死存亡的战争吧。想想看，同为人类的我们，自古至今，不同的国家，不同的部落，不同的民族，甚至同一家族内部，几曾停止过争斗、竞争乃至水火不容的战争？而曾凯力、韩鹏程和鲁凤之间的情仇爱恨便是其中之一。他们深陷斗场而不能自拔。弱者必亡。曾凯力是弱者吗？是的，他是弱者，一个地地道道的弱者。为了帮助这个弱者，他不得不冒着很大的风险来导演这部戏剧——一部令人胆战心惊的活剧。这一时刻，不能有丝毫犹疑，必须一步步坚定地朝前走去，朝着设定的目标走去。自己既是编剧，也是导演。二者集于一身，责任相当重大。现在，剧本已经写好，剧情、情节、人物都不错。演员早已排定，情节亦起伏跌宕。于是，导演成为这幕话剧成败的关键。他要拯救这个弱者，帮助他冲出强者所构筑的追杀重围，同时实现自己长期以来深藏于心中的那个不能忘却的夙愿。

夜，是如此静谧。贪夜的昆虫们，早已蜷伏于树中穴内，默不作声。唯不远处的公路上，偶尔有一辆货车通行，强烈的灯光一路扫射，顷刻间，将路旁隐蔽于暮色下的一切暴露出来，但一瞬间又消失了。只有清晰的笛声、机声，仍在苍旻间久久地回鸣。

不觉间，山岚缓缓地升了上来。夜幕，被涂上一层乳白色，万物被围裹于溟蒙之中。即使强光照射，那路影仍然是模糊的。

"喳喳！喳喳！"突兀间，夜宿于大榕树上的一只鸟雀鸣叫起来。

"吱咕！吱咕！"另一只鸟雀立即随声附和。

接着，很多鸟儿都开始发出自己的叫声，此落彼起，交混回鸣。

申屠扬帆心中一惊，抬头仰视，可什么也看不见。更使他惊诧的是，须臾间，叫声戛然而止，一切重归平静。

"这个冬日的深夜，鸟雀们为何而叫？又为谁而鸣？"他思索道，"在不该发出叫声的时候，它们发出了这么多的叫声，给予我的是警示还是警告？警示或警告我什么？有劫者暗中窥视还是有猛兽突袭？还是……是的，是离开这个地方的时候了。"

不知为什么，他并不想立即离开这里，还想在这棵大榕树下坐一坐，等一等。等什么？他不知道。

天，下起了毛毛细雨，一网又一网，从黑魆魆的苍穹间飘落而下。风，微缓地吹拂，挟裹着雨粒，一忽儿东，一忽儿西，这冬夜的寒气无法避让。

此刻，大榕树下，密集枝叶下的这一小块地面，便成为他躲避风雨的"港湾"。虽随身带着雨伞、手电，但现在就离开这里却并不妥当。

于是，他坐了下来，安心地等待，等雨稍停再出发。

他向火堆扔了一把干枝，在升腾烟雾中，篝火重又燃烧起来。

时间，过去了很久，雨，终于停歇。

他正要起身出发，可又突然站住了。从不远处，传来汽车清晰的机声和笛鸣，一辆严盖着篷布的货车，在强烈灯光的照耀下疾驰而来，又从公路右侧飞驰而去。他本能地瞪大了双眼，惊骇中，看见在货车飞奔而去的一刹那，一个人倒了下去！

货车吱嘎一声，刹住了。驾座和副驾座同时伸出两颗头来探望，但很快将头缩回。接着是急迫的喊声："快走！快走！警察一到，我们就完了！"

货车立即加速开走了。

山野一片沉寂。

申屠扬帆猛然清醒。他记起了自己这两个多月来的等待以及一直导演着的那部惊心动魄、危险重重的戏剧——涅槃隐身。这是他给自己担任编剧和导演的这个剧本所取的名字。涅槃，佛教名词，梵文音译。修为圆满的佛教教徒，逝世后将获得"清净功德"并寂灭一切烦恼，这是佛教的最高境界，故称"涅槃"。他多么希望自己的这个剧本能够演出成功。他等呀等呀，一直在等一个机会的到来。万事俱备，只欠东风。

他打开手电，快步走了过去，让电光在那个被货车撞倒者的身上来回移动。这是一个身高一米七左右、年约三十上下的年轻人。他一动不动地仰卧在公路一侧的浅沟里，头部血肉模糊，耳、鼻、眼、口以及颧骨均被撞伤，皮开骨露，血液仍在汨汨渗出。令人惊骇的是，此人手中握着一把尚未打开的弹跳匕首，腰带间别着一把黑色手枪，酷似一名守候于公路边上的劫匪。

他记起此前大榕树上那些鸟儿的奇怪叫声，不觉打了一个寒颤。也许，那就是这个劫匪即将出动的征兆。也许，他准备去附近一家农户敲诈或抢劫（或许就是吴伯家吧），却瞧见大榕树下有人正在烧烤，一辆自行车停靠一旁，车架上别着一个胀鼓鼓的旅行包——估计这包内装着钱和其他值钱的东西。他想冲过去，可是鸟雀的吵声和毛毛细雨阻止了他。雨，终于停了。等得很不耐烦的他，迫不及待地朝大榕树下冲了过去。可是，一辆大货车冷不丁地疾驰而来，将正在横穿公路的他撞翻在地……

　　他感谢毛毛细雨和大榕树上的雀儿们，也感谢那辆大货车。是它们拯救了他，也可能拯救了吴伯。当然，这辆半夜赶路的货车，说不准就是一辆走私车，车上装着鹿、猴、穿山甲、蟒蛇等保护动物，目的地便是通什、三亚某个宾馆，食客们正等待它们的到来。申屠扬帆上岛的这些日子，曾多次听到活吃猴脑、熟食蟒肉而屡禁不止的传闻，让他一次次毛骨悚然。

　　此刻，他感到自己导演的这幕戏剧，高潮已经到来。"别想其他了，赶快进入角色吧。"他对自己这么说。

　　他举步朝吴伯的独屋走去。

　　这是凌晨两点，山野万籁俱寂。他可以听到自己脚步的沙沙声。路过大榕树时，他举起手电朝上照了照，那根绳索依然安详地悬挂在上。于是，他手电朝下，大步往前走去。快拢独屋时，熟睡中的两只猪突然惊醒，咕噜咕噜地叫了起来（每日傍晚，吴伯便将两只猪从大榕树下牵回拴于阶沿下的一块石头上），吴伯不养狗，两只猪便替代了狗的功能。

　　吴伯已经站立在独屋前面的那片土坝上。通过从远至近的手电亮光，他已知道是谁来了。

　　"大陆先生，深夜到来，一定有急事吧？"

　　"是的，有急事。"

　　"要通知石运来吗？"

　　"当然，当然。你去叫他赶快出来吧。"

　　吴伯转身朝屋内走去。

　　曾凯力跟随在吴伯身后，一到申屠扬帆身旁便惊喜地说道："先生啊，您终于来了！"

　　"不必赘言。你马上回去，将在乌冲安宁医院穿过的衣裤，或者大家所熟悉的行装一起带来。"他停顿一下，又补充说道，"可别忘了带'曾凯力身份证'和那个大背包。"

　　"去什么地方？"

　　"不用多问，一到你就知道了。"

　　按照申屠扬帆的吩咐，曾凯力很快就出来了。他手中提着一个鼓囊囊的布口袋，肩上背着那个跟随他踏遍万水千山的大背包。逃亡中的曾凯力，一模一样地站在申屠扬帆面前。

他们很快到达车祸死者一旁。

"害怕吗？"申屠扬帆指着死者对曾凯力说。

"……"曾凯力一时语塞，不知如何回答是好。

"你走出苦海的日子已经到来。这是一个千载难逢的机会。机不可失，失不再来。你要把这位死者视为救星，因为他能够使你永远摆脱没完没了、永无宁日的搜捕与追杀，完成一项早已计划、但机会难觅的方案——'涅槃隐身'行动。我想，只要你知道这一切，这位可以拯救你的死者，就没有什么可畏惧的了。"

"先生，我应当怎样行动，快说吧。"

"首先，你把死者身上的衣裤、脚上的皮鞋，全部脱下来吧。"

这个任务，他很快完成了。双手沾了不少血污。他将那把黑色手枪提在手上掂了掂，哭笑不得地说："很轻，是一把木头假枪。"边说边将匕首和"手枪"一起扔在刚脱下的衣裤堆上。

一具一丝不挂的男人裸尸仰卧在公路边上。

"打开布袋，取出衣裤，按照你当时在乌冲安宁医院的穿法，把它们穿在这死者的身上。"

他把"乌冲安宁医院的穿法"几个字说得忒重。曾凯力已完全明白申屠先生的意图。他记得，从去无名别墅捉奸那天开始，无论被抓去派出所还是后来去乌冲安宁医院，这件蓝色中山装他都一直穿在身上。还有鲁凤送来的那件咖啡色棉大衣，也是人人皆知的行头。因为海南特殊气候关系，他只能给这位死者——自己的替身穿上棉毛衣裤之类，然后在这些东西外面套上那件蓝色中山装就可以了。至于鲁凤买给他的咖啡色棉大衣（现在仍捆扎在大背包内），如果再穿在死者身上，那就弄巧反拙了。

曾凯力捞衣扎袖，早已开始行动了。

穿上比脱下困难得多。他必须将尸体一忽儿往左侧翻转，一忽儿往右侧翻转，又一忽儿让他坐立着，有时还得一只手支撑着尸体，用另一只手去穿衣服。如此反复折腾许久，才将替身比照自己的装束穿戴完毕。此时，这个年轻死者的血液尚未完全凝固，仍从被撞烂的头部缓慢地渗出，不一会儿，便将刚穿上去的衣服多处染透了。

"现在，将'曾凯力身份证'放进中山装口袋内。然后，把大背包随意扔在死者一旁。"申屠扬帆一边注视着被指挥者快速有力的动作，一边不厌其烦地解说着："对了，就这样摆放着，不能有一点人为的痕迹。"

一个复杂的替身程序，终于完成了。曾凯力伸直腰部，长长地喘了口粗气。

"把换下的这些衣物，装进布袋内，马上带走，连夜埋入山林深处。记住，一定要深埋。至少挖掘一两米，再放入填埋。否则，被狗或别的动物拖出，我们的计划就会前功尽弃，甚至自食其果而身陷囹圄。"

"先生，下一步我应当做什么？"

"等待，然后还是等待。"

曾凯力正要迈步离去，可是，申屠扬帆又把他叫住了。

"知道吗？我为何要让你亲自来做这一切？"他这样问道。

"知道。这事必须绝密。"

"你只答对了一半。如果找别人来代你完成，最危险的是穿错衣服。当然，还可能发生别的错误。倘若我来干，虽难于出错，但我的身上必有血腥味道，从而引起公安的注意。况且，我已上了年纪，翻动尸体会非常困难。"

"明白了，先生。还有别的吩咐吗？"

"没有。快去吧。离天亮的时间不远了。"

这是一句含蓄的双关语。曾凯力十分感动，心中又一次激起层层涟漪。

翌日上午十点，三名交警匆匆赶到现场。肇事司机已经逃走。车祸死者头部毁损，面目全非，无法辨认其本来模样。从蓝色中山装口袋内搜出的身份证上，得知其姓名、性别、年龄和住址。从整个装束来看，这是一名从七岭市来海南的徒步旅行者。在什么单位工作？有无联系电话？其家人姓甚名谁？有没有诸如 BP 机之类的联络工具（那时候，一般家庭是没有座机的，而 BP 机则十分普遍）？而死者所持身份证属第一代，上面的信息有限，更不像现在的第三代身份证那样全国联网，一打开电脑，持证者的个人信息便一览无余……怎么办？单位无从得知，家人难以寻觅，尸体如何处置？

正当交警焦头烂额之际，申屠扬帆骑着自行车飞驰而来。他头戴遮阳帽，肩背旅行包，将车停下便挤入人丛，左看右瞧，端详许久，然后急切地对交警们说："这不是'关爱小组'正在寻找的曾凯力老师吗？

嗨呀，想不到呀想不到，我们找了这么久，他竟然遭此大难，惨死在车轮之下啊！"

　　"你认识他吗？"一名交警来到跟前，面露惊喜地问道。

　　"是的，我认识。我是'关爱小组'的一名志愿者。"

　　"那很好。你能协助我们处理这桩交通事故吗？"

　　"我只是个一般成员。最好让'关爱小组'领导到场与你们共商为佳。他们就在县城，我可以立即去通报。"

　　"好吧，你坐我的摩托，快去快来。"

　　他把自行车交给交警代为看管后，登上由另一名交警驾驶的三轮摩托车，在轰隆隆的吼声中，向琼中县城疾驰而去。

二二　涅槃隐身（下）

申屠扬帆首先来到"乐中乐娱乐厅"门外。门，洞开着。室内早已人散屋空，只留下一桌散乱的麻将方块和满地烟头。

他很快又去到 309 房门口站下——这是韩文达长期包下的一个标间——迟疑良久，他还是将举起的一只手掌放下。他知道，他们玩麻将总是夜战通宵，也许此时睡下不久，或者刚入梦乡，倘若将其唤醒，定会引起不悦甚至愤怒。

"砰。砰。砰。"过了片刻，他还是将手掌举起，轻轻地敲了下去。

"谁呀？"不料很快就有了回音。

"是我，韩院长。"

"为啥早不来，迟不来，我一合眼你就来了！"

"告诉你，曾凯力遇车祸死了——这样的大事，我能不来吗？"

"……"没有回答，但房门很快敞开了一道窄缝。披着睡衣的韩文达伸出头来，眨着惺忪的眼睛问道，"你说啥呢？找到曾凯力了？"

"他遇车祸死了，尸体停在乌石附近的公路上。交警们正守候在那里呢。"

那双迷糊的睡眼，猛然睁大了，闪射出一丝隐含笑意的亮光。头，缩入房内。几分钟后，穿着笔挺的韩文达，抖擞着精神走了出来。段彪、吴秋和彭医生等三人，也被叫醒一起出门。

摩托、小车一前一后，一齐朝乌石方向飞驰而去。机声如吼，一路响着，山应谷鸣。

到达时，围观的村民黑压压一片。尸体已用隔离带维护起来。带路交警在前，申屠扬帆、韩文达、段彪、吴秋、彭医生等五人尾随于后，在人群的通道中鱼贯而入，径直来到死者旁边，围了一圈儿，目光一下全部聚焦在尸体上。特别是韩文达一行四人，四张严苛的面孔，八只瞪大的眼睛，低头弓腰，围着尸体从头到脚、又从脚到头，缓步来回仔细查看。

大约半个小时过去，四人终于站住，抬起头来。

"这衣服没错，就是他在乌冲安宁医院穿的中山装；这大背包也是他的，我们都见过两次。"韩文达微笑着对大家点了点头，又摇了摇头，不无遗憾地说，"可惜他的头部已经变形，五官也完全毁损，无法辨认本来面目。"

"这是从死者中山装口袋内搜出的身份证。"一名交警将那张印有曾凯力相片和姓名的黑白身份证递了过来。

"这是假的。"韩文达接过来看了看，立即说，"他的身份证现在乌冲安宁医院保管着。"

段彪将身份证拿到手中瞧了一眼，也附和道："韩院长说得没错，是假的。"

"海口南大桥下办假证的人很多，"一名交警也凑上来道，"办一个身份证只要十元钱。我估计这个身份证就是在那儿办的。"

"你说对了，曾凯力就在海口待了一段时间。"申屠扬帆接上那交警话茬，语音虽仍然沙哑，但沉缓而慢条斯理，"那时，他照了相，去了南大桥下，办了这张假身份证。从此，这张假证就一直跟随着他，从北到南，四处游荡，直到昨夜突遇车祸死亡。这说明什么呢？说明身份证虽假，但这死者一点不假，他就是'关爱小组'寻找了这么久的那个精神病患者曾凯力。"

一番话，说得大家频频点头。韩文达等四人的脸上，也一齐绽放出会心的笑纹。

"打开那个背包看看。"韩文达面向段彪说。

段彪上前，将捆扎大背包的绳索层层解开，包裹在棉絮内的衣物们，一一呈露在阳光之下。

"把那件大衣拿出来检查一下。"

段彪取出咖啡色棉大衣，两手提着衣领，面向韩文达展示。韩文达一眼认出，这就是鲁凤送到安宁医院的那件棉大衣。曾凯力一直穿着，出逃时也一起带走了。

"虽然死者面目不清，但身高、体形与曾凯力是基本相符的。"韩文达面向大家高声说道，两片薄唇不停地张合着，"穿着、大背包、咖啡色棉大衣以及这张假身份证，更是有力的证明，证明这个车祸死难者，就是七岭市中学教师、精神病患者曾凯力先生。这是一个极其不幸的事件。我的心情十分沉重。在此，我代表七岭市政府'关爱小组'全体成员，向曾凯力老师表示深切的哀悼！肇事司机虽已逃跑，我们要求公安、交警迅即立案侦破，将逃逸司机缉拿归案并绳之以法。"讲到这里，他停顿了片刻，接着说，"关于曾凯力老师遗体的处理，现在，我要请示一下领导之后，再作安排。"

韩文达离开人群，取出大哥大，按下了一串号码。

"叔叔，不，市长，是我，韩文达。"

"讲简……一点……忙……"

"曾凯力遇车祸死亡，尸体经反复查验无误。"

"……仪式……火化……"

传来的语音，断断续续，时隐时现，很难听清楚一个完整的句子。但从这些不连贯的语音间，韩文达也能明白其大意。

"立即将遗体运到殡仪馆，明天举行一个简单的仪式后火化。"韩文达打完电话，回来对大家说。

殡仪馆的汽车很快到达现场，将"曾凯力"的遗体运走。交警们的工作总算告一段落，参与事故处理的人们也松了一口气。

韩文达担心自己误解领导意图，回到琼中县城后，又用座机给韩鹏程打了一次电话，知道一切安排无误后，便让段彪、吴秋和彭医生等三人分头行事。有的去殡仪馆，有的去火葬场，有的则去市场购买灵衣、灵裤、灵鞋、花圈、鲜花、香烛、鞭炮、纸钱等丧事用品。此外，他们领下另外的任务：段彪负责治丧期中的安全，严防鞭炮、香烛、冥币燃放时引发火灾；吴秋负责撰写悼词，并在悼念仪式中诵读；彭医生专事清理死者遗物，凡具有纪念意义的物品——中山装、运动鞋、咖啡色棉大衣和那张假身份证，该打包的打包，该折叠的折叠，在今后适当的时机，一律交给未亡人鲁凤。

当晚，申屠扬帆从韩文达那里领取了该月的一百二十元补贴，同时领下五千元奖金。然后，便在人们的视线里消失了。

第二天上午十时，追悼仪式在殡仪馆按时举行。在哀乐与诵读悼词的悲声中，曾凯力已经作古，成为幽冥世界的一员。

韩文达决定：曾凯力遗骨暂存于殡仪馆内。

诸事毕，"关爱小组"众成员皆大欢喜。他们尽快收拾好行装，在遗体火化的那个夜晚，便乘车到达海口，住进了当时海口唯一的星级酒店——望海楼，准备休整几天、娱乐数日，再乘飞机经贵阳返回七岭市。不料，只待了一宿，韩鹏程便通过酒店座机打来电话，他告诉韩文达：他已晋升为市卫生局局长，段彪升任市公安局副局长，吴秋调任市文联副主席。目前，调令已经下达。但是，他和段彪还不能马上回去，需要留在海南一段时间，因鲁凤已经出走，估计早已到达海南，保护她的任务就交给他二人了。为了杜绝机密的泄露，原本有一个让他们清除隐患的计划，而今那人既已自毙，就没有这个必要了……海南是全国最大的经济特区，开放程度很高，因而情况也很复杂，他们应先找到她，然后像爱护自己的兄弟姊妹一样保护她，不能有丝毫闪失。但必须隐蔽行动，切不可让其知道有人尾随或者跟踪而产生恐惧……

突如其来的特殊任务，令韩文达目瞪口呆。因晋升喜讯而引发的兴奋，一忽儿为诚惶诚恐所替代。他明白，这可不是一个简单的任务。且不说一位女子在大特区茫茫人海中只不过是沧海一粟，要漫无目标地寻找到她何其艰难。而最要命的是"隐蔽"二字，这就意味着不能张贴启事，不能委托他人，不能告知公安，更不能让被保护者本人知道。这一切，比起前一个任务不知要艰难多少倍，弄得不好，或许将功败垂成！

他抑制住自己的情绪，嗯嗯地应着，对方后来还说了些什么和什么时候放下电话，他都没有感觉了。

这一夜，韩文达久久不能入睡，他没有去麻将室，也没有召妓，老是想着心事。从曾凯力"被精神病"抓入乌冲、追捕至今，因车祸终于了结，到现在的鲁凤"被保护"，交给的每一件任务都是人命关天的大事，时时刻刻使他怦然心跳。虽然有美好仕途激励着他，但也让他处处提心吊胆，害怕带上血债而坠入深渊——到达万劫不复的地步。幸好，曾凯力遇车祸死亡，他的死与他无关。可是，有关鲁凤的这件事又会怎么样呢？他能保护她吗？能这么长期地、漫无休止地保护下去吗？这期间将会发生什么呢？但愿……总之，一切难以预卜。

黎明时分，他蒙眬入睡。当他醒来时，已是下午五点。他急忙起来，把段彪、吴秋、彭医生等三人叫来，传达了七岭市领导对下一步工作的部署。安排吴秋撰写一篇题为《关爱，在艰难行程中延伸》的通讯，在七岭市机关报《七岭日报》上以头版头条的显著位置发表。通过这篇通讯，详细报道"关爱小组"成员为了寻找精神病患者曾凯力老师，踏遍千山万水、不畏艰难险阻的动人事迹。同时配上"关爱小组"成员雨中步行、张贴启事、向路人打听、遇车祸现场以及举行追悼、告别仪式等多幅照片。不过，韩文达在谈到领导部署时，绝口未提鲁凤的事，只说领导留下他和段彪另有任务云云。

当殡仪馆内那悲伤哀婉的乐曲响起的时候，在吴伯独屋背后那座林木葱茏的山岫上，有一老一少二人相坐于石磴之上，正谈兴犹酣地讲着什么，像是倾诉往事，又像是临行话别，笼罩着一缕难舍难分的气氛。

"先生，跟您在一起，我会有一种安全感，无论遇到何种难题，似乎都能迎刃而解。可是，您明天就要走了。上次一别数月，好不容易再次相见。这次相别，不知又要何时才能再见了。"

"凯力呀，不，我应该叫你'运来'——必须记住，无论何时何地，你的名字都叫'石运来'。你是一位勇者，不乏智慧与才干，千万不可妄自菲薄。即使没有我，你终究也会逃脱这场灾难的。儋州境内的那次追杀，你不是化险为夷了吗？朋友的帮助固然重要，但归根结底还要靠自己。"

"话虽这么说，这次如果没有您的帮助，我的处境也许更加险恶了。"

"相信你仍可逃脱。仙来岭上地势险峻，沟壑、山道纵横荫蔽，既可藏身也可与之周旋。当然，那要花费若干时日。"

"还不知结果如何呢。"

"切记：没有谁能打倒你，唯有你自己；没有谁能拯救你，也唯有你自己。"

"您的这话很经典，我铭记于心。"

"你的苦难尚未彻底解脱，还有一段迂折的路要走。但生命危险已经没有了。"

"先生，你能留下来跟我一起去养蜂场吗？"

"不能。多年来，我习惯了自由、自主、自在。每到一个地方，待的时间都很短，少则一天，多则三天。这些年，我已经走遍中国的东南部，现在，我将开始西北部之旅。到七十多岁的时候，再坐下来写几本东西。"

"先生，在这即将分别的时刻，我还是想知道：您从何处来？有些什么经历？为什么要像亲人一般地帮助我？"

"你还是先听我讲一个故事吧。"

于是，申屠扬帆沉默片刻，清了清沙哑的嗓子，不紧不慢地讲了起来——

二十世纪五十年代后期，在一场全国性的政治运动中，我因两首歌颂自由的小诗被打成右派。这时，我刚从一所师范大学毕业等待分配，命运因此而完全改变。我没有被分配去讲台授课，而是被安排在涪陵与丰都之间长江岸边的一个农村接受劳动改造。白天，与农民一起上山干农活，春种秋收，锄地耕耘，双手打满了血泡；夜里，住在一户农民的偏屋内，夏热冬寒，山虫时时入内侵扰，夜半更深经常从梦中惊醒。但一日三餐尚好，可以去公共食堂吃"大锅饭"：不要钱，不交粮，空着双手进食堂。生产队二三百号人，一到开饭时间，就自带碗筷进入一间大堂，围住那口大铁锅来回折腾，人声鼎沸，拥挤如市，直到将大铁锅内的饭菜、红薯和别的熟食"消灭"干净为止，人们终于安静下来并陆续散去。那时的口号是：两年超英，三年赶美，跑步进入共产主义。何谓共产主义？物质极大丰富，各尽所能，各取所需。而这公共食堂便是实现共产主义的象征之一。可好景不长，不到半年时间，生产队的粮仓所剩无几，"大锅饭"要吃下去很困难，公共食堂只能停办。为了超英赶美，这期间又掀起了另外一个运动："大跃进"。其核心内容是农产"放卫星"和大办钢铁。让大批青壮农民上山伐木筑炉，日夜苦战，炼出了如山的铁块。树，被砍光了，这些土高炉吐出的铁块却全是废品。此时，留在土地上"放卫星"的老农们，更无法放出亩产万斤的卫星，大片土地荒芜无人耕种，甚至成熟的作物也无力收割，任其腐烂成泥。灾难终于降临：大批农民只能靠政府的救济粮活命。但数量很少，人们经常处于半饥饿状态，死人的事已见惯不惊，头足浮肿亦成普遍现象，死神正一步步朝人们逼近。

我便是这浮肿人群中的一员。头部的浮肿使我发福，连双眼都睁不开了。脚上的浮肿使小腿变粗，几个指头按下去就出现一排小坑，再也恢复不了原样。这样下去，看来我距死期已不远了。一天深夜，我在迷糊中被人推了一把，一小瓦钵蒸饭放在了我的手中。我什么也没看，什么也不顾，伸出五指抓起饭团就往嘴里塞。吃毕，我的头脑似乎清醒了许多，感觉到送饭人还站在面前。极力睁眼一看，原来是生产队长——一个平日表情严肃、对我这个年轻右派管制特严的人！

在我万分惊恐时，只听他悄声说："年轻人，我看你很快就要倒下去了。但我并不希望你这么年轻就离开这个世界。我很想搭救你。现在因救济粮不准发到个人头上，又成立了公共食堂。每晚这个时候，我会将一小瓦钵蒸饭送到你这里。一定要保密，否则，我们两人都要完蛋。"说罢，生产队长便头也不回地走了。

就这样，半月之后我的浮肿逐渐消失，脸颊泛起红光，两只眼睑也睁开了。

新成立的公共食堂有两名炊事员，生产队长兼任食堂保管员和监督员。实际上，在这个关系着二三百条生命的公共食堂里，生产队长有着绝对的权力。他从伙房里搞一两钵米饭出来，也是轻而易举的事情。因此，有几人瞪大眼睛觊觎这个位置。生产队副队长就是其中一个。

我身体状况的变化，引起了他的注意。在那个年代，人人都明白，只有填饱肚子才能将浮肿这种"怪病"治好，这右派分子一定用什么绝招多吃了食堂的东西。他决定暗中查个明白。

每当夜幕降落时，他便守候在食堂不远处的一丛灌木内，监视着出入食堂的两扇大门。一连几天跟踪，终于查明我头脚浮肿消散的真相。

他立即小跑去了公社，将他侦察到的"阶级斗争新动向"报告了从县城来此驻点的工作组。

第二天深夜，生产队长和我被当场抓获。

这位身强力壮的生产队长似乎并不惧怕，平静地对他们说道："你们不要抓他，要抓就抓我吧。这件事与他完全无关。饭，是我送的。每次送来，他都害怕，不敢吃，是我强迫他吃下去的。"

但是，工作组的人并没听他的，将我们两人都带到了公社，连夜逼供、审查。凌晨三点，当审讯人员抵抗不住睡虫袭击伏案打盹的时候，生产队长使了个眼色，示意我赶快逃跑。

我成功逃脱了，但生产队长却在千人参加的大会上被批斗了三天，说他偷窃集体粮食为地、富、反、坏、右这些阶级敌人服务，已经与这些被无产阶级专政的敌人穿一条裤子，是个无产阶级的蜕化变质分子。在这批斗的三天中，不仅遭受拳打脚踢，还不准吃饭喝水，非要他交出右派分子申屠扬帆不可。

生产队长终于被斗倒、斗垮，连日高烧，昏迷不醒，外伤加内伤，生命十分危急。在这种情况下，他被家人抬回家中。

临死时，我在深夜去看望他。听到我的呼唤声，他从昏迷中睁开眼睑，吃力地、断续地对我说："快……跑……关照……我……儿……"还没说完，重又合上了眼睑。

我在生产队长家人的催促中，飞快地从后门逃离，潜回老家湖北孝感的一个村子里，在家人的帮助下，度过了一小段时光。因为有人到老家暗查，我只得再次逃跑，过起了多年的流浪生活。七十年代后期，在纠错运动中我被摘掉"右派"帽子，被分配到湖北一个山区中学任教。但无论怎样，我还是一个"摘帽右派"，无法过正常人的生活，我受不了人们的那种特殊眼神的注视，便提早办了退休手续……在这数十年颠沛流离的人生旅途中，那位生产队长无时无刻不在我脑海浮现，也知道在我去看望他的那个夜晚之后不久已离开人世，幸好他的家人却躲过一劫。无权、无钱、光身一人的我，真不知道如何去报答他的舍身救命之恩。在海口湖光旅店的那个夜晚，我发现一个因重感冒发高烧昏迷恍惚的青年人——那细长的眼眉、高耸的鼻梁、薄而舒展的阔唇，微黑坚毅的脸膛，还有当下定决心时嘴角两端呈现出两条八字深纹——相貌与生产队长如此酷似，几乎就是一个模子铸下来的。我断定：他就是生产队长昏迷中提到的那个小孩。我想，我终于有了报恩的机会……

"先生！"听到这里，曾凯力两眼噙满了泪水。他无法控制住自己，激情地扑到申屠扬帆身旁，和他紧紧地拥抱着。

傍晚时分，申屠扬帆与曾凯力、吴伯一一握手告别。他交给曾凯力一小袋东西，说这是一位正在从植物中提取半永久化妆物质的发明者提供的试验品，对人体完全无害。其中一瓶喷式白色染发剂，可随意将黑发喷白少许，并保持半年时间。另有半永久画笔一支，用它在眼角、唇边等部位画几条皱褶，加上白发几根，便可使自己显得年长一些。

曾、吴二人不敢远送，只在土坝边远远望着申屠扬帆骑车离去，转瞬间，便消失在一处拐弯的山道上。

二人正要转身回屋，却蓦地听到一串自行车叮当的铃声。回头一看，申屠扬帆已骑车返回并将车停于距独屋不远的地方。

曾凯力跑步来到申屠扬帆身边。

"先生，还有什么事情需要交代吗？"

"吴伯儿子的事情，他对你讲过吗？"

"没有。他不是孤独一人吗？"

"那只是他的养子。从小被父母遗弃，与吴伯相依为命，带着他四处讨饭为生。后来，终于长大成人了。"

"叫什么名字？为何不在他身边？"

"叫吴多凡。据吴伯讲，此人风流倜傥，一表人才。吴伯到处化缘，让他读到初中毕业，还为他娶了一房漂亮的妻子。后来一位港商将他二人一起带到了香港，并办成了香港永久居民。他在那儿一待就是十多年，锻炼成一名公关能手、经商干才。据说，最近要返回海南发展。你要与他取得联系，争取他成为蜂场一员，说不定日后将有大用。"

"噢，这真是太好了！"

"另外，我在你枕下放了一件东西，对你们师徒二人来说，也许它可尽一点绵薄之力，千万不要为这件东西来追赶我，以免途中被歹人发现而功败垂成。"

申屠扬帆说罢，腾身蹬车而上，两脚一阵猛踩，如箭出弦般飞驰而去，身影消逝在渐次变浓的夜色中。

傍晚时分，申屠扬帆与曾凯力、吴伯一一握手告别。他交给曾凯力一小袋东西，说这是一位正在从植物中提取半永久化妆物质的发明者提供的试验品，对人体完全无害。其中一瓶喷式白色染发剂，可随意将黑发喷白少许，并保持半年时间。另有半永久画笔一支，用它在眼角、唇边等部位画几条皱褶，加上白发几根，便可使自己显得年长一些。

二三 独屋夜话与归场首露

回到独屋，他立即翻看了自己的睡枕，枕下果然有一个厚厚的方形纸包。拆开一看，全是崭新的浅蓝色五十元版人民币！还有一片巴掌大小的字条夹在其中，上面写着："这是我从'关爱小组'那里领取的全部奖金五千元，权且作为创业基金赠送予你，让它在你今后的奋斗中发出微光微热吧。"

捧着这叠厚重的人民币，曾凯力似觉千钧分量。他一动不动地站在那里，双手微颤，眼里有一粒泪光闪动。

他动情地思忖道：这五千元人民币，相当于一个公务员五年的工资，可以在海口买一亩商住用地，也可以在农村租下二百亩三十年期的农用土地。对他来说，更是意义非凡。饥馑岁月父辈的一点恩泽，先生一生铭记，尽力寻求报答。这么知恩图报的人，必是诚者和智者，在当今社会已经太少。今后的路，无论多么坎坷与漫长，我都应当做他那样的人……

这一夜，他辗转难眠。干脆翻身下床，一步迈进吴伯睡处，和他提起他的养子吴多凡的事情。

"关于那孩子的事嘛，我实在羞于开口。只是给大陆先生随口提起过。"吴伯缄默许久，终于开口沉缓地说道，"既然你想知道，我就给你讲讲吧……"

于是，他开始讲述起已逝岁月中那个鲜为人知的故事——

吴伯一直以乞讨为生。独屋周围二三十里地面，是他求生的范围。一些城镇居民、乡村农户差不多都认识他。每到一处乞讨，他都念起那段自编的顺口溜：

> 不要怕我来，
> 我来财就来。
> 不要怕施财，
> 施舍得多财越多，
> 金银财宝滚滚来……

因为顺口溜十分吉利，加上吴伯为人善良纯朴，不像有些乞讨者那样以烂为烂、动辄得咎、强乞霸讨。人们并不讨厌他，还没等他念完这段顺口溜，就会笑眯眯或给钱或给物将他打发。因此，吴伯的生活不算太差，每月下来，钱粮都有盈余。

一日，正在林边小径上走着的他，忽然听到汪汪的狗叫声。寻声望去，很快发现不远处那堆小山包似的柴火底下，有一宽大狗窝，一只黑白相间的瘦瘠母狗，正安闲地侧卧着，任狗崽们随意地争吮乳头。令他惊诧的是，这三只拱动的狗崽中，竟有一个婴孩混于其中参与争抢。

他一下站住了，愣怔了许久、许久。心中想道：或许，有一对热恋中的男女，无奈中生下这个孩子，由于社会和家庭的压力，他们不得不忍痛将他（她）遗弃；或许，是某个作案中的人贩，将这孩子偷窃到手后，因公安、家人追踪太紧，慌急中把孩子丢弃在山野；或许……唉，可怜！可恨！这真是人不如狗啊！

想着想着，恨爱交织如海潮涌上心间。他举起手中的打狗棍，朝着那堆高高的柴火走去。

母狗引颈狂嗥着，在窝边来回奔跑着。三只小狗也不示弱，一同汪汪地叫着助威。只有那孩子坐在窝里，因发不出汪汪犬音，只能那么咿咿呀呀地咕嚷着，似也想助一臂之力。

其实，对付这种场面，吴伯很有经验。他并不怕狗。那根打狗棍就是对付各种犬类的绝妙武器。他知道，即使恶狗，只要棍子击中它身上的任何部位，它都会偃旗息鼓而夹尾逃窜。但是，他不忍心打这只狗。因为它喂养了一个弃儿，救下了一条人命。为此，他只是将棍子高高举起，大声地呵斥着，时而将棍子朝下猛劈，时而迈步上前相逼。

双方僵持了一会儿，母狗终于一边嗥着一边从窝边退却，三只狗崽也跟随离开。吴伯快步上前,将乞讨竹篮挂于肩头、打狗棍夹在腋窝之下,俯身将赤身裸体的男婴抱起,以最快速度离开了那柴堆与狗窝。

黑花母狗一声怒吼,追了上来。吴伯站住,它也站住,昂首汪汪地叫个不止。就这样,走走停停,停停走走,追过了几道山弯拐角,也许它害怕再失去并没跟上来的那三只狗崽,才不得不站了下来,只那么引颈长啸着。吴伯走了很远,还能听到它那带悲音的嗥鸣。

一路上,吴伯有感于"人不如狗",决心一定要把这个孩子养大成人。

回到独屋,吴伯仔细瞧了瞧,孩子又瘦又小,像个几月大的婴儿;但反复细看,从那眼神和骨架判断,他已有一岁多了。他马上为孩子洗了个澡,又用自己的衣服把他包裹起来。第一天,也许是害怕见人,也许是想念他的狗妈狗弟,喂进他嘴里的粥和别的食物全都吐了出来。到了第二天,可能实在太饿,才开始进食。

吴伯为他取名吴多凡。

此后,养父养子二人形影不离。开始背着,后来走着,到了七岁,便送他进了附近的小学,接着还读完了初中。从小学到初中,都是免费念书,初中阶段还领取了最高份额的助学金。说来令人惊奇,这孩子从小口齿流利,语音味甜,天生一副英俊模样。长大成人后也不愁找对象,一个漂亮姑娘主动向他求婚,一不嫌他没有亲生父母,二不嫌养父贫寒低贱,办了个简单婚礼就嫁过来了。

也许是俗话所说"无娘儿天照顾"吧,他们的运气真好。海南建省后不久,一位胖胖的中年港商来琼中考察,准备投资开发百花岭旅游景点,结果投资谈判没谈成,却在一个偶然的机会看中了吴多凡夫妻俩。二话没说,就把他们一起带到了香港,并安排在自己的公司里工作。

他们很快学会了广州话。

凭着伶俐的口齿、英俊潇洒的模样,以及海南话与广州话糅合而成的甜润口音,作为业务员的吴多凡,为公司引来并做成了好几桩生意。为了让他在自己旗下长期效劳,老板千方百计将他们夫妻二人办成了香港居民。这期间,吴多凡经常奔波在外,妻子独自在家为公司做些为客人端茶送水的杂务。久而久之,在老板的勾引下,妻子欣然出轨,与老板通奸且长期同居。实际上,这件事公司一些员工都知道,只是瞒着吴多凡一人。很长时间才得知情况的他,气愤已极,要和老板拼命。老板霍地从座椅上站了起来，大吼了两声，便将他镇住了。然后慢条斯理地对他说："别胡来，胡来对你绝无好处。只要你肯离婚，我会送给你足够资金，让你去大陆创业，当一位名正言顺的港商。这样，你就可以再选一位美丽女子成家立业了。"

吴多凡左右为难，一时不知如何是好。正犹豫间，老板补充说："我送给你三百万元港币，完全可以回海南创办一家像样的公司了。希望你尽快决定，否则，我也许会改变主意。那时，你就什么也没有了。我和她的关系，是她绝对自愿，如果要打官司，我没有什么过错……"

老板还说了些什么，吴多凡没有听清。

他听从了老板的安排。

不久前，他回到了海南，首先来独屋看望了吴伯，为他从香港买回不少礼物，还给了他两万元人民币。对于狗的事情，因为太小，已经没有记忆了。小时候吴伯曾对他讲起过关于狗妈狗弟的故事，至今却依稀记得。于是，他去了那处林边原堆放柴火的地面。他想：倘若还能找到那只黑花母犬，他要将它永远留在身边亲自饲养。但是，柴堆早已消失，更不要说那个让他惦记于心的狗窝了。

一缕失落感伤的情绪涌上心头。

在独屋只住了一个晚上，他便去了琼中县城，接着又去海口住了一段时间。也许是习惯了香港的生活，或者是没有办成自己想办的事，他又返回香港去了。后来听别人讲，他希望在海边的一个小岛上开一家赌场，像澳门那样正大光明地经营赌业生意，但因与中国法律相抵触而未被批准。

临行时，他又回独屋住了一夜。

他对吴伯说："我还要回海南的。回来后，我要首先把这房子重修一番，把它修成一座漂亮的别墅。"

……

这一夜，吴伯话语滔滔，就如喷泉一般一涌而出，没有止歇，直到凌晨两点，他才停止了讲述。

"放心吧，"吴伯对曾凯力说，"他一回来，我就叫他去蜂场见你。别的事情我说不准，这件事我还是有把握的。"

"谢谢！谢谢！"曾凯力回道，"如果有时间，吴伯您也可以到蜂场来玩。记住我叫'石运来'。"

"好的，好的。放心吧，我会记住的。"

次日傍晚时分，曾凯力告别吴伯，离开独屋，携带着极少的衣物和半永久化妆品，归心似箭地朝着仙来岭方向迈步进发。

此时，时令已至公元一九九二年三月中旬。一路鲜花，遍野绿色。天空特别蓝，几片薄云在湛蓝的天幕上舒缓地飘移着，仿如自己置身在动感世界里。及至夜幕降临，一轮皎洁的月亮镶嵌在墨黑的天幕上，并始终一路追随着他往前走去。这是一个让人感到无比幸福而赏心悦目的场景。

是夜九点，曾凯力到达仙来岭下槟榔园中的养蜂场。谷开富已认不出自己的徒弟。

"先生，你找哪个人？"

"师父，我是石运来呀。"

"喔，你是曾凯力？怎么出门几个月，就变得这样子苍老了？"

"师父，我是石运来。请将那个曾凯力忘记吧。他已经到很远很远的地方去了。"

"你？你说啥子，我不太懂得……"

"我为什么变老，今后你自然明白。现在，我饿了，想吃点东西，以免肚子总是这么咕噜咕噜地叫。"

"你等一哈儿，我马上就来。"

谷开富钻进帐篷，只几分钟光景，就双手拿着一盅水、一盒方便面和一个塑料袋出来了。

"你先喝这蜂蜜水下饼干，"他一边将塑料袋打开，一边对曾凯力说，"再过两三分钟，方便面就泡好了。"

曾凯力很快吃毕。

一瞬间，他的脑里心里，似已注入了新的灵感与活力，对养蜂场的未来，浮现出一幅美妙的图景。他对谷开富说：

"师父，这次临别时，先生送我五千元，用它可购买二十多箱海南本地蜜蜂。这样，一方面可以增强我们蜂场的实力，另一方面让海南蜂与大陆蜂混养杂交，或许能够产生一种抵抗力强、产蜜更多的新蜂种，蜂场的发展就会上一个新的台阶。"

"暂时莫买，我们现有蜜蜂已到百多箱了。如今百花正开，蜜源富足，说不准两三个月一过，就会多出二十多箱来。那钱你留着吧，今后有急用时再派上用场。"

"好吧。到时候，请师父说一声。"

接着，谷开富讲起这几月来烂仔们多次到场挑衅惹事、敲诈勒索、不易对付的情形。又谈到在不知情的情况下，作物普遍喷洒农药、蜂群死伤严重、不知如何是好等种种情形……

"师父，我有一个计划，不知你愿不愿意采纳？"

"快说给我听听。"

"为了解决这些问题，就必须让周围的农民理解和支持。要让他们明白，蜜蜂对他们有百利而无一弊。当他们喷洒农药时，就会提前告诉我们，让我们采取措施：关闭巢门，不让蜂群飞出。只要懂得蜜蜂对农作物的好处，我们就会得到他们的支持，这对烂仔们也是一种无形的压力。"

"你继续说吧，我听着呢。"

"这里木材很多，可大家并不重视。特别是对木麻黄之类的木材，很大的料都用作煮饭烧烤，甚至弃之门外腐烂掉。我们不妨用低价收购一些这样的木材，在公路边上搭建一个宣传栏，然后在上面张贴有关蜜蜂的资料，十天半月更换一次。说不定，还能起到不小作用哩。"

"也好，试试吧。反正木活我们自己会，不请人，木料又这么便宜。明天，我们就开始干吧。"

次日，他们很快购回两截木麻黄树料，又去县城添置了长锯、推刨、锉刀、凿子、抓钉等木匠活工具，加上原来制作蜂箱、巢框的一些工具，就已经足够使用了。

最困难的是将两截木料用长锯解剖成一块一块的木板。他们搭起一个牢实坚固、与腰齐高的木架，再将一截木料横放其上，二人分别站于木料两侧，各自握住一把长锯的把手，使劲来回地、往返不停地推拉起来。第一块木板从那截原木上剥离出来，砰咚一声坠落在地上……

一座长两米、宽一米的木制宣传亭，矗立在槟榔园出口、毗邻公路的一块空地上。它的顶端两侧有屋脊式的遮雨棚，四根粗粗的支架，将它牢牢地固定在泥土之中。宣传亭的各个角落，都用清漆涂刷一遍，以防被风雨侵融而腐朽。路人可以清楚地看到，在雨棚下方有九个碧蓝色大字——

仙来岭养蜂场宣传亭

三日后，宣传栏上贴出了曾凯力执笔撰写的第一篇关于蜜蜂的知识小品。

庄稼人的助手——蜜蜂

每年夏、秋季节，那饱满的麦吊、谷穗、棉桃、油菜荚，布满了山野；那沉甸甸的桃、李、杏、梨，挂满了枝头……这景象真是令人迷醉。

你想过吗？这些丰硕果实，除了农民的辛勤劳作之外，蜜蜂们的贡献也功不可没。

植物从开花到结果，必须经过授粉的过程，而授粉的方式又分为自花授粉和异花授粉。绝大多数植物属于异花授粉，其中百分之八十的植物是虫媒花，需要昆虫来完成这一任务。在各种昆虫里，蜜蜂是最理想的授粉高手：它飞行速度快，动作灵巧、敏捷；它一身绒毛，易于沾带花粉；它的足、体、口器、触角非常细软，一点也不会伤害花朵。当它们在万花丛中吮吸花儿甜汁或采集花粉的时候，无意间便将雄蕊花粉带到雌蕊的柱头上，于是花粉形成了花粉管，进入子房，使精细胞核与卵细胞核成功结合，花儿们就结出了肥硕的果实。

养蜂人：石运来

（未完待续）

这天，宣传亭周围站满围观者，中青年农民居多。他们大都念过小学或初中，能基本读懂这些文字。其中一些人虽曾听说过蜜蜂对农作物的好处，却并不详尽知道其中奥秘。

围观情形持续了两三天。

后来多数时候虽无此盛况，但不时仍有三五人前来观读。于是，围绕这个话题，曾凯力接着写了另一段文字，贴在前文之后——

一群蜜蜂，由一只蜂王和上万只工蜂组成，形成一个蜜蜂"王国"。它们分工合作，各司其职。工蜂是这个"王国"中最勤劳的成员，它既采蜜又采粉。春、夏繁花盛开的季节，天刚黎明，它们就飞往山野，在花间不停地采集。一只工蜂每天要出征三四十次，每次能采访三百至五百花朵。一天可采回比自身重八九倍的花蜜与花粉。一只工蜂，每采集一公斤甜汁，需要飞行四十五万公里，相当于绕地球一圈。这样，每十到二十亩作物和果园，只需放置两三群蜜蜂就尽够了。可以幻想，即使未来发明一部奇妙的授粉机，依然无法与蜜蜂授粉的高质高效媲美。

科学家测定：经过蜜蜂授粉的棉花、果树、油菜等作物，生长期可缩短五到十天。皮棉增产百分之四十，果树增产百分之五十，油菜增产百分之三十七，向日葵增产百分之三十。

蜜蜂的辛勤劳动为人类作出了巨大贡献，我们应当倍加爱惜和保护。首先要尽力避免农药的杀伤。即使虫害非用农药不可，也应及时告诉养蜂人。

养蜂人：石运来

（续完）

毋庸置疑，宣传的效果已经彰显。一位十五里外的农民前来拜访，要求谷开富到那里设点放蜂。还有几位农民径直来到蜂场帐篷，向他们提出了同样的请求。

天有不测风云。宣传引起了当地农民对仙来岭养蜂场的好感和重视，也改善了蜂场与周边群众的关系。但谁能想到，却引出一段扑朔迷离、波诡云谲的风流韵事，导致正在一心奔向繁荣兴盛的蜂场之厦一夜倾覆。

二四　椰林深处"红河谷"（上）

光阴荏苒。俯仰间，不觉时令已流转至仲冬时节。一年一度的新春佳节，眼看着正在加速迈步走来。

宣传栏上的壁报，已经办至第二十期。每期都有关于蜜蜂王国的神奇故事，以及这个"女儿国"鲜为人知的秘密。有时还适当配上简单的彩色插图。附近的人们，已习惯于来这里阅读壁报了，甚至不时还有人带着本子来此边看边抄录。

每当周日午后，宣传亭前便会出现一位特殊的女读者。她中等身材，身着学生装，细腰长腿，苗条而匀称，柳眉、大眼、高鼻、红唇。特别引人注目的是那两片如枫叶般淡红的厚唇。初次见面，也许你会怦然心动，仿如一位光芒四射的西方美女站在你面前。

不知怎么，人们并没有特别留意她，好像只不过是一个司空见惯的熟人而已。她自己呢，也无拘无束，旁若无人地凝目于宣传栏上的一段文字——

蜜蜂王国戏说

王浆、蜂蜜这些高营养、高精美物质的酿造者，竟然是大自然中一种不起眼的小生灵，一种其貌不扬的小昆虫：蜜蜂。她们的繁殖，有时竟不需要精子（如雄蜂的生产），只要卵子便可以了，成为数百年来的科学之谜……凡此种种，真是令人匪夷所思。在鲜为人知的蜜蜂国度里，一切都是如此的奇妙，如此的神秘莫测，许多情形仿如人类社会的缩影。

（A）处女之最与非凡女王

一群蜜蜂，一个王国。数万国民，数万女性，连蜂王这位王国的最高统治者也是女儿身。而区区几百只雄蜂，在这个国度里简直微不足道。

在众多女性中，蜂王身材魁伟、长大，生殖器官的发达全国闻名。她是唯一有资格与雄蜂结婚的特殊女性。数万雌蜂，因孵化期内仅享受过三日王浆哺育，一生也只能吃蜂蜜与蜂粮，因而既瘦小又没有完善的生殖器官，命运注定她们一生都不能结婚生子，必须永远甘当处女。其实，这并不重要，生育、繁殖的重任有蜂王这位伟大的女王陛下承担尽够了。她是这个女儿国兴旺、衰落的关键与决定者。她一生的任务就是产卵。她不停地产呀产呀，年复一年，经年累月，生出无数的女儿来。她不需要计划生育，更拒绝独生子女。当鲜花盛开的季节，优良女王每天可产一千五百至两千粒，最多能达五千粒之多，一年产卵二十万粒。最旺盛时期，她每天产卵竟超过她本身体重的一两倍。这是多么令人惊讶的繁殖力，也是这位英雄女王的高超本领与伟大的贡献。

（B）能歌善舞的女儿国掌权者

在这个女儿国世界里，每位女性都有着自己的特殊任务。她们是王国里的主体与当权者，王国所有要害部门都被她们把持着。采花、酿蜜、造房、守卫、侦察、打扫、侍从、抚育、培训和分泌王浆等多项重任，无一不被控制在她们手里。

她们是工作狂，奉献狂。一生中，她们只知道工作，不知疲劳，不讲享受，无怨无悔，献身王国。孵化出房首日，她们还不会飞翔，便在家里承担起清洁巢房和保姆的工作，用小嘴将室内的渣滓一点一点地叼出房外，用花粉和着蜜汁制成的蜂粮去喂饲幼虫。一旦学会分泌王浆，便毅然加入重任者行列：吐出蜂乳去细心喂饲女王；相互交舌吞吐，将刚从山野采回的甜汁酿造成蜜汁；不停地扇动翅翼，把水分尚重的蜜汁风干；帮助壮年长姊们担任守卫、建造巢房；在长姊们带领下，每日一次在箱外空中操练飞行。仅几日工夫，训练完毕，便勇敢地飞向山野，投入艰辛的劳作。

善歌善舞善飞翔，这是女儿国姐妹们与生俱来的特质。她们唱着歌儿出征，唱着歌儿采集，无论是姹紫嫣红的季节，还是炎夏严冬，都有她们的歌声荡漾。

嗡嗡，嘤嘤，
采撷朝阳，
播种希望，
花儿敞开了心房。
嘤嘤，嗡嗡，
迎接曙光，
奔往梦想，
宝藏就在前方。
谁说女郎，
只爱红妆，
转战沙场，
胜过男儿风光。

当一位姐妹在山野发现花丛时，便唱着歌儿匆匆返回，在姐妹们面前翩翩起舞，用舞姿把蜜源的方向、远近告诉大家，或领着她们飞往那里。飞行中，那小巧翅膀急速地扇动着，每分钟竟达四百四十多次。负载时，时速为二十五至三十公里，倘轻装飞越，时速可至六十五公里。这些娇小的女儿，简直可以跟高速道上奔驰的汽车赛跑了……

红唇女子一口气默诵到这里，自觉回肠荡气。举手理了理自己那油黑闪亮的短发，在惊叹与歆歔中，险些失控叫出声来。她动情地思忖道：这个蔓尔蜜蜂王国的女儿们，真是如此举世无双。那些匪夷所思的故事与隐秘，可谓叹为观止。这位《蜜蜂王国戏说》的作者，不仅非常了解蜜蜂的生活与闺秘，还极有文学功底。于是，她的目光闪跳过"（C）蜜蜂王国之间的战争与掠夺"和"（D）覆灭前的奋斗"两节，将视线定格在文章的尾部。八个行书小字进入她的眼底——

养蜂人石运来　撰文

　　她会心一笑：嘻，这不是住在我家槟榔园帐篷内的那个中年男子吗？胡了浅浅，白发几根。粗眉毛，微黑脸，嘴唇翕动时，两侧现出一个"八"字。走起路来，挺胸昂头，酷似一个退伍军人。他是谁？文人、学者，还是军人？或者兼而有之？……真的，"运来"这名字实在太俗，但文笔尚佳。

　　她将视线如电影镜头般拉回原来的位置，那一动不动的两只大眼，重又坠入了心驰神往的境界——

　　（C）蜜蜂王国之间的战争与掠夺
　　蜜蜂王国之间，并非永恒和睦相处。和久必战，战罢必和。

　　早春、晚秋和严冬时节，百花凋零，蜜源枯竭，山野一片萧索。S王国外出寻访花源的几名侦察兵，一无所获，心灰意冷地铩羽而归。幸运的是，其中一位却另有斩获：她在飞越M王国的空域时，灵敏的鼻翼嗅到了阵阵诱人的甜香。她立刻断定，M王国是一个富甲天下的国度，有着极其充沛的藏蜜。于是，在一派气馁、伤感的氛围中，她独自翩然起舞。因距M王国路途遥遥，她便用摆尾的舞姿，来回地欢舞了几遍，将这一喜讯告诉众姐妹。

　　S王国气氛为之一振，人人摩拳擦掌，个个蠢蠢欲动。一致决定抓住这个"机不可失、失不再来"的良机，发动一场战争去夺取那M王国的财富。

　　其实，在这个危机四伏、易于发生暴力的季节，每一个蜜蜂王国早已百倍警觉。M王国亦如此。她们知道，贫富不均，妒忌滋生。自己这般富足，必将引来邻国的觊觎。因此，早已进入紧急状态：来往巡查的警卫逐日增多，门岗的哨兵警惕地监视着城门内外，辨别着异常气味，谛听着异样声响。此外，还有众多姐妹已集结待命。一旦战争的号角吹响，便迅即加入保卫王国的搏斗行列。

　　S王国的队伍浩浩荡荡飞涌而至，来势凶猛，势不可当。

这个濒临饥荒、垂死挣扎的群体，嗡嗡嘤嘤的呐喊声响彻云霄，旋风般卷入 M 王国的城门。先头部队已经冲了过来，后续部队接着一波一波地涌入。尖烈的警报声，早已响彻抵抗者的整个王国，保卫王国的部队纷纷开赴前线，视死如归的姐妹们冲入敌阵，一场惨烈的战争爆发了。

侵略者和抵抗者都十分顽强，鏖战的时间、空间一再延长扩展。战火越烧越猛，M 王国四处充满嗡嗡嘤嘤尖厉的号角声，门里门外都在勇敢地搏斗，奋力地厮打与缠斗，难分难解。敌对双方相互用自己的毒针叮刺，将毒汁注入对方的身体。一具具尸体从门内被拖出，不久便摆满门外的一片空地。为了保卫王国的财富——蜂蜜、王浆，M 王国的姐妹们无所畏惧，前赴后继，倒下一批，又冲上一批。有的受伤倒地，痛苦地蠕动着；有的为国捐躯，已不再醒来。活着者们仍在拼力厮杀，战斗十分壮烈。

S 王国的侵略者们肚腹内吸满劫掠的蜜浆，丢下大批尸体，开始陆续撤退。M 王国的抵抗者们虽最终赶走了敌人，但损失惨重。除人员过多伤亡，财富亦所剩无几。重建与复兴王国的奋斗开始了……

"曼琴，找了你半天，原来在这里！"

红唇女子自感肩头被人轻轻地拍了一下。回过头来，一位双目炯亮、鼻尖略钩、嘴唇显薄的西装革履的青年人，正微笑着站在她身后。

"动作这么唐突，吓了我一大跳。"她嗔怪地说罢，便停止了阅读，和青年男子肩并着肩地离开了宣传亭，一起往槟榔园深处缓步走去，徜徉在翠绿高耸的槟榔密林之中。从他们身后可以依稀看到，那男子想与曼琴携手而行，可是，他的一只手刚触碰到曼琴的手，她便不经意地挪开了。沉默片刻，为缓和尴尬气氛，男子首先找了个话题问道：

"琴，琼州大学快放寒假了吧？"

"还有俩月多，早着呢。"

"这次放假，一定要去我家住几天。松涛水库就在附近，那里的风景可美呢。"

"到时再说吧。也许那时会另有任务呢。"

"什么任务？"

"秘密，无可奉告。"

"嗨！真是千呼万唤始出来，犹抱琵琶半遮面。"

"我没有半遮面，你也没有千呼万唤，这诗句用得不恰当。"

"谢谢指点……听说这园子是你家的，已租给养蜂场三年时间，真的么？"

"那还有假？不过租的并不是槟榔园，而是槟榔林下的空地。"

"喔，是这样。"

"快看，林海。这满园的槟榔，黄花灿灿，青果累累，可爱的蜜蜂飞舞其间，实在太美了，令人心旷神怡。"

"春眠不觉晓，处处闻啼鸟……"

"哈哈，现在不是春天，也没有鸟啼，只有蜜蜂们嗡嗡的歌唱。"

"琴，别奚落了。要知道，我学的是数学，你学文学，这个方面自然比我强。"

"既学数学，文字上有困难，怎么去当那个县府秘书？"

"这是一份不错的工作呀。其实，当秘书也并非太难，很多时候都不需要秘书亲自动笔的。"

"怎么？秘书不动笔？"

"县委、县府的总结、文件和领导在重要会议上的讲话，一般都交由相关部门来写。比如，有关文化教育方面的讲话，就交给文教系统来写；有关法制、公安方面的讲话，则交给公检法系统来写。写完，交到办公室审查、修改。有时，甚至不需要修改，径直交到讲话人手中就可以了。"

"噢，原来如此。所谓秘书，可有些名不副实。"

"这只是惯例，并无所谓实与不实。"

边走边聊，走走停停，不觉来到林边与山麓的岔路口：一条向上通往巨石林立、树藤蓊郁的仙来岭；一条往左直达养蜂场宿营地。透过疏落有序、笔直高耸的槟榔树干，可隐约望见浅蓝色帐篷的身影。

"林海，我们就到这里吧。"她停下脚步，有些歉意地微笑着对他说，"时候不早了，请回。"

"可以邀请我去你家坐坐吗？"

"改天再说，改天再说吧。"

"……"他没有回答，只是不无遗憾地伸出了一只手。

曼琴也伸出一只手，与他的手握了握。林海说了声"再见"，便反身朝林外走去。她知道，像往常一样，他的摩托——当时最时髦的私家交通工具——就停在林外不远处的小商店门外。他曾不止一次驾驶着这辆摩托，带着希望飞驰而来，然后又带着失望飞驰而去。

她就读的琼州大学，就坐落在五指山下的一座小城——通什市内，距仙来岭仅一个多小时车程。因此，她差不多每个周日必回。而林海也每个周日必来这里见她，但关系却没有多少进展。他是一个五官端正、彬彬有礼、工作单位令人羡慕且持有大专文凭的青年，符曼琴的父亲符永华虽只在园中见过林海一次，但对他印象颇佳。虽然她对他那略钩的鼻尖心存戒备——听老年人说，这种长相狡诈奸滑——但她并不讨厌他。可每次相见，她不仅没有给予他多少热情与温柔，有时甚至反唇相讥，不甚客气。可他仍是礼貌、忍耐、百依百顺。不过，就是没有什么感觉。见到他时，没有那种心灵深处闪烁火花的情形，更不要说强烈吸引力了。她必须跟着感觉走：感觉不会欺骗她，感觉是她的知音。何况，她现在正在念书，还有一年时间才毕业。即使毕业了，婚姻大事也不必那么匆忙……

想着心事的她，不觉间，已往蜂场宿营地走去，直到靠近帐篷时，才放慢了脚步。

谷开富手执一把毛刷，正在星罗棋布的蜂箱之间巡查，时而弯腰清扫巢门边的垃圾，时而蹲下观察归蜂情况。在这蜜源逐渐萎缩的季节，他早已加强了管理。蜂场搬迁到这里仅一年多时间，蜜蜂从不到一百群发展到一百五十多群，收入直线上升，让他心中充满喜悦和期望。

此时，曾凯力坐在篷外的一张木桌边，伏案疾书，专心致志地写着什么。也许，由于过度专注，也许，因为嗡嗡嘤嘤分贝不小的蜂鸣，直到她来到跟前，才猛然抬起头来。

"石老师，你好！"嗓音热情开朗。

"你是——"出于礼貌，他立即站了起来，显得有些局促不安。

"我叫符曼琴，符永华是我的父亲。"她倒是落落大方。

"喔，听说过，听说过。我好像还是第一次见到你吧？"

"可是，我已经见过你多次了。每次路过，看你们在忙，就没敢上前打搅。"

"别客气。我和师父都非常感谢你家对蜂场的支持。"

"你们的租金，增加了我家的收入，支持是理所当然的。再说，你们办的宣传亭，让我和村民们增长了不少知识。"

"你也看过？"

"当然看过，还不止一次看过呢，是一位忠实读者。看来，你不但很懂养蜂，而且文字功底扎实，用拟人、戏说的写法，描述非常生动。"

"过奖了。那只不过是顺手拈来的几篇知识小品罢了，谈不上功底什么的。"

"太谦虚了。作品是作者理想、智慧、才能、力量、本质的外化。当然，或者你真的不相信自己，只有当作品发表之后，才看到了自己的本质力量。这就是二重化。"

"啊，你们开了美学课，学过鲍姆嘉通？"

"厉害，一语中的。看来，你对鲍姆嘉通更有了解。"

"这位出生于德国的美学之父，写了人类第一部美学专著《埃斯特惕卡》。他认为美学是研究感性认识的完善。不过，却把主观与客观、感性与理性对立起来了。"

"你当过大学教授吧？"

"不不不。连大学的门我都没进过呢。"

"不可能吧？说不准你还是一位作家呢。"

"那更无从谈起。真的，我只是一个养蜂人。想想吧，作家、教授会到这儿养蜂吗？"

"体验生活，他们什么地方都可以去。"

"好啦，别争论了。你是稀客，又是槟榔园主人，能否让我招待你喝一杯特别的饮料？"

"什么饮料？"

"花粉加蜂蜜加温开水。它们是地道的蜜蜂制品，我只是借花献佛。"

他取来一个纸杯，用自制木勺舀了两勺黄灿灿的花粉颗粒，倾入其中。又从一瓶中倒出些许蜜汁在纸杯里，再倒满温开水，用木勺搅拌后便到了她手上。

她高兴地说了声谢谢，双手捧着纸杯放在鼻尖下闻了闻，轻轻地抿了一口。停顿片刻，便将杯中饮汁一饮而尽。然后，激情地说道："啊，甜香醇厚，美味极了，真称得上蜜蜂国佳品呀！"

"既然这么喜爱，就带一些回去吧。"

"不必，不必。带回去我还得自己动手，以后我经常来这里，坐享其成不是更好么。"

"好吧，那就欢迎你常来做客，品赏这蜜蜂国佳品吧。"

此时，西陲的红日早已坠落，山色林影逐渐变得暗淡、苍茫。符曼琴抬头看了看天色，说了声拜拜，匆匆告辞而去。

曾凯力礼貌性地送出几步，就停下反身回走。刚好收工的谷开富，手握一支手电大步赶来，急促地对他说："天，很快就黑了。这里到符家院子还有二三十分钟路程，你送她回家吧。这是符家的宝贝女儿，今天她来了养蜂场，不能有任何闪失。给，拿着电筒，回来时用得上它。"

曾凯力恍然省悟，接过手电，三步并作两步，往仙来岭方向小跑而去。

二五　椰林深处 "红河谷"（下）

夜幕，正在徐徐地降落。

一轮扁圆的月亮，早已悬挂在灰色的天空。银白的月光，铺泻而下，将西陲夕阳那最后一缕余晖遮蔽。于是，整个山野蓦地幻化出另一番情景：影影绰绰，诡谲苍茫，或幽婉，或参差，或狰狞……置身其间，心中会升起一种无名的恐惧与神秘感。

曾凯力快步走过一段山路，他的视线便捕捉到了符曼琴矫捷矜持的身影。迂曲而上的小路上，她不紧不慢地攀登着。显然，这条从小走惯的、十分熟悉的故乡老路，对她来说，攀登只是小事一桩。在夜色中行走，亦习以为常，不会惧怕这山岭上突兀出现的各种阴影。

看着她毫无惧色、放步前行的身姿，曾凯力忐忑不安的心，释然了。

出发时，他打定主意：既要圆满完成师父指派的任务，也要尽力避免在这夜色中与她近身同行。他只能这么远远地跟随着，与她保持着三四十米的距离。这样，无论发生什么情况，他都来得及冲上去保护她。他也不能打开手电，就让她在毫不知情的状态下安全回家。当她走进家门的那一刻，他的任务就完成了。那时，他再打开手电，在电光的照射下，快步下山返回驻地。应当说，这都是轻而易举的事情。

他的想法就这么简单。一般说来，事情的发展也只能如此。可是，在这样一个特殊的月夜、这样一种特殊的氛围下，究竟会不会发生什么特别的故事，谁也无法预测。

一株树叶浓密的榄仁树下，一块形如怪兽的竖石背后，一个神秘的身影正一动不动地守候着。他一身深色衣装，与面前的环境几乎融为一体。他的目光始终聚焦在眼前的山路上，心无旁骛地监视着这山路上一前一后、不即不离的一男一女。

下午，林海与符曼琴分手时，满以为她会立即上山回家。要真是那样，他倒也无话可说。可他看到的却是另一种情形——她径直朝着养蜂场驻地走去，与一名养蜂人交谈了起来。虽无法听清他们谈话的内容，却能看到他们交谈的热烈情景，这让他心里很不是滋味："她以'时候不早'为借口，急于把我支走，却与那个养蜂人打得火热，好像还有些流连忘返的样子，难道这其中……"驾驶着摩托的林海，在呼啸的风声中，一路上这么忐忑不安地想着。他很想直接返回蜂场驻地看个究竟，但又清楚这么做的后果是什么：必然会引起她极大的反感甚至震怒，从而导致这场持久的爱情追逐不欢而散，然后就永远永远地结束了。倘若不这么做，这槟榔园中潜流暗涌，爱情易位，我却茫然无知，傻瓜似的接受着别人的愚弄和自我期待，实在不甘心自己处于这样的境地。当然，他并不相信这位女大学生、美丽的村花、黎人的骄傲，会爱上一个平凡至极的养蜂人。但世事难料，谁也说不准"绝对"二字。更何况，此女喜怒无常、行为叵测，桀骜不驯的她，究竟会干出什么事来真不好说……

林海一边骑车飞奔，一边想着心事，左右为难，不知如何是好。不觉已到县府宿舍。他将摩托推入车棚的那一刹那，一个两全其美的想法浮上了心头。他立即到宿舍换上一套深色服装后，将摩托重又开上公路，风驰电掣般一阵猛冲，很快回到路旁小店，将车寄存在那里。随后，沿着槟榔园外一条山羊们走出的羊肠小径，小跑十多分钟，绕道进入仙来岭上一处尚可遮身的高地——在这里，他既可透过槟榔疏林眺望蜂场，也可将槟榔园内通往仙来岭的那条弧形小道纳入眼底。从这儿望去，曾凯力和符曼琴只是两粒蚕豆大小的移动点，只能从体形、服装颜色把他们区别开来。

他到达这个高地时，天色正在渐渐变淡变暗。他清楚地看见他们的交谈已经结束并且分手，符曼琴独自一人沿着他视线中的弧形小路快步走来。但没有料到，不一会儿养蜂人又出现在那条小路上，与她保持着一段不短的距离，好似闲暇信步般地尾随于后。她开始走上了山道，可他依然无动于衷，没有急于追赶靠近的意图。林海大惑不解，猜不透这其中有何缘由。倘若他们的关系已达亲密，在如此幽静无人的环境下，有什么理由不贴身而行并亲昵地边走边交谈呢？如果什么关系都没有，那又为何这么久久相送不回呢？到了岭上更僻静的地方，又会怎么样？满腹疑惑的林海，百思不得其解。现在，他视线内的两人距他已越来越近，而他所在的位置，只要再近些，必将暴露无遗。因此，他不得不立即动身，拔腿大步往上急行。幸好，在这月光暂未大明而夜色尚浓的情形下，他可以从容地寻找一个万全的隐蔽之处，于是，他选择了前文所述的地方——一株形体威猛、枝叶蓊郁的榄仁树下，一块怪形竖石的背后。

他在这里站下了。

这的确是一处绝好的隐身之地。在这皎洁的月光下，只要从竖石后伸出半个脑袋，便可由下至上、由上至下一眼观尽很长一段山路上的动静，将被监视者的一举一动看个明明白白，即使是细小的动作、轻声的谈话，也不能逃脱监视者的眼睛和耳朵。更重要的是它的隐蔽性，因树、石的严密遮挡，再明朗的月光也无法穿透下来，使它成为一处较之四周最为晦暗的地方。这一点十分重要，他的行动必须确保万无一失。今夜的暗中观察，不能让她有丝毫察觉，否则，后果不堪设想。那时，她一定头也不抬地、连看也不愿看他一眼地迸出一句"卑鄙小人"，之后怒气冲冲地拂袖而去……当然，他相信自己只要不露面、不出声，这种情况是绝对不会发生的。

在这个月光照耀下的仙来岭之夜，三个人当中，想法最为单纯的是曾凯力。他只是一心一意要把符曼琴平安送到家。为了预防暴徒、野兽的袭击，途中他捡了一根三尺木棒握在了手里。一路上，他反复告诫自己：与女性接触，是他第一要小心的。某些山花虽然很美，却暗含毒汁——这是申屠先生讲过的。是的，美女的背后，总会隐匿着特别的故事，弄得不好，将深陷其中而不能自拔。更何况，这个黎、汉民族聚居的地区，各种关系定然错综复杂，而他们的习俗、风情、交际与生活，对于他可说是一片空白。刚离虎口、拜师学艺的他，倘稍有不慎，酿出事端却不知为何……因此，他看到符曼琴快步登山时，他也快步登山；当符曼琴放慢步伐时，他也放慢了步伐；当符曼琴暂停脚步时，他也立即停下脚步。总是与她保持着一定的距离。他希望她最好不要知道自己的行踪，但也并不完全排斥她明白自己紧随于后的目的。在他的心中，她仅是一位美丽的黎族姑娘，一位槟榔园主的女儿，一位遵照师父叮嘱必须将她安全护送到家的对象。仅此而已。

开始，符曼琴并未想到会有人前来护送，她也觉得自己并不需要护送。从槟榔园到家仅二三十分钟路程，沿途的一切都是她所熟悉的，每一段路、每一棵树、每一块山石，从小到大她不知看过了多少遍。她胆大，视力好，没有星月的夜晚，也能独自在山间小路上轻松行走。当发觉曾凯力尾随并明白其护送意图后，她心中冒出一句"多此一举"，但仍心存感激，又感慨于当今世上像石运来这样关心他人的人，实在太少了。为了让他靠近自己，她几次放缓脚步，甚至干脆停步。可他总是亦步亦趋，仿照她的快、慢、行、停，始终保持着原有的距离。她不屑于这种过度的谨小慎微与迂腐的君子风度。于是，她佯装对尾随者置若罔闻的样子，自顾自地往上放步而行。

也许是林海时运不佳，本该倒霉，也无缘此女；也许是曾凯力劫难尚未消弭，还有一段荆棘丛生的路要他去走，骤然卷起的一股旋风，就把原有的一切改变了。说来十分蹊跷，原本幽寂无风的山野，这时一阵疾风迅驰而过，横冲直闯至一处树、石密集的地方，便戛然而止。随之，从地上螺旋桨式地飞旋着冲天而起，将那株巨伞样的榄仁树枝叶卷了起来，让月光乘机从散开的枝叶缝隙间漏下，如闪电般将树下探照了一瞬——

符曼琴扭头顺着疾风的方向看去，在月光从枝叶缝隙间漏下的那一刹，她赫然发现右侧不远处那碢竖石背后，一个头影晃动了一下，便神秘地消失了。虽然只是这么一瞥，但凭着超强的视力，她已经从那个再也熟悉不过的头影轮廓上瞄准是谁。应当说，此时她心中的愤怒真是达到了极点，很想大喊一声："林海，你这个小人！滚吧！去死吧！"可是，她没有喊出来。是的，她不能这么简单地骂几句就放过他。她必须让这个卑劣小人长时间地痛苦一番，心如刀绞而不敢吱声。

"哎哟！"她惊呼一声，滑倒在地，用手抚着伤痛，呻吟着，久久不能从地上爬起。

曾凯力见状，打开手电，一束电光照亮了朦胧的山道。他一阵猛跑，很快来到符曼琴面前。

"怎么啦，小符？"他躬身问道，"摔得厉害吗？"

"我的脚崴了，很疼。"她斜卧地上，仰头回答，"快扶我起来吧，也许可以慢慢地走。"

他把手电撂在地上，伸出两手将她扶起，手微微地松了松，想试着让她站稳。

"扶着我，别松手，"她小声地对他命令道，"一放手，我就会倒下去。"

面对一位跌倒的受伤者，他只能按照她的吩咐去办。也没管地上的手电，便搀扶着她一小步一小步地往上走去。一路上，她紧紧地偎靠在他的身上，做出小鸟依人的样子。此时，她想到林海正瞪大眼睛痛苦地看着这一切，她的心，便顿时欢乐了起来，那支她平日爱哼爱唱的加拿大民歌——《红河谷》，险些从喉间冒了出来。但她忍住了，一个伤痛者怎么有心思唱歌呢？假如真的在无意中哼出声来，被她依偎着的这个男人，也许马上就会松手，停止搀扶。但她仍是亢奋难抑，在心中哼唱了起来：

> 人们说，你就要离开村庄，
> 我们将怀念你的微笑，
> 你的眼睛比太阳明亮，
> 照耀在我们心上。
> 走过来，坐在我的身旁，
> 不要离别得这样匆忙，
> 要记住红河谷你的故乡，
> 还有那热爱你的姑娘。

就这样，她在自己心中那幽怨缠绵乐曲的伴奏下，被保护着、搀扶着，沿着月色铺洒的山道迤逦而行。当符家院子那孔洞开着的石门出现在他们眼前时，她一下松开了搂着曾凯力的双手，笑容满面地对他说："石老师，我的脚已经好了，谢谢你的护送，请回吧！"说罢，便如孩童般欢快地蹦跳着朝石门大步走去。

走拢石门边，她站住了。随即反身朝向曾凯力一阵热烈挥手。末了，将左手放至唇边，亲昵地做了个飞吻的姿势后，才转身走进石门。

对符曼琴今夜的状况，他直觉地感到有些异常，却说不出异常在哪里以及为何如此。他觉得自己既已完成任务，理应尽早返回。来不及多想，也不想去追根溯源，便转身径自往回走。来到符曼琴摔倒处，拾起

面对一位跌倒的受伤者，他只能按照她的吩咐去办。也没管地上的手电，便搀扶着她一小步一小步地往上走去。一路上，她紧紧地偎靠在他的身上，做出小鸟依人的样子。此时，她想到林海正瞪大眼睛痛苦地看着这一切，她的心，便顿时欢乐了起来，那支她平日爱哼爱唱的加拿大民歌——《红河谷》，险些从喉间冒了出来。

手电，打开电光，在自己橐橐的脚步声里，时而小跑，时而猛走，直往山下奔去。一路上，他忽然忆起过去读尼采，一点也不理解"女性身上一直隐藏着一个奴隶和一个暴君"这句话，此刻他似乎有些许省悟了。

次日清晨，在一片鸟雀与蜜蜂交织的晨歌声中，在蜜蜂们如网般铺天盖地撒向山野的时候，曾凯力和谷开富开始了一天的忙碌。察看蜂情，清扫巢门；给蜂箱加盖保暖薄膜，进行着蜂群的冬季管理。他们一边忙活，一边交谈，盘算着今后的发展。这一年，蜂场的收入相当可观，仅蜂蜜、花粉、蜂蜡等产品，就卖出二十多万元（这些钱当时在海口可以买一百平方米的套房）。他们一致认为，蜂场的养殖必须"走出去"，在全岛范围寻找冬季花源地点进行分散放养，初步决定，让曾凯力带着三十个蜂群重返儋州，在兰洋境内那片曾经遇险的花地越冬。

六日后，星期天，太阳刚从东边的树梢间升起，蜂场便来了一位熟悉的不速之客。开始，她并没去打搅他们，只是在林中来回转悠，时而仰头看看蜜蜂们如网般在天空穿行，时而低头巡视林下五颜六色的小草小花，一副悠然闲雅的神态。此时，曾凯力、谷开富正在吃早餐，已经看到她，估计她正等待上星期见过的那个青年人，因此并未上前招呼。等到吃过早餐，二人带着毛刷正要出门看蜂时，才见她快步走了过来。

"石老师，早上好！"

"你好。时间真快，又一个星期天了。这么早出来，有急事要办吧？"

"有哇，你猜对了。不过，这事呢，你说急，也不急；你说不急吗，也急。"

"那你就抓紧时间去办吧。"

曾凯力说着，就要迈步离去。可是，又被符曼琴叫住了：

"石老师，你别走，我这件急事还得请你支持、帮助。"

"有什么事，我能帮上？"

"我相信你能。"

"说吧。"

"我们学校在寒假前，要举办一次古诗词联句大奖赛，一等奖两千元，二等奖一千元，三等奖八百元。我已报名参赛。根据参赛范围，主要是宋词唐诗。我选了一些诗词，想与你联一联，也就是预赛一下吧，以免上台慌乱失措。不知你今天能不能抽一点时间出来帮帮我？"

"古诗词我记得很少，且一知半解，恐怕会让你失望。"

"别谦虚了。再说，能联多少算多少，不强求。"

曾凯力迟疑不决，面露难色。

站立一旁一直听着他们对话的谷开富，想到她是这片槟榔林园的主人，今后许多事情还要有求于她家，耽误点时间事小，得罪了主人事大，于是开口对曾凯力说道："运来，今天你就不上班了，听小符安排吧。"

就这样，曾凯力和抱着两本厚书的符曼琴，对坐在帐篷外的小木桌旁，你一句我一句地朗声联了起来。她读上句，他接下句。有时，她自己背诵；有时，她则看着书本朗读。很多时候，他想佯装背错，或者联不上来，但总是不忍心或者下不了决心这么做，还是将诗句、词句原样念了出来。

符曼琴："石老师，我们先来几首唐诗吧。"

曾凯力："好。"

符曼琴：

日暮苍山远，天寒白屋贫。

曾凯力：

柴门闻犬吠，风雪夜归人。

符曼琴：

国破山河在，城春草木深。

曾凯力：

感时花溅泪，恨别鸟惊心。

符曼琴：

烽火连三月，家书抵万金。

曾凯力：

白头搔更短，浑欲不胜簪。

符曼琴：

垂绥饮清露，流响出疏桐。

曾凯力：

居高声自远，非是藉秋风。

符曼琴（她停顿了一下，若有所思良久。末了，翻开书中一页）：

南湖秋水夜无烟，耐可乘流直上天？

曾凯力：

且就洞庭赊月色，将船买酒白云边。

符曼琴（仍盯着书上文字朗读）：

白酒新熟山中归，黄鸡啄黍秋正肥。

曾凯力：

呼童烹鸡酌白酒，儿女嬉笑牵人衣。

符曼琴：

高歌取醉欲自慰，起舞落日争光辉。

曾凯力：

游说万乘苦不早，着鞭跨马涉远道。

符曼琴：

会稽愚妇轻买臣，余亦辞家西入秦。

曾凯力：

仰天大笑出门去，我辈岂是蓬蒿人。

符曼琴（狡黠地微笑了一瞬）：

红豆生南国，春来发几枝？

曾凯力（似有警觉）：

劝君莫随采，此事宜三思。

符曼琴："石老师，你是故意联错吧？"

曾凯力："没有，真的忘了。"

符曼琴："无论是假是真，我还是为你补上吧——劝君多采撷，此物最相思。"

曾凯力（拍了下脑门）："啊，原来如此。"

符曼琴："我们继续吧。"

曾凯力（朝不远处的林边瞄了一眼）："那边有个青年，好像正在等你。"

符曼琴（不屑地、若无其事地）："我并未约他，他也没有预先告诉我。等与不等，是他的事情，与我无关。"

曾凯力："这不好吧？"

符曼琴："有什么不好？自作自受。时间宝贵，我们继续联句。"

车辚辚，马萧萧，行人弓箭各在腰。

曾凯力：

爷娘妻子走相送，尘埃不见咸阳桥。

符曼琴：

惯于长夜过春时，挈妇将雏鬓有丝。

曾凯力：

梦里依稀慈母泪，城头变幻——（他猛然省悟，停了下来。）

"不对，这不属于古诗。它是现代作家鲁迅写的旧体诗。"

符曼琴（会心一笑）："那就温习温习宋词吧。"

把酒祝东风，且共从容——"这是欧阳修的。"

曾凯力：垂柳紫陌洛城东，总是当时携手处，游遍芳丛。

符曼琴：拟把疏狂图一醉，对酒当歌，强乐还无味——"这是柳永的。"

曾凯力：衣带渐宽终不悔，为伊消得人憔悴。

符曼琴：更能消几番风雨，匆匆春又归去——"这是辛弃疾的。"

曾凯力：惜春长怕花开早，何况落红无数。

符曼琴：明月几时有，把酒问青天。

曾凯力：不知天上宫阙……（朗诵声戛然而止。）

他发现，站在不远处的林海，眼神里有一束仇恨的亮光正直射着他。

"小符，今天的联句就到这里了。我还有事情必须赶快去做。"

他站了起来，她也随之站起。虽已看到林海咄咄逼人的目光，但她没有畏怯，只有怒气——这怒气已在胸中点燃。她强忍着、微笑着，对曾凯力说了声"石老师再见"后，便大踏步朝仙来岭方向走去。林海"曼琴！曼琴！"呼唤多次，她都视而不见、听而不闻地昂首快步前行。

凝望着符曼琴渐渐远去的背影，林海一动不动地站在那儿，踟蹰了许久、许久。但是，他一点也不责怪她，只是将仇恨的目标对准那个正在夺爱的养蜂人。此时，他已听到了自己切齿的声音："必须赶走他们，也必须赶走这个养蜂场！"

二六 一夜怒火烧蜂场

去儋州开辟新蜜源地的工作已经启动。

挑选蜂群、雇请帮手、添置帐篷与生活用品等多项事务，正在一步一个足印地进行着。这期间的大多数时间，曾凯力差不多都在外面忙碌，或去琼中城内购物，或去联系运蜂汽车，或去打探汽车行驶路线，简直忙得不亦乐乎。他待在仙来岭槟榔园养蜂场内的时间很少。

这段时间，符曼琴曾来过蜂场几次，但都没有见到曾凯力。也知道他即将离开仙来岭到儋州发展，心中不免有些遗憾与眷念。她很想到蜂场向他当面问个明白，但每个周日时间有限，她无法用充裕的时间去那里等候。幸好，学校很快放寒假了，她可以每天都下山到槟榔园来看看，打听打听他何时动身的消息。

今天，她从仙来岭家中下来，站在一处高地俯视槟榔园中的蜂场，远远地瞧见曾凯力、谷开富正在场中忙碌，虽然很想立即走近与之交谈，可是实在不好意思在这种情况下前去打搅。于是，便放开嗓门唱起了那次在夜间尚未唱出（只是在心中默唱）的那首加拿大民歌——《红河谷》：

> 人们说，你就要离开村庄，
> 我们将怀念你的微笑，
> 你的眼睛比太阳更明亮，
> 照耀在我们心上。
> 走过来，坐在我的身旁，

不要离别得这样匆忙，

要记住红河谷你的故乡，

还有那热爱你的姑娘……

不知是有意还是无意，当她唱第二遍时，竟把第一句中的"离开村庄"改成"离开蜂场"，把"要记住红河谷你的故乡"改成了"要记住仙来岭你第二故乡"，那嗓音似乎更提高了一些。

歌声，充满深情，带着忧伤，在槟榔园、山谷间久久地回荡。

这歌声，谷开富、曾凯力早已听到，但两人的想法却并不一样：谷开富觉得青年人嘛，就是这样，不拘小节，浪漫随意，不必把它当回事。可是，曾凯力心中却完全明白，这并不是一件好事，它会引起麻烦、招来祸患。倘若她是唱给林海听的，那很自然。可是，林海并未在这里，而且"离开蜂场""仙来岭你第二故乡"等被特意改动的歌词，与林海的情况不符。相反，这一切似乎是冲着他——这个"石运来"而来的。这让他惴惴不安甚至产生一丝恐惧，那天与符曼琴联句时林海投来的仇视眼神，令他印象深刻，久久不能忘却。是的，他应当尽快离开槟榔园，离开仙来岭这个是非之地。但准备工作却没有那么容易。新建一个养蜂场，即使规模再小也是千头万绪，绝非一蹴而就。但谁能料到，在即将出发前的两三天内，竟发生了一件意想不到的大事。

在已经过去的一些日子里，村里村外的孩子们都喜欢来槟榔园玩耍与嬉戏。当他们听到摇蜜机咕噜噜响起时，便欢声笑语地奔跑着围聚拢来，一双双小眼睛一动不动地盯着谷、曾二人操作摇蜜的一连串动作：将一框黄灿灿的蜜脾从蜂箱取出，用毛刷扫掉蜜脾上的全部蜜蜂，然后再将这框没有蜜蜂的蜜脾装进那只大木桶内的摇蜜机中，接着摇动把手，让摇蜜机不停息地旋转起来。摇完一脾，便再换一脾，如此反复进行。每当此时，孩子们总是贪婪地看着那晶莹喷香的液体，沿着桶壁如泉水般流淌而下，一个个咂着小嘴，馋涎欲滴，久久不肯离去。曾凯力便一个不少地散发给每人一小块带蜜的蜂列。他们甜蜜地、津津有味地舔着、嚼着、咂着，那一张张小脸蛋上的表情，真是幸福极了。

久而久之，便逐渐形成了一种惯例。他们每次到园内玩耍，实际上是希望吃到蜂蜜。当然，凡遇摇蜜时间，大家都会有所收获。

有时候，人的欲望是无法满足的。大人如此，孩童亦如此。在舔嚼蜂列的过程中，有几名孩子突发奇想：为了常吃蜂蜜、吃够蜂蜜，决定自己动手养蜂。他们便各自带着一只塑料袋，来到槟榔园外偏僻之处，避开谷、曾二人的视线，开始伸手抓蜂。希望将那些正在低矮山花间忙碌的蜜蜂抓获后放入袋内，然后带回家中饲养。在抓蜂的过程中，有三个小孩被蜜蜂螫咬受伤，其中一个小孩因将山蜂错认蜜蜂，受伤严重，不仅脸、鼻青肿，而且左眼眼珠被叮刺，在送到琼中县医院检查之后，又不得不很快转送至海口的一家医院。据那位给孩子看眼的医生透露，小孩被山蜂叮刺的那只眼睛，很可能永远失明。

愤怒的家长和他的亲友们，二三十人一齐来到养蜂场，站在帐篷外大声吵嚷，要求赔偿。开始，谷、曾二人一头雾水，不知发生了什么大事，好不容易才弄清了事情的原委。但感到非常棘手，不知如何处理才好。谷开富养蜂多年，也从没遇到过这类事情。在此起彼落的抗议声里，谷开富如往常遇到紧急情况一样，首先快步去帐篷内取出那支九节钢鞭握在了掌中，以防意外发生。

见谷开富手中握着铁器，人群一瞬间的惊愕之后，很快群情激愤起来。几十双眼睛对准曾、谷二人怒目而视，斥责、吵嚷之声更大了。见情况不妙，曾凯力对谷开富说："师父，你回帐篷去吧，这事情交给我来处理。"

"各位父老乡亲，请安静一下，我有话对大家说。"谷开富走后，曾凯力微笑着高声喊话。场面稍平静后，他又继续说，"乡亲们，我叫石运来，首先我代表仙来岭养蜂场向大家表示，我们愿意出钱帮助被蜜蜂叮伤的小孩住院治疗。至于帮助多少，我们只能尽力而为。按理说，这孩子被叮伤，并无任何证据证明是我们蜂场的蜜蜂所为，也无法证明事情的发生就在我们的养蜂场内，但是，我们仍然愿意出钱帮助。不过，我必须声明一点，仅此一次，下不为例。"

说罢，从上衣荷包内掏出一扎人民币（这是申屠扬帆送给他的那笔钱中的一部分）拿在手中，稍高举起，说："首先，请那位受伤住院孩子的家长留下来领取这笔资金。其他乡亲可以回去了。"

一位面目憨厚、身材瘦矮的三十多岁的青年农民走出人群，走上前来。

但其他村民并未离开现场，只是鸦雀无声地站在原地张望。曾凯力也没有再次发话要他们离开。只是将一张空白纸条，让这位姓符的农民写下收据。他表示不会写，曾凯力便代他写好让他签字后，就把那扎两千元人民币交给了他。

当他一边数钱一边往园外走去的时候，随同一道来此闹事的人们，也议论纷纷地簇拥着一起朝外走去。有的说，两千元，两头牛的价格，能拿到这个数，已经很不错了；有的说，还有两个小孩也被叮伤，也应当得到一笔钱，伤势没那么重，可以少得一些；有的更说，这两千元不算到此为止，医治费不够，还可继续来要，如果一只眼睛瞎了，小孩的前途被毁了，理应担负他一辈子的生活费……越说越有理，越说欲望越放大，越说越让领钱的农民觉得今天吃亏上当。

次日，领走两千元钱的农民带着另外两个受伤孩子的家长来了。一个要求蜂场必须全部负担在海口的医疗费，如果眼睛失明，还应当负责一辈子。另两个农民则要求比照前例，每人发放两千元。这些要求，都被谷、曾二人严词拒绝。于是，三个农民结伴去琼中县政府评理。

他们被守门保安带到了政府办公室。

这天，恰遇林海一人在办公室看材料。当他听完三个农民的如实申诉后，心中暗喜。他一脸严肃地告诉他们：第一，一定不要说是小孩抓蜂受伤，而要说路过槟榔园蜂场被蜜蜂叮伤；第二，千万别去找其他部门解决，打铁要靠本身硬，要靠村民们团结起来应对，他们不答应你们提出的条件，你们就动员一百两百人包围帐篷和蜂场，逼迫他们答应你们的要求；第三，今天你们来这里，以及我说的话，都不要告诉另外任何人，否则，事没办成还会遇到麻烦。

三人走后，林海又去村中找到烂仔头符啸，向他低声嘀咕了半晌，直说得符啸精神抖擞、摩拳擦掌才罢。一个是对"石运来"正在夺爱的行为恨之入骨，一个是向蜂场敲诈未遂，对有武艺的谷开富咬牙切齿，二人虽所恨对象不同，但总体目标一致，而且，一个难得的报复机会悄然降临，没有理由不去推波助澜，力争办成一桩两人都希望办成的事情。

两三日后，养蜂场附近的几个村子里疯传着一个蛊惑人心的十二字民谣：养蜂人，是灾星，他到哪，霉运跟。这民谣伴随着"三个孩子双目失明"故事的广为传播，莫名的恐怖像雾霾夹着山风在几个村里流动起来。于是，"砸烂养蜂场、赶走养蜂人"很快成为人们的共同愿望。

这是一个有风无月的夜晚。流云，在天幕上竞走。稀星几颗，时而闪烁，时而隐没。林子里，除了沙沙的轻悄响声之外，一切都是静穆的。在符啸的带领下，百余村民各自随身携带着稻草、打火机、长木棒、砍柴刀等，一路高喊着"养蜂场，滚出去！"的口号，浩浩荡荡地涌入仙来岭槟榔园。接着，兵分两路：一路人马立即行动，边走边用打火机点燃手边的稻草，将一个个燃烧着的火把投向各处正在沉睡的蜂箱，不一会儿，槟榔园内烟雾遍地，火光熊熊，有如白昼一般；另一路人马则紧跟着符啸，高举着木棒、砍刀朝帐篷方向大步冲去。"谷开富，滚出来！""滚滚滚，快快滚，不滚叫你狗命亡！"他们呐喊着、尖叫着，很快到达帐篷处，将木棒、砍刀相互碰击，组合出一片杀气腾腾之声。

已在帐篷内休息的谷开富、曾凯力二人，早已从帐篷缝隙看到了不远处越来越多的火光，也听到了这些一声紧接一声的怒吼。而这吼声又似乎是冲着谷开富来的。此时，如果他执鞭走出帐篷，那些木棒、砍刀一定会向他排山倒海般猛扑而来，结果必将寡不敌众遭受重伤甚至死亡。

"师父，让我出去吧。"

"不能。武艺你只学了点皮毛，出去一定会吃亏。"

"我空手出去，主要是跟他们讲道理。"

"正在火头上，讲啥子都没有用。"

"听喊声，他们主要是针对你。也许，就是符啸那伙烂仔挑起的事端。"

"那伙人是不会讲理的，哪个出面都会引火烧身。"

"师父，现在不是争执的时候。九节鞭也难以对付这个场面。为了防备万一，你应当离开这里回云南去躲避一段时间，等风波平息后再回来。"

"你一个人在这里能撑持吗？"

"别担心，我能。你听，外面的人群已堵在帐篷门口。师父，快走吧！再犹豫，就没有机会了。"

说罢，他躬身便要迈出门去。忽然想起什么，停了一瞬，补充道："记住，带上现金和九节鞭。"

当曾凯力出现在帐篷门外时，刀、棒敲击声和吼声刹那止息，火光、手电光如闪电般一齐投射到他的身上。俄顷，此前的紧张混乱场面又恢复了，在鼎沸的人声中，几个尖锐的喊声特别突出。

"谷开富，有狗胆你就滚出来！"

"滚出来！滚出来！"

"活捉谷开富！砸烂养蜂场！"

……

虽刀、棒林立，喊声尖厉，曾凯力的心，反而平静了许多。听着这些清晰的吼声，他完全明白，这次人们主要是针对谷开富来的。而此时，也许他已经逃出槟榔园。站在这里的自己，应当一句话也别讲，让他们这样无休止地喧嚷下去，坚持的时间越长越好。这样，才有充足的时间让师父逃离得更远一些，逃离得越远越好，尽快进入安全区——只要到达公路上那处拐弯的地方，也许就不再有太大的危险了。

时间，一秒一秒地过去。刀、棒仍在铿锵，喊声依然激昂。一眼望去，林子里到处是火光与烟雾。火舌舔着蜂箱，发出毕毕剥剥的声响。星罗棋布的稻草，逐一被火焰吞噬，正在熊熊燃烧。满园里，蜂群嗡嗡乱扑狂飞，随处可以听到凄婉、激越的蜂鸣……曾凯力知道，养蜂场的损失肯定惨重。但他宽慰自己：只要师父安全逃离，一切损失今后都可弥补，也可重来，但愿此时，他已远离危险区域了……

十多分钟过去了，人群呐喊着包围了帐篷。火光、手电，一齐对准了帐篷，愤怒的喊声、咒骂声、怪叫声淹没了夜空。间不容发时刻，曾凯力高喊："乡亲们！千万别烧帐篷，我叫师父自己出来！"这喊声镇住了一切杂音，混乱、亢奋的人群霎时安静了下来。

"谷师傅！"曾凯力用真诚劝告的嗓音喊道，"你快自己出来吧！出来给大家赔个礼道个歉，乡亲们是会原谅你的！"

人们静听着篷内的动静，等待谷开富一出来便上前痛打。可是，许久过去了，一点响动也没有。愤怒的人们更加愤怒了。在喧闹声中，一拥而上，用木棒、双手掀翻了帐篷——訇然一声，石破天惊，已被掀翻的帐篷瘫倒在地上。

人们定睛望去，已敞开的这块帐篷地面上，除了两床棉被、地铺、两个枕头以及部分衣物外，没有任何人影！人们猛然省悟：谷开富早已逃走，却故意让这石运来出面应付，拖延时间，以便让他有充分的机会逃离。

"这家伙也不是好东西！"符啸一声咆哮，"揍他一顿，教训教训！"

火光、电光、刀棒一齐包抄过来，将曾凯力团团围住。

危急时刻，汪汪汪汪的犬吠声中，两支炽亮的火把亮光，朝着帐篷迅急移动而来，传出一男一女两种嗓音的高喊：

"别、动、武——等、一、等——"这是一个粗犷的男音。

"不、要、伤、害、他——他、是、我的老、师——"接着传来的是一个急切、尖锐的女音。这女音喊过之后，又用当地黎话再喊一遍："立、莫、害、拉——拉、门、欧、老、塞！"

俄顷，符永华牵着一只雄壮威武、毛发耸动的大花狗，和他的女儿符曼琴一路高声呼喊着赶到了现场。众人错愕之下，混乱紧张的场面顿时变得鸦雀无声。

"乡亲们！"符永华高举燃烧着的火把，站上一只木凳，疾言厉色地说，"今晚你们闯进我的槟榔园，带着凶器，点火烧园，捣毁蜂场，还要伤害我的客户，请问，不知什么时候，我符永华得罪了你们，跟你们结下了这么大的冤仇？"

"千万别误会，千万别误会！"

"我们是来找谷开富算账的。"

"他的蜜蜂扎伤了我们三个小孩，不理不睬，还称王称霸。"

众人开口，纷纷向符永华说明原委。

"我的客户有什么问题，应当首先告诉我，由我来解决。你们烧了养蜂场，也会烧死槟榔树，毁了我的槟榔园。"符永华激动地说，"再说，这方圆几十里内，不止一家养蜂。又不像猪羊鸡鸭，可以关起来喂养，它们到处飞行。你们怎么就一口咬定扎伤小孩的就是我槟榔园内的蜜蜂呢?！"

"谷开富是个恶霸，动辄就挥起那个九节鞭来打人！"这是符啸的声音。

"我问你，他什么时候、在什么地方打了谁? 还是去你家中或者别人家中行过凶? 符啸，只要你举出一个例子，我马上把这个养蜂场和养蜂人赶走。如果你今天举不出来，就必须赔偿你带领大家纵火焚烧我槟榔园和养蜂场的全部损失！"

"……"没有回答。人群中出现了嗡嗡的议论声。

"符啸，明天我要去公安局报案。"符曼琴插话说，"你恶习不改，煽动群众闹事，毁坏果园和蜂场，这是必须判刑坐牢的！"

"……"没有回答，人群中出现了嗡嗡的议论声。

"……"仍无回答。议论声中，人群逐渐散去，火光渐渐熄灭，符啸亦无踪影。部分人已悄无声息地走出了槟榔园；另一部分人虽仍在林中，但怒气已消，三三两两往后移动时，还将身边余火踩灭。

当槟榔园完全平静后，曾凯力、符永华、符曼琴三人站立一处，许久没有说出一句话来。在火把亮光的照耀下，三张严峻无奈的面孔，定格在伸手不见五指的夜幕下。

二七　浴火重生

"赶快灭火！"

曾凯力弯腰捞起人群丢弃在地上的一根木棒，喊叫着冲了出去。

在短暂的愣神后，符家父女俩也迅即参与行动。他们将两支火把——一种用棉花与松脂混制而成、较为耐燃的夜行照明物——高高地绑扎在两株槟榔树干上，让它们继续燃烧照明；将牵在手上的不时发出汪汪吠声的大花狗拴于树下，腾出双手，各持木棒或竹棍，大步迎了上去。

紧握着木棒的曾凯力，仿如一位训练有素的军人，敏捷勇毅地在火苗间跳来跳去，左冲右突，专挑那些火势正旺的火源下手：或瞄准目标全力扑打，或捧起潮湿泥土，猛砸过去，直到砸灭为止。符永华显得相当沉着，也可以说是出奇的平静，那高瘦的身子在火光间缓慢而沉稳地移动着。他从自己的落脚处开始，无论火大火小，见一处便扑打一处，扑打一处则定要将火根除，步步为营，节节扎根，不动声色地扩大着胜利的地盘。在攸关时刻，或者说在需要的时刻，符曼琴也与别的农村姑娘无异，敢于上前。不过，他会根据自己的情况，量力而行。当见到父亲大步迈向火苗时，她也毫不迟疑地拖起一根粗粗的竹棍尾随而去。今晚她穿的是一双高高的平底统靴，一件红底白花上衣，深色的长裤裤脚已掖入靴中，因而身材显得更加高挑而俊美，有一种青年美女的英武之气。不过，她没有也不会和男人们一比高下，而是盯住薄弱环节，专拣那些火势较弱的地方入手，在火苗上慢慢地准准地敲打，有时还抬起统靴踩上几脚，扑打、踩踏并举，成效十分显著，她很快便扑灭掉好几处正待燎原的星火。

一小时后，仅剩下一两处负隅顽抗的火源。它们挟裹着助纣为虐的山风，作着最后的挣扎。火势涌动，火苗呼呼作响，妄图将那摇曳摆动的长长火舌延伸至下一个蜂箱。也许是劳作太久体力不支，也许是给这两处火源喘息的时间太长，让它们长成了气势而兴风作浪。大家一齐上前扑打、土掩，也未能将其制服。曾凯力一阵猛跑至帐篷处，将囤积于帐外的两桶餐饮用水，一手一桶提着，呼哧呼哧地返回原地，一瓢一瓢地朝着它们迎头猛泼，加上符氏父女两支棍棒的不住敲打，在哗哗水声与乒乓扑击声中，这最后的火魔，在冒出几股水汽之后便完全咽气了。

四周骤然一片墨黑。风，无趣地止息了。

三人站直身子，重重地喘了口粗气。歇息片刻，便朝着帐篷走去。

槟榔树干上的那两支火把，仍在静静地、不急不缓地燃烧着，发散着耀眼的红光，照亮了附近的一大片林子，也照亮了三张冒汗的脸膛。

撩衣扎袖的曾凯力，赶紧将混乱中倒下的横七竖八的几条木凳扶正，招呼符家父女俩坐下歇息。又去林边提来一桶清冽的溪水，烧沸后倒进三只瓷碗，稍待冷却再加入花粉颗粒与蜜汁，用木勺搅拌，使花粉、蜂蜜和水溶为一体。

"辛苦了一夜，喝下这东西，说不定能缓解一下疲劳。"他边说边将瓷碗送到每人手中，自己也端起一碗，喝了起来。

"爸，这是'蜜蜂国佳饮'，味道美极了，又能快速提神，快喝吧。"符曼琴突然来了兴致，一边特意向父亲推介，一边快乐地让红唇抵近碗沿，带着品尝意味小口小口地吮吸。

"蜜蜂国佳饮——这名字不错。"符永华喝了一口，附和着女儿的赞赏。

"这名字还是曼琴的首创哩。"曾凯力即刻补充说，"倘若有一天它能成为商品，正式上市并广受用户喜爱，也少不了她的一份功劳。"

"那时，就发给我一笔命名费吧。"

"当然当然。若有那一天，绝无问题。"

就这样，你一言我一语，此前的紧张气氛与劳累，在品尝"蜜蜂国佳品"及闲聊中得到了些许缓解，心上绷紧的那根弦也松弛了下来。

"符伯，你和曼琴在这儿休息。"曾凯力很快喝完碗中饮汁，说，"我要拿一支火把，去蜂场转一圈儿，很快就回来。"

在短暂的愣神后，符家父女俩也迅即参与行动。他们将两支火把——一种用棉花与松脂混制而成、较为耐燃的夜行照明物——高高地绑扎在两株槟榔树干上，让它们继续燃烧照明；将牵在手上的不时发出汪汪吠声的大花狗拴于树下，腾出双手，各持木棒或竹棍，大步迎了上去。

说罢，他取下一支火把，举在空中，在红光的照耀下，朝着蜂场走去。他从蜂场外围开始，一圈儿一圈儿地螺旋式地往里巡视、收缩，一直绕到整个蜂场的中心。在刚才的紧急灭火行动中，他两眼直视火源，棍棒直捣火苗，凡没有火魔肆虐的地方，连看一眼的工夫也没有，故而对整个蜂场的损失（包括槟榔树）多少、劫后余生多少，心里基本无数。现在，他将整个蜂场仔细巡察了一遍之后，已经完全明白：今夜火烧蜂场，损失是致命性的。但是，他一点也不气馁，也没有畏葸，更没有退却的打算。因涅槃隐身而现在已是"石运来"的自己，目前还能到哪里去呢？还有比这里更好的第二条路可走吗？是的，这里——仙来岭槟榔园养蜂场，应是唯一的栖身之地了。在这里，无论有多少艰困险阻，也无论环境多么恶劣，比起时时遭追杀、危如累卵的那段岁月来，这一切就算不得什么了。"有千条尚未有人走过的小路；有千种健康和隐藏的生命之岛。人类以及人类的大地是永远没有穷尽的未知世界。"大学时代读尼采记住的这段话，又蓦地浮上心头。信心和力量，又汇入他涌动的血液里。对未来的规划与行动的目标，在他的脑海里清晰地呈现了出来。

　　他迈动双腿，大步朝帐篷走去。

　　走拢帐篷时，他一下愣住了：翻塌的帐篷已经重新在原地站立起来；凌乱的桌、椅、桶、盆、碗、筷整齐地摆放一旁；两只塑桶盛满了溪水，火光在水中粼粼荡漾；符永华举着火把，照耀着帐内正在整理衣物而忙碌的符曼琴……

　　他站在那儿，不知说什么好。他还能说什么呢？"谢谢"之类的话语，已经无力且没有意义了。

　　"符伯，我、我怎么能让你们为我如此操劳呢！"想了许久，他终于从喉间迸出了这样一句话。

　　"石老师，不必客气。你是我的客户，理应帮忙。"见曾凯力这么激动，符永华赶紧如是回答。

　　符曼琴已收拾完毕，从帐篷内躬身走出。不知是因为紧张劳作呢，还是火把红光的照耀，她的脸庞，特别是嘴唇，红色愈深了，显得更加美艳。

　　一声远村的鸡啼，打破了拂晓前的静穆。片刻间，鸡鸣四起，此落彼起，时强时弱，从远近的村子里传来。蜷缩于槟榔树下的大花狗，此时也昂起头来，没精打采地哼了两声。

"天快亮了。符伯，你们回家休息吧。"曾凯力对符家父女说。

"刚才你去仔细看了一遍，蜜蜂的损失怎样？"符永华并没有立即要走的意思。

"一百五十多群蜜蜂，只剩下三分之一左右；幸好蜂箱并未紧靠树下，因此槟榔树被烧伤的并不多，只有十五株。当然，最后会死掉多少，再过十天半月才知道。"

"明天我要去公安局报案。不管是蜂或树，只要损失了，我都要求他们照价赔偿。"

"报案、立案、侦查、破案、赔偿，还有很长一个过程。因此，我要首先自救。"曾凯力向符永华征询道，"符伯，我想尽快办这么几件事情，请你支持。"

"说吧，凡是我能做到的，都没有问题。"

于是，曾凯力将自己立即要办的几件事逐一讲了出来。它们有的需要符永华亲力亲为，有的虽然不必亲为，却要借他的名义来办。

几乎没有思考，符永华便一一答应了。

符家父女走后，曾凯力便很快躺下休息。可是，他怎么也没法入睡。想起今夜蜂场的巨大损失，真是痛苦极了。尚能聊以自慰的是：还有三分之一的蜂群完好无损，因而根基犹存。"现在，师父已经离开，恐怕一时半会不能回来。养蜂场的担子我必须一人担起来。让它发展、壮大，逐渐成为海南蜂业中一个有影响力的实体，开辟出一片新的领域，以此为基础，多管齐下，创造出一个特别的世界，为自己，也为他人……"

想着想着，似已蒙眬入眠。当他醒来走出帐篷时，太阳已升上树梢。在嗡嗡的蜂鸣声中，他抬眼望去，往日那种一网接着一网，铺天盖地蜂飞的繁荣景象虽已消失，但仍能看见它们来来往往穿梭于林间，勤劳地一群群飞向山野，又一群群地满载而归。更令他欣喜的是，他发现在林中的一些槟榔树上，悬挂着一个个活跃着的黑褐色蜂团——或如冬瓜状，或似南瓜形——它们在昨夜猝不及防的一场劫难中仓促逃亡之后，已经或者正在集结，准备寻找新居并重建王国。

炽痛了一夜此刻仍在隐隐作痛的心中，一个新的希望重又升了上来。

来不及洗漱，也来不及早餐，曾凯力拿起毛刷、箸帚等清洁工具直奔蜂场。他选择了二十多框蜜蜂虽已逃离，但箱体、巢脾基本完好，或者虽被部分烧糊但对蜜蜂生活并无大碍的蜂箱进行快速清扫。同时，将它们的位置稍加移动，使之离开正散发着糊味的灰烬。接着，取来谷开富招蜂时使用的那顶竹帽，将它扎牢在一根长长的竹竿上，再伸向一个已集结完毕并悬吊于槟榔树高处的大蜂团。

当竹帽轻悄地触碰到蜂团时，那熟悉的竹帽气味和适宜抓连的结构，诱惑、吸引着蜜蜂源源不绝地移动而来。十余分钟后，那个冬瓜大小的褐色蜂团，便悄无声息地移悬到了那顶竹帽之下。然后，他轻轻地移动竹竿，将竹帽下的蜂团平移到一框蜂箱上方，对准它徐徐降落下去，让蜂团接触到箱内巢脾。此时，已有"回家"感觉的蜜蜂们兴奋异常，快速爬行归位。

就这样，一次又一次重复着，曾凯力将悬挂在槟榔树上的十余个蜂团招回了蜂箱，挽回了蜂场的部分损失，心上的压力也似觉减轻了许多。

差不多整整一天，因思绪、精力高度集中，他忘了偏西的阳光，忘了早餐、中餐，也忘了喝上一口水。当干完活儿伸伸腰腿放松身体时，顿感饥饿极了，渴极了，肚子还在叽里哇啦地叫着。他急忙搞了一大碗"蜜蜂国佳饮"，仰起脖颈咕噜噜一口气喝了下去。

第一次离开师父，独自操作，自觉有一种成就感。今天，他未戴面罩和手套，早已熟悉他体味的蜜蜂没有一只叮咬他。招蜂的整个过程，顺利、顺畅，得心应手，俨然一位技艺娴熟的养蜂师傅了。

此后的两月内，他马不停蹄地一口气办了以下几桩事情——

首先，他将养蜂场的整个家底彻底地清理了一番并记录在册：帐篷两顶（其中一顶系最近添置），摇蜜机两台，木工用具一套，生活用品一批，棉被四床以及衣物、桌椅等若干；蜜蜂共六十七群，其中比较兴旺者四十五群，另二十二群需要加强过冬保暖（为蜂箱加盖棉套或布套）、喂饲（白糖汁）与管理。还有五群在这次夜火中严重受伤，估计难以成活，必须及时换王或培育新王；此外，谷开富逃走时给他留下十五万元，加上申屠扬帆赠予的五千元尚剩下三千元。这便是整个蜂场的全部资产。

第二，在符家父女俩的帮助下，他以极低的价格（应当说，只是象征性的）从仙来岭上收购来一大批老竹，按一米三的长度将它们一律锯成小截，再将每截竹子的一端用斧头砍尖砸进土里，环绕蜂场一周建成约一千米长的竹桩栅栏，然后用红色尼龙绳沿着栅栏绕场一圈，并打结固定在竹桩上面。这样，便在形式上把整个养蜂场围护了起来。当然，人们真要进入蜂场仍然十分容易。这一圈栅栏只能挡"君子"，不可挡"小人"。当建栏任务完成之后，他立即以符永华的名义写了一张通告并将它张贴在宣传栏上。通告的大意是：未经允许，任何人不得进入养蜂场地，否则，后果自负，云云。

第三，他拜托符永华从村外选购来一只出生仅四个月的小狗。从此，养蜂场便增添了一名成员。雄性，黄褐色。头大、腰长、尾粗、眼圆、耳阔。曾凯力反复观察，虽初生幼犬，其形态却已露雄奇威猛端倪，日后必长成一只虎虎生威的特犬。他心下暗喜，为其取名"厷龙"。一年后，果然不负所望，除保持着幼时的一切特征外，它全身褐毛蓬茸，吠声粗犷如雷。经过短期培训，快速成为蜂场的一名忠诚守护者：它每日三次巡逻，每次必围绕蜂场外围的竹栅跑上五圈儿。无论白昼与黑夜，当陌生人靠近栅栏时，它立即昂首汪汪地发出警告。只要曾凯力一声"别吵，是客人"，它就乖乖地返回帐篷一旁安静地躺下。凡遇主人外出，它总是尾随送行，喊一声"回去"，它便立即站住，极不情愿地目送着主人远去。厷龙自幼至大，不系绳索，不带枷锁，可从未擅自离场外出或远走而丢失。

第四，当下，在这个养蜂场，他是老板，也是工人。但他只是一位没有员工的老板。很多时候，很多事情，他忙不过来，一个人无法脱身，无能为力。眼前这个蜂场最缺什么？不是场地，不是蜂群，也不是蜜源，而是人手。考虑再三，他将符永华招聘为一名临时工。被聘者十分乐意这份工作。因为平时他即使不为蜂场做事，槟榔园的管理他也必须亲临。现在为蜂场服务，仍可顺带兼顾槟榔园的事务，一举两得，除获得租金外，每月还能领取一百元工资，何乐不为？他是一位英俊个高、勤奋、有担当、不轻易惹事也不怕事的特殊农民。在远近几个村子，除了比别的农民较为殷实外，还有值得骄傲的两子一女。这里毗邻县城，即将大学毕业的美丽女儿符曼琴，是当地公务员们追求的对象。在很多事情上，只要不属于大的利害冲突，邻里们都会避让三分。这次火烧槟榔园，他报案后，公安局刑侦科很快立案并进入侦查阶段。据传，符啸一伙闻讯后，有的远走，有的龟缩，有的找林海设法说情。知道事情闹大，林海表面应承，实际上虚与委蛇而退避三舍。但是公安人员尚未动真格，只是虚张声势，其后果难以预测。

第五，他用十天时间和从师父那儿学到的一点木工手艺，以竹子、牛毛毡和小树干为基本材料，搭建了一间十余平方米的小屋，作为厨房、餐室之用。顺带放置摇蜜机、管理蜂群工具、生活用品和各种杂物。又在小屋一隅，用当地铁灰石块砌了一方灶台、一个灶孔以及一根伸出房顶的烟囱，完成了一项炊事方面的重要设施。此外，他用搭建小屋剩下的材料，在距小屋几米远处，为小乜龙建了一间冬暖夏凉的犬舍，使它在蜂场也有一间居室。符永华被招聘后，多数时间必须待在蜂场，曾凯力没有让他与自己同住一个帐篷，而是将原为去儋州开辟新蜂场购下的那顶新帐篷架设起来，让他住了进去。就这样，在一大圈竹栅围住的蜂场之侧，在园中的一片空地上，两顶一新一旧的蓝色帐篷、一间小屋及屋旁的小小犬舍，一字儿摆开来。抬眼望去，给人一种完美、壮观的感觉。

蜂场，犹如一台破损的机器，经过修整后重新运转起来。

这个冬天来得快也走得快，它很快就过去了。整个冬季，蜂群不但没有减弱，反而有所发展。这全靠琼中、白沙、尖峰岭一带在冬季盛开的多种花卉：金色的黄槐花，白色的绿橙花，鲜红艳丽的凤凰树花，黄色喷香的野桂花，浅银色的黄皮、益智和九里香花，以及茸草、芒草、含羞草、鸭脚树和过江龙藤等众多不知名的花卉，组成了这一带冬季丰厚的蜜源库。值得特别赞美的是其中的黄槐花，它树不高，仅几米，可一年四季总是那么蓬蓬勃勃地开着。一边开花，一边结籽，一边结籽，一边开花。春夏秋冬，从不停歇。应当说，它是这万花丛中的一枝奇葩。

是的，对蜜蜂们来说，海南没有冬天。最冷的时间也只有二十多天左右，而且气温都在摄氏十度左右。

短暂的冬季一过，繁花似锦的季节相继来临。在这里，春、夏、秋三季，没有一季不是数种或数十种花卉争奇斗艳、竞相绽放。荔枝、龙眼、杨桃、芒果、椰子树、小叶桉、木瓜、番石榴、橡胶树、西瓜、水稻、玉米、火龙果、红毛丹、香蕉、芭蕉以及上百种其他树木、瓜果、作物和那些无名小草，无一不尽情地展露出自己最青春、最美好的容颜——五颜六色、千姿百态的花朵。其中的橡胶树和槟榔树，它们的花期特别长，往往一开几个月，一批两批地开，跨季节地开，从春天一直开到秋天。槟榔花开时节，满园耀眼的米黄色彩，满园令人迷醉的馥郁芬芳，而整个养蜂场被笼罩在这色彩与芬芳之下，是蜜蜂们就近采集粉蜜的宝藏之一。

这一年很快过去，几经波折，多有变故，却是蜂场最丰收的一年。蜂群的数量已恢复到原状，蜂蜜、花粉的收获都已大大超前。两部摇蜜机飞快地旋转着，咕噜噜地响个不停，从春天一直响到秋天，桶内那喷泉般往下流淌的蜜汁也一直从春天流淌到秋天。

这期间，太缺人手。在符永华的帮助下，以基本工资一百元加效益奖金的方式，从附近村子里招来十多名纯朴本分的小工，有的清扫蜂箱，有的摇蜜装罐，而多数则被派往各乡镇、县城乃至路边摆摊，全力推销蜂蜜、花粉和蜂蜡等产品。这一年，资金收入翻番。曾凯力去琼中县城以"石运来"的姓名在农业银行开设了账户（那时，存、取款是不需要出示身份证明的，任何人都可以用假名办理存取款业务），将全部资金存入了这家银行。

喜讯一个紧接一个。除了可观的收入，他心中还诞生了一个非凡的计划。这个计划，对于他和养蜂场来说应是开创性的，具有特别重要的意义。他将立即开始实施。

二八　女人花在红尘中漂泊（上）

隆冬，贵阳北郊，火车站。

上午八时，候车大厅内，人头攒动，人声鼎沸。那些平行排列着的长条形木凳上，早已坐得满满当当，连长条形木凳之间的狭窄走道，也少有空隙，无一不被大大小小的背包、提包和长长短短的扁担、棍棒以及各式竹编背篓所占领。但是，人们仍在不停地蠕动，来回地奔走，希望侥幸寻得一个座位。嚷声、呼唤声，流动出售报纸、杂志、水果、零食的叫卖声，吞噬了整个大厅的时空。

一位全身上下穿戴严实、唯露出一张美丽温婉面庞的青年女子，静静地站立在大厅一隅。她身着浅红色羽绒服，头戴毛织遮风帽，背扛咖啡色旅行包，肩挎深蓝色绣花手提袋，目无旁顾地注视着大厅入口处，似乎正等待着或者期盼着一个人的到来。在这个寒流与热流交织涌动的大厅内，她的到来像一道亮光引来众多眼球：惊羡的，赞叹的，色迷的……让她很不自在。这情形，过去虽曾多次发生（昨晚在火车上亦如此），但她还是无法适应这样的眼神、这样的场景。

她知道，此次南下远行，这样的情况仍将无法避免，她有充分的思想准备。此外，也没必要过多预想到达海南之后可能发生的种种情形，但如何平安地走完眼下的这段行程却是必须认真考虑的。

她，决心南下寻夫的鲁凤，昨夜在雨雪纷飞中，毅然离开了那幢神秘而让人心碎的无名别墅，以及那个隐匿于山体之内、令人毛骨悚然的藏宝山洞，在七岭火车西站搭乘了一列从昆明开往贵阳的火车。到达时，已近深夜。她在附近的一家小旅店内住了一宿。是夜，她分别咨询了两三位同住这家旅店、多年在外奔走打拼的生意人，对南下行程和路线确定无疑后，今晨一早去购买了当日上午十点从贵阳至湛江的火车票，准备一路南下，直奔海南。但不知为什么，虽已安排妥当，思绪仍是如此茫然与杂乱。想到即将开始的、一切尚未知晓的南行，她的心便忐忑不安起来。从贵阳到湛江，这趟火车需要一昼夜二十四小时，接着还要坐四个小时的大巴，才能到达琼州海峡岸边，在一个名叫"海安"的小镇住上一夜，次日方可乘船渡海，到达海南岛北部省府——海口市。据传，自海南建省成为中国最大经济特区以后，一夜之间，这里便成为寻职者心目中的圣地，人们趋之若鹜，失意者、贫困者、迷茫者、奋斗者……如洪流一般涌向这里。虽然多数人抱着希望而来，怀着失望而去，但每年每月每日来者仍然络绎不绝，似泉水流淌不尽。这些人中，泥沙俱下，各类"精英"齐出，偷窃、抢劫、强奸、杀人等案件时有发生，通往海岛的路，极不平静，沿途留下许多悲怆的故事……这路，对于她既遥远又陌生，这么只身闯海南，是她生命中的第一次，她不能不为可能发生的事情预作准备。经过仔细地思索之后，她决定在踏上火车前，寻找一位既可靠又有能力保护她的军人一路同行。这样，途中的一切便可化险为夷了。

去售票窗口买好火车票后，鲁凤就一直站在这里，在靠近大厅入口处的这个角落，耐心而专注地观察着、等待着，期盼有一位身着军装、高大威武的军人出现在大厅门口……可是，一个小时过去了，这个理想的同行人并未出现。其间，偶尔也有一两位军人进入大厅，但探问后却不是去海南的。距火车开出还有一个小时，再过半小时就要开始剪票了，怎么办？毫无疑问，即使没有这样一位同行者，她也会坚定不移地登上这列火车，独自南下去海岛。从决定南下寻找丈夫的那一刻起，这决心从未动摇过。走吧，走吧，没有这样的人同行，也不必强求……她这么决然地想着，准备离开这个站立了一个多小时的地方。

也许，是命中注定，是她多舛生命中的一次偶然。也许，是上苍的悲悯，怜惜这样一位青年女子不畏艰辛，只身寻夫，独闯海南。当她的脚步正在迈离的那一瞬间，一位身着笔挺草绿色军装的壮年男子，大步跨进厅来。她急忙收住脚步，定睛审视：此人肩上背着一个黄色大背包，手中拖滚着一个深紫色旅行箱，中等个头儿，面目奇丑——凸眼、粗脖、蒜鼻，嘴拱唇厚。两眉如三角倒悬，浓密而粗长。面肌紧绷，寻不出一丝笑意或善纹。

鲁凤心中一阵紧缩，但还是趋步迎了上去。于是，有了以下的一番对话——

"同志，请问您是赶哪趟火车？"

"上午十点。就这一班，已经开始剪票了。"

"那应该是去湛江的吧？"

"不，我是去海南，要路过湛江。你是去——"

"这太好了，我也是去海南，是第一次去那里。正愁无人带路，您就来了。我的运气真好哇！"

"带路没问题，我是老海南啦。走吧，到剪票口剪票去。"

"那就谢谢您呐。"

"不用客气，举手之劳。"

他和她，一前一后，通过剪票口，爬完一坡阶梯，来到站台等候火车到达。

"同志，请问您贵姓？话音跟我差不多，是四川人吧？"

"我叫阎海南，阎王的阎，海南岛那个海南。老家的确在四川内江。父亲当兵在海南，我也出生在海南。有时受父母吩咐，回老家看望看望亲友，也祭拜一下祖坟。"

"我叫鲁凤，家住七岭市。真巧，我丈夫也是四川人，家在重庆珍溪。"

"喔，半个老乡！你这次去海南，是——"

"几月前，我丈夫被招聘到《海南日报》当编辑。这次我去那里探亲，也顺带为自己找一份工作。"

"招聘到省委机关报，这工作不错哇。"

"……"

二人说着，一列绿色火车吭哧吭哧地驶入车站，缓缓地滑到站台一侧。

上车后，阎海南对鲁凤说："你先别忙找自己的座位，到我的座位后看情况再作安排。车上的扒手、小偷、乞丐不少，容易吃亏上当。"

车厢内拥挤嘈杂，过道水泄不通。他背着大背包、提着旅行箱，在前奋力开路。她在后面紧紧跟随。两人很快来到阎海南的座位处，也很快将全部行李搁置妥当。

阎海南让鲁凤坐在自己的座位上。他在一旁站着。等每位旅客都落座后，通过简单沟通，让一位旅客到另一车厢去坐了鲁凤的位置。于是，阎海南便坐在了鲁凤的斜对面。

火车由慢到快，驶出车站，驶出城区，驶向莽莽苍苍、快速后移的山野。

短暂平静后，车厢在摇晃中繁忙起来。本已逼仄的过道熙熙攘攘，仿如从地下冒出若干人来。各式伤残乞讨者、身着袈裟化缘者、推销延年益寿保健品者，以及其他商品和零食贩卖者……如走马灯般在走道上穿梭忙碌，喊声此落彼起，一浪高过一浪。

或许是看到鲁凤慈眉善目和不凡气度，这些乞讨者、化缘者和推销者，一来到鲁凤面前就延宕不走，近乎以软硬兼施手段逼着她拿出钱来。当鲁凤正想付钱时，阎海南从座位一跃而起，在喉间哼了一声，立即与鲁凤交换了座位，挺直身板瞪大两眼直视来者。

这伙耍赖要钱的人，一窝蜂逃走了。

阎海南告诉鲁凤：这些伤残者，表面看去脚跛眼瞎，是世间弱者，一旦动武，他们眼疾手快，动作比正常人灵活；这些化缘者，虽身披袈裟，但并未受戒剃度，是一伙四方云游以"化缘为名"骗取财色的伪装僧人；而这些推销长寿产品者，大都在药店购来普通药丸，或者用面粉、米粉、红薯粉自制成各式药丸，冠以"益寿""抗癌""抗衰"等美名，大肆炒作推销，以牟取暴利……直说得她面色由红变白、露出惧色，才停止了讲述。

鲁凤忖度：幸亏有他同行，不然，我真没法对付他们。这些人中，只要有一人我给了钱，第二个、第三个……就会赖着不走。这样永远不会完结，即使将我包里的钱掏空，也许还无法脱身……真是越想越后怕，越想越觉得有神灵庇佑，在失望时出现了阎海南这样的人。

一昼夜的火车行程，终于平安完成。但火车晚点，到达湛江已是午后三刻。一路南下，气温渐次升高，身上衣装减下三分之二，背包却一下膨胀了。转乘大巴经过四个多小时的颠簸来到海安时，红日已经西斜，夕阳余晖染得海水一片血红，落日与海平面近在咫尺。

时间已晚，海峡轮渡停运，他们只好在海安滞留一宿。

他们走进一家门牌上写着"仁爱"的小旅店，一位矮胖嘴甜的中年老板娘迎上前来，笑微微告诉他们：本店唯一的两间小房已有客人。现在只能住三四十人的大房。虽然简陋，但房费便宜。过海人太多，只能这样。即使再走几家，也好不到哪里，说不准比我这里还要差……云云。

阎海南转身要走。鲁凤却说："阎大哥，别走了，将就住一晚。我也累了。"于是，决定在这里住下。

其实，三个月前，曾凯力深夜到达海安时，就住在这家旅店，也被安排在这间用原木、牛毛毡等材料所搭建的大棚内。作者在第九章中已叙述过棚内的种种情形，男女混住一室的那个夜晚所发出的猥亵、调情、做爱的杂音，声犹在耳。这里就不再一一赘言。

住宿条件环境虽然未变，但这一夜的情况却大为不同。当阎、鲁二人走进"大房"时，猛地愣住了：用木板铺设的大铺上，横七竖八地躺满了一双双男女，他们之间只是用背包、提包隔开一下，在微弱的灯光下，已有不雅动作和异样声响……

鲁凤两脚退至门口，蹙眉而立。

阎海南放下行李，一声大吼："起来！起来！成什么体统！"然后，两手叉腰，直挺地站立在那盏闪烁着弱光的灯泡之下。

人们一骨碌翻身坐起，怒目而视。其中，有一二壮男，似已捏紧拳头。当他们睁开惺忪睡眼看清吼叫者的服装和面孔时，霎时平缓下来。只有一名年轻男子轻声解释道："老板娘同意我们自由选位、自由组合。"

"她同意我不同意！"阎海南站在原位，仍一动不动，只管大声发话，"中国人有中国人的传统，怎能如此乌七八糟？大家现在听我重新安排——以我站处为界，男人一律睡左边，女人一律睡右边，即使夫妻也要分开。请大家各自拿好自己的行李去吧！"

一阵忙乱之后，男女各归其位。"大房"重又安静下来。

"各位旅客赶快睡好，很快就熄灯了！"老板娘的嗓子如"小喇叭"一样响了起来。

阎海南立即大步迈至门外，对老板娘正色道："我们这个大房今夜不能熄灯，否则，出了问题你要负责！"

"难道开通宵吗？"

"通宵，当然通宵！"

老板娘脸上的微笑，消失了。她看了看对方面色，迟疑片刻才说："那好吧。"

　　鲁凤被阎海南安排到右边靠墙壁的一个角落，让她以旅行包抵墙、手提袋作枕，和身躺下，拥包而眠。他自己则去左边找了个可以观察整个"大房"动静的地方，随意地躺了下来。可是，他一直处于半睡眠状态，眼睑时睁时阖。这一夜，他起来巡逻了三次，每次都到鲁凤睡处瞧一瞧，然后才放心地返回。因长途奔波过于困乏，又有保护者在场，鲁凤一躺下便很快入眠。她感觉自己身轻如燕，正在一条峰峦嵯峨的山间小道上飘行，远远望见前方一片林地之侧，一男子正手持书本斜卧其上，凝神静读。她看清那就是曾凯力。一阵惊喜，奋力追去。可是，等她到达时，那斜卧诵读的身影一忽儿便隐没了……惊疑中醒来，再也无法入眠，一直想着梦中情景，想着这次到海南，也许真能与丈夫重逢。若能重逢，她一定要对他百依百顺，万般俯就，尽可能将那心灵中的伤口抚愈。如若他要留在海南，她就和他在这个与谁都没有恩怨情仇的地方重建家园。当然，也许这一切都是空想，她将永远无法找到他。或者，即使找到，他却早已移情别恋，让她从此抱恨终身……

　　但她怎么也没想到，在这同一个夜晚的同一个时刻，正在逃亡途中的曾凯力，已从海口来到临高境内的一处小庙外，将棉絮铺展开来并仰卧休憩，翘首凝望星空，在冥思遐想中也深情地想到了鲁凤……

　　应当说，这是男女间心灵的感应。倘若不是，难道人间有这般千年难遇的巧合？

　　一夜平安无事。因有阎海南带路和保护，乘船渡海无不顺利。只是船到琼州海峡中段风急浪高之处，鲁凤有些晕船作呕，她自己及时卡了几个穴位，作呕症状便很快消除了。阎海南主动告诉她：海南岛的最高点是五指山，他所在的部队驻扎在五指山山麓一个叫通什的小城里。当兵三年后又转为志愿兵，因管理部队伙食很出色，官兵都舍不得他离开，所以一直干到现在，连老婆孩子也从保亭县城迁到了那里。

　　晌午时分，轮船抵达海口新港。

　　阎、鲁二人背好行李跟随人流下船上岸。

　　对于寻找丈夫的事情，鲁凤决定在安全、保密的原则下独自进行，也不想把真实的情况告诉他人。因此，她准备一上岸便和阎海南分手。

但他坚持一定要送她到达目的地。她再三推辞仍无效果，只好和他一起坐了一辆载人三轮摩托车，来到新华南路《海南日报》社大门外。

鲁凤站下对他说：

"阎大哥，非常感谢你对我一路关照和帮助。现在时候不早了，这里到通什还有那么远的路程，赶快坐车回家吧。"

"我在门口等着。你先进去看看你爱人在不在，如果他出差去了，我还可以帮助你。"

"那就不必了。即使他出差去了，他的同事们还在，他们一定会帮助我。阎大哥，放心走吧。"

"那好，我就走了。这是我们部队食堂的电话号码，有什么为难的事，就打这个电话，我会立即赶来的。"

他将一张写着电话号码的纸条交给鲁凤后，握着她的手，嗫嚅着补充说："凤妹子，我，我，要是还、还没有成家……"

还没说完，他便猛一转身，快步往前走了。在他转身的那一瞬间，她看到这个面部从无笑容的男子眼眶有些湿红了，泪光在眼角边闪动，泪滴却久久没有坠落下去。

鲁凤看着阎海南的背影远去，既感激又感动。但未敢多想，立即回过神来，将思绪集中于眼前——来到海岛，椰林婆娑，人海茫茫，眼前一片陌生世界，顿觉不知何去何从。今夜宿于何处？丈夫身在何方？怎样才能探得他的音讯？去哪里发现他的踪影？这一切都是未知数。但有一点是肯定的：她绝不会向"关爱小组"求助。她不信任他们，怀疑他们，疑心他们行动的真实意图是要让被"关爱"者消失在人间。是的，她的到来，必须保密，寻夫事宜只能秘密进行。因此，一切需要从长计议。应该先找一处旅店住下，再找一份适合于自己的工作，然后从同事、路人、病员甚至流浪者中以委婉的方式，从旁打探，寻找线索。或许，某一日奇迹出现，与丈夫邂逅于海口的街头巷尾……

想到这里，鲁凤喜不自禁，仿佛马上就要和丈夫重逢一般。心，怦怦地狂跳起来。她向一位路人打听哪家旅店既便宜又安全。路人告诉她：军区二所。对于这个名字，她甚茫然。这路人又告诉她：军区二所的全名叫"海南军区第二招待所"，普通百姓也可以去那里住宿。然后用手指着南方的街道，让她从这里向南走，过了东湖经三角池再沿海府路朝东南方向走，如果走得较快，二十多分钟就到了。

按照路人的指引，她顺利到达军区二所。果如其然：这是一家由退伍转业军人负责经营的招待所，管理严格，价格便宜，住一宿只需三几元。但住房窄小、简陋，两人或四人一房。一张板床，一条线毯，一个粗糠芯枕头。但鲁凤这一夜睡得很安稳。因为白天想得太多太累，索性晚上什么都不想，睡早、睡好、睡够，准备第二天全力奔走找工作。

二九　女人花在红尘中漂泊（下）

天未大明，鲁凤已经醒来。

她匆匆洗漱完毕，将旅行包、手提袋交付二所保管室暂存，又将钱、证等重要物品随身携带并放于贴身荷包内。再向该所服务人员打听海口市内各医院地址与概况。得知距军区二所不远处，有一家名为"龙凤"的区级中医院，不久前曾招聘过一批医生、护士，属于国营单位，待遇不菲。于是，她一边问路一边步行着朝那里走去。

到达时，这家仅有一栋陈旧楼房的中医院刚好上班。是一位秃顶白发、脑门锃亮、面带微笑的副院长接待她。他第一眼看见她便突显亢奋而语无伦次。他握着她的手，握了许久许久，她好不容易才从他的掌中抽了出来。他将她带进自己的办公室，让其坐在办公桌前的一把椅子上，与自己面对面交谈。在低头查看过她的工作证、身份证后，那如炬的目光就一直没有离开过她的面庞。他首先自我介绍说："本人免贵姓朱，名义辉。虽学历不高，也没进过医学院，但却是这里的老党员老领导。十一岁就参加革命，为琼崖纵队到敌占区传送书信。回忆起那些艰苦、危险的经历，我就三天三夜无法睡觉。有一次，首长派我到有国民党军队把守的一座县城给地下党送信……"

他火辣的眼神，让她不得不低眉垂首。但他仍在滔滔不绝地讲着，讲他如何躲过敌人的岗哨、骗过敌方哨兵的盘查，又如何千方百计去寻找那位在小巷卖槟榔的地下党联络人。大约用了半个小时，才终于把那个送信的故事讲完。这类故事，鲁凤上小学时曾听说过不少，只是那些故事的主人公不叫朱义辉、发生的地点也不在海南琼崖纵队罢了。虽如此，但她还是忍耐着、恭听着让他讲完，希望他讲完之后能够回到今天的正题——关于招聘的事情。

很幸运，他开始向她提问了。

"请你讲一下自己的从医简历，好吗？"

"好。其实，我的从医经历很简单。当赤脚医生一年，护士三年，护士长五年。没有读过正规的医学院或护士学校，但经过各种严格的培训，完全能够胜任护士工作。"

"结婚了吗？为什么独自来到海南？"

"丈夫在海南日报工作。我这次来探亲，想顺便找一份工作。"

"噢，是这样。"

如喷泉般涌流的话语立刻止息，目光也一下显得暗淡沮丧。沉默良久，他不无遗憾地说道："可惜呀，可惜！半月前，我们已经招聘了三位医生、五名护士，要是你那时前来应聘，我就肯定录用你了。这样吧，把你或你丈夫的住址、电话留下，如若我院还要招人，我一定通知你。像你这样的人才，我们是需要的。"

两耳嗡嗡作响。她已听不清他还在说些什么。既然人员已满，这些话，一进门就本该对她说的。但他没有。而是大吹法螺，还一本正经地让她讲述从医经历，仿佛真要录用的样子。

她有些受骗上当的感觉。

走出龙凤医院大门，她呸了一声，以稍解心中的愤懑。

一月内她去了好几家医院，遇到的情形竟然大同小异。每到一处，都是热情相迎，谈天说地，刨根问底，相当"重视"，让她信心十足。待她回答完毕，却是以"等等吧，今后说不定还有机会"或者"本院若再招人，我首先通知你"，"像你这样的条件，不愁没有工作，其实到处都缺护士，只是你来得太晚，我们已经满员"这样一些话作为交谈的尾声。更有甚者，有一位接洽者还特邀她去看一场电影然后共进晚餐，然后用小车送她回去……对这类匪夷所思的行为，她想不回答一字，转身快步离去。可是，她忍住了。面带微笑地对他说："谢谢，这就不必了。"

那天，她来到文明路与博爱路的交叉路口，见一群人正面对墙壁聚精会神浏览招聘广告，她也凑上前去，看看是否有什么机会。她站立着朝墙壁仰视，在那些花花绿绿、七长八短的广告中搜寻。须臾间，耳边便响起一个甜蜜的女音："小姐，你想找工作吗？"侧过身来，一位穿着入时的中年妇女正面对着她，而且将刚才的问话重复了一遍。

"小姐，你想找工作吗？"

"是。"

"想找什么样的工作呀？"

"护士。"

"你愿意干其他工作吗？比如卡拉OK厅。"

"不不，我不会唱歌。"

"当一名服务员，不需要唱歌。"

"具体工作是什么？"

"为顾客送茶水、果品，清扫歌厅，打开和调理音响等等。"

"……"

"我是'天上人间'歌厅的刘副总，如果你乐意去我那里工作，每月工资可以拿到一百五十元到二百五十元。我们还为你提供住宿。"

"好吧。但有一个条件，我想什么时候离开你们单位都可以，不受任何阻拦。"

"没问题。开放年代，来去自由。现在，我带你去看看地址。从今天起，试用三个晚上。晚上九点上班，我会在门口等你。"

她带她抄近路经过几个小巷，来到一栋高楼前，抬头指着底楼一处大门口说："从这里进去，再乘电梯到十一楼。那里整层都是'天上人间'的地盘。"

当日晚上九点，她准时到达。刘副总果然在大门口等候着。进入十一楼后，一片女音突入耳膜："欢迎您来到天上人间！愿您纵情歌唱，快乐今宵！"进入她眼里的，是穿着同一茜色服装、浓妆艳抹的服务员们，正穿梭于走道上，出入于各个包厢之间。前来消费的红男绿女们，或摩肩搭臂而来，或携手搂腰而入，在服务小姐们的带领下，分别进入各自的包厢。鲁凤的任务是往返于三个包厢与果品房，在一名小组长的指导下，让她一次又一次将五颜六色、堆砌成形的水果拼盘送进指定的包厢。当她第一次敲门进入时，一双男女在暗光和歌声的掩蔽下，正狂热搂抱，双方的手已伸入对方的隐秘之处……她猝不及防，迅即放下果盘，转身出门而去。那震耳欲聋的伴音与不堪入耳的喉声，使她真想立即逃走。

凌晨三点，这难熬难堪的一夜终于过去。她谢绝了为她安排的住处，仍步行回到军区二所。此后，她三天没有上街，三个夜晚的闷睡，调整了纷乱的心态，从惊扰的思绪中逃出。

在这些不间断奔走的日子里，求职、寻夫两件事情，在她的心中后者更为重要。当穿行在海口的大街小巷时，她警觉的目光总是如两只来回转动逡巡的探照灯一般，扫视着从身旁流淌而过、变幻涌动的人流，刻骨铭心地期盼着在这众多纷繁陌生的面孔中，猛然出现那张让她朝思暮想、魂牵梦绕的面孔：细长的眉眼，高直的鼻梁，薄而舒展的阔唇，微黑坚毅的脸膛，当下定决心时嘴角两端绽出的八字深纹……

每当想到这石破天惊的一刻，她便禁不住怦然心跳。

"一切都有可能。只要他在海南的土地上，这样的情形就有可能出现。"

此刻，已经重新走上大街小巷的鲁凤，一边彳亍前行，一边关注着川流不息的人流，时悲时喜地想着心事。

不觉间，她来到一片宽阔绿茵草坪之前。翠绿的草坪上，有修剪成形的疏林、花树、盆景以及石桌、石椅之类，二三玲珑亭榭矗立其间，一条卵石小径曲曲弯弯随意延伸，将各处景点亲密连接。一条车道沿草坪两侧分流而上，通向一座设计精妙的白色圆拱形大门。门楣之上，镌刻着七个金光灿烂的繁体汉字——"海南大福星医院"。圆拱形大门之后，是六栋高耸的白色楼房，白墙、蓝窗、绿瓦，在蓝天日光的映照下，呈六角形蜂窝状环列。茂林、修竹、花树、椰羽组成的绿色围墙，将六栋白楼紧紧围绕。远远望去，一片白色宫殿式建筑群落静立于万绿丛中。

啊，这不是人们多次讲过的那个"大福星"吗？

今天，与街间人群随波逐流的漫步中，不知怎么鬼使神差来到了这里。是的，她早已听说过它。人们说，这家由香港人所创办的中、西结合私营医院，医生、医术、设备等方面在海岛均名列前茅。对这样一家制度正规、实力雄厚、待遇不菲的港资医院，她一直犹豫不决，未敢贸然前往一试。此刻既已来到这儿，不妨进去瞧瞧吧。因为不抱太大希望，心中没有了压力，她坦然自定、昂首阔步从圆拱形大门走了进去。

她自己并不知道，她这样风姿绰约地进入大门的短暂时刻，一只隐蔽的微型摄像镜头已将那姣好、妩媚的面庞与身影录下，立即传入了白色群楼中第六栋第六层的一间办公室内……

她站在大厅一角，厅内的情形便如电影大屏幕般闪现在面前：有着红木雕花门窗的导医台、护士站和急诊室内，穿戴着白衣、白帽的医生、护士们正在自己的岗位上有条不紊地忙碌。挂号窗口外面，坐椅上的长列人阵，自动传输缓缓前行，三秒内便搞定一人挂号。彬彬有礼的医护们，绽放着蔼然微笑。护士中，有三位特别高雅、靓丽者，她们神态自若、语音甜美、身姿飘逸，酷似一母所生多胞胎仙女来到了人间。站在她们面前，鲁凤有一种神秘而梦幻般的感觉。刹那间，她不知道自己来到了什么地方，又为了何事而来。这是仙境，还是人间？她脑里一片空白，无以判定，难于辨别。正在不知如何是好时，那三位"仙女"中的一位，款款来到面前对她说："尊敬的女士，欢迎您来到大福星。请问，您是要看医生，还是有别的事情？是否需要我的帮助？"

听到问话，她猛然清醒，只愣神了两秒就回答道："我想见大福星医院领导。"

"您是说，想见我们的汪院长吧？"

"是的。"

"请乘电梯到第六栋第六层院长办公室。去吧，他已在那里等候了。"

"谢谢。"

"仙女"带她到电梯口，说了声"再见"，就转身返回了。

她很快到达院长办公室门口。门，虽敞开着，但她还是轻轻地敲了两下。听到一声"请进"后，才缓步走进。

坐在办公桌后木椅上的，是一位学者风度、文质彬彬、身体微胖、戴着眼镜的中年男子。进门第一眼见到鲁凤时，没有此前应聘时遭遇过的那种让她躲闪不及的眼神，虽有过惊羡的一闪，但瞬间即逝。在整个询问过程中，始终保持着认真、尽责的姿态。他问了她许多问题：从医履历，护士必具技能与常识，为何千里迢迢来海南，等等。她大都一一如实作答。只是为什么来海南的问题，仍按照对阎海南的一套说法回答。

一场严肃的面试，让鲁凤心内忐忑。她想，要被录用，恐怕极难。名副其实的大福星，对于她，本来就可望而不可即。录用与否，顺其自然吧。可是不久，她却看见汪院长拿起了办公桌上座机的话筒："张主任，请您到我办公室来一下。"

张主任很快到达。这是一位谦恭卑微、唯唯诺诺、夤缘上位的年轻人。

"这位鲁凤女士，虽学历平凡，"他对他说道，"但年仅十六岁便投身医务，在之后的九年中，做了一年赤脚医生、三年护士、五年护士长。资历与经验都不缺乏，我决定破格聘用。试用期半年。月工资暂定三百元人民币，安排住房一间。填表建档后送人事科。"

"好，按院长的决定马上办理。"他面向院长鞠躬之后，侧身对鲁凤说，"请您随我去办公室办理聘用手续吧。"

鲁凤对汪院长说了声"谢谢"，便尾随在张主任身后迈步出门。她心中的惊喜无以言说。这真是应了中国的一句古话：踏破铁鞋无觅处，得来全不费功夫。人生亦如此：希望隐藏于无望之中。

至此，鲁凤在大福星医院正式上班。她住在第二栋第八楼的一间靠边的三十多平方米的房内，有了暂可栖身的处所。房间虽小，但卧室、餐间、厨卫一应俱全，小巧玲珑，自成一体。令她特别称心的是，窗口临街，随时可以打开窗户，观察、辨认街间那川流不息的行人。说不准是神灵庇佑，让她无意中来到这样一家医院，又住在了这样一个房间，某一天推开窗户，便从如织的人流中看到了曾凯力的身影，那时，她可以乘梯而下，追上前去……那是多么激动人心的一刻啊！

为了这美好一刻的到来，她去买来一副望远镜，每天上班前或下班回来，无论是白日或者晚上，她都会守在这窗口朝下俯视，梳理、辨认那分分秒秒变化着的无以计数的面孔。她曾多次乘电梯冲下楼去，追踪她在望远镜中发现的那个酷似曾凯力的人。但有时那人已经远去，有时竟然追上，近看却与自己的丈夫千差万别。在医院，医护人员几乎没有节假日，只有轮班休息日。对鲁凤来说，休息日便是她心中的幸福日。她可以在这一天自由行动，整天在街间游荡，近距离、面对面观察街间的路人，她不但可以在大街上观察，也可以去那些偏僻小巷寻找。也许，为了躲避"关爱小组"的追踪，曾凯力就出没于那些僻静小巷哩。

岁月如云，飘忽而过。七八个月的时间就这样过去了。鲁凤也早已通过了半年试用期，成为一名合格的正式护士。

不久却发生了意外。大福星的人们疯传着鲁凤的怪异行为，说她在上班时，总是盯着那三位美女护士看个没完没了，如痴如醉。又说她不止一次慌张地进入电梯，到了一楼又仓猝地冲到大街上去追赶陌生的行人。人们说，这位大美女护士精神可能有问题。多人将这情况反映到汪院长那里，可汪院长泰然道："一切按医院制度办事。这些行为既未影响正常工作，也未违反制度，是不可以随意处分的。"

至此，她渡过一次挫折。

风波短暂平息后，一次严重的事件，又将她推到了被辞退的风口浪尖上。

几月后，她的一个休息日。一条僻静的小巷内，踽踽独行的她，两眼习惯性逡巡着稀少行人。猛然发现，那拐角处，一名瘦骨嶙峋、白发掩面的老妇蜷缩在那里。走近俯身细看，身着一身破衣、手握一条破袋的老妇正在哆嗦抽搐。在这深冬的寒风中（海南冬日的寒意虽逊大陆，但最冷时节仍需穿上毛衣毛裤），双目紧闭，一身滚烫，呼喊数声，无一回应。很显然，她处于高烧昏迷状态。怎么办？她是谁？一名乞讨者，还是一名流浪者？或者，一名被遗弃者？但可肯定的，这是一个急待救援的生命。倘若弃之撒手而去，自己将永远陷于自责而不能解脱，一生都无法得到安宁。

她决定救助她。

好不容易等来一辆三轮载客车，她求司机和她一起将老妇抬上车，送到了大福星医院急诊室。她为她挂号，预交了一个星期的住院费。老妇被诊断为重感冒和急性肺炎。经过七天诊治，病情已大为好转，但仍需继续治疗。食、宿、医、药，这是一笔不小的数目，七天下来，鲁凤花光了身上所有的积蓄。她再也无力支付这笔费用了。怎么办？向医院赊账？可是制度不允许；向同事或向刚认识的人借贷？互不知根知底，谁肯借给？左思右想，一时不知如何是好。正在为难之际，她接到通知，让她去人事科一趟。她忐忑不安地走进人事科大门，一位年轻人正在那里等待。他很有礼貌地对她说："鲁凤女士，很遗憾地告诉你——因为你违反本院规定，自带无力支付医疗费用患者住院并造成不良后果，经院长批准，决定给予辞退的处分。明日中午之前，必须离开这里。"

她知道自己的确违反了院里的规定，因此，什么也没说就默默地离开了人事科。

翌日中午，她背起打好的背包，提起放着衣物的布袋，来到医院的圆拱形大门口，与送行的几位护士、医生告别。那三位面貌相似的美女护士也来了。只是她们一直那么微笑着与她握手，而不像其他护士那样，面部带着惋惜与同情。"我被辞退，她们依然这么微笑着，难道一点同情心也没有吗？或者，她们的脑部出了什么问题？……"鲁凤一边与大家一一握手辞行，一边这么怪异地思忖着。

这时，一辆黑色劳斯莱斯轿车缓缓驶来，停在了圆拱形大门外。接着，从车上后排座椅躬身钻出一位西装革履的中老年男子。一出车门，他立即挺直腰板。柳眉、大眼、薄唇、瓜子脸、双眼皮，一副贵妇面目。

他的突然出现，大家都很惊讶。除了鲁凤，都一齐上前鞠躬：

"董事长好！"

"怎么啦？大门口聚了这么多人？"

"董事长，是这样的……"

一位医生上前，向他讲述了鲁凤被招聘和被辞退的详细经过。

听罢，董事长将鲁凤反复打量了一番。然后豁然一笑道："医院制度，不是国家法律，可以特事特办嘛。她做的这件事，符合人道精神，好事一桩，岂有辞退之理？留下，留下。"

就这样，大福星医院的真正老板——王云玺的到来，使鲁凤又一次躲过了本难逃脱的人生挫折。不仅辞退被撤销，还牢牢地站稳了脚跟。

董事长违反自己监制的制度，驳回院长的处分，在大福星医院还是第一次。为此，众说纷纭，莫衷一是。有的说，这位来自香港、独资创办大福星医院的董事长，家中系老妻少夫，年龄悬殊，且无子嗣，可能为鲁凤的非凡姿色所打动，因而不顾一切将她留下；有的说，可能他对自己选择的医院负责人并不满意，已心生芥蒂，近期要另选高明来接替这一职位；有的说，也许是头脑发热，一时冲动，并无什么具体目的……总之，无法得出定论。于是，大家只好在沉默中等待了。

好不容易等来一辆三轮载客车，她求司机和她一起将老妇抬上车，送到了大福星医院急诊室。她为她挂号，预交了一个星期的住院费。老妇被诊断为重感冒和急性肺炎。经过七天诊治，病情已大为好转，但仍需继续治疗。食、宿、医、药，这是一笔不小的数目，七天下来，鲁凤花光了身上所有的积蓄。

三〇　时空交错：意料外的意外

以往来海口，王云玺一般只住那么十天半月，匆匆地检查完大福星医院的工作之后，便直接回到香港。当然，他也会从海口起程去深圳，因为那里还有一家他亲自创办的企业——幻想成真机器人制作公司，他也乐意在那儿待一般时间。可是，这次回来，一住就是两月有余，似乎还没有要走的意思。更蹊跷的是，大家的那些猜测一件都没有发生，也没看见他对鲁凤有什么特别亲昵的言行，连主动上前与她搭讪的情形也没有。

一直被舆论围困而惴惴不安的鲁凤，终于平静下来。但是，这短暂的宁静很快被打破了。

一天，她接到口头通知：王云玺让她去董事长办公室一趟。

心，怦怦地狂跳起来。一时间，思绪缭乱，不知如何是好。她，一名普通护士，董事长有什么事情要单独找她？也许，她最忌讳、最深恶痛绝的那件事就真要发生了！来海口后，曾多次听到传闻，说某某台商、港商，到大陆后都包养了"二奶"，擅自生儿育女，另建家外之家。这位董事长坚持留下她，难道就是为了这样的目的？而这次单独找她，正是开始实现这一目的？她该怎么办？去，还是不去？看来，不去是不妥的，也没有拒绝的理由。那么，如果去了又将会如何呢？她早已下定决心，无论发生什么情况，都会坚守如一，即使再被辞退，也不能依从。哪怕对方富可敌国，在这件事情上也没有回旋的余地……

既然主意已定，她感到一身轻松，毫无畏葸地敲门走进了王云玺的办公室。

抬眼一看，她大吃一惊——

董事长办公室内，并非王玉玺一人，还有汪院长、张主任一共三人。王云玺坐在自己常坐的那把咖啡色旋转皮椅上。汪、张二人分别坐在他的两侧，还有一张空椅摆在那儿。见鲁凤进来，王云玺微笑起身指着空椅对她说："请坐，鲁凤女士。"待她坐下后，接着说："有一件事，需要和你商量，求得你的同意。"

"董事长，有什么事，请讲吧。"

"你是一位美女，也是一位淑女。你的形象减轻了患者的痛苦，也促进了病员的康复。我们公司希望买下你十年肖像权，以便进一步推广，让社会更多受益。"

"您的意思是……希望详细说明。"

"肖像，就是你的形象、模样。按照法律规定，每一位公民都享有肖像权，未经本人同意，不得以营利为目的随意使用。也就是说，只有我们征得你的同意或者买下了你的肖像权，才能使用你的照片和根据照片、形象制作的模型、影像等。"

"需要我怎么配合？有什么特别要求吗？"

"你按部就班、一如既往地做好自己的护士工作就行了。别无其他要求。"

"我的人身自由不会受到限制吧？"

"绝对不会。除了遵守医院的制度外，一切照常。"

"我的休息日也不会受到影响？"

"当然不会。和原来一样，在这一天你可以做你想做的一切事情。"

"难道你们制作照片或者模型，也不需要我提供时间吗？"

"不需要。我们医院的摄像镜头，已经自然提供了一切。"

"噢，原来这样！"

"我很诧异，你问了这么多问题，为什么不问一问这十年肖像权的价格是多少。"

"如果真像您所讲的对病员有好处，这方面我不会过多计较。"

"那么，这十年肖像权，二十万元人民币你同意吗？"

"您说什么呢？"

"人民币二十万元。"

"啊，已经够多了！"

王云玺、汪院长相视颔首一笑，又轻声耳语道："可叹。品貌俱佳，真是中国第一窈窕淑女！"

汪院长、张主任作为见证人，在这间悬挂着名人字画、书香气十足、中西融合的豪华办公室内，鲁凤与香港大成集团公司董事长王云玺举行合同签字仪式。鲁凤得到了一份合同和一本二十万元存折。

当晚，鲁凤一夜难眠。

九十年代初期，人们的工资每月仅为一二百元。海口市海甸岛的土地，售价每亩五千至一万元。商品住宅楼每平方米，也只需千元左右便可买到。她贸然获得的这二十万元，可是一笔数额不小的巨款。是福是祸，她无法预测。是钓者抛下的诱饵？还是猎者设下的陷阱？她亦无从得知。对于肖像权这件事，她也只是一知半解，今天签约是否完全妥当，并无绝对把握。之所以一口答应下来，主要是为了寻找丈夫和找到之后的长远打算。那时候，这笔钱买一套住房后还有剩余，可以成为两人在海南奋斗发展的根基。而这份肖像权合同，她已仔细看过，也认真思考过，最重要的一项条款是十年内不能与他人或单位签订类似合同，否则双倍重罚。其中，没有特别条款，更没有与"二奶"和出卖肉体之类沾边的任何内容。因此，她才大胆地在合同上签字并按了手印。"我的这个决定应该没错吧？可是，将来到底如何呢？谁也无法知道……"

她这样缠绵无定地想着、想着，好不容易才迷糊了过去。其实，每个人对于自己的未来，都是无知的。他们只是在希冀、猜测与奋力中度过一生。政治家、科学家、作家以及社会学家，莫不如此。但是，正因为这样，人生才有追求，才精彩。倘能预知，那一切都平淡无奇了。

鲁凤也不例外，她对丈夫和自己的未来并不预知。她的追求就是在某一天找到丈夫并共度美好生活。

此后不久，她的一切又恢复了原状。每日按时上班，尽力做好自己的护士工作。其实，自己对于患者们的重要性，她自己并不知道，只是王云玺的提示，才让她稍有察觉。是的，只要她去每个病房走动一趟，病员们（无论男女）的脸上无不露出会心的微笑。有次为一位患者动心脏搭桥手术，术前患者显得过度紧张。手术医师将鲁凤叫来站于手术台边，那患者便很快平静了，让这次手术顺利结束。

一幅彩色宣传广告画，出现在大福星医院外的宣传架上：上面有几位医生、护士的照片，鲁凤微笑着的头像被放在显著位置。下方写着"每位医生、护士都是你的亲人"。

至此，鲁凤更加放心。她想：所谓肖像权，原来不过如此。

每天下班回到寝室，她便与望远镜相伴，用它观察窗下的行人，也经常乘梯而下仓猝追赶陌生路人，虽多次出错，却仍然乐此不疲。每当休息日，她依然外出并逐渐扩大巡视范围，穿行于那些距大福星医院较远的僻静小巷。不过，为了躲避人们的视线，每次外出，她都戴上一副口罩，将脸的下半部遮挡起来。但是，那双闪烁的眼睛和风姿绰约的身影，仍不时引起人们的注意，惹来令人心惊的目光。因此，日落之前，她必须早早地回到住处，关起门来，躺到床上静静地闭目养神。然后，打开台灯，或给母亲写一封简信，以便明日与汇款一并寄出；或取出从七岭带来的那一摞信札，从中抽出一封，慢慢地细读与品味，当看到丈夫当初追求她时那字里行间流露出来的深情时，不禁潸然泪下。其中，一封信引起她的特别留意，那封信末落款处，惊现一枚拇指血印！估计是丈夫表示决心所为。要是在几年以前，她会极其反感。可现在，竟觉得无比亲切：那毕竟是他身体的一部分啊！她将这个血印紧紧地贴于脸颊上，感到很温馨、很安慰……

此时，医院四周一片静谧，鸟雀已经归林，一轮皓月悬挂在墨蓝色的夜空。从与王云玺那间豪华办公室相连一处卧室内，隐约传来梅艳芳那缠绵悱恻的歌声——

女人花摇曳在红尘中
女人花随风轻轻摆动
只盼望有一双温柔手
能抚慰我内心的寂寞

若是你闻过了花香浓
别问我花儿是为谁红
爱过知情重
醉过知酒浓

花开花谢终是空
缘分不停留
像春风来又走

女人如花花似梦

……

看着这信，听着那歌声，鲁凤的泪，如两串断线珍珠吧嗒吧嗒地滴落下来。

又过了一段时间，董事长王云玺悄然离开海口，直奔深圳。

鲁凤并不知道，王云玺这次是满载而去。他行李箱内装着她的全部生命信息：形象、身体各部图像、DNA、性格特点、大脑与思维、语音与语言、一颦一笑……无不完整录进他随身携带的那个"生命信息库"内。目前，他的梦想成真机器人制作公司，正在为制作世界上第一个与真人完全相同的机器人而竭尽全力，许多方面已领先全球，只是关于七情六欲这一项尚未攻克……

王云玺，系海南琼海县人氏。自幼长相似姑娘：蛾眉、大眼、双眼皮、薄唇、胆鼻、瓜子脸，再加上一口娇滴滴的娘娘腔。九岁时被选入海南省城一家琼剧院，成为一名男扮女装演员。随着年龄增长，逐渐成名，被人们赞誉为"海南的梅兰芳"。他生性富于幻想。演嫦娥就希望世间真有一位嫦娥，演白娘子就想象某座桥上有一位白蛇变化的美女飘然而过，演祝英台时，总觉得自己就是英台再世，某一日真要化蝶而飞。所以，当他演这些角色时，总是出神入化，让观众感动，粉丝成千上万，一出场欢声雷动。

可是，好景不长。六十年代初期，因与本剧团一名女演员通奸被抓获而受到开除剧团的处分。他从海口流浪到深圳，又通过深圳河偷渡到香港。乞讨、躲藏、打零工，成为他生活的主旋律。一日，他顿觉天旋地转，人事不知地倒在了路旁。

醒来时，他发觉自己躺在一片白色的医院里。向护士打听，知道是一位老板救了他，为他开支了所有费用。出院那天，一辆小轿车将他接到一幢别墅内，驾驶员让他在客厅等候，救他的这位公司老板要向他问话。他想：也许，是要我偿还垫支的这笔住院费吧？如果是这样，他一定要争取在这家公司打工挣钱就地偿还。

俄顷，高跟皮鞋碰触木板的橐橐声响了起来。抬眼望去，一位穿着入时、淡抹轻妆的中年妇女从之字形楼梯上款款地缓步而下。她不胖不瘦，挺胸昂首，一脸的微笑、矜持与凛然傲气。坐定后，她对他说："你也坐下吧。"于是，他坐在了不远处的一张椅上。她和他，一问一答，进行了以下一番不短的谈话。

"你叫王云玺吧？"

"是。王云玺。"

"知道是谁救了你吗？"

"我想，应该是您吧。"

"您说对了。知道我为什么要救你吗？"

"这，我想，是善心吧。"

"只说对了一半。那天，我开车路过，见你仰卧路旁不省人事。远看，极像一位女子，近看，却是一个男人。长发胡须，年轻貌善，五官端庄，不像是个坏人。因此决定相救，叫人把你抬到车上，送到了附近的医院。"

"搭救之恩，没齿难忘。本人愿结草衔环，终身效犬马之劳。"

"说话这么儒雅，请问此前的职业是什么？又为何流浪来到香港？"

"自小学演琼剧，男扮女装，是一名受欢迎的演员。因为与领导结怨，被排挤出剧团，经过千难万险才到达香港。"

"家中还有多少亲人？"

"三年前的饥馑岁月，父母因病重、饥饿双亡，我失去了唯有的两位亲人。"

"你年龄多大？还没有家室？"

"尚未婚配，虚度了二十八秋。"

"我叫龚婷婷，是香港大福星集团公司董事长。你愿意留在我公司干一份工作吗？"

"十分乐意，不胜感激。"

"想干什么工作呢？"

"听从分配，任劳任怨。"

"那好吧。你就做一名为我管理私人档案的秘书吧，附带在闲暇时唱唱琼戏、练练嗓子，也免得忘了你的本行。"

"好，一切按董事长说的办。"

从此，王云玺留在了这幢别墅内。原来的那位女秘书被调走，秘书职务、职责由王云玺接替。一夜间，他成为原秘书办公室和与它相连那间住房的主人。它们和董事长龚婷婷的豪华卧室隔厅相望。原女秘书的职责是：为董事长起草各种应酬、会议等方面的讲稿，并结集成册收入私人档案；为董事长日常生活、旅游、聚会及其他重要活动拍照摄像，将其编辑、整理并注以适当文字、时间后，装订成册；此外，董事长寝宫门楣之上置有铜铃一具，与室内按钮相连。董事长有事时，伸指一按，那铜铃便叮当叮当地响起来。此时，秘书必须立即起身前往听候吩咐。即使睡下，也要起来很快赶到。应当说，做这项工作，十分辛苦。难怪女秘书调走时，毫无怨言，脸上还略带一丝终于解脱的微笑。

毕竟是聪明绝顶之人，王云玺很快便适应了这份工作。他阅读、翻看了旧有档案，又拨弄几天傻瓜相机，他以极快的速度学会了撰写讲稿和拍照等工作。有时，他在讲稿的字里行间掺入少许富于感情色彩的词语，使董事长的讲话比过去更加生动，甚至赢得阵阵掌声。更重要的是，他还有别的绝招：唱歌、跳舞样样会，龚婷婷带他去歌厅、舞场，都能为她增光。

龚婷婷四十出头时，比她年长五岁的丈夫因患肺癌不治身亡。中年丧夫，又无一儿半女，对她的打击很大。虽继承了丈夫留下的大福星集团公司和二十多亿港元巨额财富，也无法解除她的悲伤与烦恼。很长一段时间，她不时从梦中醒来，泪水沾满面庞。一两年后，总算渡过悲恸欲绝的难关。有亲友劝她改嫁，她也希望找一位意中人填补感情真空。可对方不是冲着财产而来，就是年岁过老，或者显得粗俗、缺乏高雅气质，难以如愿，一拖就近二十年。

王云玺的出现，恰如一袭清风扑面而来，将她从长期的郁郁寡欢中唤醒。除为她干好秘书本职工作之外，他还能锦上添花，做一份额外的工作。当她失眠或烦恼时，他可以到厅里或她的卧室内，为她表演一段琼剧或为她唱一支她喜欢的歌曲。这期间，《白蛇传》中白素贞和《梁山伯与祝英台》中祝英台的一些唱段，还有港星梅艳芳、台星邓丽君唱过的一些歌曲，以及王洛宾创作的流行民歌，他都用自己纯雅的女音为她动情地演唱过。当她最失落的时候，他便陪她走进某家高档舞场，在或婉转或激越的乐曲中翩翩起舞，一曲又一曲，一场舞下来，她心绪中的那根弦松弛了。

于是，他成了她身边不可或缺的人物。

一日夤夜，铃声叮当地响了起来。王云玺不知何事，飞快地翻身起床，快步来到龚婷婷的卧室。柔暗的白炽灯光下，赤身裸体的她一把将他抱住，双双紧搂着倒在了床上。这一夜，云腾雨跃，她经历了三次风暴高潮。二十年的欲念与梦幻，一夜间得以厚重补偿。折腾至拂晓。因久违房事，她虽感灼痛，但仍不肯罢手，兴致不逊青壮。王云玺这方面的能力，令她刮目相看。他自己也未料到，他竟一锤定音，为打下一片江山奠定了坚实基础。

经过一年多考查考验，他们决定正式进入婚姻殿堂。择定良辰吉日，在独具风情的维多利亚港对面、历史悠久且气派豪华的香港半岛酒店举行了盛大婚礼。

数日后，龚婷婷在大福星集团公司董事会议上宣布：王云玺荣膺该集团公司总经理。

翌年八月八日，全体员工、记者及嘉宾共计五百余人，齐聚建筑超群、辉煌、无与伦比的五星大酒店，隆重庆祝该集团公司创建五十周年，举办图片展、文艺晚会和宴会等活动。图片展上，公司创始人、龚婷婷前任丈夫蒋卓吾的生前奋斗及创业经历是主要内容。这天，还有一条重要新闻公布：王云玺正式接任大福星集团公司董事长一职。龚婷婷退居幕后，但仍为该公司的实力人物。

此时，龚婷婷年龄已至五十八岁。而王云玺年仅三十有二，正是血气方刚壮年时。

两年内，他在大陆创办了两家实体：深圳大福星梦想成真机器人制作公司和海南大福星医院。他决心在机器人制作方面领先世界。为了这一目的，他在全球范围内广招奇才，组建了一支超凡科研团队，在"祖母细胞"和"面孔补丁"成果的基础上，将不同人的不同大脑与神经元完整地录制进一个"大脑录制器"内。于是，一位具有相同大脑、相同思维、相同面孔、具有七情六欲的男女便会再现。他四处寻找完美的男女作为原型，而大福星医院里的三位美女护士就是这么制作出来的。但他并不十分满意，因为她们与真人还有相当大的差距。

鲁凤已成为完美机器人制作的重要原型。所录下的一切材料，已存入深圳的机器人原材料库，正等待下一波研究成果的投入……

诚然，这一切，鲁凤并不知晓。只知道，这二十万元巨款对她和曾凯力将是何等重要。只知道，每日里不停地期待与寻觅，她依偎着窗口，日复一日地默念："凯力啊，你究竟在哪里？"但没有应答，只有无尽的猜测、期待与思念。

三一 特殊使命之旅

那个酝酿多时早已成熟的计划，曾凯力终于开始逐一落实。

他花两千多元人民币去琼中县城电信局购买了一只摩托罗拉 BP 机，号码是 1270922665。从此，他便获得了一件在当时最时髦、最流行的通信工具。虽然不能用这台 BP 机与别人直接通话，但它可以接收对方通过座机传送过来的电话号码。如果需要回答，则可根据这个号码就近寻找一台座机与对方直接通话。那时，手机尚未出现。类似手机的"大哥大"虽已露头，但它既笨重又昂贵，而且很不灵敏，因而 BP 机便成为人们唯一可选择的、轻便的、可扣挂在腰间皮带上的通信工具了。

从此，曾凯力加入了腰挂 BP 机这类人群之中。

与此同时，他还花两万多元人民币，选购了一辆"铃木王"牌男式摩托车（那时，海南的轿车极少，除港、澳、台和国企老板外，一般的人是没有的。若有一辆"雅马哈""铃木王""野狼"或"大黑鲨"这样的进口摩托车，已够气派了）。此外，他还购买了金利来西装、领带、墨镜、皮鞋、皮包、小镜等物品。他准备将自己"武装"一番，让形象焕然一新。在已经过去的三年多时间里，他在紧迫、窝囊中逃亡，日夜躲避着缉捕追杀，保护生命成为第一要务，几乎没有时间也没有必要去考虑这类事情。现在，生命危机早已过去。事情的发展亦出乎意料，原准备前往儋州开辟新场地的他，不得不留下来担负起养蜂场老板的重任。是的，他怎么也没想到，一夜之间，却因缘际会将他推上了这个无法推卸也无法退却的位置。既然如此，他必须让自己振作起来，从外表、装束到心理状态来个一百八十度的改变。否则，在这个大潮汹涌、各式人物纷呈登场的非常时代，就不会有人对他瞧上一眼，更不要说办成什么事情。

他用七天的时间，学会了驾驶摩托车。

今天，符永华到蜂场上班后，他取出申屠扬帆为他准备的那套半永久化妆品——离开独屋时定下的中年面孔，已逐渐褪色淡化，急需重新着装复原——他一手举起小镜，让自己面对着它，一手举起那支喷式白色染发剂，朝向自己的头发、鬓发，轻轻地按动了两下，于是，那灰色的发丝间，便立刻魔术般地冒出些许银丝来。接着，又用那支特殊画笔在脑门与眼角部位，浅淡地拖出几条人到中年一般都会出现的那种皱痕。然后，穿上那套笔挺的浅灰色花格金利来西装，系上那条与西装同一名牌的暗红色领带，穿上锃亮的皮鞋，挎上咖啡色公文式皮包。

他对着小镜将自己审视了许久：此时此刻的石运来，虽已变得相当自信与气派，却俨然是一位四十开外的中年男人了！

他既激动又感慨。他感叹于这种半永久化妆品的鬼斧神工，也感叹于世事无常，在时空的飞速流转中，一个三十出头的年轻人，不得不将自己嬗变成一个比实际年龄长十多岁且并不熟识的自己！

他走过去对正在清扫蜂箱巢门的符永华说，他要去海口办事，三五天后才能返回。若有急事，可去公路边小店那台座机上拨他的 BP 机号码。

面对他的变化，符永华有些诧异。但也并未多问，只是说："你放心去吧，这里有我哩。"

交代完毕回来，将早已准备妥当并用泡沫方箱包装好的三罐蜂蜜和十袋花粉，安放和捆扎在铃木王摩托车上。然后，一脚跨上，在槟榔林间缓慢地绕行。出了林子，驶上公路，加大油门，一声轰隆，便飞奔了起来，沿着海榆中线公路朝北疾驰。

尨龙在后面紧跟不舍，一直跟到林外才停住四足，昂首目送着它的主人消失在公路的转弯处。

今天，天气特别好。冬日早已过去，春天已经来临。和煦的阳光下，百花正在绽放。深绿的林木间，又增添了一层浅淡的绿色，显得无时无处不是生机盎然。奔驰在公路上的曾凯力，心情和天气一样：异常美好。三年多来积郁于心间的雾霾，刹那间，便被耳畔那呼啸着的风声驱散了。此时，他感觉自己似在腾云驾雾，有飞的快感，正飞翔在汹涌澎湃的大海之上……他不惧怕这如崇山般的惊涛骇浪，也不惧怕这流向不定、难以掌控的湍流。"人的精神是生命之上的生命",那位西方哲人的话,又在他耳边鸣响起来。是的,现在的他,精神是充沛的。他要下海去搏击一番,做一个无所畏惧的弄潮者!

"瀛寰!"

两个生僻的汉字,忽而梦幻般地闪入了他的脑际。

他甚觉诧异。不知为何这两个平日极难接触的汉字,会突兀地冒了出来。是神祇的昭示,还是灵感的萌动?前瞻性的思考与绸缪很重要,一家公司的命名也很重要——它往往成为成败的关键因素之一——难道这是冥冥中上天送来的一个礼物吗?要创办一家公司,当时相当困难,除了最低需要三十万元注册资金之外,还有工商、税务等方面一系列很复杂的手续和程序,需要一名熟悉业务的人员上下奔走。公司注册时,还必须出示法定代表人的身份证原件……凡此等等,对他来说,其中的许多条件都不具备。至今,连一张真实的身份证都没有。申屠扬帆为他办的那张假身份证,只能在某些情形下应付应付,是不可以在正式场合出示的。他必须有一张合格的身份证。在中国这片辽阔的大地上,任何地方都没有户籍的他,要凭空为他这个新人——石运来,制作出一张有具体省、市、街道、门牌号码的真实身份证,谈何容易!

但是,这个身份证对于他实在太重要了。在户籍制度如此严密的当下,没有它,不要说办公司这样的大事,就是出行、住宿、查户口这类事情,应付起来也十分尴尬。别人真要较劲起来,那张假身份证极易露出破绽。

为了生存与发展,他必须持有一张合格的身份证。为了这个目的,前面的路,即使布满荆棘刀剑,他也要走过去……

"咩……咩……"几声清婉的羊鸣,随着耳畔的风声送了过来。他放慢车速,抬头左右巡望:那蜿蜒起伏、林木蓁蓁的数座山岫之下,是一片一望无边的蛮荒之地。杂草、灌木、刺丛混生其间。偶尔呈露一面浅草绿地,黑色或白色的羊群,这儿数只、那儿十数只地悠闲移动着,或低头啃草,或昂首欢鸣,或抵角嬉戏。好一个仙境般的养生、休闲与游乐之地!

"这是上苍送给我的又一份厚礼吧?"他在心中对自己说。自感震惊,亦觉莫名其妙,"这片蛮荒之地,也许就是我的。今后,即使不能买下它,也应当租下,让它在不久的将来,成为中国著名的乃至国际性的旅游休闲圣地，一个四季鸟语花香、鲜果满树、蜜汁流淌、容纳众多求助者的蜜蜂乐园……"

他在这儿停留了大约二十分钟。他深情地凝视着这片广袤的荒原以及那绵亘一侧的秀美山岫，将它们镌刻在自己的记忆里。

从仙来岭到海口，他驾驶摩托车奔跑了四个多钟头。一路虽无大山穿越，却多有小坡与粗糙不平路段，长时间连续颠簸，身体甚感疲惫。当他准备从西到东穿过市区时，却一下迷路了，莫名的惊诧与梦幻般的感觉，让他竟然亢奋起来：三年前逃亡到海口时，他见过或走过的那些小路以及小路边上的大片烂泥塘、农耕地消失了，一幢幢造型奇异的高楼、酒店、大厦、别墅和无名建筑，挡住了他的视线和去路。仍无交警、斑马线和红绿灯的大街，偶尔出现的崭新闪亮的小轿车、出租车，与繁忙、老旧的载人三轮车、两轮车混行其间，现代与原始并驾齐驱，比肩而行……

好不容易来到东湖边上。他很想去看看那个曾经栖身并获救的湖光旅店。可是，当他到达那里时，眼前的面目已然改变："东湖小超市"五字取代了"湖光旅店"四字，明亮的玻璃门内，各类商品在霓虹灯下熠熠闪耀。在这里，他第一次邂逅申屠扬帆。要不是他的搭救，也许自己已离世多年了。他是一位背负着痛苦的智者。"一个人看到人生有多深，他看到的痛苦就有多深。"那位西方哲人所指的便是申屠先生这样的人——他在心里如是想着。

曾凯力在伤感的心绪下，离开了他记忆中怀念的湖光旅店。

他去一家快照相馆，摄制了几张身份证照片，放在公文包内。接着，又去一处小店，吃了一碗海南汤粉。然后，驾驶着铃木王朝秀英方向驰去。

到达秀英地面，他一边问路一边前行，左弯右拐，在高高低低的楼房间行驶大约一个钟头，好不容易才来到曾令他心惊肉跳、短暂停留过的收容所。关于身份证的问题，他想找那位好心的林副所长谈谈，试探一下是否能够解决。可是，他早已离开这里了。守门者告诉他，林副所长已升任区公安局局长。于是，他又马不停蹄地赶往那里。

他提着三罐蜂蜜走进了林局长的办公室。

"请问你是……？"

"林局长，我是两年前你帮助过的那个石运来呀。"

"哟，你的变化太大了：人，气派了。但显老多了。嗨，那次要不是我，你真的会吃大亏。后来的事实证明，我的处理是正确的，你并不是他们寻找的那个曾……曾凯力。"

"你的帮助，我一直铭记在心里。"

"你现在哪里工作？"

"琼中县仙来岭养蜂场。今天我带来的，就是我们场里所产的纯正蜂蜜，请你和你的上司大哥品尝品尝。"

"谢谢。"

曾凯力将三罐蜂蜜搁置在办公桌上。

"石先生，你这么远从琼中来海口，还有什么事要办吗？"

犹疑片刻后，曾凯力告诉他，因自动离职多年，重庆的户口已被注销。现在打算创办公司，需要户籍和身份证，如果能够得到林局长的帮助，他将万分感激并重谢。

林局长那瘦长脸上的面色，一下变得相当严肃。

"在没有任何迁移手续的情况下，凭空为你搞一个户籍，这风险谁肯轻易去冒？再说，这件事，也不是一个人搞得了的，需要多人操作。我的工资有限，无法支出这样一笔不小的开销。"

"需要多少，请林局长明示。"

"这个，这个……你还是找别人问问再说吧。"

"那位兰彩云大姐，现在还住原来那个地方？"

"早就搬了。大哥升职后，她就搬到一处幽静的地方去了，现在连我都很难见到他们了。你想找她？"

"不，我只是问问。她对人很好。那回虽是初次见面，印象很深。"

"你也不必去找她了。即使找到，她也没法做主。"

"是的。我们只是一面之交，还不如我和你林局长的交情哩。"

你一言我一语，说着说着，一缕夕阳的微光，从林立的高楼间斜射过来。曾凯力说了声"再见"，便与林局长匆匆分手，在附近找了一家私营小旅店住下。

虽已困倦，却久久未能入眠。看来，他的确不必去找那位兰彩云了。仅有一面之交，时间又相隔甚久，也许早已将他忘记。即使记得，仅从与林局长的简短交谈判断，这两三年间，人们的心态和人际关系都发生了剧变，办任何事情都必须让钱开路。这位局长已委婉暗示，并非他不能办，只是"风险"和"一笔不小开销"的问题。究竟花费多少，他不肯明言。也许数万元或者十几万元，狮子大张口，他能承受如此重负吗？他，曾凯力，虽已改名换姓，却仍是一国之公民，理应有一个户籍、一张身份证，可是，他却没有，只是一名黑人口，要使这"黑"变白，还须花高价进行交易与转换……

思来想去，无以解脱。但终于入睡。

一觉醒来，日光已洒满玻璃窗。他立即起床，穿衣洗漱毕，便驾车出门，在深巷中的一个小店吃了一碗抱罗粉后，迅即赶往南大桥——申屠扬帆在送来"石运来""曾凯力"两个假身份证时，曾提起过这个地方——他想：在那个鱼虾混游之处，户籍与身份证的解决，说不准还有一线希望哩。

他很快到达目的地。

这是一座钢筋水泥结构弧形拱桥，它高高地横跨在一条小溪之上。桥下两端基柱四周是一片几十平方米的水泥平地，小溪岸边和公路边沿的一些小径都通向这里，与桥下两端的水泥平地连接起来。应当说，这些无规则的小径都是来往于桥下的人们踩出来的。一些神秘的男女——制售各种假证者，似幽灵一般在这里时隐时现。求助者通过引荐来到桥下，经简单交谈与观察，判定来者并非便衣警察后，交易很快达成。他们神通广大，几乎无证不办——户口簿、身份证、大学毕业文凭、教师证、记者证、厨师证、各类工作证、军官证以及各式获奖证书，等等，可说是无所不能。相约并支付定金后，少则一日多则数日便准时交"货"。倘若将这些假证与真证放在一处，二者的确真假难辨，唯有通过特殊手段方可分出真伪。

曾凯力将摩托停靠在路旁，上锁，在一条小径上驻足观察了片刻。一个胖胖的小伙悄无声息地靠近，轻声地问道："大哥，你要办证吗？"他抬眼平静地审视着他，没有立即回答。于是胖小伙补充说："说吧，你想办什么证？什么证我们都能办。"曾凯力拉下脸严肃地告诉他，自己要办一个真实的户口本和身份证，但必须能经受住公安机关审查，不可有半点虚假。胖小伙脸上的笑容消失了，说要"真货"，必须由公安局属下派出所户籍内勤才能解决，那花销可就不一般了。曾凯力说关键是你能不能办，需要多少花费我们下一步再讲。

二人正在说着，身后一串尖刻的四川女音响了起来："你龟儿胖娃子，办不了就办不了嘛，何必硬要打肿脸充胖子呢！千万不要哄骗客户，搞坏我们南大桥的名声哟！"

胖小伙小声说了句："我们老大来了，你找她可能没问题。"便快步走开了。

曾凯力立即转身，一位穿着时髦春装的美丽女子已站在他的面前。她一句也没问，只是久久地瞧着他。他也似觉面熟，但又说不出她姓甚名谁，或者在哪里见过。

"哎呀，你不是那位老师吗？"

"请问，你是——"

"两年多前，从海安过海的时候……"

"噢，想起来了——老乡，老乡。李白的那首'床前明月光'让我们认识的。"

"还有，在大英巷红灯区……"

"别提了，惭愧，惭愧！"

"你连屋都没进，惭愧什么？就是进了，这在海口又算多大个事情？你没听过大家念的那句顺口溜吗？"

"什么顺口溜？"

"'扫黄队，扫黄队，赶走嫖客自己睡。'他们都这样，普通百姓有多大过错！"

"我身居僻壤，这些事我一无所知。"

"好啦，说正事吧：你要办什么证？"

"我叫石运来，常住琼中县仙来岭村养蜂场……"

曾凯力将自己的姓名、住址、为何失去户籍，以及眼下急需办理合格户口本、身份证等事详细、认真地叙述了一遍。女子也将自己的姓名告诉了他。说她姓杨名娇。

"石老师呀，今天你碰到我小杨，算是找对人啦，运气不错，跟我走吧。"

"先说一下需要多少费用。"

"你这情况特殊，不比那些通过准迁证办理户籍。我必须问了我的'那位'之后，才知道能不能办和需要花费多少。"

"你说的'那位'是谁？"

"你四川人还不懂'那位'的意思？就是我的男朋友嘛。他现在派出所工作，是户籍内勤的负责人。"

曾凯力一下想到这女子刚才说的"赶走嫖客自己睡"的顺口溜。也许，她便是这么成了他的"朋友"吧。唉，人生总是这样，当走投无路时，路，是没有办法选择的，阳光下的路要走，地下的路、魔鬼之路也不得不走。他和她，莫不如此。

"走吧，石老师，不要犹豫。'那位'虽然没有跟我正式结婚，但对我比对他的老婆还好。只要听说是我的老乡，总会少收一些的。"

"好，走吧。你可以坐在我摩托的后座上。"

"不，我自己有一辆女式摩托。我带路，你跟着走。让你看了地方，好放心，不担心办假证。"

她去附近一处椰林中，开出一辆橘红色女式摩托。她和他，一前一后，从滨海大道经钟楼一侧，驶上了长堤路。几分钟后，进入一条狭窄小巷，几弯几拐，再次驶上宽阔马路。奔驰了大约二十分钟，终于来到一栋白色三层楼房前的大榕树下。

两辆摩托停住后，杨娇对曾凯力说："石老师，你就在这树脚下等着，我进去和他商量后再出来把情况告诉你。"说完，她便径直朝白色楼房洞开着的大门走去。那大门一侧竖挂着"××公安分局××派出所"的门牌。人们进进出出，来去匆匆，十分繁忙。大门外的一片空地上，停着轿车、摩托车、自行车等各式车辆。大榕树下，车辆之间，多有男女忙碌其间，或驻足等待，或轻声交谈，或神秘耳语……曾凯力置身其间，茫然无措，恍如梦中。杨娇回到身旁，也未察觉。一声"石老师"的悄声呼唤，才将他从迷茫中唤醒。她对他耳语道："你的运气真好，我'那位'说，看在老乡面下，只收你五万元。"

"五万？太多了！"

"不多不多。就是正式有准迁证迁来海口，也要收一万元城市增容费呢。"

"不一定办在海口，办在农村也可以。"

"如果是这样，也许可以再商量商量。"

"那就让你费心啦。目前我的事业还没起步，今后倘能发展，定将重谢。"

"别客气啦。你是一个诚实人，诚实人我也要用诚实心肠对你。你先准备好三万五千元，三天之后在南大桥下今天见面的地方等我。"

曾凯力将几张办证照片包折在写有自己姓名、性别、年龄、出生地等详细情况的一片纸条内，交到杨娇手中。又将摩托车上的十袋花粉取下，对她说："这是我们蜂场生产的保健美容食品，请加蜂蜜冲温开水饮用。"接着，对杨娇的帮助再次表示感谢后才驾车离去。

　　三日后，一直守候在海口的曾凯力，如约来到南大桥下，按原定数目付款并从杨娇手中接过以"石运来"名字办好的一本深蓝色户口簿和一张与它相应的黑白身份证。这是中国的第一代身份证，对他来说，真是无价之宝。他久久地反复瞧着它，按捺不住心中的喜悦。

　　"货真价实，不用怀疑，可以在任何地方大胆使用！"

　　"我没有怀疑，只是太高兴了。"

　　"办公司营业执照和税务登记证时，若遇到困难，还可以来找我。"

　　"你也能办？"

　　"当然能办。我'那位'人缘很广，只要他让我去找谁，一定可以尽快办成。"

　　"太好了，我提前谢谢你。"

　　当日，曾凯力驾车沿海榆中线朝琼中方向奔驰而去。

三二　槟榔林下擘画"路线图"

　　也许，是那一身崭新装束的激励，也许，是多日郁悒状态的逆向勃发，由北向南飞奔在返回途中的曾凯力，心绪始终保持着亢奋与愉悦。当到达那片"蛮荒之地"附近时，便下意识地一脚踩下刹车，熄火，停车，站住了。他激动而深情地对着它眺望了许久，心中暗自发誓：一定要将这片处女地变成人间乐园！此时，仅有一个微不足道的蜂场和少许资金的他，倘若将这设想公之于世，或许会引来一片哗然与嘲讽，笑他是痴人说梦。可这设想着的图景，对于他却是清晰真切的。自发现这片荒土至今，四个日夜过去了，这梦想、这欲念、这未来的憧憬，依然在他眼前闪现，撩拨着他的神经与心弦。他踟蹰地站在那儿，望着那山、那树、那榛莽、那荒草萋萋，久久难以离舍。后来，发觉那黑白相间的山羊们早已消失，西沉的红日亦已隐入树杪，暮色即将降临，才恋恋不舍地跨上"铃木王"，一脚踩下油门，重上归途飞奔而去。

　　耳畔响起呼啸的风声。他蓦地记起一位古代哲人那著名的箴言。于是，一首短诗从脑际喷跳而出：

> 福兮祸所伏，
> 祸兮福所倚，
> 前路纵茫然，
> 未来尚可期。

　　这也是他当下心绪的写照。那些折磨他的，都在鼓励着他。走过的路和那些挖坑设陷的岁月，串联起丰富、悲壮的人生。眼下，目标虽已笃定，但这路如何走，怎样才能到达，却仍需不断求索。不过，他坚信：在这个世界上，没有白费的努力，也没有碰巧的成功。唯有不断前行，一切才有希望。

到达仙来岭养蜂场时，已是晚上八点。

首先前来迎接他的，是那只呜呜欢叫、摇着尾巴、活蹦乱跳的玄龙。它的叫声让静穆的槟榔疏林顿时活跃了起来，几只小鸟从睡梦中醒来，发出两声喳喳的聒噪。符永华也随即从自己的帐篷内钻出，点亮马灯，擎在手上，引照着让曾凯力停车、放置、上锁。

符永华告诉他，在他离开的这几天里，蜂场一切如常，平安无事。两天前，曾有一位吴姓港商前来拜访，因他不在就当即返回了，说一两天后再来。他猜想道：这应该是吴伯的养子吴多凡吧？那次离开独屋时，吴伯对他说，只要养子一回来，就让他去蜂场找他，现在他果然从香港回来了吗？联想起那狗与人争夺婴孩的种种情景，又一次令他感叹不已。这位曾被犬母、吴伯抚养，历经磨难与婚姻挫折，有着丰富从商历练的男子，究竟是怎样的一个人呢？即将创办公司、步入商场的自己，能在他那里获得某些有用信息与经验吗？他会听从吴伯的吩咐给予他真诚的帮助吗？是的，无论结果如何，他都太想见到他了。

这一夜，他睡得很不安稳。时静时动，时寐时醒。一会儿想自己，一会儿想他人。他想，要是师父谷开富还在这里，那就太好了，至少自己不必为蜂场操心，可以全力投入创建公司事宜。现在他在哪里呢？一年多过去了，什么消息也没有。他找到出逃的妻子了吗？即使找到了，这样一种家庭结构（两个来得令他痛苦不堪的孩子都是别人的），又如何相处下去呢？那个与师父妻子通奸的基本路线教育工作队队长，是何等的可恶可恨啊……想到这里，又不由自主地想起了自己的妻子鲁凤——离别已经三年多了，她的情况怎么样？还在七岭市医院上班吗？这期间发生过始料未及的特别事故吗？她还去那幢无名别墅吗？他相信，她是不会再去那里的，那毕竟是一处伤心之地啊。他更相信，自那以后，她定会与韩鹏程决然分手。倘若如此，这漫长的日子里，她遭到过韩鹏程的报复吗？……他极想知道的这一切，至今仍杳如黄鹤。是的，既已办妥身份证，他应当立即行动，将那个酝酿已久的计划一步一个足印地向前推进——明天一早，就出发直奔琼中县城工商局，尽快让一家属于自己的公司初露头角。打下牢固经济基础之后，再设法与她取得联系，让她尽快来到海南这片因经济大特区设立而相对宽松自由的土地……但是，情况最终会如何呢？何时能够实现这一夙愿呢？一切都是未知……想到此，伤感、炽痛与愤懑交集燃烧，炙烤着他的心窝，两眼已经潮湿了。

就这样，他辗转反侧，冥思苦想，无以自拔，好不容易才渐渐迷糊过去。醒来时，太阳已升上槟榔林梢。那只悬挂在篷内一侧的小闹钟，时针已指向"9"字。他急忙穿衣洗漱，泡了一碗方便面并狼吞虎咽之后，向早已在蜂场上班的符永华打了声招呼，便推出"大黑鲨"，准备出发了。

"How are you！"

不远处，传来嗓音粗浑、略带沙哑、用英语打招呼的男音。曾凯力抬头望去，一位西装革履、气宇轩昂、手提黑皮公文小包的中年男子，正在朝着他快步走来。

尾随于曾凯力身后、准备"送行"的厷龙汪汪汪汪地警叫起来。他举起右手朝下一劈，说了声："别吵别吵，贵客来啦！"吠叫骤止，摇起了它那毛茸茸的尾巴。

曾凯力立即停下手中的摩托车，大步趋前，迎了上去。

来人身高一米六七。白领带，暗红花格西装。国字脸，长圆头，面带快乐、随和而略显狡狯的微笑。浓眉、大眼、挺鼻、阔唇，一头漂亮曲卷的黑发。

曾凯力已猜出来者是谁。

"你是吴多凡先生吗？"

"Yes，yes. 你是石运来先生吧。"

"对，我就是石运来。"

"你的情况，家父已对我详细讲过。今日一见，真是非常高兴。"

"我也有同感。走，去我寒舍——不，只能称'寒篷'——坐下聊聊吧。"

热烈握手之后，他领着他朝帐篷走去。还是坐在那张小木桌边，还是用"蜜蜂国佳饮"待客。边喝边谈，无拘无束，有如老友重逢一般。既聊天下大事，也聊香港、深圳和海南。

见主人对客人如此热情，厷龙也凑上前来，靠近客人抬头仰视，摇尾"致意"。

"我很喜欢狗。因为它最懂人意、有情义。我总是预备着礼物，凡来亲近者，必有回报。"

吴多凡一边解释，一边从公文包中取出一方小小铝盒，打开，用手指拈出一小块红色干肉，放近亥龙嘴边。它叼着干肉，乖巧地躲到一边享受去了。

在曾凯力的提议下，吴多凡详尽地讲述起香港回归前夕的种种情形。接着，又不厌其烦地讲起了中国的改革开放试点城市——深圳，讲它如何从一个偏远的渔村一跃而成为繁华大都市的历程以及众多"淘金者"在那里八仙过海、各显神通——或智慧加实干，或机巧带拼搏，或"空手套白狼"——快速成为千万富翁、亿万富豪的传奇故事：有炒股票、炒期货、炒基金而一夜暴富者；有倒卖地皮、转手房产一年间成为房地产大亨者；有官商"联姻"攫取重大项目而"荣登"富豪排名榜者；有提早斩获特殊项目（如机场、铁道等）绝密信息，提前以廉价购进大片土地，接着又以高价转卖给建设单位而轻松成为百亿巨富者；当然，还有不少以智力加努力、实干加机遇奋斗多年而步入商业帝国者……

那重浊而微显沙哑的嗓音，时而放浪，时而沉缓，思绪飞扬，令人回肠荡气，将听者带往那个神秘诡谲、点石成金的新兴都市……

听着他的讲述，曾凯力眼底闪跳着异样的光点。向往、返思与激情都交汇在那光点里。那"蛮荒之地"的梦幻蓝图，亦因此而获得了灵感与力量。似有一股强力冲撞着他的脑门和胸脯。但他控制着自己，控制着心中激浪翻卷的湍流，不让它肆无忌惮地冲垮理智的堤岸。

他久久地沉浸在另一个世界里。当吴多凡停住讲述、嗓音骤止之后，他才猛醒回到现实。不过，他很快又听到了他那特别的嗓音——

"运来先生，说了这些情况，我多么想听听你的见解和想法啊。"

"多凡先生，十分感谢您为我提供了这么多难得的信息，可能对我的创业和今后要走的路大有裨益。但我想，海南与深圳的情况会有千差万别吧？"

"当然，当然。深圳和海南，都是中国的经济特区，它们的情况既有相似之处，也有不同之点。相似之处在于，深圳曾发生过的某些情形，海南已经或正在发生着；不同之点是，海南是中国最大的经济特区，它建立仅仅几年，年轻而地域广阔。转圜的空间很大，创业者、'淘金者'们机遇良多，游刃有余，如鱼儿游进了大江大湖一般。运来先生，面对目前的形势，你有什么具体的设想和打算呢？"

"是的，我想办一家私营公司，挣钱走捷径，迅速壮大实力，然后开辟一处荒原，在那里建造一座理想的、中国首屈一指的人间乐园。"

"赚钱的路径很多，但你并不具备那些一夜之间成为富豪的条件。"

"我不会要求那么快捷。我想三五年是可以的。在我们前行的途中，路总是很多的，直路、弯路、大路、小路，纵横交错于眼前。这就需要去分辨哪一条路是最适合于自己的。成功之路往往是隐秘的，它隐藏在希望里，只有慧眼方能识别。"

"我们面前的路有三种：绿线、黄线、红线。你打算走哪一种？"

"红线决不考虑。走黄线就可以了。"

"朝自己最熟悉的行业进军！"

"向最不被看好的领地冲刺！"

"各取所长，目标、方向一致。"

"很好，很好，我们的思路不谋而合。"

"原想在琼中注册公司，然后再逐步向全岛扩展。但现在我改变主意了——一步到位，在海口注册。"

"想法不错。"

"希望你能加盟。"

"老板不仁，家门不幸，我早已厌倦了香港生活。这次回来，本就另有打算。"

"一个人，不可能永远做失败者。只要永不放弃，剩下的便是成功了。"

"说得真好。听家父谈起你的为人及所经历的磨难，很有惺惺相惜的感觉。既然运来先生这么看重于我，那只能恭敬不如从命了。"

"不胜感激。三十万元注册资金，你出十万，我出二十万，创办一家合资企业。"

"好。你出任董事长和法人代表。我——"

"你是总经理最合适人选。"

"还有一个情况你可能不清楚。我有一位师父叫谷开富，这个养蜂场本来就是他的。蜂场被烧毁的那个晚上，他被迫出走，至今仍无消息。我打算为他虚设一个副总的职务。股份的分配你百分之三十，师父百分之二十，我百分之五十。不知你意见如何？”

“这样安排很公平。”

“我们公司的名字叫海南瀛寰蜂业有限公司。”

“在香港、澳门，为孩子、地方和公司取名时，时兴请大师测算。‘瀛寰’这名字，找人测算过吗？”

“‘瀛寰’两字，意为全世界。几天前，在那个梦幻恍惚的感觉下，它突兀地从心灵深处闪跳出来。当时，我很惊诧，只觉得这是神祇送来的一件贵重礼物。嗣后，我查阅了《周易命名大词典》，‘瀛’字为二十七画（三点水应算四画），系突破万难、刚柔兼备的数理；‘寰’字为十六画，系厚重、蓄产与富贵的数理。因此，我认为这名字是很不错的。”

“石先生博学多才，令人钦佩。”

“别客气，日后我还要仰仗于多凡先生你这颗商业头脑哩。”

“本人闯荡半生，多有挫折，几百万港元几乎消耗殆尽。幸好所获经验不少。加之海南人熟地熟情况熟，有信心应对今后的一切。我们公司也是万事俱备，只欠东风。现在，这东风早已从深圳那边吹过来了。”

“看来，你一定有什么奇妙的想法吧？”

“想法虽有，但还不成熟。”

“说来听听行吗？”

“还是到时再说吧。也许，那时只花很少的钱，就会十倍二十倍地赚回来。”

“但愿凭吴先生多年累积的经验，我们的公司能够顺利发展、发达起来。”

“我们共同努力吧。”

“那么，明天上午九点左右去你家接你，我们一同去海口，开始办理工商、税务等方面的登记手续。”

“我的小车虽旧，但性能还好。这次已顺便将它从香港带回，正好用上。明天你去我家后，就坐我的车到海口吧。”

“那太好啦。”

这时，符永华将刚才做好的午餐端到了小木桌上：一盆饭，一份炒南瓜，一碟煎鱼。他一边盛米饭一边说：“这南瓜和鱼都是刚从公路边上买来的，很新鲜。”

"招待太简单，请谅解。"

"来日方长，不必客气。在这样的条件下，有这样的午餐，已经很不错了。"

送走吴多凡后，曾凯力对符永华说："我们要创办一家合资企业，这段时间，我可能待在海口的时间较多，养蜂场的事情就要辛苦符伯您了。"

"这里不用牵挂，你放心地去吧。再说，每个周日或节日，曼琴也会到这里来帮忙的。"

"噢，她也学会了看蜂？"

"不但会，好像比我还懂。哪个是蜂王，哪些是工蜂和雄蜂，它们怎样采花、酿蜜，什么都懂，还经常讲给我听哩。"

"对了，她在宣传亭上看过有关蜜蜂方面的知识。"

"她说你水平很高，知识广——什么、什么，哦，'知识广博'，是她钦佩的一位老师。"

"她勤于学习，爱憎分明，是一位好姑娘。"

"几个村子，她是最有名望的姑娘。提亲的人很多，可是她谁也不同意，总说没有感觉。做父母的也没办法，不知她心中到底有谁。"

"曼琴年纪还小，大学也未毕业，让她慢慢地选择吧。"

"我也是这么想的。"

翌日，曾、吴二人如约一同驱车到达海口，时间已过十一点，他们急忙赶往位于滨海新村的海口市工商行政管理局办公大楼。这时，三楼办事大厅内仍熙来攘往、人进人出。但一字排开的十多孔窗口，办公人员已经离开或正在离开，唯有问讯处窗口还有一人未走。

"Hello！"

吴多凡的一声"哈啰"，以及那白领带、卷曲发、风流倜傥的气派，引起了那位仍留守在窗口、面目憨厚的中年男子的注意。他用眼神和手势将曾、吴二人叫到自己的窗口，面带微笑地问道：

"先生，要办什么事情请讲，我可以为你咨询。"

"这太好了。Thanks, thanks. 我是港商吴多凡，想投资与这位石先生办一家合资公司，请告诉一下要经过哪些程序和手续，需要多少时间才能把营业执照办下来。"

"欢迎，欢迎，我们市政府正在招商引资，吴先生你来得正是时候。

关于手续和程序，三言两语难说清楚，请下午两点到第二窗口领取申请表格并填写。如果特事特办，半月内就可以得到执照。"

听了这话，曾、吴二人十分高兴，离开工商局大楼去小巷内吃了点海南粉汤之类，便迅即返回办事大厅站立等候。其实，来此办事的人，大多并未离开。窗口虽没打开，但窗外的队列已曲曲弯弯地延伸至远处，人们或张口哈欠，或扭头摇颈，或抱首蹲地，显出各种疲惫神态。到两点半时，各个窗口陆续开启，于是人们重新振作起来，打起精神，将目光全神贯注地投向前方。

看着这拥挤的情形，曾、吴二人很是后悔，后悔自己离开了那么一会儿。但也只能如此：赶紧加入第二窗口外那长长队列的尾部吧！不过，他们很快听到那窗口处传来高声呼唤："从香港来的吴先生，请立即到窗口领取资料！"

喜出望外的吴多凡趋步上前，在自己一连串的"Thanks"的致谢声中，接过一叠资料，并按要求缴纳了二百多元"工本费"。

他们到大厅一隅站立，让曾凯力独自详阅所有资料。读毕，他对吴多凡说："看来，创办一家公司并非易事。首先应制订公司章程并获得股东会通过，要有国家四大银行之一出具的资金证明，证明法定代表人或其他股东在这家银行有足够存款。按规定，要开办一家公司，至少应有三十万元人民币的注册资本。此外，须填写申请表等一系列表格，出示各股东身份证原件和复印件等。当拿到工商营业执照后，再持该执照去税务局办理税务登记。由此预测，手续较为复杂，我们应当做好长期'抗战'的思想准备。"

"你正在埋头阅读资料时，一位香港独资企业的办事员过来悄声告诉我，"吴多凡显得有些沮丧地说，"叫我千万别看他们表面上对港商、外商很热情，也许正打着你钱袋的主意，要是不懂'规矩'，只能永久等待。有几位港、澳朋友来这里办公司，因不知道托人去暗中'疏通'，一年也没办下营业执照，只好落荒而逃……这里不是香港，注册一家公司没有那么容易。看来，我们要另有打算才是。"

"方向不变，只是另辟蹊径而已。"曾凯力两眼闪射出毫不妥协的光芒，似乎心中已有了主意，立即回答道，"我们不要被禁锢在这大厅太久，必须腾出手来，提前做好一系列事情，脚踏实地、张开双臂迎接初生的公司。"

他带着全部资料，边说边拉着吴多凡的一只手，很快离开了工商行政管理大楼，去到附近一处公用电话亭内，拨打了杨娇的 BP 机号码。

几分钟后，座机丁零零地响了起来。他拿起话筒放在耳边。

"你是石老师吗？"

"对，我是石运来。请你马上到市工商局附近的小桥旁边，我有事与你商量。"

"好，十五分钟到。"

杨娇驾驶摩托匆匆赶来，笑眯眯问道："什么事这样急？"

曾凯力向她介绍了合作伙伴吴多凡后，又讲了想委托她代办工商营业执照和税务登记证事宜。

"哈哈，你又找对人啦！"杨娇自信地说，"这可不是个简单的事情，一个窗口一道关，关关都要钱开路。遇上外资、港资更啰嗦。当然，舍得孩子也能套住狼。否则，一年半载无消息。因此，没有一个股东肯去遭受那份折磨。"

"多少时间能办妥？"

"少则半月，多则一月。"

"代办费多少？"

"两万元。比办户口还少哩。"

"什么时候付？"

"提前交一万，另一万办好再交。"

"好，照办。"

"但是，需要配合。希望把银行资金证明、公司办公地址（股东房产证复印件或租房合同复印件）、公司章程、全部股东身份证复印件等资料早点交给我。另外，公司股东登记表上的姓名、性别、年龄、民族、籍贯、文化程度等我不清楚，需要你们自己填写。"

"这项工作，你相当熟悉。"

"我已办过几次了。"

"好，一定配合。"

就这样，办理工商登记和税务登记的任务交给了杨娇。至此，曾、吴二人将全部精力与思维转移到瀛寰公司面世后如何经营与发展的未雨绸缪之中。

三三　绝招（上）

　　他们住进海甸岛人民西里一家两楼一底、仅有九个房间的私营旅店，以每天二十元的价格租下底层一间，在门框一侧贴上"海口瀛寰蜂业有限公司筹备组"字样。设备虽甚简陋，但环境幽静，适于思考与文字工作。且有数株高耸多叶的椰树掩映于庭院之中，一觉醒来，清晨的第一缕阳光从椰羽间漏进门窗，迎接他们的是一片快乐祥和的气氛。

　　二人分头办事，各司其职。时间，大都在忙碌中度过。每天，吴多凡早出晚归，集中全力寻找他心中的秘密。有时，他徒步奔走于海口的大街小巷，东看看，西瞧瞧，像一个幽灵在街市间晃来晃去，两眼内充满了神秘与亢奋；有时，他驾车驱驰在闹市与近郊的沸腾工地，专注于那些半停工或已经停工甚至成为"鬼屋"的楼房，仿如自己便是这里的老板，正在郑重巡望视察一般；有时，他兴致勃勃地往返于路边街角的报亭书摊，购下当日的书报，又特别钟情于《海南日报》《海南开发报》《海南经济报》（此报当时尚未公开发行）、《海南风》这些本岛出版发行的报纸和杂志，即使过期很久，他也同样买下。然后，抱着一大摞报纸、杂志，去到海口公园或东西湖畔，坐于湖边或树荫之下，一页页一张张地低头仔细浏览和寻觅，似乎正奔走在那些俯拾即是的金矿与宝石间，那么专注，那么兴味盎然，还不时用随身携带的钢笔打上记号或将某条信息登记在小本上……

　　是时，曾凯力也在紧急行动。按照自己的计划和海口市工商行政管理局的要求，第一天，他足不出户，正襟危坐于一方小桌旁，填写了那摞表格中别人无法代填的部分，写毕了海口瀛寰蜂业有限公司章程，并交给了经办人杨娇。

翌日拂晓，他搭上了开往琼中的第一班公共汽车。途中，他在乌石附近下车，去独屋骑上两日前存放在那里的铃木王，直奔仙来岭养蜂场。到达时，已是晌午时分。

"呜呜"的欢叫声中，厷龙摇尾蹦跳而至，在曾凯力身边来回撒娇，像迎接久别重逢的亲人那样不肯离开。他用一只手轻轻地拍着它，抚摸它的毛发，许久才使它安静下来。

整个下午，他和符永华一起查看了养蜂场，抽检了十多个蜂箱，听取了蜂场近期的情况汇报，交代和布置了需要及时处理的事项。然后，收拾好棉被、衣物、小铝锅、大米、方便面、打火机、香烟、蚊香等一套行装、食品与物件。此外，还备了一把弯月样的小砍刀。第二天一早，便驾车出发了。

在风声与摩托车轰鸣的交汇伴奏中，曾凯力天马行空般地来到他日思夜想的这片蛮荒之地。

海榆中线的一个岔路口上，他将摩托拐进了通向蛮荒之地的一条小路。这条小路被茅草、刺丛包围着，时宽时窄，时高时低，凹凸不平，宛如走蛇。行进其间，仿佛在一条深巷中蹀躞。驾驶摩托只能时停时开，有时还必须奋力推车逶迤而前，或者穿越一片被山泉浸软的湿地。好不容易到达那座南高北低、起伏多变、绵亘百里、形如巨龙的山麓之下。

他将摩托停下、上锁，然后登上山麓附近的一个小山包——叫它"山包"，其实它高出地面就那么十来米——但它也许就是这片蛮荒之地唯一的"高地"吧。山包上，铁灰色的多孔状火山石布满山头，几株不知名小树在石缝间顽强地生长，那紧抓石壁的根须与密翠的绿叶显示出非凡的生命力。一个由竹茎、茅草、树叶搭建而成的小小凉棚矗立其间。地上的小石头、小土坑与烧烤烟熏痕迹，估计系牧羊人为临时遮风蔽雨所为。站在这里，犹如置身高楼一般：放眼望去，一望无际，一马平川，满目荒芜。由茅草、荆棘、苦楝以及各种低矮灌木所组成的广袤而浩茫的荒原上，偶尔出现的村落、房舍、田园和星星点点的红土地，虽给这片荒原奉献了一点生机，但它们只是寥若晨星，无法担当这里的主角。

"这是一片远离闹市、人迹罕至、难被人们看好的处女地！"

"这是一处唯有慧眼方可识别、深埋'金矿'的风水宝地！"

"我能发现它、爱上它、矢志不渝地追随它，这是上天或佛给予我的福分！"

"我要用毕生的精力、热情和爱，去滋润、浇灌这片土地，以完成我一生的夙愿！"

"……"

曾凯力一边眺望着荒原，一边情不自禁地在心中这样轻轻地诉说着，抒发着难以抑制的情绪。他沉醉在幸福、愉悦与满足的海洋里，灵魂深处燃烧起熊熊火焰，让热血沸腾起来……

"咩……咩……"

羊的欢鸣，很近，但看不见它们在何处。寻着这叫声搜索，仍未发现羊的踪影。因树梢的晃动，他才明白原来羊们就隐蔽在附近的荆棘丛中。没有牧羊人——这很正常。海南地广人稀，一些农民往往给山羊戴上铃铛，让其早出晚归，自行出入，给它们以绝对的自由。其实，羊也很乖，每天一早上山吃草，到了傍晚，太阳快下山的时候，它们就会往回走，也都能找到自己的家。

他走下山包，朝着羊们走去。当他找到这个仅有十多只羊的羊群时，却蓦然发现一名脸部被竹帽遮住、颈项挂着铜哨、身旁放着小竹竿、仰卧在青草地上休憩的牧羊人。也许，环境过于静寂，而行走在草地上的脚步也没有任何声响，因此，曾凯力来到身边他都毫无感觉。

"老乡！"

这寂寥的山野中，一声轻悄的呼唤，也许便似一声炸雷。牧羊人猛地掀开盖在脸部的竹帽，霍地翻身一跃而起，面对来者站立，且怒目直视。

曾凯力原地站立未动。他惊诧地看清，这么矫健敏捷的牧羊人，竟是一位皓首银发、瘦削干瘪、皱褶满面的耄耋老者。那站立的挺胸身姿与矍铄目光显示，有些军人风采，并非一位年迈力衰的弱者。

"老伯，您好！"曾凯力微笑着，用一种亲切、友善的声调向他问候。

"你是什么人，怎么闯到这里来了？"老者嗓音洪亮，但生硬，隐含敌意。给曾凯力又一次惊异的是，在海南本土，这样的老者一般都不会说普通话，可他竟然说得不错。

"老伯，我是养蜂的，蜂场在琼中县仙来岭。今天去海口路过这里，顺便进来看看，看能不能在这里建一个养蜂场。"

"哦，你想到这里养蜂？"老者似乎已放松了绷紧的心弦，"那你过来坐下聊聊吧。"

曾凯力缓步走到老者面前，与他热情握手问好，然后二人在原处席地而坐，试探着攀谈起来。

"你说你在琼中仙来岭养蜂，对吗？"老者开始问话，面部毫无表情。

"对。"

"你说你想到这里养蜂，是吗？"

"是。"

"你叫什么名字？老家什么地方？"

"我叫石运来，老家四川，但出来养蜂已经好几年了，现在已落户在仙来岭。"

"噢，变成海南人了？"

"是的，应当这么说。"

"你看我是哪里人？"

"看样子，老伯既不是海南人，也不是云、贵、川三省的人。"

"你看得很准。那么，你再看看，我过去是干什么的——你不会说，我一直就是个放羊的吧？"

曾凯力沉默了许久，又思索了片刻，决定贸然一试——

"您年轻时当过兵，也很能干，差一点就升职当军官了。"

老者面部第一次浮上了一丝笑纹。

"嘻，你真是太厉害了。想必你也不是一个简单的人吧。"

此时，两人谈话开始融洽起来。老者乐于讲自己的故事。曾凯力并不急于打听这片荒原的情况，让他打开的话匣如流水般哗哗地流淌出来。

老者姓章名跃武，原籍湖北。从小喜欢打架斗殴，诨名"石头"。初中尚未毕业便被"劝其退学"了。幸好，十八岁时报名参军一举成功。入伍后，在部队练武也是好样的，第一年便升为班长，接着又很快升至副排长。次年正要擢升为正排时，他手心发痒，与一名战士打了一架，于是被贬至炊事班当班长，后来退伍转业到农场，当一名吃国家供应粮的农业工人，干起种植、管理橡胶树的劳动。每天扛起铁锄或铁锹，日出而作，日没而归，实际上与普通农民无异。章跃武内心深处积压、隐忍着一股随时都会爆发的怒火。

这一年，恰遇农场与村里为一片数十亩土地的权属争执不休，镇、县两级政府多次调解无果。村里的农民们把界桩移过去，农场的工人们又将界桩移过来。一来一去，双方的情绪越来越高涨，形势如火如荼。有一天，双方人员各持刀、矛、棍、棒一拥而上，一场激烈的械斗开始了。章跃武心中忍耐多时的那股怒火，爆发的时机已经成熟，他高举一根粗硬的木棒，第一个冲了过去，一阵挥舞横扫，几个农民倒了下去。幸好，百多名警察及时赶到并鸣枪警告，终于将这场武斗平定。

章跃武等三人被抓走。因领头武斗，又打伤五人（幸好未致人死亡），被判处有期徒刑两年。刑满回到农场，得知城镇户籍、工人职务、粮食供应已被注销，人们视之如瘟神，绕道而避。他万般凄苦，无以自拔。幸好，同在农场工作的海南屯昌籍妻子纪兰兰笑脸相迎，百般抚慰，说：别人嫌弃你，我不会。我也不想在农场干了，我们一起搬回我老家去住，反正都干农活，过一辈子自由自在的生活吧。于是，夫妻俩在很短的时间内将一套简单的家具、衣物、余粮及生活用品送到了纪兰兰娘家所在地——虎龙弯中村，在娘家亲友的帮助下，将两间残破不堪、安置过上山下乡知青的石砌矮屋，稍加修补、打扫后便住了进去。村里分给他们五六十亩土地，亲友和一些同情他们遭遇的人，陆续送来粮食、衣物、鸡蛋、蔬菜、盐巴等。在六十年代那种物资极端匮乏时期，每家只能送来一小点东西，可人多势众，聚蚊成雷，在人们的帮助下，竟然撑起一个像样的家。

此后，夫妻俩勤俭持家，辛劳耕耘，生儿育女，夫唱妇和，日子过得还算像模像样。他们知道感恩，每逢农忙季节，都会抽出一人去帮助体弱多病或缺少劳动力的乡亲。其间，村中发生的一起斗殴事件，使章跃武立下汗马功劳，受到三村人的尊重。原来，他们定居的这龙虎山下的龙虎中村与龙虎上村和龙虎下村之间，也有长期土地权属纠纷，是农业合作化时期遗留下来的产物，和农场一样，多次为移动界碑而打架斗殴，每次都有伤者，上级部门多次派员调解仍未消弭其矛盾。龙虎中村与龙虎上村和龙虎下村都有土地纠纷，实际上是腹背受敌。章跃武定居中村后，曾发生过两次武斗，中村与上村一次，中村与下村一次，都被他制止了。每当双方人群手持武斗器械呐喊着冲向对方的一触即发时刻，章跃武高举一根带刺丈余大棒，几个箭步飞奔而至，横立于两组人马中间，高声喊道："乡亲们，请大家马上站住！如果再往前冲，就莫怪我章跃武不客气了，也莫怪我这手中大棒不认人！"说着，他将大棒在头顶上空画圆一般挥舞了几圈。那阵势，似有万夫莫挡之勇。

突忽出现的一幕，让大家惊骇不已，一下定格在原地。章跃武和妻子纪兰兰一起来到龙虎中村后，人们都知道他因斗殴而坐牢两年的事，也知道他当过兵胆子大且有一定武艺，因此，他的赫然强势出现，果真一下将大家镇住了，就像给刚刚着火、已在呼呼燃烧的一堆干柴猛地泼下一盆凉水似的，那如舌的火焰蓦地委顿了。

开始，大家以为章跃武出面，是为他所在的龙虎中村助威打气，因而一边志得意满，期待对方自动畏葸撤退；一边不肯服气，酝酿着伺机再战，一鼓作气冲上前来，首先将章跃武制服。但是，他们很快听到他再次拉开嗓门发话了——

"乡亲们！今天我绝不是为哪一个帮腔助力。我是为大家，为全体村民。现在，双方千万听我一句话：今后谁也不准再搞武斗了！武斗，一根毛问题都解决不了，而且谁能保证在这种场合不发生事故，如果出现重伤死亡事件，就有人走进牢房，有的一去不再回来，有的虽能回来，但各方面的损失太大。乡亲们！我章跃武就是一个活生生的例子。原以为我为农场卖命，从牢房出来农场会帮助我，大家也会帮我。可是，我完全错了，出来后的情况与我估计的完全相反。要不是有一位贤惠美德的妻子和大家的帮助，如今我还不知在哪里流落呢。

"我这样说，不是来判定谁输谁赢。只是希望以别的方式来解决。一时解决不了，这块土地就让它空着，谁也不要到上面耕种，让它长草长树长刺，大家都可去放牛放羊。今后，有了好的解决办法和机会，我们再来解决。我想，这样应当是公平的，绝不会亏了哪一方。如果大家同意，就各自回村；如果不同意，今天给我一个面子，也不要再打了，仍然退回村里，今后再说。"

章跃武首先走近龙虎中村人群，大声说道："请大家回去！请大家回去！"等大家反身回走后，他又走近对方人丛，朗声叫道："龙虎中村已退回，请大家尽快回村吧！"

于是，两村人众全部撤退，一场即将爆发的斗殴终于平息。

此后，章跃武分别到上、中、下三村，与大家反复相商，一致同意他提出的"永远停止武斗,将争执土地闲置,等待解决时机"的办法。

至此,上、中、下三村多年风平浪静,他在这三村享有较高威信。实行村干部选举时,龙虎中村群众一致选他担任村长一职。可是,县政府因其档案中有"犯事前科"未予批准。说实话,章跃武在部队或在农场,内心深处都隐藏着一个无人知晓的秘密——"官"瘾。无论大官、小官,他都希冀着某一天有个一官半职降临。这次在三名候选人的竞争中,他以百分之九十五的选票名列前茅,当上村长应该是木板钉铁钉——稳稳当当的事情,因而心中重又燃起了"仕途"的希望之火。不料,命运多舛,一个到手的小小村官也被刷掉了!他沮丧、愤怒,一连两日躺在床上,茶饭不思,一言不发,无以自拔。妻子纪兰兰反复劝慰开导,亲友、村民亦纷纷前来探望,让他情绪渐渐好转。他突发奇想,买了雌雄小山羊数只,将它们赶到广袤的荒原之上,当起了自由自在、自娱自乐的羊倌。他一边放牧,一边吹起铜哨驯羊,出门、集合、牧归都有不同的哨音。这样,白天看日出、蓝空、流云,傍晚看落日、晚霞与飞鸟,自觉别有一番情趣。原野的轻风、青草绿地和羊们那咩咩的叫声,伴随着他来到了不惑之年……

漫长的述说终于止歇。可曾凯力侧耳倾听的神态与姿势仍未改变,似乎还在谛听未消的余音。章跃武瞧着曾凯力已受感动的样子,自嘲道:"嗨,要不是石先生你这么专注,我这陈芝麻、烂谷子哪能倒这样久。"

"老伯,你的经历也是人生的一道风景线。它对我的帮助实在太大了!"

"人老了,无用了,还能对你们这样的年轻人有什么帮助?"

"哪里,哪里。人老是个宝,力衰智慧好。"

"话虽这么说,但谁也不会看重我们这样的老年人。"

"我可以这样告诉你,今天,你遇上了我石运来,你的福气、运气都到了!"

"如果你来这里养蜂,也许能免费让我吃一点蜂蜜吧?"

"这只是不值一提的小事。今天,我就要委以重任,让你去办一件大事,事成后,大家都会时运到、福临门。"

"……"

章跃武听了曾凯力这话,仿如身处云里雾里,半晌说不出一句话来。

三四　绝招（中）

"章伯，我的话绝无半句戏言，每个字都是真实的。"

"请原谅我直言：你究竟是什么人？有什么能耐这样大吹法螺，夸下海口要给我们带来天大好运？"

"人间的许多事情，总是那么神秘莫测。今天，我们在这茫茫荒原中巧遇，也许，便是神佛的旨意吧。现在，请听我把有关福气、运气的来龙去脉原原本本地告诉你——"

于是，曾凯力矜持而向往地不缓不急地讲了起来。他说，自己是一家海、港合资企业——海口瀛寰蜂业有限公司的董事长、法定代表人。决定在这片荒芜的土地上——也就是在龙虎上、中、下三个村的范围内，建立一个世界级的蜜蜂休闲乐园，它将蜜蜂养殖、果树种植、休闲娱乐与扶弱济困等各种功能融为一体。建成后，它可容纳数千人就业。凡悲伤无助的人，走投无路的人，性格怪异但有奇才的人以及那些被置于政府救济范围之外的人……他都会将他们收留下来，让他们有活干，有钱挣，还可以养家糊口。这个即将诞生的蜜蜂乐园，不追求最大利润，却追求最大满足。只要能够正常顺畅地运转就可以了。

他将建立蜜蜂乐园的有关情况概括地介绍完毕后，又继续说道："这个世界级的蜜蜂休闲乐园，有分门别类的果园、加工厂、休闲别墅区等多种场地和单位，其中有一个三十人的保安小队，他们在接受金盾保安公司海南分公司的培训后，承担整个园区的安全保卫工作，负责处理消防、斗殴、大门守卫、车辆出入、别墅区旅客登记等具体事宜。"说到这里，他停顿了片刻，燃烧着火焰的热烈目光瞧着对方，"章伯，你知道这个保安小队的队长是谁吗？"

章跃武困惑地摇了摇头。

"现在，我，作为海口瀛寰蜂业有限公司的董事长，已经决定，这个由三十人组成的保安小队队长由章跃武先生担任。即日起，你便是我公司的正式员工，每月工资二百元人民币。待我们交谈完毕，就可以在这里领取第一份工资了。"

听者露出惊愕的神色。

"也许，你因自己年迈或别的原因而疑惑，但我相信您有这个能力。你当过兵，练过武，巧妙而成功地阻止了两次箭在弦上的武斗，使三个村子长期平静安宁。对这个地方，你地熟人熟情况熟，又有较高的威信，干起工作来定会得心应手。"

听者那满是皱褶、毫无表情的脸上，似闪过一丝不易察觉的笑纹和微微的颔首。思索、沉默良久后，一直缄口不言的他，突地开口问道："我的工作从什么时候开始？"

"我们的蜜蜂乐园，现在还没开始建造，暂时不需要保安工作。因此，需要你去做另一项工作。从明天开始，你就去三个村子里走动，与村长、村书记和主要干部取得联系，告诉他们有特大喜事降临，争执多年、权属未定的土地也有了解决办法，而且青壮年们还可以在乐园内就地打工。但切忌不要说需要太多太多土地，只说谁先联系上，谁就能捷足先登，将这些经年累月的大片荒土租出去。但究竟怎么说才能打动他们，你可因人因时而定。总之，让我们的瀛寰公司成功租得这片荒原，便是你的最终目的和成绩。"

"那次武斗被制止到现在，村里的干部已多次换届。虽说彼此都很熟悉，他们也能记住我曾经做过的那件事情，但时过茶凉，是否听从我的建议，我没有把握。"

"相信你能做好这件事。目前，海南，作为全国的经济大特区，虽已成为继深圳之后的投资热点，但投资者们却把目光聚焦在海口、三亚等主要城市，去农村开发的只是凤毛麟角。农村渴望投资。就我所知，只是个别村镇的山地、荒土找到了投资者，而每亩每年的租金大都在三十五元至五十元之间。对于当前的行情，村干部们一定心知肚明。"

"你这样一说，我很有信心了。"

"但一定要按照我的说法去讲。第一，要告诉他们，你去报告的是一件千载难逢的大喜事；第二，多年争执、权属不清的土地问题可以迎刃而解；第三，村里的青壮年们，将按各自的能力获得一份工作，而不需外出打工；第四，每年村里可得到一大笔租金，实际上已将多年的荒地变宝；第五，切勿让他们知道，我准备租多少亩荒土和租哪个村的荒土。这样，你成功的把握就大得多了。"

"好吧，我知道了。"

章跃武将写好的收条交给曾凯力后，又用微颤的双手从曾凯力手中接过海口瀛寰蜂业有限公司发给他的第一份工资。他怎么也没想到，三十多年过去，人到老年的他，还能被接纳至一家公司工作，过起了领取工资的生活。这一刻所发生的一切，有如童话般的诡异、奇妙，让他不知所措，两眼闪光，容光焕发，面部那蛛网似的皱褶间也显出了一丝红色。

分手时，二人约定五日后相见。地点仍在这里，时间是第五日中午。

"石董，这里距我家只有半小时路程，今天你能去吃一餐便饭吗？"

"不啦，来日方长。这些天我还有很多事情要忙啊。"

第一次有人叫他"石董"，他很不习惯地抬起头来，专注地审视了章跃武一眼。这眼里有矜持、坚毅与不屈的闪光。

章跃武赶着羊群走后，曾凯力将摩托车奋力推上了小山包。这时，太阳虽已偏西，但距夜幕降临还早。他要在日落之前，修整一下这间残破的小凉棚。也许，五日之内他不会离开这里。野炊、住宿、休憩、思索，这里便是一个不错的选择。那床棉被可以御寒，所带的食物也足够了。比起流亡期间的情形不知好多少。

他取出那把弯月形小砍刀，去附近砍了数十根野竹、苦楝之类的无刺竹、木，又去不远处的刺丛中割下许多野蕉阔叶、野葛藤条，将它们一一拖上小山包。用藤条将芭蕉叶绑于凉棚四周，以遮蔽夜间露气；用竹、木绑于凉棚中部并铺上带叶树枝，一架用作睡眠、休憩的高床便做成了；然后，他捡来一大堆干枝枯叶，用三块石头垒起了野炊小灶。现在，这里作为一个临时的栖身住地，万事俱备，只差饮水了。他记起来时曾路过一片湿地，估计那里附近必有泉水。于是，提起铝锅沿着来时的路径走去。

他很快找到一处正在汩汩流淌的泉眼。于是，将铝锅装满，双手端着，小心翼翼地返回住地。

半锅开水，一碗方便面，吃罢他在龙虎荒原——未来蜜蜂乐园的第一顿晚餐。

夜幕徐徐降落。一弯新月已悬挂在高空。

他站在一礅高高的火山石上，朝荒原远方和与它毗邻的逶迤起伏的龙虎山脉眺望。这山，这原野，被银灰色的月光染出了一片苍茫无际的朦胧，朦胧中可以见到模糊依稀的山的轮廓以及远方村庄萤火样的光影。逃亡岁月中，他无法静下心来观赏途中的风景，哪怕是夜间也不能掉以轻心。现在，他完全可以。而更让他怦然心动的是，三年，不，也许只是一年或两年之后，这里就要完全变样，幻化出一座果树成林、百花簇拥、小桥流水、蜜汁流淌、人们安居乐业的休闲胜地，而自己则是这片胜地的创始者、指挥者……

夜，是这么的静穆。他觉得，这静也是一种声音。它让人抵达灵魂的最深处。一些时光，逝去之后才发觉它已深刻在记忆里。蓦然想起，只有会心微笑。那些错落在生命中的风景，总是匆匆地来，匆匆地去，还没来得及细细品味，却已成太多太酷的离别……

是夜，他点燃三根蚊香，置于高床之下，然后曲肱而枕。因有棉被抵御山间晚春的凉意，他睡得十分安稳。温馨的阳光透过蕉叶缝隙喷入棚内，洒在高高的床上，也洒在他的脸上、身上，才让他徐徐苏醒过来。

迎接他的是晨光、清风与喳喳欢叫的山雀。仓促地吃毕早餐，将摩托车上锁，就空手出发了。他决定在这五天的时间里，用自己的脚步丈量、走透整个荒原。

他由北向南缓步前行。荒原上几乎没有宽敞的大道，连来时的那种狭窄小道都很少，最多的是纵横交错的羊肠小径，这是人们多年去荒原打柴以及羊们长期踩踏而形成的。多数时间，他是沿着这些毫无规则、仅容一足的小道迂曲而行的。有时，绕了一个大圈、约几千米的路程之后又来到了原地；有时，则遇见了断头路，走了半天，还得转身回走。防不胜防的是那些伸向小路的荆棘、刺丛，它们以这里的"卫兵"自居，对擅入它们领地的陌生来者毫不客气，冷不防地叮上一口，或者撕咬着不放，让你疼痛难忍、留下点点伤痕……就这样，他走走停停，边走边记录。渴了，见到泉眼便喝上一杯；饿了，就嚼几块随身携带的饼干充饥，或者向偶遇的外出赶集的村民买几个杨桃、莲雾什么的权当餐饭。

每天，无论多晚，他都必须回到他的住地。次日清晨，重新出发。五天下来，他从北朝南，然后朝东、朝北、朝西，再朝南，迂折回环地来到出发地——他所驻扎的小山包。

经过五天的勘察后，他恍然明白：他所住的小山包，原来正是这片荒原由北向南的中点！五天的艰辛奔走与考察，他获得了始料未及的硕果：发现了九口清澈纯净的泉眼、多处堆积如山的红色或铁色火山石，以及数十种灌木、藤蔓、荆棘、刺树、青草、山花。他将它们一一登记在册。叫不出名字的，用符号或 A、B、C 记载并画个简单的图样配上。他觉得，这些看似无用的东西，在修建蜜蜂乐园中，可能都是宝贝，会为公司节省大笔资金。

约定时间刚到，章跃武便准时来到相见地点。他面部褶皱间露出的一丝笑意说明，他的游说工作有了效果。

两人热烈握手，酷似久别重逢老友。这一刻，曾凯力很想带章跃武去他的住地，那里毕竟有车、有床、有棚，温馨得多。可是，这个闪念很快被自己否定了：如果真去那里，看到那么简陋的生活，他还会相信他真是一位中、港合资企业的董事长吗？是的，绝对不能。否则，也许会前功尽弃，一切努力将付之阙如。于是，他们席地相对而坐，倾听章跃武的第一次工作汇报。他说，当三个村的干部们分别听到有公司来租赁荒土的消息时，无不兴高采烈，都争先恐后拜托他别把这个好消息告诉其他村子。龙虎上村还说，只要其他村不反对，争议土地可以不收租金。只是有一点不尽如人意，他们的租金都要得高。每亩每年租金，有的要六十元，有的要八十元，有个村甚至要一百元。

真是喜出望外。但曾凯力没有丝毫表露。他希望在章跃武的说服下，三个村子共计二百多亩争议土地的租金全部免除，并且把荒土租金大幅度降下来。他要趁目前荒土租赁行情普遍低迷、暂无具体政策的时候，拿下这片荒原的使用权，等待日后条件成熟，再向政府征用这片他心目中独一无二的深爱之地。于是，他们进行了如下对白——

"章伯，租赁荒土的事，也许还要让你辛苦好些天。"

"我是公司员工，辛苦是应该的。下一步怎么做，请石董安排吧。"

"第一，每个村的工作，你仍要单独行动；第二，要用龙虎上村免掉争议土地租金的例子分别说服另外两个村子，让他们在竞争中仿效龙虎上村的优惠条件；第三，让他们把荒土的租金降至每亩每年四十元。这样，每个村子的工作岗位可以增加两三个。记住，要做好这些工作，必须坚持单独行动，单独谈判。否则将一事无成。"

"好，我已记住照办。"

"我仍在这里与你碰面。从今天起，每隔一天，你就到这里来一次，我都会准时等你。"

"好，我知道了。"

"祝章伯马到成功。"

此后的七八天内，曾、章二人在同一地点晤面了三四次。指示、汇报，再指示，再汇报，如此反复折腾，终于将这片荒原的租赁事宜搞定。龙虎上村一千六百亩，龙虎中村一千二百亩，龙虎下村一千五百亩，一律以每亩每年四十元租金的价格、每年分两次交付的方式、共计六十年租期等各方都同意的条款成交。其中有一条特别规定：无论甲方、乙方，凡悔约者应赔偿另一方相当于二十年租金的悔约金。

这次见面后，他交给章跃武两千元现款，让其购买香烟、白酒若干，肥猪、肥羊各一头，请屠夫到其家中宰杀后，将烟、酒、肉均匀分作三份，分别送至龙虎上、中、下三村村长家里，让他们按农村办喜事规格办一桌酒席，于明日中午，他要和他亲自分别去各村与村长、村干部们正式签订土地租赁合同书。约定准时来老地方和他一同前往。

章跃武走后，曾凯力收拾好棉被及随身携带的其他物品，驾驶"铃木王"朝琼中方向进发。途中，他的 BP 机嘀嘀嘀地响了起来，一看，是海口吴多凡打来的。他无法回复，又恐有急事，心中很是忐忑。但别无他法。到了琼中县城，他立即去一处电话亭拨了吴多凡的 BP 机号码，然后坐在机旁等候。几分钟后，电话响了起来，他一下抓起话筒。只听吴多凡说："这里事情太多，我忙得头都晕了，赶快过来吧。"他问究竟怎么回事。吴急促回道："一言难尽，你回来就知道了。"说罢，便挂断了电话。

回到仙来岭养蜂场后，他连夜起草好土地租赁合同书，次日一早便驾车出发了。他首先去琼中县城打印了六份合同书，又去银行取了八万元现款，从中取出一千元，分作五份放入五个红纸袋——以备签约中的不时之需——然后加大马力直奔龙虎荒原。

到达老地方时，章跃武早已等候在那里。

曾凯力取出那早已准备好的五个红包，装入一个黑色塑料袋内，然后交给了章跃武。叮嘱道："签订合同时，如果发生意外——比如发现神色不正常者，你就带他离开签约现场，送给他一个红包，请他支持这个给全村农民带来幸福的大开发。"

他们首先来到龙虎上村。几名村干部已经聚集在村长家外的土坝上，有的抽烟，有的玩牌，有的助厨，有说有笑，一片喜气洋洋。

经章跃武介绍，曾凯力与大家逐一热情握手，口中不断说着"谢谢、谢谢"。

签约程序开始。村长、村支书自己读毕合同无异议后，再由村长向全体村干部逐条逐句宣读一遍。宣读中，曾凯力见一人面色阴沉，背着双手在一旁来回踱步，立即给章跃武使了个眼色。章马上起身将此人带离现场并按原计划执行。当他们返回时，签约程序正在进行。两份土地租赁合同书末尾已盖上村委会大红印章，大家逐一上前按下自己的手印。

曾凯力按合同每半年一交的规定，将红彤彤的一大摞人民币三万两千元如数交到了龙虎上村会计的手上。

一桌热气腾腾、香味入鼻的酒、肉、饭、菜，端上了桌面。入席不久，曾凯力起身举杯说："我不会喝酒，但仍要敬大家一杯，以感谢各位对海口瀛寰蜂业有限公司的鼎力支持。"说罢一饮而尽。接着，提高嗓音宣布道："这里还要告诉大家，章跃武先生已被我公司录用为正式员工；今后，将陆续在龙虎上村采用'村委推荐，公司考核'的方式，再录取三十名员工。到时我们会通知村委会。现在，我和章先生还要去另外两村签订合同。失陪了，请各位慢慢用餐吧。"

直到此时，大家才知道这位"石董"已将龙虎三村的整片荒原租下，甚是惊诧。但讲话中有那"在龙虎上村再招录三十名员工"的承诺，还是赢得了一片热烈的掌声。

离席后，曾、章二人依次直奔龙虎中村和龙虎下村，采用同一程序、同一方式签毕土地租赁合同书。三个村合计四千三百余亩土地正式划归瀛寰公司麾下，曾凯力的蜜蜂休闲乐园梦想亦走完第一段征程。

一桌热气腾腾、香味入鼻的酒、肉、饭、菜，端上了桌面。入席不久，曾凯力起身举杯说："我不会喝酒，但仍要敬大家一杯，以感谢各位对海口瀛寰蜂业有限公司的鼎力支持。"说罢一饮而尽。

三五　绝招（下）

是时，时间已到晚上九点。还剩下两个红包四百元钱。曾凯力取出六百元，交与章跃武凑足一千元，让他雇青壮民工数名、购红色油漆几罐，在他的带引下，沿荒原四围，随地取石埋碑并着上红色记号。事毕，再以每月一百元工资的报酬，在当地雇请三十名临时民工（工资他会按时送来），将荒原上的蒺藜、荆棘、刺丛、带刺藤蔓等，全部随泥连根刨出，按一米厚、三米高的规格沿界石植下，从而在四千三百亩荒原四围形成一道密实、方正的绿色篱笆。但苦楝、榕树、木麻黄等树木，无论大小一律原地留下勿动。此外，要留足出口，以便今后建设三通一平时让大型机械车辆出入……

如此这般叮嘱完毕，他立刻飞腿上车，在车灯灯光的照耀下，跑过一小段村中平路，又不得不下车推扶，在逼仄的刺丛小径上艰难地前行，好不容易来到海榆中线，才加大马力直奔海口。

到达海口人民西里那间临时办公房时，旅店壁上的挂钟时针已指着凌晨一点。他脚步轻轻地入室、拉灯。灯光下，未见吴多凡睡卧床上。只见小木桌上用茶杯压着一片纸条，上面写着：石董，来海口后，请立即与我联系。于是，他重又出门，去电话亭拨了吴多凡的 BP 机号码。令他惊异的是，不到三秒钟电话就响了起来。他拿起话筒，声音的确是吴多凡："石董，请在房内稍候，我马上就到。"

此时，与吴多凡分手二十多天，急于了解各种情况的曾凯力，多么希望立即见到他啊。

十多分钟后，吴多凡终于微笑着潇洒地走了进来。但未等曾凯力开口便说："石董，走吧，车在外面等着哩。你的摩托暂时存放在这里吧。"两人一前一后走过一段迂曲不平的小巷，来到鸭溪河畔的一片平地，吴多凡的黑色轿车就停在那里。上车后，心急如焚的曾凯力正要开口，面部毫无表情的吴多凡抢先说道："石董，我知道你想问什么。请等一等，答案马上就有了。"

曾凯力的心，怦然直跳，顷刻间便被神秘与恐惧笼罩了。他想，也许公司的事宜毫无进展，连工商执照也没办妥，更别提其他了……

小车驶过大桥，拐进滨海大道。从车窗望去，在众如繁星般辉光的映照下，街道两侧朝后急速退去的林立着的高楼们，无不展露出多姿多彩与奇异诡谲的轮廓。

尚未来得及多看多想，轿车就在一幢大楼前空旷的水泥场地上停下了。

他迅即下车，抬眼望去，眼前全是一片红色、金色交织的世界：金色的阔门、圆柱和红色的灯笼、对联，在众多的彩色灯下熠熠闪烁，让人难以直视。疑惑与迷茫间，他听到了吴多凡的声音："石董，请抬头看看！"他昂首仰视，在这幢十八层高楼的顶端，"瀛寰大酒店"五个硕大的金色灯管式行书汉字，赫然如闪电般跃入他的眼底！

他有些蒙了，不知所措地问道："这么看来，这家酒店已提前注册并使用了我们公司的名称？"

吴多凡并未多作解释，只是平静地回答道："石董，我们进去看看！"

二人并肩进入高朗的大厅。厅内，顶灯、壁灯、落地台灯，各色灯光交相辉映。为客人临时休憩而摆放着的几组贝雕木椅、茶几，长长的橘红色柜台，台后白色墙壁悬挂着的北京、伦敦、纽约、东京等各式钟表们，无不在这灯光的映衬下展露出独特的身姿。

"石董，请看这里。"吴多凡指着柜台后的一处壁面说。

曾凯力顺着他手指的方向看去，那里依次并排挂着四只小镜框，框内分别镶嵌着"工商营业执照""税务登记证""食品卫生许可证""消防安全合格鉴定书"等证件。这些证件中"法人代表"一栏内，"石运来"三个字十分显目！

"究竟怎么回事？现在，我仿佛置身于《渔夫与金鱼》的故事当中，这一切都是幻觉中的场景。"

"不必惊奇。现在我们乘电梯上九楼去看看吧。"

进入九楼，吴多凡将曾凯力带至一间房门外。门框左侧上方，嵌有一块"董事长办公室"的六字小竖牌。他递给他一串钥匙。

"请开门进去吧。"

"你的办公室呢？"

"为了工作方便，我在六楼办公。"

曾凯力打开房门，双眸又是一亮：长而宽的红木办公桌、真皮沙发转动椅、樟木雕花屏风以及屏风内隐约可见的木床、木柜、木凳与形状奇巧的台灯、冰箱、空调、茶具……办公与生活融为了一体。

他们在一张长形的皮沙发上坐定。在曾凯力急切目光的注视下，吴多凡兴奋地讲起他捕获重大"商机"的经过——

曾凯力离开人民西里临时出租屋后的第三天，一直心神难定、四处转悠的吴多凡，一大早便驾驶着自己的那辆黑色小车第一次来到了滨海大道。猛见路旁一幢崭新的大楼外面，许多人正在热烈围观一张贴于墙壁的文字。他立即将车驶入停下，趋步上前，加入了围观者的行列。原来，是一张写着"本大厦急租、价格面议、拒绝中介"的广告。心中暗喜。凭着在香港、深圳多年打拼的经验与教训，直觉告诉他：这也许是一次难得的机遇，但观者众多，人多嘴杂，往往成事不足，败事有余。情急之下，他一把扯下了这张刚贴不久的广告！

有人正要制止，可是他佯装不知，将广告叠在手里，快步进入大厅，一脚迈进了电梯。当电梯即将闭合时，又急匆匆走进一位衣装朴实、神情精明的中年男人。

"先生，这广告是不能撕的。刚才我在制止，可是你没听见。"

"哦。非常抱歉！请问先生，你是这里的——"

"本人免贵姓郭，是香港金丰公司董事长助理。"

"失敬！失敬！我叫吴多凡，也是从香港来此，搞了一家合资公司，忝任总经理之职。"

"早已听出你带港腔的口音，也留意到你小车车牌。因此，才没有太过阻拦。"

"Thanks！我乐于经营酒店，很想租下这栋大楼。请郭先生务必帮忙，本人定当重谢。"

"别客气，一定尽力促成。"

此时，九楼已到，电梯暂停。他们迈出电梯，在郭助理的带引下，一边交谈，一边朝着董事长办公室走去。来到办公桌旁，郭助理走近一位斜靠着转椅、神色感伤、身体微胖的老者，轻声说道："高董，这位从香港来的吴总，打算租我们的大厦，专程来这里和你面谈。"

高董不置可否，眼神沮丧，似有泪痕。半晌，他才疲惫地抬手指了指办公桌边的那张长形真皮沙发。但仍未开口。郭助理伸出右手，请吴多凡坐下。大家坐定后，高董对郭助理说："你和他谈吧。"说罢，便不再言语。

于是，当着高董的面，郭助理与吴多凡一问一答地交谈起来——

"吴总，请问贵公司的名称是什么？"

"海口瀛寰蜂业有限公司。"

"你打算从蜂业生产转变为经营酒店？"

"蜂业，它的规模在海南虽属首屈一指，但仍只是我们公司的业务之一。我在香港、深圳期间，一直在酒店担任助理、总监、副总等职务，因此对它情有独钟。"

"很好。该大厦以'金丰'为名正在办理酒店执照，估计快要办下来了。装修已毕，办公用品也已备齐，只要炊具与人员一到，便可很快开张营业。"

"不。如能成交，希望以'瀛寰大酒店'命名。"

"正在办理途中，改名也许还来得及。"

"好。请问，大楼租金多少？"

"年租一百万元人民币，一次付清。"

"租金和要求都太高了！"

"不高不高。它地处西海岸，面向蓝色大海，这是宾客们所向往的地方。"

"但是，目前这里仍属海口偏僻之地，它被坑坑洼洼的众多工地包围着。滨海大道也只是一条泥沙马路，交通不算便利。要繁华也许还得等待十年以上。"

"太悲观了！这租金，你的意见应是多少？"

"年租五十万元，首付五万，三个月付清。"

"太低了！太低了！"

"不算低。只需十年便可收回建楼成本。"

……

争执许久，仍无定论。于是，不再争执，房间突显静宁。沉默良久，郭助理瞧着高董，等待指示。高董轻轻地叹了口气，低语道："等等，研究一下……"郭助理会意，立即起身对吴多凡说："租楼的事，要研究一下再定。请留下联系电话。我们会尽快把结果告诉你。"

　　吴多凡留下自己的BP机号码，也记下了高董办公室的座机号码。郭助理将他送至门口即返。

　　吴多凡驾车驶上滨海大道，以三十码车速缓缓而行。他想："公司执照尚未办好，资金也相当紧缺，租金是不能再多的了。也许，租楼的事就这么吹了。"想到此，十分不悦。这时，BP机突然响了起来。一看，是高董办公室座机号码，心中的希望重又被点燃了。于是，立即将车调头驶返大楼外坝。

　　不出所料。下车后，郭助理已经等在那里，笑眯眯告诉他："高董同意按你的条件出租本楼。请贵公司今天起草好合同书，明天便可签订。"

　　"噢！谢谢，承蒙帮忙。"

　　"吴总，你的运气真好。要不是高董急着回香港，这个价格是无法成交的。"

　　"来日方长，定当感谢。"

　　"他的独生子遇车祸，正在医院抢救，夫人早已返回。他整天神思恍惚，已无心经营这酒店了。"

　　次日，吴多凡交毕预付金五万元（余款三个月内付清），合同顺利签订。一桩大厦租赁交易，就这样出人意料地成交了。他的兴奋，真是无法形容。

　　他虽然目睹并亲身经历过深圳变革时期的种种情形，也知晓很多大把赚钱而又能避开法律风险的诀窍，但对于自己的这种成功，仍恍如梦境一般。他觉得这大厦是一只能产金蛋的母鸡，他要用一种特别的方法"饲养"好这只母鸡，让它不间断地生出无数金蛋来。那么，他多年来的打拼——奋斗、失败、再奋斗、再失败以及经济上的一切损失就没白费了。

　　高董离琼返港后，由郭助理协助吴多凡按"瀛寰"名称办妥经营酒店所需各种证照。这时，委托杨娇代办的公司执照亦已办齐。他一鼓作气，按有关规定刻齐酒店与公司的所有印章、印鉴，又临时招来一名会计和一名出纳，同时，以海口瀛寰大酒店和海口瀛寰蜂业有限公司的名义，在《海南日报》《海南开发报》及大陆各家报刊刊登选录会计、出纳、部门经理、采买、厨师、大堂经理、迎宾、服务员等各类人员的招聘广告。其中有一条重要规定：凡应聘者，每人需汇寄报名费五十元和证照一张。估计两三个月之后，就可开张营业了。

"吴总，这段时间，真是辛苦你了。"

"别客气，石董，这是我们的共同事业。"

"估计你垫出了不少资金，一定要让会计上账，而且应尽早归还。"

"实际上并没花多少钱，我垫出的五万元也已经偿还。"

"酒店还没开张，怎么偿还？"

"实话相告：现在海南经济大特区的吸引力依然强大。在招聘广告刊登后二十天内，多省热烈响应，应聘者络绎不绝、趋之若鹜，每天都能收到两三万元报名费。看来，再过三个月，酒店的租金尾款和开办后续资金都毫无问题了。"

"绝招，绝招！"

"这不是我的首创，只是依样画葫芦而已。"

曾凯力面部浮上一个灿烂的笑容。

这是他自逃亡以来从内心深处迸发出的最真实、最开心、最酣畅的一次表情。

在这间装饰豪华、已成石董办公室的屋子里，已到凌晨三点，曾、吴二人仍在侃侃而谈。当吴多凡讲完怎样用廉价租下这幢酒楼的经过后，曾凯力又开始讲述他如何以快刀斩乱麻的方式租赁龙虎荒原四千三百亩土地的情形。当他讲到自己当机立断招聘古稀退伍军人章跃武担任联络员、顺利完成指定任务时，吴多凡随声赞道："这就是不拘一格选用人才好处多！"当他讲到自己在龙虎荒原的小山包上餐风夜宿，又抓紧空隙完成对整片荒原的考察并布置好下一项任务时，吴多凡又插话赞道："石董文武双全，我们的公司必将兴旺发达！"

"新生的瀛寰公司，既生机勃勃，亦危机四伏。"曾凯力若有所思地说，"我们要尽可能战胜危机而永葆生机。"

"是的，一切都事在人为。"吴多凡满有信心地回道，"初步估计，酒店除了报名费这笔收入外，我打算联系两三个政府部门，让这酒店作为他们固定的接待餐馆。这样，我们瀛寰酒店每月的收入便可达到五六十万元左右，加上蜂场的收入，完全可以支撑对龙虎荒原的开发。"

"这样很好。不过，也应当将不利因素考虑进去。比如房地产的泡沫、因送礼不周而出现的人为障碍等，都会使我们的努力事倍功半，甚至功败垂成。"

"好的，我们要时刻留心。"

"龙虎荒原的开发，实际上已经启动。建立蜜蜂休闲乐园的规划设计，三日内，必须找一家正规、有实力的设计单位按照我们的思路和设想，尽快搞出一张效果图来，并按照图纸将植有五十种果树的果园建设、百种蔬菜基地开发、旅游休闲生活区、养老扶帮大同山庄、百花千草博览世界、蜜蜂养殖与加工示范区、泉水利用与产品开发、龙虎溪流风光工程等等一并开始进行。这样，两三年内，龙虎荒原便将成为中国乃至世界所瞩目的地方！"

"我还从未听你这么详细讲述过。现在听来，让我也心驰神往、激动万分！"

"现在只是开始，前面的路还很长很长。但只要不断前行，距离我们的目标就会越来越近。"

"你说得对，我们共同努力吧。"

吴多凡回到六楼总经理办公室（兼卧室）后，曾凯力仍沉浸在亢奋中，没有丝毫睡意。他站在面向大海的窗口，眺望不远处那幽暗苍茫的海域，除了几艘靠岸渔轮还闪烁着的点点光影之外，全是满眼的暗色与黎明前的宁静。

"看来，我很快就有力量把鲁凤接到这儿了。"他凝视着前方唯露一片暗色的海峡，遐想着那一抹曙色的苍旻下，也许就是她生活的地方，"她还在那个令他痛心疾首的七岭吗？那个集权势于一身的韩鹏程会对她怎样呢？倘若不从，也许会让她时刻处于煎熬之中……唉，什么时候才能使她脱离苦海呢？求佛庇佑吧……"

想到这里，他真是痛苦极了。

他怎能知道，四年前，当他从乌冲安宁医院仓皇出逃不久——大约三四个月吧——她便离开七岭，摆脱了韩鹏程的羁绊，独自南下，开始了寻夫的漫漫行程。此后，多遇好人、好事，情况聊以自慰……他又怎能预料，瀛寰公司创建伊始，势头竟如日中天，顺风顺水，好事连连：酒店生意兴隆，财源滚滚而来。一月后，香港高董因独子不治夭亡而万念俱灰，无意再来海南发展，遂将酒店产权廉价转至瀛寰公司名下。一年后，加速开发中的龙虎荒原，亦从租用转为征用，成为瀛寰公司的不动资产。早已规划好的多个项目，齐头并进，一鼓作气朝前推进，使四千多亩荒原处于一日一样的腾飞巨变之中……

当然，鲁凤的寻夫之路仍在继续，而且情况扑朔迷离，带给她无尽的苦恼与困惑。

三六　绝望中的寻觅与觉醒（上）

初冬，凌晨，大福星医院。

这是三天以来最宁静、最闲暇的一个夜晚。

宽敞、明亮、设备一流的急诊厅内，静得来似能听见病员的呼吸和输液管内的滴答声。除了早已躺在床上的两名病员外，再也没有新的病员到来。往夜的繁忙与紧张消逝得无影无踪。正在值班的一位男性中年医生、鲁凤及另两名护士，大都无所事事而心绪松弛。有的在护士站内坐着闭目养神，有的在大厅内或走道上漫不经心地来回踱步。那位中年医生对鲁凤说："看来，今晚不会来急诊病号了。你们可以去护士休息室内躺一会儿吧。"大家正要离去，突然传来汽车疾驰而至、在圆拱形门外骤停和随即离去的吱嘎声、车轮的滚动声，然后便是一片"快，扶住！扶住！"的急切女音。鲁凤三人立即转身，看到两名浓妆艳抹的青年女子吃力地搀扶着一名双目紧闭、烂醉如泥的男子，朝急诊室一跛一跛地走来。人还未到，浓重的酒气已飘了过来。鲁凤与另两名护士急忙将悬于胸前的口罩戴上，共同推着一张活动床趋步而上，帮扶着将那名醉男抬挪到活动床上。

这醉男眼大、鼻尖、唇薄、三角脸形。在推扶活动床的一瞬间，鲁凤将眼底下仰卧着的醉男看得十分真切：这不是那个带领着段彪、吴秋等"关爱小组"成员，四年来一直在"寻找"丈夫的韩文达吗！

在怦然心悸、无比惊骇的一刹那，她像见到一只龇牙咧嘴的恶狼倏兀出现在面前，本能地朝后倒退了一大步，接着将口罩往上提了提，让鼻翼全部、鼻梁大部掩进罩内，只留下一双明澈闪亮的眼睛。此后，无论是中年医生为其检查、听诊、开处方，或者是让随行的两名女子代交诊费取药，以及护士扎针打点滴的整个过程中，她都站得远远的，特意与韩文达保持着一定距离，防备他突然苏醒，那贪婪的目光扫射过来。

经过一番忙碌，室内重归静穆。

中年医生离开值班座位，走进了医生临时休息室。监护病员的任务，按规定交给了鲁凤等三名护士。

韩文达仍在昏迷中，似已沉沉入梦。

两只透明液瓶，高悬空中。一根长长的透明小管将瓶液与韩文达手背血管连接，管内液体无声而有规则地往下滴落着。鲁凤与另两名护士已返回护士站内，从窗口可以观察、监控输液的全过程。两位随车而来、酷似"三陪女郎"的艳丽女子，挨坐在韩文达一旁，目不旁顾地注视着他的动静。也许，是害怕一旦出事自己担责；也许，是因为还没拿到"陪资"，那聚焦在韩文达头部的四束目光，期盼而急迫：她们是多么希望他尽快醒来！

想得最多、心绪最乱的是鲁凤。此时的她，心猿意马，激动、惶恐、不知所措。她完全知晓：表面看去，韩文达们和她的目标一致——都在不遗余力地、千方百计地寻找曾凯力，但实质上却是南辕北辙。她这么呕心沥血地寻觅，是为了夫妻团聚，也为了那一份灵魂深处的歉疚。而韩文达们不惜一切代价的搜寻，却是为了使他的肉体和身影消失在这个世界。要是将时空挪回到四年以前，当她见到这个人时，一定会像邂逅亲人或遇见救星一般，坐在他的身旁心急如焚地等待他醒来，然后再向他打探丈夫的音讯。在这个时候，在这种情形下，哪怕一小点有关丈夫的信息，对于她来说都是何等重要何等宝贵啊！可是，当初的一切早已逝去，她从内心深处已不再相信他们了。甚至，早已把他们当作势不两立的仇敌。

自那次去乌冲安宁医院山下的松鹤寺寻夫并拜佛以来，她无时无刻不在虔诚地祈祷：求佛一定要保佑丈夫（往往要将"曾凯力"三个字念诵三遍，生怕佛未听见），除了让自己尽快找到他以外，千万不要让韩文达们看到他。现在，佛，果然显灵了，让她见到了酒醉中的韩文达。这其实是告诉了她一个信息：他们并未找到他。倘若已经找到，他们早就回到七岭，何必还待在海口呢。当然，佛也未让她见到他。这也许是对她的一种考验，甚至是一种惩罚吧。如果是这样，她心甘情愿。当考验和惩罚结束的时候，她就可以见到她几年来四处寻找、刻骨铭心思念着的丈夫了……

想到这里，她纷乱烦躁的心释然了。

曙色从圆拱形大门透进大厅时，医生、护士们开始轮班。当鲁凤脱下医装、拿下口罩、大步走向电梯口的那一瞬间，韩文达突然醒来，并且很快认出了她！他一跃而起，翻身下床，直奔鲁凤。在输液管的牵引下，哗啦一声，输液瓶、杆一齐倒下。几名护士、医生和陪同他的两位女郎同时上前，将他抱住，强行按倒并让他仰卧在活动床上。但他并不甘心就这样失去这个难得的机会，仍用那双发红的眼睛盯视着电梯方向。可是，他什么也没看到，刚才呈现在眼前的鲁凤，梦幻般地消失了。他不相信自己是在梦中，分明看得那么清楚那么真切，怎么会是梦境呢？

他开始仰视空中的液瓶，急切地等待，等待着瓶内的液汁滴尽最后一滴。半个钟头后，他终于得到解脱：一名护士为他拔掉了刺入血管的针头。

那两位妖艳女子陪伴他走出大福星医院。

过了一会儿，他又独自返回了。穿过草坪、花树间的小道，径直步入圆拱形大门，来到急诊大厅与挂号大厅之间一长排屏风的一侧，一动不动地站在那里观察着两厅内医护人员与就诊病员们互动的情形，希望在这里再次发现鲁凤的身影。是的，他不能错过这个机会。早前，当鲁凤从七岭出走时，这位上司叔叔、书记兼市长的韩鹏程，曾急匆匆打来电话，要他严防曾、鲁二人见面并造成重要机密的流失。一旦出现此种情况，必须果断、决然处理。追问应当如何处理，他总是不肯明言，但他韩文达心内明明白白。一年多前"曾凯力"遇车祸"死亡"时，他却受到他的表扬，说他干得漂亮，不负所望。可是，让他继续留在海南、领下"寻找鲁凤、保护鲁凤"的任务后，却多受指责与批评，每一次从话筒中传来的斥责声音，无不使他心惊胆战。现在好了，他深信鲁凤就在这所医院，因此，他的处境、他的仕途也会随之改变……

就在韩文达这样时而思绪缭乱、时而心驰神往地想着的时候，奇迹出现了——鲁凤诡秘地出现在挂号厅内，而且正在落落大方地微笑着朝他款款地走来。他迫不及待地一步上前，朗声说道：

"鲁医生，你好！"

"我不是医生，也不叫鲁凤，我是导医丽娜。请问先生，需要我帮助吗？"

"不，你肯定是七岭市医院的护士长鲁凤。难道就这么四年多的时间，你就忘记我韩文达这个老熟人了？"

"先生，你说些什么？我一点也不明白。"

"怎么会不明白呢？难道韩鹏程、曾凯力这些名字你都不记得了？"

丽娜不再回答。一直微笑着，别无其他表情，站立片刻便走开了。他望着她姣好绰约的背影，不知所措地注视了许久、许久。他并不甘心这样的结果，也不相信世界上会有两个面貌、身材完全相同的女人。但奇怪的是，她一点也不认识自己，提起韩鹏程、曾凯力这两个与她命运攸关的男人时，依然安之若素，无动于衷。这是不可思议的。难道这真的不是鲁凤而是另一个与她相貌、身材完全相同的人？那么，她便是自己苏醒后第一眼所见到的那个女子了……如是反复思索，心下仍无定论。于是，他来到急诊大厅，向医生或护士打听这里是否有个叫"鲁凤"的护士。可是，他完全失望了——人们瞧着他那双红色尚未褪尽的眼睛，也记起了拂晓时他直扑鲁凤的疯狂表现，对他的打听都不愿多加理睬，或一言不发走开，或简单答曰"不知道"。就这样，他自觉无趣无法，便转身离开了急诊大厅，离开了大福星医院。

回到望海楼酒店，他将昨夜今晨的这段奇遇原原本本地告诉了段彪：他立即回答道："早就听说大福星医院有女性机器人上班了。她们美丽温柔，尽职尽责。你所见到的，一定是她们了。"韩文达恍然大悟，一拍脑门说："嗨，我怎么没想到呢。"接着，他又猛然想起什么似的，说："既然这个机器人与鲁凤模样完全一致，我想这绝不是巧合，也不可能巧合得如此惟妙惟肖，丝毫不差。因此，她们之间必然有着千丝万缕的联系——或者，鲁凤曾出入于大福星医院，与他们有过关于肖像权的协议；或者，她本来就一直在这所医院工作，因无法拒绝而同意院方制作一尊与自己一模一样的机器人；或者……"说到这里，他心绪好极了。决定从明日起，二人去大福星医院里外分头守望，如果鲁凤真在那里，总有一天她会现身。

自此，大福星医院所属区域内，出现了一高一矮、一美一丑两个陌生的男人。他们时而在大厅内外来回逡巡，时而立于路旁抬头对窗仰视，时而去院外林间踯躅张望漫行，多数时间分头行动，少数时候去院前园中相聚共议……个别有心人将这一情况告诉医院行政办公室和院长办公室，回答是：继续观察这二人行踪，若没有明显妨碍医院正常秩序，不必惊动公安。其实，鲁凤早已向领导报告了此事，她声称有色狼跟踪纠缠骚扰，请求暂时休假一段时间。院方同意她的请求。因此，真实的鲁凤一个月来都没有在大福星医院公开现身。

韩、段二人只好罢手，另想办法。其中，想到以"关爱小组"名义直接出面找院方领导，请求给予协助，查明鲁凤下落。可是，仍觉不妥。他们带在身边的所有证明材料中，都没有关于寻找鲁凤的文字，也没关于曾凯力与鲁凤是夫妻关系的说明，加上韩文达酒醉住院时的特殊表现，即使找到，他们也定然不会理睬……思来想去，不知如何是好。几天后，段彪想出了一个主意，他自称"釜底抽薪之计"——将曾凯力遇车祸死亡后的遗物、现场照片，加上一份简要说明，用保价挂号的方式一并邮寄至大福星医院鲁凤女士收，要求若无人签收必须退回原址。在保障这些重要物件、资料不致丢失的情况下，只要鲁凤确实在这家医院上班，她就一定能收到看到，便可立即断了她寻找曾凯力的念头。加之劝告与说服，说不准她还会和他们一道返回七岭市呢。这么圆满完成该市最高领导人交给他们的任务后，即使不受重奖，想必也不至于受到任何处分吧……

这个主意一说出，韩文达高兴得连称"很好，很好"，决定即刻实施。

两天后，早上八点。鲁凤从餐厅返回寝室的廊道上，一名导医带领着邮递员叫住她，让她亲自签收了一个从本市望海楼大酒店寄来的重要邮件。在蹊跷与诧异中，她当场打开了这个有些分量的邮件——一件折叠带血的中山装，一摞拍有卧地死者、交警及围观人群的奇怪照片，赫然呈现在她的眼底！一张并未装封的信纸，亦如一声闪电中的惊雷咔嚓嚓劈了下来，直直地击中她头部和全身，使她碜咚一声倒在了地上！

几名护士、医生闻讯赶到。

地上，一件带血的中山装、众多照片，散落一地。那张纸页上的字迹亦清晰可辨——

鲁凤医生：

　　在这里，我们不得不告诉你一件令人万分悲痛的事情。你的丈夫曾凯力，在海榆中线琼中县乌石路段的一次车祸中，不幸身亡。切盼节哀保重身体。他的骨灰暂存当地火化场内。寄给你的是他的部分遗物。请尽快与我们取得联系，以便告知详情并安排善后事宜。

韩文达　段彪
一九九六年十一月十五日

鲁凤昏厥倒地的原因，她的同事们完全明白。经过当场及时抢救，她很快苏醒过来，大家将她搀扶至二栋八楼她的住房内，让她在床上静卧调养。散落在地上的衣物、照片、信纸，亦一并带回房中。一位医生准备开写处方为她输液，但她以手势谢绝了。

众人大多渐次散去，只留下两位平素特别要好的姐妹。她的两只眼眸，痴痴地一动不动地仰视着天花板，眼眶内逐渐溢满了泪水。在温婉的劝慰声中，她哇的一声号啕大哭起来。胸腹剧烈颤动，啼声凄怆悲切，那涌流而出的泪水染湿了枕边一片。哭了许久，许久，终于舒缓过来，泣声渐止，一双眼眸也有了些许光彩。午后时分，她平静地说："你们请回吧。我不会有事的，也不会去死。我要活着。首先要把我丈夫的死因弄个一清二楚。"

是夜，她几乎没有合眼。开始，她想去买些香、冥币，待入夜后去林外烧化，认认真真地祭奠一番，向他说："凯力呀，你安心地上路吧。我真的对不起你。时至今日，悔之已晚。对于你的死，我一定要查明真相，为你报仇！"可是，她很快就自我否定了。因为，她内心深处并未觉得丈夫已经离开人世，反而感到他近在咫尺——海口域内的一个什么地方——也许，这并非仅是心理作用，而是他们之间的又一次心灵感应吧。于是，她打消了那个焚香奠祭的想法，而集中精力思考如何才能查清车祸真相的问题。

"要完成这件事，并不容易，必须有一个熟悉当地情况的人来帮助自己。"当她这么想着的时候，便立刻记起四年前南下的一幕，记起从贵阳火车站一同出发、保护着她平安到达海口的现役军人阎海南。她很快找到他在新华南路《海南日报》社大门外与她分手时留下的电话号码。次日一早，她去附近的公用电话亭拨通了他的电话，请他尽快来海口大福星医院，并带她去琼中办一件重要的事情。

阎海南毫未迟疑，满口应承。

次日中午，他来到海口，去大福星医院找到了鲁凤。见她形容消

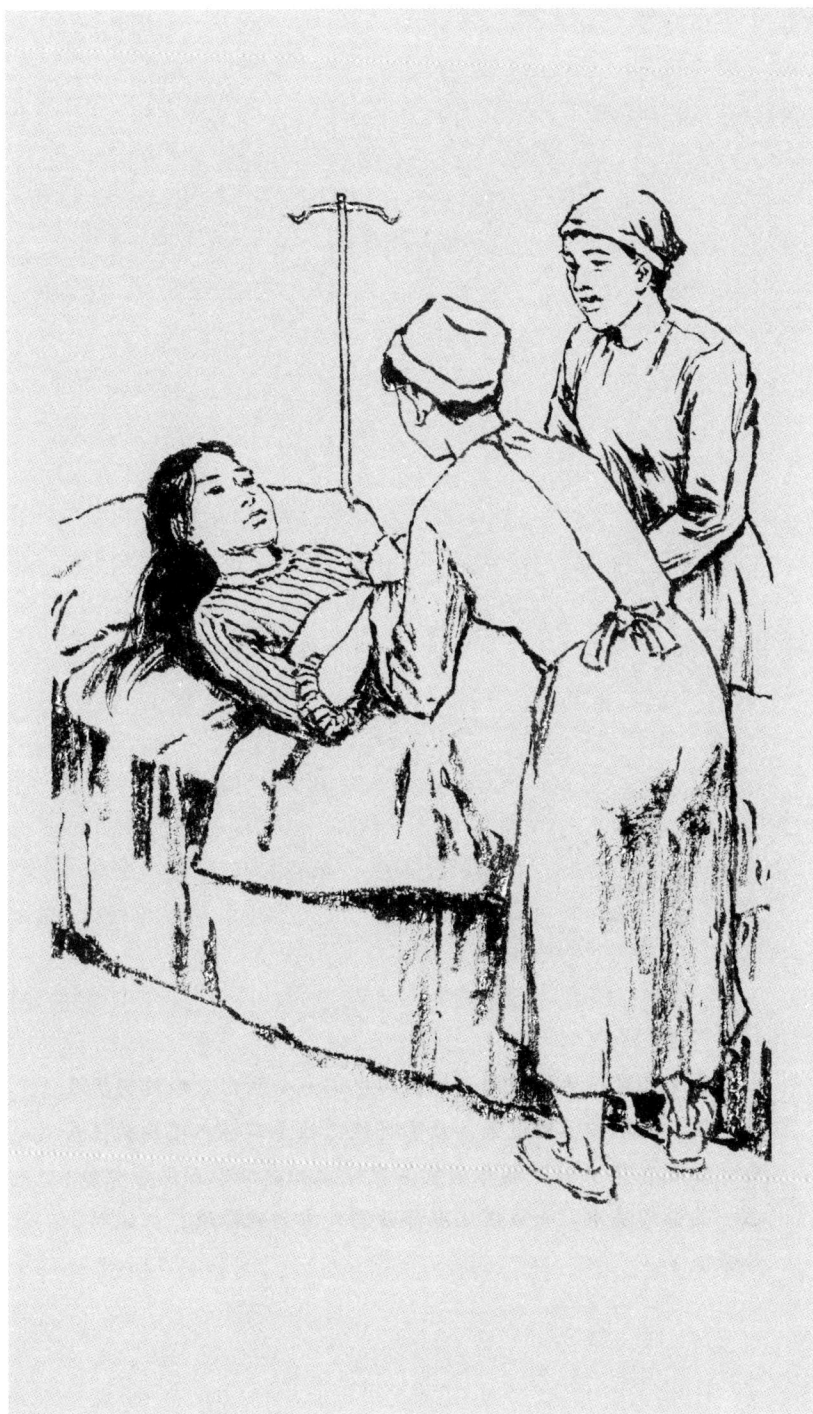

鲁凤昏厥倒地的原因，她的同事们完全明白。经过当场及时抢救，她很快苏醒过来，大家将她搀扶至二栋八楼她的住房内，让她在床上静卧调养。散落在地上的衣物、照片、信纸，亦一并带回房中。一位医生准备开写处方为她输液，但她以手势谢绝了。

瘦，一脸悲戚，准备问个明白。还没开口，鲁凤就将那张关于丈夫车祸死亡的信纸递了过去，说："阎大哥，你看看这个就清楚了。"阅读中，阎海南那本已严肃的面肌绷得更紧了。阅毕，他嗓音低沉地说："妹子，节哀吧。妹夫不幸去世，已无可挽回。有什么打算请直说，我一定全力以赴。"她回答道："写信人与我先生有仇，他的死是车祸还是他杀，非常可疑；再说，我总感觉他仍然活着，还仿佛就在这不远的地方呢。"说着，她又将那些车祸现场照片交给阎海南，"你再看看这些照片，虽说衣服是先生的，身材、面部轮廓也大体相似，但眉、眼、鼻、嘴，却十分模糊，连我也分辨不出是不是我的丈夫了。所以，我要亲自去现场走一趟，查询报案人和到场交警，了解更多详细情形。要不，我这颗心是怎么也放不下去的。"阎海南立即说道："好吧，我们现在就出发。"

有面丑、严肃、一身军装且熟悉路径的阎海南一道，整个行程十分顺利。下午四时，他们乘坐的公共大巴到达琼中县城。交警支队一名参与处理那次交通事故的交警热情接待了他们。除了将那次交通事故从接到报案、现场勘查到处理结案的全过程，详细讲述一遍外，还将一大摞在场拍摄的照片取出，让他们随意翻阅、查找和仔细辨认。其中一张死者头部、面部的特写照片，引起了鲁凤的注意。图中所显示的面部，眼、鼻、口已被完全撞损，的确无法辨认，但左眉和一只耳朵的耳垂尚未损伤，依然清晰可辨。她觉得与丈夫的同一部位相比，有明显差异。这个发现，只在心中，并未说出。在这名交警的同意下，她带走了包括这张照片在内的几张照片。

她要求去事故现场看看并见一下报案人。这名交警说："报案人是位退休教师，也是一位流浪作家，四处旅行，居无定所，恐怕是很难找到的。"说毕，用一辆警车带他们去乌石附近那株大榕树对面公路一侧的事故现场，指着一片地面说："我们到达时，死者就仰卧在这里。"

鲁、阎二人躬身低头查看，地上什么痕迹也没有，因距事故发生时间太久，也不可能留下什么。鲁凤抬首环顾，四围无一人影，一片沉寂。崇山峻岭之中，一条沙石公路曲曲弯弯好不容易才延伸到这里。一只乌鸦拍打着翅膀，呱呱地叫着穿空而过，留下一片阴森与孤凄。她的心，一阵紧缩，想道：为了躲避韩文达们的追捕，丈夫翻山越岭用双腿一步一步走到这里，那是何等艰辛！他又哪里想到，一场灭顶之灾却从天而降……想到这里，泪水涌出，遮住了视线，遮蔽了眼前一切……

三七 绝望中的寻觅与觉醒（下）

"别难过了，妹子。时间已晚，我们走吧。"

听到阎海南的声音，她用手背拭掉了两眼的泪水。转过身来，和他一起朝已等在那里的警车走去。

此时，太阳已经坠下西山。刚才还悬浮在山巅上的一片浅淡的红色早已逝去，暮色连同初冬的一丝凉意漫了上来。上车坐定后，她的心便很快沉静下来，脑海里呈现出一幕幕车祸现场的情景。死者的模样与曾凯力几乎一致，染血的中山装更是铁证，按理说，是没有什么可怀疑的了。但那张特写的头部照片，又说明了什么呢？丈夫头部、面部的每一个部位，至今她都能清楚地描述出来。死者所剩下的那道完整的左眉，眉毛短而粗密，可记忆中丈夫的眉毛却是又细又长；死者的那只耳垂小如一片蚕豆，而丈夫的两只耳垂均肥厚宽大。她曾无数次触摸过它，给她的感觉是厚重温润。倘若肇事车辆撞到这两个部位，只能残损得无以辨认，不可能只是改变其形状，使眉毛变粗、耳垂变小。更让她匪夷所思的是，如果这死者不是丈夫，那么，他又是谁呢？丈夫常穿的那件深蓝色中山装又怎么穿在了他的身上呢？只有一种可能，在某种特殊情况下，他偷窃了丈夫的这件衣服，或者丈夫将这件衣服送给了他。如果是后者，说明丈夫与他有着一定关系，至少有过一面之交吧？再者，他偷窃了这件衣服或者得到了这件衣服之后，怎么就会如此凑巧走上公路又突遇车祸呢？难道这世上竟有这么奇巧，巧得令人难以置信的事吗……一路上，她缠绵悱恻，无以自解。

到达琼中县城，因丧事须忌食荤腥缘故，以地主身份自居的阎海南，在一家中餐馆准备了一桌素餐，为第一次来到他真正故乡的鲁凤接风洗尘——有豆油炒山菇、山茶油拌五指山树仔菜、秋葵青椒混炒、海带拌粉丝以及山兰米瓦罐焖饭等，差不多都是本地特产，摆了一桌，热气腾腾，香味四溢。

瞧着这一桌饭菜与阎海南的盛情，鲁凤连声致谢。但她似乎毫无食欲，虽被催促多次，依然没有动筷的意思。他再三劝慰，希望她节哀用餐，保重身体。她只好在各种素菜中分别夹了一点放进口中，还吃了两口山兰米焖饭。餐毕，他选了一家卫生条件较好的旅店，让她住在一间窗临树园、空气清新的房间，而自己只要了一间价格比较低廉的房间住下。睡前，鲁凤邀请他去该店大厅一角的一张长沙发上坐下，要和他交流一下这次来琼中的情况，并请他谈谈自己的看法。

鲁凤取出那张死者的头部特写照片，指着他的左眉与一只耳垂，详细讲述了它们与丈夫同一部位的千差万别，同时将自己刚才在途中的各种想法一一说了出来。

阎海南拿过照片，去一处稍强的灯光下审视了许久，又在来回踱步中反复思索，然后才慢条斯理地对鲁凤这样说：

"左眉与耳垂两个部位的差别说明，死者不是妹夫的可能性很大。这是一个重要发现。但说他因窃取或赠送得到那件中山装并碰巧遇车祸死亡，这种情况几乎可以排除。我倒是觉得有另外一种可能——"

说到此，声音骤然止歇。他看了看鲁凤，显出犹豫不决的神情。

"说吧，大哥。最痛苦难熬的时刻已经过去。不管发生什么情况，我都能接受。"

"我想，会不会有这样一种可能：在某一个地方，妹夫被跟踪而至的韩文达们杀害。为了掩盖罪行，他们将妹夫的尸体掩埋，再将他那件存有假身份证的中山装穿到一名车祸死者的身上，再去向交警报案，从而将妹夫的死亡定性为一桩交通肇事案。因为肇事司机已经逃走，要捉拿归案绝非易事。即使抓获，司机逃亡前由于惊恐也不可能看清死者面目，只能承认这就是他的受害者。这样，韩文达们的罪恶便被彻底撇清了……

灯光下，鲁凤面部开始泛白，手指微微颤动，双唇紧咬，两眼一动不动地凝视着前方。看到这情形，阎海南赶紧将话锋一转，提高嗓门说道：

"不过，要达到这个目的，是非常困难的。想想看，倘若他们在某地追踪到妹夫而先将他杀害，又怎么可能马上从哪儿去弄来这样一具车祸死者的遗体呢？当然，也不可能预先找到这样一名车祸死者，又恰遇妹夫而将他杀害。世界上很难有这么蹊跷这么巧合的事情……"

他瞧见鲁凤双颊的白色正在逐渐褪减，呆滞的眸子开始闪动，紧张的神情已经松弛，便用一种乐观的语气继续说下去：

"此外，还可能有这样一种令人欣慰、充满期待的情况发生——妹夫本人或者另一位同情他悲惨遭遇的智者，为其策划了一个'偷梁换柱'之计。为了实现这个目的，他八方寻觅，希望找到一具与妹夫形体相似、面目已损无法辨认又无人认领的尸体。这是一件相当困难的事情。不过，有一天，他终于在乌石这段不时发生车祸的公路上，迎来了理想的结果。一个被汽车撞得面目全非而又无人认领的死者躺在那里。于是，他们将死者全身脱光后，将妹夫在七岭市穿过、人们熟识并放入假身份证的中山装移植到了死者带血的身上，这样，中山装上也便自然地染满了血迹，使车祸死者出神入化地成为了'妹夫'的遗体。报案后，交警把这名死者当作妹夫以交通事故定案并火化。从此，以曾凯力为名字的妹夫从人间蒸发了，而以另一姓名和身份出现的妹夫却依然生活在这个世界上，说不准还生活得不错哩！也许，你在某一天、某一个地方，还会和他不期而遇呢！"

听到这里，鲁凤眼中有了些许光彩和一丝不易察觉的笑意。显然，她已被阎海南的最后一个猜测所打动，并重新点燃了她心中快要失去的希望。不禁在心底赞叹：一名军人，即使只是炊事班长，竟也有着侦察兵的智慧。她开口说道：

"听了你的分析，我心里不知有多么高兴。但愿它是真实的，而不是为了安慰我特意出现的美好故事。"

"妹子，请相信，这些分析与想法都发自我内心。但我也无法百分之百保证妹夫至今仍安然无恙。现在，首先要做的工作是，用科学的方法来证明那死者不是妹夫。"

"当然，最好的方法是 DNA 鉴定。可是，我国仅几家医院可做，而且还不太可靠。"

"即使这样，那也该去试一试呀。"

"做 DNA 鉴定需要双方血液，至少也应有几根头发。可是这些必要条件，现在都不具备。"

"这就难办了……"

"……"

说到这里，两人都静默无语了，也想不出将这件事进一步向前推动的办法。于是，只好各自回房歇息。次日早上餐后，二人一起来到公交汽车站。鲁凤再三劝阻，但阎海南仍坚持同她一道乘长途大巴将她护送至海口，再搭的士（这时期的海口，不但有了斑马线，也有的士了）送至大福星医院大门外，才放心地与她握手告别，然后自己乘下午的长途大巴返回五指山部队驻地。

鲁凤怎么也没料到，在她去琼中的这个时间里，董事长王云玺已经回到海口。此时，他就坐在自己的办公室内，等待她的到来。在他接到汪院长关于鲁凤情况的电话后，便立即乘坐当日客机到达海口。无论形体、性格与综合素质，鲁凤都是他心目中最理想的女性。但至今他并无丝毫邪念。他忠于他的妻子——龚婷婷。她虽已年迈，满面皱褶，但一想起当年搭救他、信任他的种种情形，以及婚后那些甜蜜的日夜，他心内便涌出一股爱意与暖流，决心在任何时候、任何情况下都不能辜负她。对鲁凤，他只是把她当作一位理想的女性与模特儿，他要在自己的有生之年，制作出一位与鲁凤一模一样（包括思维、性格、语言、声音完全一致并具有七情六欲）的机器人护士，在中国普及至各大医院，同时向世界各国推广，为减轻病人痛苦和全人类福祉做一项特别奉献。为此，他必须随时随地关照她、保护她，不能让这位已与自己签约的理想机器人模特儿受到丝毫伤害。这次他匆促地赶回来，就是为了安抚和帮助她。无论她提出什么要求，只要他能够办到的，都会尽力满足。

砰，砰，两下轻缓的敲门声。

"请进。"

鲁凤推门走了进来。

王云玺立即起身走上前去，与她握手，用一种低沉、温厚的嗓音说道："听到凯力先生不幸去世的噩耗，本人万分悲痛。但事已至此，无法挽回，请你一定节哀保重，切勿影响身体健康。"

对董事长的真诚抚慰，鲁凤连声致谢。

坐定后，他们进行了如下对话——

"本人这次专程匆匆过来，就是为了协助你妥善处理好这件事情，并提供急需的帮助。请讲讲车祸事故的详细情况吧。"

"先生外出，在琼中县乌石路段遇车祸身亡，目前已经火化，但肇事司机却成功逃逸。"

"凯力先生的骨灰是送回老家安葬，还是暂厝海南？墓地选于何处？督促警方尽快缉拿肇事者归案等方面的事宜，是否需要港方出面或派人协助？"

"这些都暂不需要。只是，只是有一件事，让我迷惑不解……"

"说吧，别顾虑。说不定我可以帮助你。"

"昨天，我去琼中交警支队，看了许多事故现场照片，发现一些蛛丝马迹，觉得死者并非我家先生。"

"怎么回事？请详细说明。"

"死者五官虽已毁损，但一条眉毛和一只耳垂仍然完好。可它们并不是先生的。因为我太熟悉先生的这两个部位了。"

"既然死者不是凯力先生，那他必然活着，只要他一出面，就真相大白了。何必在是与不是的问题上费心思呢？"

"……"

对话戛然而止。

在长时间的沉默与情绪不安之后，鲁凤低声说："实在对不起，董事长先生。因为事情太复杂，一直不便以实相告。现在，让我来详细地讲述吧——"

讲述中，她只字未提男女感情纠葛或捉奸之类的事情。只是说曾凯力因得罪市政府一位官员而被陷害，将他作为一名精神病患者强行送入安宁医院。他冒险逃脱后又被追踪，随时处于被抓捕或杀害的险境。为了寻找丈夫，她只身来到海口。几年里，她四处寻觅，多方打听，却毫无结果。这次宣布她丈夫因车祸死亡并寄来带血中山装的，便是那伙以"关爱"为名一直实施着追捕的人员。而更离奇的是，在两个部位上，死者与丈夫有明显的差异……接着，她将自己的思考与阎海南的分析以及做 DNA 鉴定的想法，一一讲了出来。

话刚落地，王云玺便马上慷慨地说道："这件事，我可以帮忙。在亚洲，基因鉴定科技方面，目前香港还是走在最前列的。"

"可是，我没法找到先生的血液或者毛发。"

"想一想，找一找，也许是能够找到的。毕竟，你和凯力先生是夫妻，共同的生活中总会留下某些痕迹。”

这一夜，鲁凤几乎没有合眼。在这个时候，在这种情况下，她怎么能安然入眠呢？丈夫至今生死未卜，希望与绝望共存，推测中虽有让人乐观的地方，但谁能保证最后的结果会是让人满意的——丈夫依然好好地活着？当下最紧要的是 DNA 鉴定，却缺乏基本材料，毛发、血液或别的东西一样都没有。几年前丈夫被强制送入安宁医院后，他的衣物随后都送到了那里，家中基本没有存留。当然，如果有，她十分愿意回一趟七岭，一方面看望母亲，一方面在衣物中搜寻毛发之类的东西。可绞尽脑汁也想不起还有什么……

她一直这样苦恼而迫望地想着，忽觉室内光线暗淡了下来，抬头望望窗口，方知明亮的街灯们已经熄灭。哦，原来天已黎明，很快就大亮了。她赶紧关了台灯，想强迫自己合眼一会儿。就在她按下台灯开关，咔嚓一声响起的同时，她的脑海中却有如电光般地闪烁了一下，紧急动员起来的脑细胞们指引着她记起了一摞如小山般的信札，也让她想起了初到海口时曾仔细阅读过的那封带有拇指血印的书信！

她一骨碌翻身下床，摁亮台灯，取出从七岭市带来的那摞信札，一封一封地抽出信纸逐一查看。一封显露出拇指血痕的纸页，如一道亮光照耀在她的眼底！她如获至宝，反复端详，心内涌动着难以抑制的湍流。是啊，时至今日，丈夫已失踪数年，除了这一摞充满深情的信札和一枚拇指血印之外，她还能有什么呢？不过，现在她已经满足了：也许，在很短的时间内，她就能得到丈夫是否还在人世的准确信息。那时，她或许会获取无上的幸福呢。

当天色大明时，她的心也敞亮了。

她用剪刀从染血中山装衣领上剪下一块，连同那张有着曾凯力血迹指痕的信纸，一起拿在手上，迫不及待地、不顾一切地敲开了董事长办公室的房门。王云玺来不及换上西装，便仍穿着睡衣接见了她。她首先将染血布块交给他，然后用微颤的双手，将那张展开的信纸，送到他的近前，让他低头细看，用欣喜的声音说：“董事长，我终于找到了！你看，这是我丈夫的血迹手印！”

“好，好，好。你就放心吧。今天我就回香港，让他们尽快把准确的结论拿出来。”

他一边高兴地回答，一边小心翼翼地接过那张信纸，将染血布块与信纸分别装入两只信封，再将它们一起放进黑色公文皮包里层，并立即拉上拉链，按紧扣锁。

出发前，他将自己在香港的手机号码——0085295628888——写在一张纸条上交给她，同时叮嘱道："有什么事，直接拨这个号码，就可以立即找到我。"

当日下班后，鲁凤来到海府路电信门市部。为了联系方便，她想买一部手机随身携带。通过几年发展，手机在国内已有了"中国造"。摊位上摆满了各式机型、大小不一的手机，有国内的，也有进口的。由当年的"大哥大"发展至今，国产手机亦有了较大进步，但在性能、体型、轻巧等方面，仍难与进口手机媲美。考虑到要与住在香港的董事长通话，她选择购买了一部索尼牌手机，可以通话和发信息，但没有微信与照相等功能。在销售人员指导如何使用这部手机之后，便快步走出门市部大门。

当她迈出门口的那一刻，便听到一个熟悉的声音："鲁医生，你好！"猛抬头，见韩文达、段彪这两名"关爱小组"成员正面带伴装的微笑、恭顺与胆怯、躬身站立一旁。

鲁凤只是朝他们斜睨了一眼，许久没有说出一句话来。怒火在胸中涌动、燃烧，半响之后终于从喉间喷发而出：

"你们、你们，一直在跟踪我！"

"千万莫误会，鲁医生。我们是奉命保护你。"这是韩文达的声音。

"你奉谁的命？我需要谁来保护吗？"

"当然需要，万一有什么闪失，我们无法交代。"

"你们杀害了曾凯力，现在又要对我下手？"

"这话从何说起？我们怎么可能去伤害一个被寻找被关爱的对象呢？"

"你们'关爱'得真好，把他送进了阴曹地府！"

"当然，没保护好他，我们有一定责任。但，这是车祸，谁能预料呢。"

"有那么巧，他深更半夜行走在公路上？有那么巧，肇事司机逃跑后就无影无踪？有那么巧，你们可以不通知他的亲人就在当天自行烧化？"

"没办法呀，那时你已离开七岭市，无人知道你的去向；他的其他亲人又路途遥远，更难联系或送达情况。"

当她迈出门口的那一刻，便听到一个熟悉的声音："鲁医生，你好！"猛抬头，见韩文达、段彪这两名"关爱小组"成员正面带佯装的微笑、恭顺与胆怯，躬身站立一旁。

"……"

讲到这里，鲁凤沉默无语了。她不想与这帮人多花时间费口舌了。更不想在对话中暴露她在艰难寻觅中获得的那个秘密。言多必失，她应该尽快离开他们。于是，她提高嗓音正色说道："今天的事情就算了。但是，如果今后你们还这样，那就别怪我不客气了。不管奉谁的命令，我都不怕，我会让你们一起倒台！"

他还想申辩，或者说点什么，可她没有理会，说罢，便头也不回地扬长而去。她怎么也没想到，这时的形势已急转直下，韩文达们不仅找到了她，也嗅到了曾凯力的一丝形迹，使她和她的丈夫都处于不利状态。更严峻的是，曾凯力对此竟一无所知。他一直以为，自几年前"涅槃隐身"之后，他的对头早已离开海南，回到千里之外的七岭去了。因而，一切都很放松，毫无警觉，更无戒备之举了。

三八　箴言

"你好！我是石运来……哦，太好了。意蜂、中蜂杂交成功，我代表集团总公司向你们表示衷心的祝贺……"

他接的是"蜜蜂养殖示范与科研基地"负责该科研项目的柳正东教授打来的报喜电话。

"你好！我是石运来……嗯，是这样：美利坚合众国蜂业巨商史密斯先生，将于明年二月再次来访，届时有三份合作与销售意向书签订，应提前做好准备工作。"

他接的是"蜜蜂产品加工销售一条龙服务区"秦大龙经理打来的探询电话。

……

早餐既毕，常住海口瀛寰大酒店董事长办公室（兼卧室）的曾凯力，又开始了一天的忙碌。电话铃声此落彼起，应接不暇。有时，他不得不同时拿起两个话筒，对一边说："请稍候片刻。"说罢，随即与另一边通话。话毕，再回来应对"稍候"的一边。这些电话，少数来自昆山、义乌、深圳等城市的瀛寰连锁超市或瀛寰连锁酒店，多数则来自"海南瀛寰蜜蜂世界共享城"各部门、各项目的经理们。有的是重要事项的请示与汇报，有的是人才的引进与安置，有的是关于接待各类检查与参观团、队事宜……

第七次搁下话筒，他终于喘了口气。只短暂停歇后，电话铃声又丁零零地响了起来。

他拿起话筒放在耳边，知道是总经理吴多凡打来的。几天前，为验收龙虎荒原上的最后一个项目——龙虎山地与溪流风光走廊，他去了百公里外的海南瀛寰蜜蜂世界共享城，至今未回。

吴说：有一位六十多岁老者，一大早就来这儿找你。问他姓名、从何处来、找你有什么事，一概不肯告知。只说，你一去就知道了。

曾问：什么模样？

吴答：中等身材，大脑袋，八字胡，薄唇小眼，脑门特高、特宽，头发稀而白。

曾说：噢，我知道了，这是一位贵客。你立即用小车送他去游客休闲村住下（记住，千万别收费）。告诉他，我一个多钟头后到。

吴答：好，好，我马上安排。

曾凯力没再说什么，便搁下话筒，提了公文包，急乘电梯直下，打开车门，驾起红色轿车朝南飞驰。

时令虽至深冬，满眼仍是一片春色。公路两侧无尽的绿色中，盛开着各色鲜花。碧翠的丛林里，正普冒新芽。少数林木，如榄仁树之类，更有着诡秘的行为：它们一边让自己的叶片渐次变黄、变红，一边不停地长出嫩芽、翠叶来，绽放出一片红绿相间的璀璨——海南的冬天，赋予这为数不多的林木无比斑斓的风景线！

曾凯力的心情好极了。美景和就要重逢的那个人，让他忘却了繁忙与辛劳。此时的他，哪能想到自己的对头们，几年来并未离开海南且长期滞留于海口，潜伏在身边的危机与险情，时刻都有爆发的可能。

今天即将会见的，正是他一直感恩着、惦念着的那个人。渴望已久的心愿，终于达成。经过几年的打拼，自己亲手创建的各项事业，已渐臻完善，处于繁荣昌达与蓬勃发展之中。海口瀛寰大酒店和龙虎荒原土地产权，早已转至海南瀛寰总公司名下，成为该公司资产的一部分。气势恢宏、占地四千多亩的"瀛寰蜜蜂世界共享城"初具规模。其中，占地一千亩的"百果园"、占地三百亩的"游客休闲村"、占地四百亩的"帮扶大同山庄"、占地六百亩的"千草百花博览带"、占地一千亩的"蜜蜂养殖示范与科研基地"、占地两百亩的"蜜蜂产品加工销售一条龙服务区"等项目，已逐年建成并对外开放，效益极其可观，也引来中、外客人的热评与赞美，被誉为"中国之最"。此外，瀛寰集团总公司的其他产业，如瀛寰大酒店、瀛寰大超市之类，早已扩展或连锁至北京、上海、昆山、义乌、深圳等城市，成为集团公司的几大经济"城堡"之一。

作为蜂业基地的养蜂场，亦从最初的几个发展至九十九个，遍布海南全岛的山山水水，它们似九十九股涓涓"银流"，日日夜夜流淌着，从九十九个不同的方向注入集团公司的"银库"。"瀛寰"与"石运来"声名远播，遐迩闻名。寻求与之合作者趋之若鹜。王云玺这么有实力的香港企业家，亦主动与他相约相见，洽商高端机器人研制合作事宜……

"啊，这次先生不期而至，真是天赐。正好与他商榷此事。他是一位智者，必有教益。"

一路上，曾凯力这样情不自禁地想着，不觉中加快了速度，因此提前半小时到达瀛寰蜜蜂世界共享城。

轿车进入由红色火山石雕琢而成的典雅高耸的古城门之后，缓缓进入菩提树与红花羊蹄甲所遮蔽的林荫大道。从车窗可以望见道路两侧的鲜花、绿地、小径、亭榭与人造山石间流淌的"瀑布"与"喷泉"。游人三三两两，漫步其间，或驻足赏花，或拍照留影，或随坐休憩……曾凯力无心细看，驶过几条柏油马路后，径直到达游客休闲村。再绕过十数栋玲珑小巧的白墙红瓦房舍之后，终于见到吴多凡正在一处房外台阶上频频招手。

他将红色轿车停下，打开车门，迈开大步直奔其内。

申屠扬帆早已笑微微地站在厅里。他肤色黧中带红，精神矍铄，身体比过去更康健了。

曾凯力两步扑了上去，与申屠扬帆紧紧地、热烈地拥抱在一起。许久，许久。分开后，曾凯力的眼中仍泪光莹莹。

服务员送上本公司所产白玉色原生态蜂王浆、褐黄色花粉粒、浅黄透明岩蜂蜂蜜、清香椰奶薄饼，以及人心果、皇帝蕉和切块装盘的火龙果、绿橙、木瓜等当地水果，当场为他们勾兑出"王浆饮汁""蜜蜂国佳饮"等饮品。他们一边随意品尝，一边自由交谈，客厅内充盈着节日般的喜庆气氛。

"先生，您终于来了。"

"是的，我该来看看你了。"

"可是，这久违的时间也实在太长了。"

"这几年我去了西部疆域。在北疆停留的时间较长。去吐鲁番看了古代人工运河工程坎儿井，游览了博格达雪山下的天池，漫步于额尔齐斯大峡谷，甚至到了中俄、中哈边境的阿勒泰群山中的一些村庄。多数时间是在步行，遇到体力不支的情况才乘坐公交车。当然，有时也买一辆旧自行车当坐骑。这样，丰富人生，锤炼毅志，真是大有裨益。"

"我想，对于先生的文学创作，一定会激发出奇妙的灵感。"

"的确写了不少，但尚未出版。"

"很想拜读您近期的大作。"

"我并不急于发表。是金子，放在破布上，也会闪光；是淤泥，置于锦缎前，依旧喷臭。再者，历史已经证明：炒作铸造的作家，与炒作共存亡；政治铸造的作家，与政治共存亡；作品铸造的作家，与作品共存亡。"

"您说得太好了，我也有同感。"

"你知道我今天为何来这里吗？"

"您既已让我涅槃隐身，自然不会忘记这个新生的石运来吧。"

"只说对一半。这次来，是想提醒你一件事情。当下，海南房价飞涨，金融企业如雨后春笋，城市信用社之类机构，亦遍地开花。它们各出奇招，争相融资，竟以百分之十五至二十高利吸纳资金。这是极不正常的。经济学家们将这一情形称为非理性繁荣。因此，你的一切经营活动，应当小心谨慎，切不可坠入泡沫迷雾之中。若在那些信用社存有款项，应尽快提取转存国有银行。多备现金，今后必有以一当十的良机。"

"先生来得如此及时，又以箴言相告，真是天赐！天赐！后天，我就要与香港一家公司洽商，打算投资数亿元人民币与之合作。看来，我得低调行事，避免陷入泥淖。"

"在这个时候，投资应反复思考，权衡利弊，宁缺毋滥，宁慢勿快。若误入陷阱，将功败垂成。"

"先生，您的话，如醍醐灌顶。心，一下彻悟了。"

"我还要提及的是，你的婚事，应该解决了。"

"您走南闯北，单身一人，不是过得很好吗？"

"那是特殊年代造成的特殊状况。而你却不同，事业正处高峰时期，周围佳丽成群，追求者定然不少，难道就不能选中一位共组家庭吗？"

"先生，心底的位置已被占领，至今尚未空出。因此，只能有违您的关怀了。"

"哎，看来这世间确有真爱。她对不起你，你却对她始终不渝。刚才的话，就当没说吧。"

"对不起，先生。"

"你回七岭去找过她吗？"

"几次想亲自回去，但多种原因都未能成行。后来，派人专程去了七岭，通过多方打听，得知她在我逃走后不久也离开了那里。有的说她来了海南，有的说她去了深圳，没有一个准确的说法。但人们说她来海南的可能性最大。"

"对这件事，你还有什么打算吗？"

"等吧。等，也是一种人生方式，有时候等待中会出现奇迹。我想，只要她在海南，终有一天会相遇的。"

"这种概率是有的，不过很小。"

"近几年内，我们公司飞速发展的进程中，该来的人都来了。在仙来岭被迫出走的谷开富师父早已返回，担负着九十九个养蜂场中十个养蜂场的养殖经营事宜，是集团公司三个主要股东之一。在我逃亡初期，曾留宿山洞并相送数十余里的超生流窜户罗贵生，也带着妻子、孩子合家六口，千里迢迢、历时两年才找到我，现在全都加入了养蜂大军。还有一些极需帮助的人——悲伤无助的、走投无路的、性格怪异却有着奇才奇能的，还有一些从我家乡来的同乡或熟人，我都一一收留了下来。让他们有活干、有钱挣，可以养家糊口，快乐平静地生活。我不追求最大利润，只追求内心的满足。"

"我欣赏你的理想主义，但担心能否维持长久。"

"看来问题不大。目前已有三千多人，还可容纳五千人。公司每月虽有大笔支出，但他们每时每刻都在创造着财富。总的来说，收入大于支出。"

"这样就好。"

"对了，先生，您这次来了，就不要再走了。工作、住处任您选择，工资更是不成问题。倘若游客休闲村、帮扶大同山庄和职工宿舍这三处您都不喜欢，还可以在龙虎山麓建一座农家式的小院，作为您写作与后半生的养老之地。"

"谢谢，谢谢。条件相当优厚了。但是——"

"先生，请不要立刻拒绝，希望先生住上几天再说。说不定您会喜欢上这个地方哩。"

"运来呀，在当今，你这难得而稀有的深情厚谊，我领了。不过，我还是要继续我的周游全国之旅，做一个无名的流浪作家。这样的生活方式，我已经习惯了，别的方式似已无法取代。你就让我走自己的路吧。"

"但是，您必须住上一月两月再走。"

"不。本想和你见面后就走，考虑再三，就住今晚一宿吧。"

"唉，先生！"

"别感伤，我还会来的。说不准，那时我真的一来就不走了。"

"但愿有这么一天。"

午餐后，曾凯力陪同申屠扬帆沿平直石镶步行小街边走边聊，十分钟左右，来到一处多岔路口。路口之中，矗立着一座高不足十五米、形似乳头的小山包。山包上，长满四季盛开的黄槐花树——值此冬日，那一丛丛金色的花卉，仍在绿叶中蓬勃不倦地开放着，将它装点成一枚金色巨乳。山巅高处，建有凉亭一间，绿瓦红柱，飞檐斗拱，俯视着四周无边的平野。山包虽小，却是龙虎荒原的制高点。从这儿可以瞭望"海南瀛寰蜜蜂世界共享城"全貌。几年前，为了租下这片荒原，曾凯力曾在这里扎营露宿，度过好几个不眠之夜。而今，这片原野，早已归属于海南瀛寰总公司。每次来到这里，他无不感慨万端。今日陪同恩师至此，自然仍要上山流连观赏一番。

入口处，置铁灰石坚碑一面，上刻"创业亭"三个蓝色汉字。

他们沿着金色花丛簇拥的迂曲石梯，缓步拾级而上。步入亭内，环顾四周，在冬日阳光照耀下，一马平川上的"共享城"尽收眼底。

曾凯力递给申屠扬帆一副望远镜。

"看，那就是我们的'帮扶大同山庄'！"他指着前方不远处一座设计简朴的石垒门楼说。

申屠扬帆举起望远镜，顺着曾凯力手指的方向望去，那门楼之上果然镌刻着"帮扶大同山庄"六个红色大字。另有楹联一副也很醒目——门左为"入门人人皆兄弟"，门右为"进村户户悉友亲"，匾额是"共筑大同"。

视线进入门楼后，继续朝前缓移，收入镜中的是苍穹下无边的绿色。疏林间，别墅型红瓦白墙房舍，一栋紧邻一栋，规则、纵横的小径，将偌大的山庄连为一体。山庄之左，是一片低矮的绿地。再左，茂密蓊郁的林木一直延展至龙虎山下。曾凯力说："那是占地五百亩的'百菜圃'和占地一千亩的'百果园'。那里种植着来自五湖四海的各种蔬菜与水果,它们从台湾、大陆、菲律宾、越南等地区或国家引进,凡能在海南种植的一个不少。"

"百果园中,"申屠扬帆边看边问,"那万绿丛中有一大片光秃、灰白的林木,是什么果树?"

"百果园内,并非全是果林,"曾凯力即刻回答道,"我们除栽培芒果、荔枝、龙眼、莲雾、黄皮、人心果、木瓜、槟榔、菠萝蜜等近百种果树外,还种植了二百亩橡胶树,但那主要是为了养蜂的需要。因为橡胶树一年中春、夏、秋三次开花,是丰盛的蜜源,所产橡胶也价格不菲。冬天的海南,有这么一片灰白、光秃而多姿的胶林,也不失为一道奇妙的风景线。"

"噢!这样的林子,其实我也见过。但你将它们种植在百果园内,我竟一时蒙了。"

接着,曾凯力又指着另外两个方向,请申屠扬帆用望远镜浏览了"百菜圃"和"千草百花博览带"。此时,那里仍盛开着红、黄、蓝、白、紫各色鲜花。红男绿女的游人,三三两两,漫步其间。这也是蜜蜂们最爱光临的去处,在蜜源枯竭的冬季,对它们来说,这真是一个童话般的世界。

从创业亭回到多岔路口,因申屠扬帆对"帮扶大同山庄"甚有兴致,曾凯力便陪同他进入山庄,走马观花式地观览了几栋房舍。第一家是个蜡染绘画专业户,一位长发中年男子,此时正全神专注作画。厅内挂满了形形色色的蜡染画作,风景、人物、动物、海浪、椰树、沙滩、寺庙等等无所不包。购画者、参观者络绎不绝。一名习画年轻人,时而持画板临摹,时而放下画板为购画人解说、收费和包装……他们到达的第二家,是一户黎锦织艺传授者。一部原始木制织锦机杼,正在咔嚓咔嚓有规律、有节奏地鸣响着。身着花鸟黎锦服饰、坐于织机后操作的年轻靓女,目不旁视,手足并用,来回往复地推拉着织架。她身后站着八九名男女,其中一位金发高鼻女郎目光特别专注。他们有的是参观者,有的是国内外慕名而来的学习者……来到第三家时,迎接他们的是一阵刺耳的机声和机器碰触物体的摩擦声,戴着白色口罩的几名雕刻者,在炽亮的灯光下正用晶莹雪白的砗磲刻制佛像、花鸟、白菜、饰物等各类工艺制品,空中腾浮着白色的、网状的微尘……

申屠扬帆举起望远镜，顺着曾凯力手指的方向望去，那门楼之上果然镌刻着"帮扶大同山庄"六个红色大字。另有楹联一副也很醒目——门左为"入门人人皆兄弟"，门右为"进村户户悉友亲"，匾额是"共筑大同"。

他们还去了邻近的几处房舍，有的忙着编织精美竹器，有的忙着制鞋或制衣，有的则忙于用各类贝壳镶嵌鸡、犬、牛、羊、花、鸟、鱼、虫等千奇百怪动物。但也有少数房舍无人在家，因他们没有特殊专长，被安置去附近蜂场学习养蜂或下地种花种草种树去了。

曾凯力补充说：帮扶大同山庄实行基本工资加效益工资加奖励的薪酬制度；庄员看病或住院，由公司全额报销；孩子上学，学杂费由公司支付，每日有专车接送。此外，蔬菜、水果、蜂蜜常年定量免费供给，庄员按时到指定地点领取。这样，庄员的负担有限，而每年的收入却较为丰厚。

听罢，申屠扬帆感慨不已，说道："嗨，中国的企业家，倘若都能如此，中国就是另一番景象了！"

他兴致正浓，还想继续参访。可是红日已经西沉，夜幕正在徐徐降落，只好原路步行返回"游客休闲庄园"。

是夜，他们谈到很晚，才各自回房歇息。曾凯力已准备好明日早餐，准备亲自用轿车送行，送恩师加诤友到他要去的地方。还决定赠与五万元人民币现金和一些旅途中所需食品、饮品。但是，当他醒来时，申屠扬帆早已离去，房中书桌上留下一封短信——

凯力：
　　首先请原谅我不辞而别。倘若让你送行，定然又是一番不舍与感伤。况且，携着太多现款、食品也是累赘，于旅行不便。还是让我继续我的独往独来、自由放浪的生活吧。别难过，后会有期。祝
　　万事顺达！
　　　　　　　　　　　　　　　　　　　　申屠扬帆
　　　　　　　　　　　　　　　一九九六年十二月二十三日

　　又及：交谈中，你曾说到鲁凤可能已来海南。若如此，"关爱小组"或许会因此而留下，你就会继续处于危险之中。务必当心。

读毕，那字里行间深藏的挚爱与情谊，震撼着曾凯力的心灵。一个

声音在他耳畔响起：有些人不能解除自己的痛苦，却是朋友的大救星。尼采的这句话，正是申屠扬帆的写照。他对曾凯力说过的某些话，竟成谶语，挽救了他，也挽救了公司：一年后，海南房地产狂跌，轰隆隆的建筑机声戛然而止，"鬼城"、烂尾楼如枯树林立。博爱、人民等数十家城市信用社纷纷倒闭，个人及公司存款一夜间成为呆账、死账。曾凯力依照恩师提醒，早已将存入各家信用社的数千万元人民币取出，存入了国有银行，因而保全了即将消失的资金。后又利用这批资金，买下了十余栋"烂尾"高楼。几年之后，房价回升。他将它们装修一新之后，留下几栋自用，其余全部出售，赚下百亿巨额资产。而此次临别的叮嘱与提醒，亦已成为事实：暗伏着的危机与险情，正在一步步朝他逼近。

三九　狭路相逢

在上海、北京、重庆、广州这样的大都市，你要是盲目地去街间寻找一个想找的人，也许用上一生的时间都无法达成。但在海口则不同，这是一座仅有几十万人口的小城，被提升为省会的七八年间，市容、市貌及规模虽有飞速发展，但与它们相比，也只是小巫见大巫。当你漫不经心地徜徉于大街小巷或椰林与沙滩时，往往会与经年不见的朋友、熟人邂逅。当然，也会与自己的对手、竞争者乃至仇敌狭路相逢。曾凯力、鲁凤、韩文达、段彪这四个关系微妙、目的各异的人，早已汇集在这座城市里，使形势变得相当紧张复杂且危机四伏，时时刻刻都有爆发惊心动魄事件的可能。

那天，韩文达和段彪一起沿着电动扶梯，缓缓进入灯火辉煌、商品琳琅满目、顾客熙来攘往的瀛寰大超市时，站立在"蜜蜂产品推介处"的一位西装革履的男人，骇然跳进了他们的眼底：细长的眉毛，高挺的鼻梁，薄而舒展的阔唇，微黑坚毅的脸膛，还有紧抿双唇时嘴角两端露出的两撇八字深纹……

韩、段二人面面相觑，不约而同地站住了。一丝冰凉霎时传遍全身，自感不寒而栗：这不是那个五年前已在车祸中死亡的曾凯力吗，他怎么会死而复生出现在这里呢？他是幽灵还是活人？幽灵又怎敢在人众出入之处、光天化日之下出现？不，他不是幽灵。那挺直的身姿，坚定的神态，微笑中的矜持，正是那个活着的曾凯力！他没有死。那个面目模糊的车祸死者，只是一具精心设计、掩人耳目的替身！

想到此，二人很快镇定了下来。通过简短的商议后，便一起神态自若地朝着曾凯力径直走去。于是，在这家由曾凯力创办的大型超市明灿亮丽的灯光下，韩文达与曾凯力这对冤家对头不期而遇，进行了六年后的一次极风趣的对白——

"你好，曾凯力老师！"

"先生，您认错人了。我不姓曾，我是港商石运来董事长。"

"噢，实在太像了。"

"是吗？有这么巧，我像您的一位朋友？"

"的确太巧了。你的面貌除了多些白发和皱纹之外，真是一模一样。"

"好极了。无巧不成书哇。这人世间的许多好朋友，就是因缘际会而结成的。由于我面貌的缘故而多了您这样一位顾客朋友，让我不胜荣幸。"

"嗨，提起我的那位朋友，真是令人感叹。"

"您对朋友如此诚挚，本人十分钦佩。"

"遗憾的是，他已经走了。"

"怎么？出国发展去啦？"

"不，离开人世了。一次车祸夺去了他年轻的生命。"

"唉，这太可惜了。"

"因此，一见到你，我就马上走了过来，希望我的朋友仍然活着。"

"先生，人死不能复生，这只不过是您对友人的一片心情罢了。"

"我想，万一那死者不是他，而是另一个人呢。"

"哈哈，要真是这样，那实在太好了。我一定要和他相认兄弟。既然面貌如此相像，认了兄弟，谁能说我们不是同一父母所生！"

"……"

对话仍在继续，双方互不相让，语气看似礼貌却隐含他意。一方是一口标准的港粤普通话口音（曾凯力从吴多凡那里早已学会），一方是地道的川黔普通话声调；一方是对答如流面不改色心不跳，一方是穷追不舍察言观色千方百计刨根底。就这样，一来一往对话持续了许久，直到韩文达发觉对方在口音、面目等方面，与曾凯力的确有不尽一致之处。加之他纠缠失礼的做法，不时引来对方乜斜而视的眼神，顾客们亦正在三三两两地合围而来，并用怪异的目光倾听着这似懂非懂的对白。他只得罢手，说了声"再见"，匆遽地离开了他本不想马上离开的地方。

是夜，韩、段二人贪夜未眠，一直忖度、讨论着白日的蹊跷见闻。

韩说，此人显老，看上去有四十多岁年纪，一口港音，毫无川味，要说他就是曾凯力，确实没有什么把握。段说，曾凯力已逃亡六年多，必定受尽各种折磨，自然会显老许多。至于口音，通过学习，可以完全改变。特别是高智商人士，同时学会几种方言都不太难。面容这么相似，在我们公安侦破中，也很少有过类似案例。那次车祸现场，死者头部被撞得面目全非，其实我们也没有绝对把握，只是凭那件中山装和假身份证来判断，漏洞不少。韩说，中山装与假身份证分明是曾凯力的，如果死者不是曾凯力，又怎么到了这名死者的身上呢？这真是让人百思不解。段说，有一种可能，他实施了一条"金蝉脱壳"之计。一次偶然的机会，在那段公路上，他发现了那个车祸死者，那时天色很晚，也没有路人或车辆经过，于是，他剥下死者的衣裤，将自己那件放有假身份证的中山装换了上去。他离开现场后，又恰巧被申屠扬帆发现。对了，说不准，那个申屠扬帆和曾凯力就是同伙哩。

听到这里，一丝恐惧从韩文达瞳孔中掠过，那三角形脸孔上顿时布满阴云。段彪亦陷入苦思冥想。沉默，长时间的沉默。这突发的诡谲事态，使周遭的空气骤然紧缩。闪电，鞭笞着乌云，在两张面孔、四只眼里流涌、聚合、嘶鸣，一场暴雨就要倾落了！

时间，不知过去了多久。窒息的空气似已开始流动，耳畔的雷声、闪电亦已隐去。韩、段二人的交谈在这幽寂的夜间继续延伸——

段说："看来，一切又回到了原点。而且情况更加严峻。如今，还没说服鲁凤回七岭去，死去的曾凯力又活了过来。想想看，老大能容忍这种失误吗？"

韩说："当然不能。这失误太大，超出了他的底线。他一再交代要痛下决心，清除隐患，不留任何后遗症。现在看来，这隐患非但没消除，后遗症却越来越严重了。因此，我们受到的处分肯定相当严厉，或许，连生命都难以保住。试问，他留着我们这些无用的活证干啥？再说，如果这个'石运来'就是曾凯力，说明他已有不小实力，对于我们的威胁更是致命的。"

段说："现在，我们要将鲁凤的事摆在一边，全力对付这个自称'石运来'的人。"

韩说："不必再动员鲁凤回七岭。只有她留在海口，我们才有充分理由留下来，也才有充足的时间解决曾凯力这个心腹大患。"

段说："要抓紧时间跟踪、侦查，不要放过任何机会。一旦核实，决不手软，就地解决！"

韩说："但也不可莽撞。在没有准确核实'石运来'就是曾凯力时，绝对不能轻易出手。否则，事态会更加难以收拾。"

段说："当然，前提是稳、准、密。一切行动秘密进行，不要打草惊蛇。"

韩说："好，就这么办吧。"

此时，时间已至凌晨三点。迟疑片刻后，韩文达还是拨通了韩鹏程的手机。从那混浊的嗓音判断，他是刚从熟睡中醒来的，但声音平和，毫无怒迹。对于从海口这边打过去的、特别是有关鲁凤情况的电话，无论何时何地，他都会不厌其烦地耐心接听并下达指示。

"韩书记，我是韩文达。"

"讲吧。"

"我们终于跟鲁医生见面了。"

"噢！好，好。她还在那个大福星吗？"

"是的，她还在那里，做护士差不多有五六个年头了。"

"情况怎样？还好吧？"

"看状态是很不错的，据说工资不菲。"

"那就好，那就好。要说服她尽快回来，工资问题不难解决。再说，曾凯力也已——"

"是啊，他死亡已经五年多了，一切都过去了。"

"她应该回来了。"

"是的，是的。但她一直拒绝与我们接触。这次见到我们时，也是不理不睬，昂首而去。我们也只好等待。"

"等吧，等吧。尽量耐心一些，避免任何冲撞与激怒。这是一定要注意的。"

"嗯，嗯……"

"……"

通话中，韩文达特意避开有关曾凯力的话题。现在，他最害怕提及的便是"曾凯力"这三个字。此时，对方的声音已经消失，可他还在嗯嗯地应着、倾听着，直到十多秒钟后，他才缓慢地按下自己的手机，如释重负地喘了口气。韩鹏程的最后一席话，实际上在暗示：说服鲁凤回去的事情，可以无限期地等待下去，为处理曾凯力这桩棘手事件留足了充裕的时间。

此后，一连三日，他们都去了瀛寰大世界超市。可是，一次也没有再见到石运来。问了"蜜蜂产品推介处"的一位女服务员，她也不知道董事长的行踪。又去另外几处产品专卖部向几名服务员分别打探，都说董事长很忙，没有固定时间来这里，也没有固定视察的地方。于是，韩、段两人把追踪的路线转移到街间闹市。他们如两只穷凶极恶的饿狼，一旦寻见气味与行踪，便会立即朝着猎物扑去。

曾、鲁、韩、段四人中，思维与目标最单纯的是鲁凤，她所期盼的，只是这次在香港的 DNA 检测，证明那车祸死者不是自己的丈夫，然后通过艰辛寻找（哪怕时间漫长或遭遇更多挫折）实现夫妻重逢。应当说，她的整个思维与行动都聚焦于这一目标。此外，她别无所求。

那天晚上，她从电信门市购买手机回到住处，为了尽快告知自己的手机号码，按照王云玺留下的那个香港号码，拨通了他的手机。他告诉她：请耐心等待，一周后定有消息，他会把 DNA 检测的结果发到她的手机上。

等待，望眼欲穿的等待。

这期间，她想试探一下韩文达们的动静，看看他们是否忽视她的严正警告仍在继续跟踪监视。周日和每天下班后，她便去医院外围静谧碧翠的园林中来回溜达或者静坐独处。也不时特意去海口城区，长时间地、若无其事地徜徉于海府、解放、博爱、大同、中山、文明等几条主要大街。最忙碌最辛苦的是她的两只眼眸。她总是让它们时刻处于戒备的状态，前、后、左、右，都是它们警戒的范围。最难于做到的是，当她那专注的目光在人众中极尽搜索时，还必须同时用一种"无意"和"随意"的神态来进行特别掩饰。这时，她的心态是极其复杂的——自从那天去琼中意外发现车祸死者并非丈夫后，希望已在心间复萌的她，有意无意间又开始了对丈夫的寻觅。此刻，当她的目光投射至每一个目标时，她所搜寻的不仅是韩文达们，也有她的丈夫曾凯力。当然，她最迫切期望看到的是后者。对于前者，她已口头警告。这警告显然也将远在七岭的韩鹏程包括在内，希望他不要逼人过紧、欺人太甚。对于他，虽已有恨，但至今还没有要揭露那座无名别墅及连体藏宝山洞的想法。她不想那么做的原因很复杂：一方面是过去的岁月无法抹去，甜、苦交融的阴影尚未完全消逝；另一方面是她从七岭出走前的一切行为，他差不多都是依从的，他只是想留住她，用一切办法（不惜暴露藏宝洞这个惊天秘密）留住。到了她非走不可时，他并未出面拦阻，而是顺其自然。倘若真要拦阻，掌控着七岭最高权力的他，不必亲自动手，只用使一个眼色就够了。但是，他没有这么做。当然，也许是留有余地，也许是时候未到……

王云玺走后的第五日，当她这么思绪缭乱地在街间走着、想着的时候，倏地发现几十米外熙攘喧阗的人群中，一个极像曾凯力的身影迅即闪过，敏捷地钻入了一辆橘红色轿车。她迈开大步赶去。可是，还未赶到，那轿车已飞驰而去，瞬息无影无踪。更让她惊骇的是，她看到快步如飞的韩、段两人，正在赶往同一目标，气急败坏地拦下一辆的士，朝着红色轿车消失的方向，开足马力如疾风般驶去，车后留下一带飞扬的尘土。

眼前的情景，让鲁凤蓦地愣住了。她心中一亮：感觉到那位进入红色轿车的男人，就是自己的丈夫！不仅她认出了他，他们也认出了他，不然为何这么心急火燎地紧追不舍？是的，他没有死，他还活着，而且活得不差。惊喜与希望交织，在她胸内升腾而起，刹那间，阳光洒遍大地，鲜花开满了世界……她双手按压着胸脯，那颗怦怦急跳的心，快要从那里弹跳出来了！

她猛然一惊，激动之情即刻止息：这些天自己的行为是否大错？是否由于自己漫无目标的寻找而引来了恶狼？恶狼们由于她的缘故终于摸到了曾凯力并未死亡的线索？或者，更因为她的缘故使本已平安的丈夫重又陷入魔掌……

她懊悔到了极点，久久地端立在原地，仰视着正在由明变暗的天空，安详而虔诚地祈祷：菩萨啊，你保佑我的丈夫吧，千万不要让这魔鬼俩追上他！

在这柔弱的、似如饮泣的祈求声中，顿时风声大作，乌云在低空疾驰，视野内的苍穹一片溟蒙，一道炫目的闪电划过长空之后，如注大雨哗哗倾泻而下。急转直下的能见度，使街道、斑马线和建筑物们笼罩在水雾中。行人纷纷逃避，车辆放慢了速度，甚至一个急刹便在原地停了下来。雨雾中，朦胧的灯光伸向远方，不停地告诫人们：小心！小心！小心……

她依然一动不动地站在雨中。头部与发间，有无数道如线的瀑布，沿着她白皙姣好的面部流淌而下，浸透了她的全身，衣裤紧贴着肉体，柔美的线条，勾勒出一幅美丽无瑕的画图。

她笑了，笑得很灿烂。在海南，这多年不见的冬季雷雨，竟然降落了！她感谢上天，感谢佛，是佛拯救了丈夫，让他安全脱险了。

周身湿透的鲁凤，回去后洗了个热水澡。没吃药，没打针，居然平安无恙。她感恩地想道：佛不仅保佑丈夫，也保佑她。丈夫仍然活着，今天从对手的举动得到印证。过了几天，她的手机噔儿地响了一声，她知道，信息来了。急忙打开，屏幕上显出这样一行文字——佳音，DNA检测结果是：车祸死者与写信者各为一人。

又是一条大好的消息！惊喜紧连着惊喜！丈夫仍然活着的推测，一次又一次得到印证。更重要的是这一次，通过科学检测得出的结论，让她彻底坚信不疑。兴奋、幸福与快乐，对夫妻重逢的憧憬，占满了她奔涌难抑的心头。

鲁凤收到信息的次日，王云玺风尘仆仆地回到海口。他把从香港带回的 DMA 检测单交给她时，叮嘱她一定要妥善保存。她面对着他，站直身子，说了声"谢谢"，接着弯下腰去，向他深深地鞠了一躬。

"不必如此客气，这只是一件微不足道的小事。"王云玺微笑着说。

"对于我，这事非同小可。"鲁凤认真而庄重地说，"您的帮助，使我从不能自拔的迷雾中得到解脱。我的面前重又洒满阳光。"

"好啦，这样我也心安了。"他注视了她一眼，停顿片刻后继续说，"后天，我要去一家集团公司考察，与这家公司的董事长洽商逼真机器人制造合作事宜。我想让办公室张主任和你一同前往，不知是否乐意？"

"凡能做到的，我决不推辞。"她迟疑一瞬，又补充道，"您需要我做什么？我能完成这项任务吗？"

"大凡此类考察，"他会心一笑，"并不需要每位随同人员去完成一项具体任务，只是看当时的情况而定。到时，我自会根据力所能及的原则作适当安排。"

"嗯……"她颔首应了一声，再没说别的什么。但是，却暗自思忖着：若遇"三陪"之类事情，自己决不依从。他是一位好人，自己也曾郑重声明过，想必他不会这么做……想到这里，她一下释然了。

她何曾知道，后天要去的这家公司，就是海口瀛寰集团总公司，而董事长正是几年来她四处奔波苦苦寻觅的丈夫曾凯力。当然，她更难预知，这竟是一次极难相认的相见，是福是祸，谁都无法准确地预测。

四〇 相认即诀别

时光如飞鸟，一掠而逝。三十多个日夜，就这么一无所获地过去了。

每天，韩、段二人心急火燎地呕呕奔走于海口的闹市或街巷，冀望着再次见到这位与曾凯力酷似的"石董"，找准他的常住地址，再咬紧目标，查明真相，一举除掉这颗随时都会引爆的定时炸弹。

每次与韩鹏程通话，他们都承受着极大压力。特别是鲁凤出走后，他多次强调不能让他们见面，似乎与"机密"有关。虽不知道这"机密"是什么，但那语气非比一般。曾凯力车祸死后，他的态度突变宽宏平和，几乎是一百八十度大转弯。可现在，倘若那"石董"确是曾凯力，那么，形势必将急转直下，自己的处境更岌岌可危了。

段彪的手枪内，弹匣已满，专等扣动扳机、射出子弹那一刻的到来。

他们曾多次去过瀛寰大酒店、瀛寰大超市、瀛寰蜜蜂世界共享城。凡是带有"瀛寰"两字的建筑与处所，都不厌其烦地进行过多次搜索与暗访，但没有一次能如愿以偿——见到他们急于想见的人。也没法确定这位"石董"的具体行踪与去向。即使有人告诉他们"石董"去了某地，当迅即赶到那里时，不是他早已离去，就是他根本没去过那里。关于"石董"的消息，大都似是而非或浮光掠影。有时石沉大海，有时语焉不详。他们也曾想寻求公安的协助，帮助查清这位"石董"的来龙去脉与底细，以及他是否就是曾凯力"金蝉脱壳"之后的化身，等等，却找不到这么做的任何理由，而且将招来公安机关的特别关注与疑惑：一名精神病患者，既已车祸死亡，倘若没有情仇爱恨之类缘故，为何还要这般久久纠缠？更可怕的是，今后一旦将其击毙，公安刑侦的视线，第一时间便会投射到他们身上……

他们非常后悔，此前的两次机会，竟然一次都没有抓住："巧遇"于瀛寰大超市的那一次，双方面对面进行了一番"礼貌"的言辞交锋，却并未采取更重要的后续行动：尾随跟踪，一次绝佳的机会就这么轻易地丢失了；第二次在街间闹市再次"巧遇"，虽相距较远，若无意外情形发生，只要跟踪到底，摸清其下落与去处仍不成问题，不料一场在海口并不多见的冬季雷电滂沱大雨阻断了去路……现在想来，实在太可惜了！

待在出租屋内，一连三天都未出门一步。他们已经意识到：在海口这样一座城市里，"巧遇"之类的事情虽时有发生，但仅凭盲目奔走与运气，去林立的高楼和纵横的街巷间寻找一位特定的人，短时间内恐怕也是很难办到的。现在最严峻的是时间，不可能让其无限期拖延。随着曾凯力的"死亡"，"关爱小组"的功能与优势早已丧失，而唯一可依托的便是段彪的公安副局长身份和他的那支手枪。但说不准哪天"七岭老大"一声令下，要他们立即返回，而曾凯力又意外"复活"，那时他们的噩运就到了。因此，转换侦搜思路，速战速决，已刻不容缓。那么，应怎样来实现这个"转换"，以达到"一剑封喉，毕其功于一役"的效果呢？为此，他们整日沉湎于冥思苦想与激烈争辩中。

又一个夜幕降落了。

明亮的霓虹灯下，韩、段二人时而窃窃低语，时而大声争辩，争论进入高潮时，其中一人猛省并压低嗓音喊一声："隔墙有耳，冷静！冷静！"房内便即刻鸦雀无声。他们争论的焦点是"如何才能在短时间内彻底而干净利落地消除隐患"这一难题。争论双方，各执己见，互不相让。此时，如有一位第三者在场，也很难分辨出谁是谁非——

段说："无论这个'石运来'是不是曾凯力，是也罢，不是也罢，一见到他就将其击毙，问题不就彻底解决了吗！"

韩说："不可！不可！假若他们并不是同一个人，这祸就闯得太不值了！"

段说："反正都是死一人，有什么值与不值的呢？"

韩说："这可不一样，让曾凯力死，'老大'有指示；让'石运来'死，却没有任何依据。况且，瀛寰已是知名企业，若惊动海口公安，我们如何脱身？"

段说："这也怕，那也怕，留下个定时炸弹就不怕？"

韩说："时间和事态虽然紧迫，也不可鲁莽行事。否则，将作茧自缚，留下一个烂摊无法收拾。"

段说："宁可留下烂摊，也不能留下一颗毁灭我们的定时炸弹！"

韩说："总之，无论何种理由，在没有查清真相之前，我都不同意这么做。"

"……"

激辩许久之后，唇枪舌剑的场面终于缓解，开始了心平气和的对话。

韩说："我有一个'守株待兔'的办法，若实施得当，可一举两得。"

段说："讲来听听。"

韩说："从明天起，我们不必满街乱跑。租下一辆黑色小车，开到大福星医院门外一处隐蔽地暗中守候。当鲁凤出门时，我们就紧随其后，看她究竟去哪里。一旦发现她与石运来相见，那么，这个'石运来'无疑便是曾凯力，此时，可立即下手。这样可干净利落，万无一失。"

段说："嗯，这办法倒是不错，可立即行动！"

韩说："但要注意，出手时，切不可误击他人，更不能伤及鲁凤。"

段说："当然，当然。相信我的枪法吧。"

次日清晨，一辆黑色小车，驶入大福星医院对面一片茂密的椰林中停了下来。穿着同一灰色衣装、戴着同一样式墨镜的两人，开始在林中来回巡视，透过林间缝隙，瞭望着不远处那座金色的圆拱形大门，仔细分辨着从大门内出来的每一个女人。一整天下来，他们都没有离开这里一分一秒。偶尔有一人离开，那是为了外出就餐，但很快就返回了，并带回来另一个人的餐盒。这样，他们一直守到深夜十二点之后，才开车回到住处。可是，第二天一大早，他们又来到这片椰林里。

也许命运注定，曾、鲁两人这一生中还有一场劫难未消，故使对手们关于"曾、鲁行踪"的错误推测，竟然获得了正确的结果。是的，此时他们惊喜地看到，大福星医院圆拱形大门外，已经开来一白一黑两部轿车停下，接着从门内走出五人：三男二女。两男进入黑色轿车，二女一男上了白色轿车，其中一人便是鲁凤！

两辆轿车缓缓驶过院外一片宽阔的草地和一片黛绿翁郁的椰林之后，加快速度驶上一条沿江公路，然后飞驰而去。韩、段二人驾车尾随其后，紧追不舍，当黑、白两辆轿车在海口瀛寰大酒店外的停车场内停下后，韩文达手持袖珍型望远镜，段彪握紧腰间手枪，在酒店对面一处便于近距离窥视和射击的密林中悄无声息地隐匿起来。

"欢迎！欢迎！热烈欢迎……"

众多青年佳丽和俊男，分列站立于瀛寰大酒店大门外两侧，用热情洋溢的迎迓声与有节奏的掌声，迎接香港大福星集团总公司董事长王云玺一行的到来。

神采奕奕的曾凯力，微笑着站于欢迎队列之间，等待着正在下车的人们向他走来。突兀间，他惊诧地看到下面一幕：西装革履、一脸女性模样的王云玺，从黑色轿车出来后，便快速走向白色轿车，像一位服务生似的打开了后座车门，并以左手遮护门顶，将一位靓丽文静、身姿绰约、一身咖啡浅色衣装的年轻美女，伸手迎了出来，如迎出一道蓬荜生辉的亮光。接着，这道"亮光"，便紧随于王云玺身后，朝着俊男靓女组成的欢迎队列款款流动而去。另外三人，则殿后鱼贯而行。他定睛注目望去，啊，这美女不就是自己日思夜想、曾派人打探无果、等待了七年多的爱妻鲁凤吗？

瞬间，他忘却了自己的主人身份、任务和这盛大的欢迎场面，热血上涌，难以抑止，想大步上前，喊一声："鲁凤！"然后，将她拥进怀中。可是，他霍然站住了，沸腾的血液与激扬的脑细胞们，刹那间冷却了下来。他诘问自己："这么多年过去了，她，现在还是我的妻子吗？在海南这口'二奶''三奶'触目惊心的大染缸内，一位天仙般的美女，难道她还能独善其身吗？也许，她早已成了别人的妻子或者情人。而眼前的这个王云玺……"

"凯力！"

恍惚间，他听到一声缥缈而熟悉的女音呼唤，也同时看到鲁凤正在向他快步跑来（确切地说，是"扑来"）。

"凯力！难道……"

她已经来到他的身边，旁若无人地急欲扑进他的怀内。但是，曾凯力却后退了半步，显得矜持而淡定。她不得不站住了。

"凯力，你……"

"女士，您认错人了。"

"凯力呀，我怎么可能连自己的——"

"不，您的确认错人了。我姓石名运来，石头的石，运气的运，来来去去的来。"

"不，不不。我没有认错，你就是我的丈夫曾凯力呀……是的，我不会认错……"

这突如其来的一幕，让大家惊呆了。无论是瀛寰大酒店的迎宾们，还是大福星医院的随行们，在众皆错愕了须臾之后，都一拥而上，如众星捧月般将鲁凤、曾凯力围了一圈儿。人人不知所措，也不知道究竟发生了什么事情，只觉得可能是一位美女大脑产生错乱，神经突发异常所致。

正在大家不知如何是好的时候，王云玺反身分开众人，走到曾凯力和鲁凤一旁，神情平静而谦恭地对曾凯力说："石董，请原谅我公司员工鲁凤女士的举止。对此，我深表歉意！"

"不必客气，没什么，没什么。"

"也许，你完全不知，她为了寻找丈夫，独自南下，多年奔波，吃尽各种苦头。她走遍了海口的大街小巷，也去了琼中的车祸现场。她怀疑那死者不是自己的丈夫，因此托人做了 DNA 鉴定，结果证明她的丈夫果然活着。"

"噢！要是她的丈夫知道这一切，不知有多么感动啊！"

曾凯力在说这句话的时候，两眼有些湿润了，被这番话感动得难以控制自己的情绪，泪，即将倾泻而下，亦急欲当众宣布："是的，她没有错。我就是曾凯力，鲁凤是我的妻子。"可是，他却接着听到了王云玺的另一番让他心惊而疑窦顿生的表白——

"这些情况，别人无从知晓，可是，我却十分清楚。她的心思及心灵深处的一切，我了如指掌。当然，这类似情形，我们生活中也时有发生，大家不必莫名惊诧。"

"理解，理解，幸好王董知道她的'一切'，否则，我们将发生不必要的误解了。"

他把"一切"二字说得忒重。在场的人们没有谁能听出其中含义，唯有鲁凤心中明白，王云玺补充的这些话，将带来多么可怕的后果：她与王云玺之间的关系本是一清二白的，可丈夫却产生了怀疑！她茫然若失地抬眼看了看曾凯力，又看了看他身后这群辉光四射的佳丽，沮丧、痛苦极了，泪水，不禁潸然而下……

他把"一切"二字说得忒重。在场的人们没有谁能听出其中含义，唯有鲁凤心中明白，王云玺补充的这些话，将带来多么可怕的后果：她与王云玺之间的关系本是一清二白的，可丈夫却产生了怀疑！她茫然若失地抬眼看了看曾凯力，又看了看他身后这群辉光四射的佳丽，沮丧、痛苦极了，泪水，不禁潸然而下……

在曾凯力的示意下，几位女子一齐上前，将鲁凤扶走，让她到一间客房歇息。

刚才发生的这场误会，鲁凤只猜对了一半。实际上，与佳丽们毫无关联。曾凯力一直洁身自好，对美女们总是悦而不近。当青春之火喷涌难耐时，多以"自慰"方式平息。这次与鲁凤在海口邂逅，本是悲喜交集，正要相拥而泣的，只因王云玺为鲁凤打开车门的那个镜头和他这最后的一番补白——更重要的是后者——让曾凯力暂时打消了当场认妻的念头。他想：往昔的教训不能不记取，不要前脚去了个"韩鹏程"，后脚又来了"王鹏程"。更何况，韩、段两人仍潜伏在海口，从未放弃过对真、假"石运来"的侦缉，瀛寰大超市的对峙与闹市间的狂追，至今历历在目。若在今天公开暴露，很难避免走漏消息，一旦对手获知，必然痛下毒手。因此，他必须继续扮演好"石运来"这个角色。今天，他要以"表面随意而其实在意"的状态，敏锐、认真地观察一番，从王、鲁二人的言行举止乃至一个眼神中看个究竟。即使没有达到预期目的，那也没有什么，了解的机会很多，不必急于求成。既已重逢，与她约会相见不会困难，必要时，自己还可亲自出面暗中探访，那时……

想到这里，他心中乱麻般的思绪，豁然敞亮了，疑虑、懊恼亦一扫而光。如果说，这是一次难于相认的相见，那么，距相认的相见已很近很近了。他为今天与鲁凤的重逢万般庆幸，认定这是神佛的赐予。不然，为何如此奇巧——巧得令人难以置信——让鲁凤从天而降呢？

曾凯力让一名服务员为鲁凤送去一杯蜜蜂国佳饮和一份水果拼盘。然后，带领王云玺一行和由吴多凡、符曼琴、谷开富等五人组成的瀛寰谈判团队，依次进入酒店八楼会议大厅。宾、主列坐于外圆内空的殷红色橡木椭圆形会议桌两侧。圆桌之中，摆放着正在蓬勃绽放、芳香四溢的百合、玫瑰、康乃馨之类鲜艳花卉多盆。每位参会者面前，置有临时配制的王浆饮品和从瀛寰蜜蜂世界共享城采摘来的时鲜水果。会议厅内，充溢着老友聚会般的热烈，刚才在停车场上的尴尬一幕已烟消云散。

"尊敬的王云玺董事长，尊敬的来自大福星集团总公司的嘉宾们：我代表本公司全体人员，欢迎你们莅临我海南瀛寰集团总公司！"曾凯力首先致词，嗓音洪亮，气宇轩昂。一阵掌声之后，他接着说道："今天，你们将和我们一起，商讨高端机器人研制合作事宜。贵公司已经走在前面，因此合作有良好基础。中国的科技突飞猛进，现实与虚拟世界，不久的将来必定合而为一。通过纳米机器人进入我们的血液，把我们接入云端。人与机器人之间的鸿沟正在持续缩小，终有一天，我们将不分彼此。具有七情六欲、聪明才智的男女机器人必将出现。这也是我们两家集团公司合作的目标之一……"

鲁凤临时休憩的客房，就在会议大厅一侧。她拿起瓷杯，想喝一口蜜蜂国佳饮，可是，一听到曾凯力爽朗的声音便搁下了。她感到一阵甜美与滋润，如甘露注入了心田。虽然他和王云玺一样，满口纯正的粤语，可是字里行间仍能透露出与川黔语音的某种联系。在寻夫的几载历程中，她是多么渴望见到他的身影、听到他的声音啊！今天，她不仅见到了他的身影，也听到了他的声音——而且，这声音仍在如甘露一般源源不断地流淌，她不能放弃这饮吸的分分秒秒。她要饮吸个痛快，饮吸个一醉方休！

"误会，毕竟是误会。"她这样自我慰藉地想着，"丈夫的误会，总有冰消雪融的时候。我要从容面对，让他清楚地知道我来海南后的一切。无论如何，临别时，应向他要一张名片或者一个手机号码，这样，南下的经历便可向他一一述说。是的，我必须主动找他倾诉，既然几年寻夫有了结果，决不放弃……"

想到这里，她一骨碌站起身来，准备迈步出门，朝嗓音正在激荡的会议大厅走去。可是，她又站住了。

"丈夫既已改名换姓，婚姻上他是完全自由的，"心中蓦然升起一缕疑虑的她，这样痛苦地想道，"他无须和我办理任何手续，便可另择佳偶而再婚。他的身边佳丽成群，这种可能比任何时候都大……出轨也罢，再婚也罢，也许这是神佛对我的惩戒，惩罚结婚前后那段暧昧岁月……"但无论结果如何，有一件事刻不容缓：她要尽快告诉他，韩、段二人从未放松追杀，必须百倍小心！

主意既定，事情亦已想透，激荡涌流的心绪，顿然平缓了。今天再次见到时，她愿意称他为"石董"或"石运来先生"了。

瀛寰大酒店对面的小密林里，四只魔眼一直注视着前方。韩、段两人轮番用望远镜不住地瞭望着，严密关注酒店内外发生的一切。开始，当曾凯力站在两行迎宾之间恭候王云玺一行时，段彪已将手枪举起瞄准目标，正要扣动扳机射击，可鲁凤一冲而上，扑向曾凯力怀中，接着，一道人墙迅即将他们围在中间。后来，人们全都进入了酒店，曾凯力的身影也随之消失了。

"咳！"一声愤懑的痛惜。

段彪朝下重重地跺了一脚，踏碎了两片落叶。

他们决心坚守这片密林，无论等待的时间多长，或者发生什么意外，都必须坚守下去。既已追踪到"猎物"和他的"巢穴"，岂可弃猎而去！今天是个好日子，时间、时机、地点都不错。曾、鲁两人见面时的亲昵情景说明："石运来"和曾凯力无疑就是同一个人，而"石运来"即为曾凯力"金蝉脱壳"的化身。这一切都在他们的预料之中，但有一点却并未想到：这竟是曾、鲁二人离别几年后的第一次相见——她急切地扑向他怀中的镜头，说明他们此前从未相见过。看来，这第一次相见，就是他们的最后一次相见吧。世事竟是这么凑巧，曾凯力亦是命中该绝，也注定这升迁发达的机遇不会离我而去……他们这么亢奋地忖度着，各自觊觎着大功告成后即将收获的权力目标。

寂寥的密林中，杀机暗伏。冷漠的子弹，热切地等待着冲出枪口。

嘭！嘭、嘭、嘭！嘭……

午后两点，海风劲拂，乌云骤起，林外的西海岸传来阵阵涛声。刚才还是晴明的天空，瞬间便晦暗了下来，仿佛夜色的大幕即将落下。

天气的突变，并未阻止嘉宾们踏上归途。消失半日的人们，重又来到酒店门外的停车场上。握手紧连着握手，微笑面对着微笑，会议厅内的热烈与午餐桌上觥筹交错的气氛，被人们从室内携到了室外。"再见"声中，以石董和王董为首的两支人马相互倾情告别。

王董一行，在众多友好目光的注视下，被送进了黑、白两辆轿车。但两车并没马上开走，仍纹丝未动地停留在原处。车窗内，似有目光投射至曾凯力背后的某个地方。他急忙转过身来，赫然瞧见鲁凤正亭亭玉立于自己的身后！

他刚刚站定，还没明白怎么回事，鲁凤已泰然而含笑地朝他走来——他身边的几名佳丽，不知何故悄然离去——彬彬有礼又似隐含怨尤地说道：

"石运来先生，今天上午的见面实在唐突，您，不会介意吧？"

"不会，不会。说不准，这还是一种缘分呢。"

"您太会说笑话了。被朵朵玫瑰环绕的石董，难道还会看重什么缘分？"

"真正的缘分是命中注定的。你应该记得'有缘千里来相会'这句话吧？"

"记得。您为什么不说后面一句'无缘见面不相识'呢？"

"我喜欢前一句话，后面一句就省略了吧。"

"看来，我们的石董不仅会做生意，还善于调侃说趣话，说得我的心都醉了。"

"真正的缘分是株常青树，永不枯萎。"

"看，天快下雨了。劳驾您给一张名片或者一个手机号码，可以吗？"

"当然可以。即使你不向我索取，我已经要主动给你了。"

说着，他从手中的公文包内，抽出一张金色小片，递了过去。

"谢谢！"

她再次上前，向他靠近一步。四目直对脉脉相视中，她伸出双手接下了那张让她心扉激荡、血液沸扬的名片。莞尔一笑间，她觉得有些眩晕，百感交集，双手微颤，踉跄一步，差点扑了过去。她强迫着自己站定，准备与他握手告别。

"砰……"一声缥缈、遥远的枪响传来，她身子倏地一偏，朝前倒了下去。眼疾手快的曾凯力，在惊魂未定中用双手将她接住，用力地抱了起来，快步朝红色轿车走去。他没有理睬惊诧莫名并向他包抄而来的人们，径直大步向前，直接把鲁凤抱进轿车并吩咐司机："快！送省人民医院！"

红色轿车在滨海道上沿着椰林长廊朝东飞奔。黑、白两辆轿车紧随其后。

车内，很静，很静。微微的颠簸中，鲁凤仰卧在曾凯力怀中，双目紧闭，呼吸微浅。血液从左胸部位溢出，浸染着她的咖啡色衣裙和曾凯力的暗红色西装，也一滴滴滴入曾凯力悲恸欲绝的心上。

"鲁凤！鲁凤！我是凯力，我是凯力呀！醒来吧！快醒来……"

一声声悲怆、凄悯的呼唤，溢满了整个车厢。

这亲昵而急切的召唤，行走在黄泉路上的鲁凤，似已依稀听到。于是，她反身回走，又来到了原处——呼唤声的发出地。她极力睁开眼

车内，很静，很静。微微的颠簸中，鲁凤仰卧在曾凯力怀中，双目紧闭，呼吸微浅。血液从左胸部位溢出，浸染着她的咖啡色衣裙和曾凯力的暗红色西装，也一滴滴滴入曾凯力悲恸欲绝的心上。

睑，但已无力，仅露出两枚让眼睫遮挡的"月牙"，只那么快乐而满足地微笑了一瞬，重又阖上了双眼。一颗灿烂绝美之星，在历尽人间的凄风苦雨之后，静寂而无奈地陨落了！

车外，大雨倾盆，淅淅沥沥。如号啕泪奔，似悲悼狂泣，痛惋地敲击着车窗。一片苍茫，遮蔽了无垠的大地，迷蒙了浩瀚的苍穹……

尾声　无名岛

合作研制逼真机器人的协议虽暂时搁置，但大福星和瀛寰两家公司的其他合作却更加紧锣密鼓地进行着：首先，他们联手报案，震惊了海南。公安当即封岛，全岛撒网搜捕。第三日黉夜，在位于三亚大东海岸边的一处凉亭内，将正等待乘船逃亡的韩、段二人抓获，由三名特警押送，带回海口，先行将其刑拘，而后以谋杀罪正式批捕。此外，两家公司在闻名遐迩的"阴阳路口"殡仪馆，联合举办了隆重的悼念仪式。丧幡飘拂，哀乐萦鸣，鞭炮声中，冥币焚燃的幽光，照亮了通往林中晦暗的小径。

王云玺首先致悼词。他历数鲁凤为大福星所做的贡献：敬业、尽职，将医护"救死扶伤"天职发扬到最佳。用温情与医德，将人性之爱光大到极致。也用自己的窈窕淑女之美，为中国女性机器人制作在全球崭露头角，增添了耀眼的辉光……

曾凯力蹲缩于祭奠大厅一隅，悔恨、自责与悲哀交集，不能自已。

王云玺致悼词毕。哀乐声中，曾凯力来到鲁凤灵柩一旁，拜伏于地，用如泣如诉的嗓音，念诵出如下祭文——

> 鲁凤吾妻：你匆匆地来，又仓猝地去，天降怒雨，吾亦恸泣。怎料到，你走得如此惊心，竟又这般离奇。来不及临别倾诉，来不及含情相视，更来不及夫妻久违相认，相携着双双归去。呜呼！哀哉！吾之妻呀！
>
> 黄泉路口，你也许犹疑，但身不由己，马面相逼，不能不

去。你独自上路，满目孤凄，烟尘浮滚，昏暗迷离。一如你当初南下寻吾，一路风雨，荆榛铺地。乘舟车，渡海峡，风急浪高，你何曾畏葸！觅小巷，寻大街，僻乡陌村，迢迢乌石探秘，不弄个水落石出，岂肯罢息！命运多舛，百折无惧，海枯石烂，深情不移！

自此后，阴阳相隔，冥路依稀，妻之身影与音容，叫吾去何处寻觅？千呼万唤，只盼来梦里一聚。醒来时，涛声依旧唯自悲啼！

呜呼！哀哉！吾之妻呀！

读罢，众皆以手拭泪或掩面而泣。

火化毕。曾凯力亲捧鲁凤骨灰盒回到七岭，在鲁母的同意与协助下，葬于故土七岭山麓。又雇请工匠，开山劈石，新建墓园一座。碑文镌刻"故妻鲁凤之墓"六个大字。另刻对联一副：右联为"泣鬼神他乡寻夫汗洒泪抛"，左联为"悲天地异土遇魔花落星陨"，横批为"鹣鲽情深"。临别时，他欲将鲁母接至海口养老送终，但被婉拒。只好联系一家由当地政府主办的养老机构，赠送巨款一笔，让其颐养天年。接着，他乘车去了一趟松鹤寺（原有的那条残破公路早已修复），为该寺捐赠人民币五百万元，作为曾搭救过他的已故尼姑建墓和修葺寺庙之用。

是时，这桩谋杀案的详情与始末，通过《七岭日报》已公之于世，全市为此轰动而沸沸扬扬。经历了几个胆战心惊、欲哭无泪的不眠之夜后，韩鹏程突发狂语傻笑。他站在七岭市政大楼门外高高的台阶上疾呼："鲁凤呀，我的宝贝，快回来吧！只要你回来，一切都是你的，我什么都不要了。别墅里的那些钱啦、金银珠宝啦，通通给你。回来吧，回来！回来呀……哈、哈、哈、哈……"

他被送进了乌冲安宁医院——曾处心积虑为政敌和情敌而设置的这口陷阱，现在该他自己去享用了。与此相同，公安刑警搜查了无名别墅，将藏于连体山洞中的大批人民币、金砖金条、珠宝玉器、名贵字画、工艺珍品，等等，用三辆密封卡车运出，在会展中心进行了一次反腐教育展览。参观者众，叹息声、诅咒声、痛惋声，似沸水般充满了整个大厅。愤怒的人们纷纷质疑：韩鹏程的疯癫为逃罪佯装。在公安、检察机关的联合监督下，指定一家权威医院，对其神经系统进行了特殊医检，证实：他的确是疯了。因此，他必须在这家他亲自设计和督建的乌冲安宁医院一直住留下去。翌年，当韩文达、段彪被判极刑处决时，他亦暴病而亡。吴秋虽在曾凯力"涅槃隐身"后回到七岭，但仍参与了前阶段的谋杀行动，并多次撰写虚假新闻和通讯，影响恶劣，两罪并罚，被判处五年有期徒刑。

　　海岸之西，有一座小岛，四面环海，岛形似叶。岛北峭壁凌空，壁下林木葳蕤。尚有山泉数眼，终年涓流不息。因悲痛而哀毁骨立的曾凯力，买下了这座岛屿，作为永久居住地。他在峭壁之下、林木之中，取本岛岩石、沙土、木材，筑建了三栋低矮而坚固、可抵御海风台风、冬暖夏凉的农家式房舍。在不远处的一片土地上，种植了各种蔬菜、四季水果及山兰稻等作物。又特别植下他喜爱有加的榄仁树，冬日绿树丛中，红叶点点，煞是可爱。竣工后，他将鲁凤在七岭原住屋内有关衣物、信件、梳妆用品等，一律运至海口，连同大福星医院鲁凤卧室内的所有物件（包括那副望远镜），乘游艇一起送至岛上，置于新建房舍内。

　　在买下无名小岛的同时，他以高价委托深圳大福星机器人制作公司，为自己制造一位与鲁凤同体、同貌、同气质、同思维、同性格并具有七情六欲的新鲁凤。在她的思维信息中，除需剪断"谋杀案"一段记忆外，其余记忆完整保留。这位新鲁凤，虽无生殖系统，但夫妻房事却一如常人。她无须通过食物转化能量，却五味俱全，可以品食各种膳食。她具有永恒的体能，能活至百年以上。三年前，鲁凤已是该公司机器人制作的首席模特儿，信息、形体，资料精准齐全，研制技术亦有多项突破性进展。在多日轸念中，对于鲁凤的悲情离世，王云玺真的难以忘怀，认为一位新鲁凤的诞生，不仅具有纪念意义，对中国机器人制造技术走向世界前列，也是一项伟大贡献。因此，他和她的同仁们爽快地接下了这桩任务。

　　两年后。公元一九九八年，岁杪。一位美丽绝伦的新鲁凤，在中国深圳完美诞生。

　　曾凯力早已等在那里。他们在一间玲珑、温馨、有着美妙琴声的木屋内相见，同日乘民航客机双双返回海口。时而手挽着手，时而手拉着手，走出舱门，穿过廊桥，步入宽敞高朗、闪烁着点点"星光"的穹隆形大厅，在众多惊羡目光的注视下，宛如一轮皎月从"夜空"婀娜多姿地移过。那辆她印象深刻的红色轿车，早就停在厅外。躬身进入轿车后，她有一种恍如隔世的感觉，不知自己从何而来，此刻又去到何处。曾凯力告诉她，她大病了一场，昏迷多日，刚从深圳的一家医院治愈归来。

"哦，原来是这样。"她恍然道。

"这次回海口，你就不必去大福星医院上班了，我俩到一座无名岛上安居常住。"

"那里有住家的条件吗？"

"当然有。可说是万事俱备，专等主妇归去。"

"好久没见到妈妈了，很想回一趟七岭。"

"你大病初愈，还需长期疗养。我已回去看望过她，对她的生活和养老，作了周详的安排。"

"你真好，什么都想到了。"

"这是应做的事，责无旁贷。"

"还没与同事们告别，可否去一趟大福星医院？也好顺便将卧室内的东西带走。"

"那就不必了。室内的东西已全部运到无名岛上。至于告别，今后再说吧。"

"也好。我想，机会是有的。"

"为了创建海南瀛寰蜜蜂世界共享城和拓展瀛寰集团总公司的事业，我甚感身心疲惫，很累，很累。打算告假长休，与你在无名岛上共度美好快乐时光。"

"看你身瘦体弱，大不如前，应做一次全面体检。"

"已经做过，并无大碍。"

……

话虽如此，曾凯力却自感来日无多：近经体检，已确诊肝癌。褫夺生命的癌细胞们，此时正在疯狂蠢动、扩散、吞噬，攻占他肌体内的每一个角落和阵地，直至他失去抵抗，完全倒下……但他必须顽强抗争，坚持到底，哪怕多一天活着，对新鲁凤也是一种慰藉。

送行的人们簇拥在岸边，面向驶上海浪的快艇，朝曾、鲁二人频频挥手，高喊着"再见"。曾凯力可以清楚地看到，这些送别的人中，有吴多凡、谷开富、符曼琴、章跃武以及瀛寰公司的其他职工们。回望着岸上那些越来越小的身影，曾凯力不禁两眼一热，潸然泪下。

送行的人们簇拥在岸边，面向驶上海浪的快艇，朝曾、鲁二人频频挥手，高喊着"再见"。曾凯力可以清楚地看到，这些送别的人中，有吴多凡、谷开富、符曼琴、章跃武以及瀛寰公司的其他职工们。回望着岸上那些越来越小的身影，曾凯力不禁两眼一热，潸然泪下。

后　记

·

　　通过火车、汽车几个日夜的辗转飞驰，公元一九八七年十月十五日，我到达海南岛北端滨海重镇——海口市。从川东一座县城去到云贵高原上那座新城，再到琼州海峡岸边的海口，从北向南，两次马拉松式"大迁徙"，行程两千余公里，经历了两年多时间。第二次"迁徙"则完全是"裸迁"，彻底脱离"铁饭碗"。除了身边携带的三百元人民币外，几乎一无所有，赤手空拳，成为众多净身"下海者"中的一员。

　　到达海口的那天，阳光明灿，白云蓝天。大海、沙滩、海岸、椰树、海鸥，突兀呈现于我的面前，组合出一幅特具异域情调、绝妙恢弘的画卷。特别吸引我注目的，是那无处不在、成行成林、有着孔雀状叶羽的椰树们，那宽长的叶丛间，都呈露出一簇碧绿、圆润的椰果。在海风的吹拂中，叶羽、椰果轻轻地摇曳着，吟唱着，正面带微笑地迎迓我们这些不速之客的到来。

　　海南即将于翌年建省（省会海口）、成为中国最大经济特区的消息，不胫而走，早已传遍大江南北。改革开放初期，这样的消息忒具爆炸性，人们闻讯蜂拥而至，一时间将这座小城的大街小巷堵塞得满满当当。来自全国各地、口音各异、形形色色的男女们，如出窝的蚂蚁，在街间一边匆猝奔行，一边问询打探，去各单位游说，推销自己，希冀着寻得一份工作——无论什么单位、什么职业，只要能留下来，在这个新生大特区有一席栖身之地，那便是胜利。不知何故，人们会觉得这座城市虽小，却是一处宽松、自由的世界。海南省政府设立的"人才招聘中心"内，更是人山人海。但大多是即进即出，因无法提供太多材料，不得不离开。大街小巷，无论白昼或黑夜，每一间小店内、每一株椰树下、每一块石头边，都会成为人们聚会、逗留或交换招聘"情报"的据点。

据不完全统计，当时有十三万人才下海南，他们的目的地，百分之九十在海口。其中有两千名左右的幸运者获得了一份工作。

上岛的那天，或者说上岛的那一刻，我便爱上了海口，就算是一见钟情吧。我下定决心在这里扎根奋斗，不再流浪，不再迁徙，不再去别的任何城市。庆幸的是，经过不断奔走，我如愿以偿，得到了一份工作：到一家刊物去担任编辑、记者。此时，人到中年的我，紧迫感和种种原因促使我一年后离开了这家杂志社，自己组建了一所文学函授学院，两年后又创办了一家私营工贸公司。从此，我一边写作，一边与妻子郑萍经商，文学与商务并驾齐驱，两栖而行。这一时期，我写作的体裁多属报告文学、纪实文学之类。

时空穿越，岁月飞逝。在海口，我一住就是三十载。经历了海口从一座没有斑马线的小城到现代化都市的嬗变，也经历了挫折、坎坷与明枪暗箭。前行的路，是之字形的，迂曲而陡峭。因为坚韧与不屈，我带伤穿越了汹涌的湍流，攀爬过陡峻的巅崖，成为人生中最壮观的一幕。这期间，我经历了太多太多的事，遇见过太多太多的人。其中很多人成为我的朋友和熟人。他们来自天南海北，性格迥异，经历更是千奇百怪。他们向我倾诉的故事，有的刀光剑影、场面惨烈，有的悲怆凄恻、令人扼腕，有的恢弘大气、离奇惊心……这些故事无时无刻不在我脑海中蒙太奇般涌动、闪现，搅扰着我的灵肉，令我难以安宁。是的，我一直想写一本书，一本文学性、可读性两者兼备的长篇小说。因多种原因，一时无法全身心投入这样的写作。但是，无论何时、何地、何情，我从未忘记文学，更未放弃文学，它是我一生的真爱、至爱。我一直在写作，从没间断，虽不能如成功作家那么著作等身，但还是不断有作品问世，主要着力于长篇传记文学和报告文学之类。我写得极认真，每篇文字无不反复琢磨、仔细推敲，投入饱满的激情，将凡人凡事写得有声有色、风生水起，使它们与小说一样兼具文学性与可读性。这一时期，真还出版了几本集子和长篇，书中并无著名人物，写的均属凡人凡事，但它们具有浓郁的时代特色。长篇小说方面，我一直在心里酝酿着，在大脑构思着，在灵魂深处思索着。还未动笔，一些人物、情节、场景，在我眼前早早地活跃起来，催促着我，驱动着我，让我寝食难安。

公元二〇一六年仲春，我终于动笔写长篇小说《情荡红尘》。

我无意将这本书写成一位"闯海者"的故事，写那些人们早已耳熟能详、一猜便准的故事，而是着意写人性，写传统道德，写理想主义，写美和美的力量，写我喜欢写的早在心中萌动的一些传奇人物。写作中，思绪游走与转换在书中主人公的身旁，也伴随着与主人公有着千丝万缕关联的人们身旁。我陪伴着他们走过千山万水，穿越八十年代末和九十年代初那段漫长而波澜壮阔的岁月。每时每刻，我都与他们如影随形，并肩奋搏，同甘苦，共命运，是莫逆知音。其间，与主人公一起度过的时光特多特长，与他一道破壁逃亡、躲避追杀、创业搏击，在汗与泪中等待女主人公的到来……但是，十分遗憾，我只能冷眼旁观，却无力帮助他们，他们的行为和经历，不依我的意志和意愿为转移。有时，如梦幻一般，曾萌现的一个原型，蓦然一分为二，成为书中的两位不同的人物；而更多的则是将数个原型合而为一，使之成为一位性格复杂、经历丰沛的人物。许多时候，主人公原有的人生轨迹被打破，幻化出一些斑斓的情节与细节。乌冲安宁医院突现脱落小孔，海口湖光旅店病重遇救，龙虎荒原邂逅章跃武等情节，应当说，都是写作中的突来之笔（我真的不敢用"神来"两字），特别是结尾部分有关鲁凤"复活"与曾、鲁二人同去海中小岛共度"余生"的情形，均并非预有安排。

此外，申屠扬帆这位神秘智者的出现，是作者写作中灵感的勃发，让男主人公曾凯力一分为二，分身出来自己拯救自己，设计并实施了"涅槃隐身"的惊险行动，将故事推向又一个高潮。当然，他也是这部长篇小说极需要的一个人物，因为他的出现能够推动故事绽放出奔涌激荡、色彩绚丽的火花。

"海南瀛寰蜜蜂世界共享城"的落成与运营，展现出一个各尽所能、民众共享、安居乐业的太平世界。生活在这座城内的人，工作努力，待遇丰厚，生活幸福。更重要的是，凡需要帮助的人们，都可以来到这里，开始新的生活……申屠扬帆解救了曾凯力，曾凯力又帮助了极需帮助的人们，这一切都应了尼采的那句名言：有些人不能解除自己的痛苦，却是朋友的大救星。曾凯力和申屠扬帆便是这样的两个人。总的来说，他们都没有太多的个人欲望。申屠扬帆的诡异行为，是受中国传统道德中报恩思想的驱使；而曾凯力的"不择手段"，只是为了夺回自己的真爱。明知妻子出轨，对她的爱却始终不渝。在事业成功、身边佳丽成群时，他竟洁身自好，纤尘不染……这是一位既超凡脱俗又与大众联系紧密的理想人物。我愿自己是一位理想主义作家，也愿意人们这样称呼。无论是七十年代末那篇曾被多家报刊转载或连载的中篇科幻小说《天外飞来的女郎》（又名《星际飞来的女性》），也无论是星移斗转、时空穿越三十年后的这部长篇小说《情荡红尘》，在社会面貌、人物形象及人性复归等诸多方面，理想主义光点几乎无处不在。在我们生活的这个世界，在物欲横流的环境里，这样的"共享城"和创造"共享城"的人，人们是需要的，而且越多越好。但愿这不仅仅是作者的一种虚幻的理想吧。

二〇一八年七月十三日于贵阳花溪